Italo Calvino:
Der Baron auf den Bäumen
Roman

Deutsch von Oswalt von Nostitz

Deutscher
Taschenbuch
Verlag

dtv

Von Italo Calvino
sind im Deutschen Taschenbuch Verlag erschienen:
Das Schloß, darin sich Schicksale kreuzen (10284)
Die unsichtbaren Städte (10413)
Wenn ein Reisender in einer Winternacht (10516;
auch als dtv großdruck 25031)
Der geteilte Visconte (10664)
Der Ritter, den es nicht gab (10742)
Herr Palomar (10877)
Abenteuer eines Reisenden (10961)
Zuletzt kommt der Rabe (11143)
Unter der Jaguar-Sonne (11325)
Marcovaldo (11415)
Das Gedächtnis der Welten (11475)
Auf den Spuren der Galaxien (11574)
Wo Spinnen ihre Nester bauen (11896)
Heikle Erinnerungen (19026)

Ungekürzte Ausgabe
Juni 1986
8. Auflage Mai 1994
Deutscher Taschenbuch Verlag GmbH & Co. KG,
München

Titel der italienischen Originalausgabe:
›Il barone rampante‹ (Giulio Einaudi editore, Turin 1957)

ISBN 3-446-14002-6
Umschlaggestaltung: Celestino Piatti
Gesamtherstellung: C. H. Beck'sche Buchdruckerei,
Nördlingen
Printed in Germany · ISBN 3-423-10578-X

1

Es war der 15. Juni 1767, als Cosimo Piovasco di Rondò, mein Bruder, zum letzten Male in unserer Mitte saß. Wir befanden uns im Speisesaal unserer Villa in Ombrosa; die dichten Zweige der großen Steineiche des Parks umrahmten die Fenster. Es war Mittag, und unsere Familie saß, altem Herkommen gemäß, zu dieser Stunde bei Tische, obwohl unter dem Adel schon der Brauch aufgekommen war – er stammte von dem zum Frühaufstehen wenig geneigten französischen Hofe –, erst am vorgerückten Nachmittag zu speisen. Der Wind wehte vom Meer her, das weiß ich noch, und die Blätter bewegten sich. Cosimo erklärte: »Ich habe gesagt, daß ich nicht will, und ich will nicht!« Dann stieß er den Teller mit den Schnecken zurück. Niemals hatte man ärgeren Ungehorsam erlebt.

An der Spitze der Tafel thronte Baron Arminio Piovasco di Rondò, unser Vater, mit der langen Perücke im Stil Ludwigs XIV. über den Ohren, die veraltet war wie so viele seiner Gepflogenheiten. Zwischen mir und meinem Bruder saß der Abbé Fauchelefleur, der Kaplan unserer Familie und Erzieher von uns Jungen. Vor uns hatten wir die Generalin Corradina di Rondò, unsere Mutter, und unsere Schwester Battista, die Hausnonne. An der anderen Spitze der Tafel, unserem Vater gegenüber, saß in türkischer Tracht der Cavaliere Rechtsanwalt Enea Silvio Carrega, Verwalter und Wasserbaumeister unserer Güter und zugleich unser natürlicher Onkel, denn er war ein illegitimer Bruder unseres Vaters.

Seit einigen Monaten waren wir beide, da Cosimo das zwölfte und ich das achte Lebensjahr vollendet hatten, zum Tisch unserer Eltern zugelassen; genauer gesagt, war mir diese

Beförderung meines Bruders vorzeitig zugute gekommen, da sie mich nicht fortan allein speisen lassen wollten. Ich sage, sie war mir zugute gekommen, wie man so etwas dahersagt; in Wahrheit war damit für mich wie für Cosimo das Schlaraffenland zu Ende, und so trauerten wir den Mahlzeiten in unserem Kämmerchen nach, die wir beide dort allein mit dem Abbé Fauchelefleur eingenommen hatten. Der Abbé war ein vertrocknetes und runzliges altes Männlein und stand in dem Rufe, Jansenist zu sein; in der Tat war er aus der Dauphiné, seiner Heimat, geflohen, um einem Inquisitionsprozeß zu entgehen. Doch die Sittenstrenge, die alle an ihm zu rühmen pflegten, die innere Härte, die er sich und den anderen abverlangte, waren ständig auf der Flucht vor seinem eingewurzelten Hang zur Nonchalance, seiner Neigung, den Dingen ihren Lauf zu lassen; es war, als hätten die langen Meditationen, bei denen er ins Leere stierte, nur eine große Langeweile und Verdrossenheit hervorgerufen und als erblickte er in der kleinsten Schwierigkeit das Anzeichen für ein Verhängnis, gegen das jeder Widerstand müßig war. Unsere Mahlzeiten in Anwesenheit des Abbés begannen nach langen Gebeten mit gemessenen, rituellen, schweigend vollzogenen Bewegungen der Löffel, und wehe, wenn einer die Augen vom Teller hob oder beim Schlürfen der Fleischbrühe das leiseste Geräusch machte; nach Beendigung der Suppe war aber der Abbé schon müde, gelangweilt, er blickte ins Leere, schnalzte bei jedem Schluck Wein mit der Zunge, als hätten ihn nur noch die oberflächlichsten und flüchtigsten Sinneswahrnehmungen erreichen können; beim Hauptgericht konnten wir dann mit den Händen essen, und am Ende der Mahlzeit bewarfen wir uns mit Birnenresten, während der Abbé von Zeit zu Zeit träge ein »Oooo bien... Oooo alors!« von sich gab. Jetzt indessen, da wir mit der Familie bei Tisch saßen, nahmen die familiären Rankünen, dieses traurige Kindheitskapitel, Gestalt an. Ständig hatten wir dort unseren Vater und unsere Mutter vor uns: Benutzt das Besteck zum Huhn, sitzt gerade, fort mit den

Ellbogen vom Tisch – so ging es ständig, und dazu kam noch unsere so unsympathische Schwester Battista.

Damals nahm eine Kette von Standpauken, Strafen, Züchtigungen, Verboten ihren Anfang, die sich bis zu dem Tage fortsetzte, an dem Cosimo die Schnecken zurückwies und beschloß, sein Schicksal von dem unseren zu trennen.

Welch ein Familiengroll sich da angesammelt hatte, wurde mir erst in der Folge klar: Damals war ich acht Jahre alt, alles kam mir vor wie ein Spiel, und der Krieg, den wir Kinder gegen die Erwachsenen führten, unterschied sich nicht von dem Krieg, der bei allen Kindern Brauch ist; ich begriff noch nicht, daß in dem Eigensinn, den mein Bruder an den Tag legte, etwas Tieferes verborgen war.

Der Baron, unser Vater, war ein unausstehlicher Mann, das steht fest, wenn er auch nicht eben böse war: Er war unausstehlich, weil sein Leben von unzeitgemäßen Gedanken beherrscht war, wie das in Übergangsperioden häufig der Fall ist. Unruhige Zeiten lassen in vielen Menschen das Bedürfnis entstehen, selber eine Unruhe zu entfalten, die allem Trotz bietet, sich abseits vom Wege vollzieht; so erhob unser Vater, während so vieles damals in den Töpfen brodelte, Ansprüche auf den Titel eines Herzogs von Ombrosa und hatte nichts anderes im Kopf als Stammtafeln und Erbfolgen und Rivalitäten und Allianzen mit benachbarten und entlegenen Potentaten.

Bei uns zu Hause lebte man daher ständig, als fände gerade Generalprobe für einen Hofbesuch statt, ich weiß nicht ob am Hofe der Kaiserin von Österreich oder des französischen Ludwig oder gar jener Turiner Bergbewohner. Wurde ein Truthahn serviert, so musterte uns unser Vater, ob wir auch beim Tranchieren und beim Ablösen des Fleisches die königlichen Vorschriften beachteten, und der Abbé nahm kaum einen Bissen, um sich nicht bei einem Vergehen erwischen zu lassen; mußte er doch unserem Vater bei seinen Strafreden sekundieren. Was den Cavaliere Rechtsanwalt Carrega anging, so blieb uns seine schwarze Seele nicht verborgen: Er ließ ganze

Schenkel unter den Falten seines Türkenrocks verschwinden, um sie später, ganz wie es ihm behagte, abzunagen, während er sich im Weinberg versteckt hielt; und wir hätten unsere Hand dafür ins Feuer gelegt (obwohl es uns nie glückte, ihn auf frischer Tat zu ertappen, so behend waren seine Bewegungen), daß seine Taschen, wenn er zu Tisch kam, voller bereits abgenagter Knöchelchen waren, die er sodann an Stelle der völlig unversehrt verschwindenden Truthahnviertel auf seinem Teller zurückließ. Unsere Mutter, die Generalin, kam für das Zeremoniell nicht in Betracht, denn sie brauchte, auch wenn sie sich bei Tisch bedienen ließ, schroffe militärische Wendungen: »So! Noch ein bißchen! Gut!« – und niemand hatte etwas daran auszusetzen; aber bei uns hielt sie wenn nicht auf die Etikette so doch auf Disziplin und unterstützte den Baron tatkräftig durch ihre Befehle im Kasernenhofton: »Sitz still! Und wisch dir das Maul ab!« Die einzige, die sich in ihrem Elemente fühlte, war Battista, die Hausnonne, die das Fleisch der Masthühner Faser für Faser mit minutiöser Verbissenheit abschabte; sie benutzte hierfür bestimmte geschärfte Messerchen, die nur sie besaß, eine Art chirurgische Lanzetten. Der Baron, der sie uns doch als Beispiel hätte vorführen sollen, getraute sich nicht, sie anzuschauen, denn mit ihren hervorquellenden Augen unter den Flügeln der gestärkten Haube, mit ihren Raffzähnen in dem gelben Mäusegesichtchen jagte sie auch ihm Angst ein. Es wird daher begreiflich, weshalb die Familientafel der Ort war, an dem alle unsere Zwistigkeiten, alles, was an uns unverträglich war, und auch alle unsere Narrheiten und Heucheleien zum Vorschein kamen, und weshalb sich gerade bei Tische Cosimos Auflehnung entschied. Daher erzähle ich auch so eingehend davon; von gedeckten Tischen wird ohnedies im Leben meines Bruders nicht mehr die Rede sein, soviel steht fest.

Es war das auch die einzige Gelegenheit, bei der wir mit den Erwachsenen zusammenkamen. Den Rest des Tages verbrachte meine Mutter zurückgezogen in ihren Gemächern mit der Anfertigung von Spitzen, Stickereien und Filets; denn in Wahrheit verstand sich die Generalin allein auf diese nach altem Brauch weiblichen Arbeiten und konnte nur dadurch ihrer Leidenschaft für das Kriegswesen freien Lauf lassen. Auf diesen Spitzen und Stickereien waren in der Regel Landkarten dargestellt; unsere Mutter pflegte sie auf Kissen oder seidenen Gobelins auszubreiten und mit Nadeln und Fähnchen zu bestecken; damit markierte sie die Schlachtpläne des Erbfolgekrieges, von denen sie jede Einzelheit kannte, oder sie stickte auch Kanonen mit den verschiedenen Schußlinien, die von den Feuerschlünden ausgingen, ihren Gabelungen und Einfallswinkeln, denn sie verstand viel von Ballistik und verfügte außerdem über die ganze Bibliothek ihres Vaters mit Abhandlungen über die Kriegskunst, mit Schießtabellen und Atlanten. Unsere Mutter war eine von Kurtewitz, mit Vornamen Konradine, die Tochter des Generals Konrad von Kurtewitz, der zwanzig Jahre zuvor unsere Ländereien als Befehlshaber der Truppen Maria Theresias von Österreich besetzt hatte. Ihre Mutter war früh gestorben, weshalb sie der Vater auf seinen Feldzügen mitnahm. Daran war nichts romantisch; sie reisten mit allem Komfort, wohnten in den besten Schlössern in Begleitung eines Schwarms von Mägden, und sie selber verbrachte ihre Tage mit dem Besticken von Klöppelkissen: Wenn man erzählt, sie sei gleichfalls hoch zu Roß in die Schlacht gezogen, so sind das alles Legenden; sie ist immer ein Frauchen mit rosa Teint und Stupsnase gewesen, als welches sie in unserer Erinnerung fortlebt, aber geblieben war ihr die väterliche Passion für das Kriegshandwerk, vielleicht aus Protest gegen den Gatten.

Unser Vater gehörte zu den wenigen Edelleuten in unserer Gegend, die sich in jenem Kriege den Kaiserlichen angeschlossen hatten; den General von Kurtewitz hatte er mit offenen Armen auf seinem Gute empfangen, ihm seine Leute zur Verfügung gestellt, und um seine Hingabe an die kaiserliche Sache noch nachdrücklicher zu bekunden, hatte er Konradine geheiratet – das alles in der Hoffnung, den Herzogstitel zu erhalten, aber wie üblich hatte er auch damals kein Glück gehabt; denn die Kaiserlichen zogen bald wieder ab, und die Genuesen schröpften ihn mit Steuern. Freilich hatte er auf diese Weise eine brave Ehefrau heimgeführt: die Generalin, wie man sie nannte, nachdem ihr Vater auf dem Feldzug in die Provence gefallen war – und Maria Theresia schickte ihr ein goldenes Halsband auf einem Damastkissen. Sie war ihm eine Gattin, mit der er fast immer einigging, auch wenn sie, die in Kriegslagern groß geworden war, stets nur von Armeen und Schlachten träumte und ihm vorwarf, er sei nichts weiter als ein vom Pech verfolgter Intrigant.

Doch im Grunde lebten sie beide noch in den Zeiten des Erbfolgekrieges, sie mit all ihren Kanonen im Kopfe und er mit seinen Stammbäumen; sie, die für uns Jungen eine Offiziersstelle in irgendeinem Heer ersehnte, er, der uns statt dessen mit einer Kurfürstin des Heiligen Römischen Reiches verheiratet sah.

Dabei waren sie vortreffliche Eltern, aber so zerstreut, daß wir nahezu uns selbst überlassen aufwachsen konnten. Hatte das sein Gutes oder sein Schlechtes? Wer könnte es sagen! Cosimos Leben war derart ungewöhnlich, das meine so geregelt und bescheiden, und doch verbrachten wir gemeinsam unsere Kindheit, blieben beide gleichgültig gegenüber diesen Zornesausbrüchen der Erwachsenen und suchten unsere Wege abseits von der großen Heerstraße.

Wir kletterten auf Bäume (diese ersten unschuldigen Spiele sind jetzt in meiner Erinnerung von einem bedeutungsschwangeren prophetischen Lichte umflossen – doch wer hätte das damals gedacht?), drangen bis zu den Quellen der Bergbäche vor, indem wir von Fels zu Fels sprangen, erforschten Höhlen am Meeresufer, rutschten im Treppenhause der Villa die marmorne Balustrade hinunter. Durch eine dieser Rutschpartien kam es zu einem der ärgsten Zusammenstöße zwischen Cosimo und den Eltern, denn er wurde bestraft, zu Unrecht, wie er meinte, und seither hegte er einen Groll gegen die Familie (oder die Gesellschaft oder die Welt im allgemeinen?), der sodann in seinem Entschluß vom 15. Juni seinen Ausdruck fand.

Um die Wahrheit zu sagen, waren wir vor diesem Herunterrutschen auf der Marmorbalustrade bereits gewarnt worden, nicht aus Angst, wir könnten uns ein Bein oder einen Arm brechen, denn darum kümmerten sich unsere Eltern überhaupt nicht – und das war wohl der Grund, daß wir uns nie etwas brachen –, sondern weil wir größer und schwerer wurden und deshalb die Gefahr bestand, daß wir die Ahnenstatuen herunterrissen: Unser Vater hatte sie auf den kleinen Pfeilern, die den Abschluß jeder Treppenrampe bildeten, anbringen lassen. In der Tat hatte Cosimo bereits einen Bischof und Ururonkel mit Mitra und vollem Ornat hinuntergestürzt; er wurde bestraft und lernte seitdem zu bremsen, gerade bevor er am Ende der Rampe anlangte, und buchstäblich um Haaresbreite vor dem Anprall gegen die Statue abzuspringen. Auch ich, der ich ihm alles nachmachte, lernte diese Kunst, nur daß ich stets bescheidener und vorsichtiger war und daher schon auf der Mitte der Rampe absprang oder mit häufigen Unterbrechungen und ständigem Bremsen hinunterrutschte. Eines Tages schoß er wieder die Balustrade wie ein Pfeil hinunter, und wer kam da die Treppe herauf? Der Abbé Fauchelefleur, der gemächlich mit aufgeschlagenem Brevier einherschritt, aber starr ins Leere blickte wie ein Huhn. Dämmerte er im Halbschlaf vor sich hin? Nein, er hatte einen jener hellwachen Momente, die gleichfalls über ihn kamen und in denen ihm alle Dinge Sorge bereiteten. Er erblickt Cosimo und denkt sich: Balustrade, Statue, jetzt prallt er dagegen, dann werde auch ich ausgescholten (denn wie bei allen unseren Dummenjungenstreichen bekam auch er sein Teil ab, weil er nicht auf uns aufgepaßt hatte), und so wirft er sich auf die Balustrade, um meinen Bruder aufzufangen. Cosimo prallt gegen den Abbé, reißt ihn mit hinunter (der Abbé war ein altes

Männlein, das nur aus Haut und Knochen bestand), kann nicht bremsen und stößt daher mit verdoppelter Wucht gegen die Statue unseres Ahnen Cacciaguerra Piovasco, des Kreuzfahrers ins Heilige Land, und so stürzen sie alle am Fuße der Treppe zu Boden: der Kreuzfahrer in Trümmern (er war aus Gips), der Abbé und Cosimo. Es kam zu endlosen Vorwürfen, zu Peitschenhieben, zu Strafarbeiten, zu Karzer mit Brot und kalter Suppe. Und Cosimo, der sich unschuldig fühlte, weil nicht er selbst, sondern der Abbé das Unglück hervorgerufen hatte, brach in die Schmähworte aus: »Alle Eure Ahnen können mir den Buckel hinunterrutschen, Herr Papa!«, worin sich bereits seine Berufung zum Rebellen ankündigte.

Mit unserer Schwester lag es im Grunde nicht anders. Auch sie war stets ein rebellischer und einsamer Geist gewesen, mochte ihr auch die Isolierung, in der sie lebte, nach der Geschichte mit dem Marchesino della Mela durch unseren Vater aufgezwungen worden sein. Was eigentlich damals mit dem Marchesino geschehen war, wurde nie völlig bekannt. Wie war dieser Sohn einer uns feindlichen Familie in unser Haus hineingetappt? Und warum? Um unsere Schwester zu verführen, ja, um sie zu vergewaltigen, so hieß es in dem langen Streit zwischen beiden Familien, der sich daran anschloß. In Wahrheit konnten wir uns diesen sommersprossigen Tölpel unmöglich als Verführer vorstellen, und erst recht nicht als Schänder unserer Schwester, die bestimmt stärker war als er und die berühmt dafür war, daß sie sogar mit den Stallknechten die Kraft ihrer Arme erprobte. Und außerdem: Weshalb hatte denn *er* solch ein Geschrei erhoben? Und wie kam es, daß ihn die Dienstboten, die zusammen mit unserem Vater herbeigeeilt waren, mit aufgerissenen Hosen antrafen, die einen Anblick boten, als hätten die Krallen einer Tigerin sie zerfetzt! Die Della Mela gaben niemals zu, daß ihr Sohn die Ehre Battistas habe antasten wollen, und lehnten es ab, ihre Zustimmung zur Heirat zu geben. So wurde unsere Schwester schließlich in unserem Hause lebendig eingesargt: in Nonnenkleidern, obwohl sie in Anbetracht ihrer zweifelhaften Berufung nicht einmal ein Gelübde als Terziarin abgelegt hatte.

Ihr boshafter Charakter fand vor allem in der Küche seinen Ausdruck. Sie kochte ausgezeichnet, da es ihr weder an Sorgfalt noch an Phantasie gebrach, den wichtigsten Gaben einer guten Köchin; aber wenn sie die Hand im Spiel hatte, wußte man nie, was für Überraschungen auf den Tisch kamen. So hatte sie einmal belegte Brote, die wirklich köstlich schmeckten, mit Mäuseleber zubereitet, was sie uns erst sagte, nachdem wir dieses Gericht schon gegessen und gelobt hatten; von Heuschreckenbeinen ganz zu schweigen, den harten, gezackten Hinterbeinchen, die mosaikartig auf einer Torte verteilt waren, und Schweineschwänzchen, die sie wie Brezeln geröstet hatte. Und ein anderes Mal ließ sie ein ganzes Stachelschwein kochen, mitsamt allen seinen Stacheln, wer weiß, warum; gewiß nur, um uns zu beeindrucken, wenn der Deckel von der Speiseplatte abgehoben wurde, denn nicht einmal sie selber, die doch sonst von all dem Zeug zu essen pflegte, das sie zubereitet hatte, wollte etwas davon versuchen, obwohl es ein knuspriges, rosa und sicherlich zartes Stachelschweinchen war. In der Tat hatte sie viele dieser grausigen Speisen mehr des Aussehens wegen ersonnen als um des Gefallens willen, den sie daran empfand, Speisen mit schaudererregendem Geschmack in unserer Gesellschaft zu verzehren. Alle diese Gerichte Battistas waren gleichsam erlesenste Kunstwerke aus tierischen und pflanzlichen Stoffen: Blumenkohlköpfe mit Hasenohren, die auf eine Halskrause aus Hasenfell gesetzt waren; oder ein Schweinskopf, aus dessen Maul, als wollte sie die Zunge herausjagen, eine rote Languste hervorkam, und die Languste hielt die Schweinszunge zwischen ihren Zangen, als hätte sie sie ausgerissen. Dann die Schnecken: Es war ihr gelungen, einer großen Zahl von Schnecken den Kopf abzutrennen, und die Köpfe, diese so weichen Heupferdköpfchen hatte sie, ich glaube mit einem Zahnstocher, jeweils auf einem kleinen Krapfen befestigt; wenn sie auf dem Tisch erschienen, glichen sie daher einem Schwarm winziger Schwäne. Und mehr noch als der Anblick dieser Leckerbissen beeindruckte der Gedanke an die fanatische Verbissenheit, die Battista bei der Vorbereitung bekundet haben mußte. Wir stellten uns ihre zarten Hände vor, während sie diese Tierkörperchen zerlegten.

Die Art und Weise, in der die Schnecken die makabre Phantasie unserer Schwester erregten, rief bei meinem Bruder und mir eine Rebellion hervor, an der sowohl unsere Solidarität mit den armen zerfleischten Tierchen wie der Abscheu vor dem Geschmack der gekochten Schnecken und unsere Unduldsamkeit gegen alles und alle beteiligt waren; so ist es denn nicht weiter verwunderlich, wenn dadurch Cosimos Tat mit allen ihren Folgen heranreifte.

Wir hatten einen Plan ausgeheckt. Sobald der Cavaliere Carrega einen Korb voller eßbarer Schnecken heimbrachte, wurden diese im Keller in ein Faß getan, damit sie dort fasten, nichts als Kleie essen und sich purgieren sollten. Wenn man die Bretter fortschob, die das Faß bedeckten, blickte man in eine Art Hölle, wo die Schnecken mit einer Langsamkeit, die schon den Todeskampf ankündigte, die Dauben heraufkrochen; sie waren umgeben von Kleieresten, Streifen geronnenen Speichels und farbigen Schneckenexkrementen, ein Andenken an die schöne Zeit in frischer Luft und im Grase. Manche hatten ihr Gehäuse völlig verlassen, streckten den Kopf vor und spreizten die Hörner, während andere ganz in sich zusammenkrochen und nur mißtrauische Fühler vorstreckten; wiederum andere bildeten ein Kränzchen wie Klatschbasen oder waren eingeschlafen und in sich verschlossen oder lagen tot da mit umgestürztem Schneckenhaus. Um sie vor der unheimlichen Köchin und uns vor ihren Gerichten zu bewahren, bohrten wir ein Loch in den Faßboden, und von dort aus zogen wir mit zerriebenen Grashalmen und Honig eine möglichst verborgene Bahn hinter Fässern und Kellergerümpel, um die Schnecken zur Flucht anzuspornen; so sollten sie zu einem Fensterchen gelangen, das auf unbestelltes und mit Gestrüpp bewachsenes Gartenland blickte.

Am nächsten Tage stiegen wir in den Keller hinunter, um die Wirkung unseres Feldzugsplans zu überprüfen, und betrachteten Wände und Zugänge im Lichte einer Kerze. »Da ist eine!... Und dort noch eine... Und schau doch, wie weit die da gekommen ist!«, denn bereits bewegte sich eine Prozession von Schnecken in kurzen Abständen auf dem Boden und an den Wänden vom Faß zum Fensterchen, wobei sie unserer Fährte folgte. »Schnell, ihr Schnecklein! Sputet euch, reißt aus!« Wir konnten nicht umhin, ihnen diese Worte zuzurufen, da wir sahen, daß sich die Tierchen sachte, sachte fortbewegten, nicht ohne sinnlose Kreise auf den rauhen Kellerwänden zu ziehen – Abwege, auf die sie durch gelegentliche Ablagerungen und Schimmelpilze und Verkrustungen gelockt wurden; doch der Keller war finster, voller Gerümpel und holprig: Wir hofften, niemand könnte sie entdecken, so daß sie alle Zeit fänden zu entwischen.

Indessen durchstreifte unsere Schwester Battista, diese ruhelose Seele, des Nachts das ganze Haus, um Mäuse zu fangen, wobei sie einen Leuchter hielt und die Flinte unter den Arm geklemmt hatte. Sie kam in dieser Nacht in den Keller, und dort fiel der Schein des Leuchters auf eine Schnecke, die sich an die Decke verirrt hatte, und auf ihre Spur aus silbrigem Schleim. Ein Flintenschuß dröhnte. Wir alle sprangen in unseren Betten in die Höhe, sanken aber sogleich wieder in unsere Kissen zurück, da wir an die nächtlichen Jagden unserer Hausnonne gewöhnt waren. Doch nachdem Battista die Schnecke vernichtet hatte und ein Stück des Verputzes durch ihren unvorsichtigen Schuß herabgestürzt war, begann sie mit ihrem schrillen Stimmchen zu schreien: »Zu Hilfe! Sie entwischen alle! Zu Hilfe!« Die halbbekleideten Knechte, unser Vater, der sich mit einem Säbel bewaffnet hatte, der Abbé ohne Perücke stürzten herbei, während der Cavaliere Carrega, aus Angst vor Unannehmlichkeiten und bevor er noch irgend etwas begriffen hatte, ins Feld hinauslief, um auf einem Heuhaufen weiterzuschlafen.

Im Fackelschein machten alle Jagd auf die im Keller verstreuten Schnecken, obwohl niemand darauf erpicht war. Aber da die Hausbewohner nun einmal wach waren, erlaubte der übliche Eigendünkel es ihnen nicht, zuzugeben, daß man sie umsonst gestört hatte. Sie entdeckten das Loch im Faß und wußten sofort, daß wir die Übeltäter waren. Unser Vater eilte herbei und traktierte uns im Bett mit der Kutscherpeitsche. Schließlich – unser Rücken, unsere Hinterbacken und Beine waren mit lila Streifen bedeckt – sperrte man uns in das elende Kämmerchen, das als Karzer für uns diente.

Wir mußten darin drei Tage verbringen: mit Brot, salzigem Wasser, Ochsenschwarten und kalter Suppe (die wir zum Glück schätzten). Sodann fand, als wäre nichts geschehen, an jenem Mittag des 15. Juni das erste Familienessen statt, wobei alle pünktlich zur Stelle waren. Und was hatte unsere Schwester Battista, die Küchenaufseherin, dafür zubereitet: Schneckensuppe und Schnecken als Hauptgericht! Cosimo wollte kein einziges Schneckenhaus anrühren. »Entweder eßt ihr jetzt, oder wir sperren euch sofort wieder ins Kämmerchen!« Ich gab nach und begann diese Weichtiere hinunterzuwürgen. (Das war etwas feige von mir und hatte zur Folge, daß sich mein Bruder noch einsamer fühlte; indem er uns verließ, protestierte er auch gegen mich, der ich ihn enttäuscht hatte; aber ich war erst acht Jahre alt, und im übrigen wäre es wenig sinnvoll, meine Willenskraft – oder vielmehr die Willenskraft, die ich als kleiner Junge hätte entfalten können – mit der übermenschlichen Widerspenstigkeit zu vergleichen, die dem Leben meines Bruders das Gepräge gab.)

»Und nun?« sagte unser Vater zu Cosimo.

»Nein und nochmals nein!« rief Cosimo und stieß den Teller zurück.

»Fort von diesem Tisch!«

Doch schon hatte Cosimo uns allen den Rücken gekehrt, um den Saal zu verlassen.

»Wohin gehst du?«

Wir sahen ihm durch die Glastür nach, während er in der Vorhalle seinen Dreispitz und seinen Kinderdegen ergriff.

»Das geht euch nichts an.«

Er lief in den Garten.

Bald danach sahen wir durchs Fenster, wie er die Steineiche hinaufkletterte. Er war sehr adrett gekleidet und zurechtgemacht, so wie sein Vater wünschte, daß er trotz seiner zwölf Jahre bei Tisch erscheine: Die Haare waren gepudert, und er trug ein Band am Zöpfchen, einen Dreispitz, ein Spitzenjabot, eine grüne Joppe mit Schwalbenschwanz, malvenfarbene Strümpfchen und lange Gamaschen aus weißem Leder, die den halben Schenkel bedeckten – das einzige Zugeständnis an eine Tracht, die mehr den Bedürfnissen unseres Landlebens entsprach. (Da ich erst acht Jahre alt war, hatte man mir – außer bei festlichen Anlässen – das Pudern der Haare erlassen, desgleichen den Degen, obwohl ich ihn gern getragen hätte.) So klomm er den knorrigen Baum empor und bewegte Beine und Arme zwischen den Zweigen mit einer Sicherheit und Behendigkeit, die sich durch unsere lange gemeinsame Übung erklärte.

Ich sagte bereits, daß wir Stunden und Stunden auf den Bäumen verbrachten, und zwar nicht aus Nützlichkeitsgründen, wie so viele Jungen, die nur hinaufklettern, um Früchte oder Vogelnester zu suchen, sondern weil wir Gefallen an der Überwindung schwieriger Ausbuchtungen und Gabelungen des Stammes fanden und weil wir möglichst hoch hinauf zu gelangen und schöne Plätze zu erkunden suchten, auf denen wir verweilen konnten, um die Welt da drunten zu betrachten und den dort Vorübergehenden irgendwelche Scherze und Ausdrücke zuzurufen. Es kam mir daher ganz natürlich vor, daß – als sich der ungerechte Ingrimm gegen ihn entlud – Cosimos erster Gedanke gewesen war, die Steineiche zu erklettern, diesen uns so vertrauten Baum, der seine Zweige in Höhe der Saalfenster vorstreckte und daher die gekränkte und beleidigte Haltung meines Bruders der ganzen Familie vor Augen führte.

»Vorsicht, Vorsicht! Jetzt fällt er hinunter, der Ärmste!« rief unsere Mutter voller Angst, denn sie hätte uns zwar gerne im Artilleriefeuer gesehen, verfolgte einstweilen aber all unsere Spiele mit Sorge.

Cosimo kletterte bis zur Gabelung eines dicken Zweiges hinauf, der ihm bequem Platz bot, und dort blieb er sitzen, ließ seine Beine hinunterbaumeln, kreuzte die Arme, indem er die Hände unter die Achselhöhlen steckte, und vergrub seinen Kopf zwischen den Schultern, während ihm der Dreispitz über die Stirn rutschte.

Unser Vater neigte sich aus dem Fenster heraus. »Wenn du das Sitzen da droben satt hast, wirst du's dir anders überlegen«, rief er ihm zu.

»Das werde ich mir nie anders überlegen«, antwortete mein Bruder von seinem Zweige.

»Sobald du herunterkommst, werde ich's dir schon zeigen.«

»Ich komme nicht mehr herunter.« Und er hielt Wort.

2

Cosimo war auf der Steineiche. Die Zweige, hohe Brücken über dem Erdboden, bewegten sich lebhaft. Es wehte ein schwacher Wind; die Sonne schien. Die Sonne drang durch das Blätterdach, und so mußten wir die Hand vor die Augen halten, wenn wir Cosimo sehen wollten. Er aber betrachtete die Welt vom Baum aus: Alles, was man von dort oben sah, war andersartig, und schon das machte Vergnügen. Die Allee zeigte sich in einer ganz anderen Perspektive und so auch die Gartenbeete, die Hortensien, die Kamelien, das Eisentischchen, das zum Kaffeetrinken im Garten diente. Weiter in der Ferne wurde das Laubwerk der Bäume spärlicher, und das Gartenland ging in kleine stufenförmige Felder über, die von Steinmauern umschlossen waren; Ölbäume bildeten die dunkle Rückwand, dahinter erstreckten sich die verblaßten Ziegel- und Schieferdächer der Ortschaft Ombrosa, und dort, wo unter ihr der Hafen lag, kamen Rahen und Masten zum Vorschein. Im Hintergrunde dehnte sich mit hohem Horizont das Meer, auf dem langsam ein Segelschiff vorüberzog.

Jetzt traten der Baron und die Generalin nach dem Kaffee in den Garten hinaus. Sie betrachteten einen Rosenstrauch und gaben sich den Anschein, als schenkten sie Cosimo keine Beachtung. Sie reichten einander den Arm, aber dann trennten sie sich plötzlich, um sich zu besprechen und zu gestikulieren. Ich hingegen begab mich unter die Steineiche und tat, als spielte ich für mich, suchte aber in Wahrheit Cosimos Aufmerksamkeit auf mich zu lenken; er indessen grollte mir noch immer und blickte weiter von dort oben in die Ferne. So hörte ich auf und kauerte mich hinter einer Gartenbank nieder, um ihn ungesehen von dort beobachten zu können.

Mein Bruder stand da wie auf Posten. Er sah alles, und alles war wie nichts. Zwischen den Zitronenbäumen ging eine Frau mit einem Tragkorb vorüber. Den Abhang herauf kam ein

Maultiertreiber, der sich am Schwanz des Maultieres festhielt. Sie erblickten einander nicht; als die Frau den Hufschlag hörte, wandte sie sich um und neigte sich zur Straße, aber es war zu spät. Darauf begann sie zu singen, aber der Maultiertreiber hatte bereits die Biegung erreicht, spitzte die Ohren, klatschte mit der Peitsche und rief dem Maultier ein »Aah!« zu. Und damit hatte alles ein Ende. Cosimo sah sie alle beide.

Der Abbé Fauchelefleur schritt mit offenem Brevier die Allee hinunter. Cosimo brach etwas von seinem Zweig ab und ließ es ihm auf den Kopf fallen; der Abbé wußte nicht, was es war: vielleicht eine kleine Spinne oder ein Stückchen Rinde; er hob es nicht auf. Cosimo stocherte sodann mit seinem Degen in einem Astloch herum. Heraus kam eine wütende Wespe; Cosimo verjagte sie, indem er seinen Dreispitz schwenkte, und folgte ihr mit den Augen bis zu einer Kürbispflanze, in der sie sich verkroch. Hurtig wie immer verließ der Cavaliere das Haus, stieg das Gartentreppchen empor und verschwand zwischen den Rebenreihen des Weinbergs. Um festzustellen, wohin er sich begab, schwang sich Cosimo auf einen anderen Zweig. Dort war ein Schwirren zwischen dem Blattwerk zu hören: Eine Amsel flog auf. Cosimo war deswegen ungehalten, da er schon so lange dort oben gehockt hatte, ohne sie zu bemerken. Er blickte weiter gegen das Licht, da er sehen wollte, ob dort noch weitere Amseln waren. Nein, es waren keine da.

Die Steineiche stand neben einer Ulme; die beiden Blattkronen berührten einander beinahe. Ein Ast der Ulme erstreckte sich im Abstande von einem halben Meter über einen Zweig des anderen Baumes; es war für meinen Bruder ein leichtes, hinüberzuspringen und auf diese Weise den Wipfel der Ulme zu erreichen, die wir noch niemals erforscht hatten; denn ihr glatter Stamm war sehr hoch, so daß sie sich vom Boden aus nur schwer erklettern ließ. Während er sodann ständig danach Ausschau hielt, wo ein Ast unmittelbar neben den Ästen eines anderen Baumes herlief, wechselte er auf einen Johannisbrotbaum und danach auf einen Maulbeerbaum über. Auf diese Weise sah ich Cosimo von einem Ast zum anderen gelangen und gleichsam schwebend den Garten überqueren.

Einige Äste des großen Maulbeerbaums stießen an die Umfassungsmauer unseres Parks oder reichten in den Garten hinein, der den Ondarivas gehörte. Obwohl wir Nachbarn waren, wußten wir nichts von den Marchesi d'Ondariva und Edelleuten von Ombrosa; da sie nämlich seit mehreren Generationen im Genuß gewisser Lehensrechte waren, auf die unser Vater Ansprüche erhob, trennte ein gegenseitiger Groll die beiden Familien, ebenso wie eine hohe Mauer, die wie eine Festungsbastion anmutete, unsere beiden Parks voneinander schied. Ich weiß nicht, ob unser Vater oder der Marchese sie hatte errichten lassen. Es kam noch hinzu, daß die Ondarivas ihren Garten wie ihren Augapfel hüteten. Wie man sich erzählte, befanden sich darin nie gesehene Pflanzenarten. In der Tat hatte bereits der Großvater des jetzigen Marchese, ein Schüler Linnés, die ganze weitverzweigte Verwandtschaft der Familie an den Höfen Frankreichs und Englands aufgeboten, um sich die kostbarsten botanischen Raritäten aus den Kolonien senden zu lassen, und jahrelang hatten daher die Schiffe Säcke mit Sämereien, Bündel von Schößlingen, in Töpfen eingepflanzte Büsche und sogar ganze Bäume, deren Wurzeln von riesigen Erdballen umgeben waren, in Ombrosa ausgeladen; so war schließlich – wie man sich erzählte – ein Wald in diesem Garten herangewachsen, der eine Mischung der Wälder Westindiens und Amerikas, ja vielleicht sogar Neuhollands darstellte.

Alles was wir hiervon zu sehen bekamen, waren dunkle Blätter, die an den Rand der Mauer stießen; sie gehörten einer Pflanze, die kürzlich aus den amerikanischen Kolonien eingeführt worden war: der Magnolie, die über schwarzen Zweigen eine fleischige weiße Blüte entfaltete. Von unserem Maulbeerbaum aus erreichte Cosimo den Mauerkranz, balancierte darauf ein paar Schritte und schwang sich sodann, indem er sich mit den Händen festklammerte, auf die andere Seite hinüber, wo sich die Blätter und die Blüte der Magnolie befanden. Dort entschwand er meinen Blicken, und das, was ich jetzt berichten werde, hat er mir später erzählt, wie vieles, was in dieser Schilderung seines Lebens enthalten ist, sofern ich es nicht selber spärlichen Zeugnissen und Hinweisen entnommen habe.

Cosimo befand sich auf der Magnolie. Trotz ihres dichten Gezweigs konnte ein Junge wie mein Bruder, der sich in allen Baumarten auskannte, sie gut erklimmen; auch trugen ihre Äste sein Gewicht. Freilich waren sie nicht sehr dick und bestanden aus weichem Holze, das Cosimos Schuhe abschälten, indem sie der schwarzen Rinde weiße Wunden schlugen. Zugleich umfing den Knaben der frische Duft der Blätter, während der Wind sie bewegte und bald das stumpfe, bald das leuchtende Grün ihrer Seiten hervorkehrte.

Doch der ganze Garten duftete, und wenn ihn Cosimo auch noch nicht überblicken konnte – so unregelmäßig war seine Dichte –, erforschte er ihn doch schon mit der Nase und versuchte, seine verschiedenen Wohlgerüche zu unterscheiden; freilich waren sie ihm bereits von den Zeiten her bekannt, da sie, vom Winde getragen, bis in unseren Garten drangen und uns mit dem Geheimnis jenes Parks unlösbar verbunden erschienen. Sodann betrachtete er das Laub und gewahrte neue Blätter: manche groß und glitzernd, als wäre ein Wasserschleier über sie hinweggelaufen, andere winzig und behaart, dazu ganz glatte und ganz schuppige Stämme.

Es war sehr still. Nur kleine Zaunkönige flogen zwitschernd auf. Und ein Stimmchen war zu hören, das sang: »O lala... o la balançoire...« Cosimo blickte hinab. An einem großen Baum in seiner Nähe war eine Schaukel befestigt, auf der ein ungefähr zehnjähriges Mädchen saß.

Es war ein blondes Mädchen mit hochgekämmtem Haar, was in Anbetracht seines Alters etwas komisch aussah; auch das blaue Kleid wirkte zu erwachsen, und der beim Schaukeln hochgeraffte Unterrock war überreich mit Spitzen besetzt. Die Kleine hatte die Augen halb geschlossen und hielt die Nase in die Luft, als sei sie gewohnt, die große Dame zu spielen; sie knabberte an einem Apfel und neigte bei jedem Biß den Kopf der Hand entgegen, die den Apfel umklammern und sich zugleich am Seil der Schaukel festhalten mußte; jedesmal, wenn die Schaukel den Tiefpunkt ihrer Bahn erreichte, stieß sie sich ab, wobei sich die Spitzen ihrer Schuhchen ins Erdreich bohrten, und blies sich die Schalenreste der verzehrten Apfelstücke von den Lippen; zugleich sang sie: »O la la la... O la balançoire...«, wie ein kleines Mädchen singt, das sich aus Schaukel und Lied und Apfel schon nichts mehr macht (wenn ihm auch der Apfel noch etwas wichtiger ist) und das bereits andere Gedanken im Kopfe hat. Cosimo hatte sich vom Gipfel der Magnolie bis zur untersten Astreihe hinuntergelassen, und nun stand er mit seinen Füßen auf je einer Astgabel und stützte beide Ellbogen auf einen vor ihm liegenden Ast, wie auf ein Fensterbrett. Die Schwünge der Schaukel trugen ihm das Mädchen bis dicht unter die Nase.

Sie gab nicht acht und hatte ihn nicht bemerkt. Auf einmal sah sie ihn dort, aufrecht auf dem Baume, mit Dreispitz und Gamaschen. »Oh!« sagte sie. Der Apfel fiel ihr aus der Hand und rollte unter die Magnolie. Cosimo zückte seinen Degen, neigte sich vom letzten Ast hinunter, erreichte den Apfel mit der Degenspitze, spießte ihn auf und streckte ihn dem Mädchen hin, das inzwischen die ganze Schaukelstrecke durchmessen hatte und sich an der gleichen Stelle wie eben befand. »Nehmen Sie ihn nur, er ist nicht schmutzig geworden, nur auf der einen Seite etwas eingedrückt!«

Das blonde Mädchen bereute bereits, daß es über den unbekannten kleinen Jungen dort auf der Magnolie so verdutzt gewesen war, und hatte seine hochnäsige Haltung wieder eingenommen. »Sind Sie ein Dieb?« fragte es.

»Ein Dieb?« sagte Cosimo gekränkt; dann dachte er darüber nach: In gewisser Hinsicht gefiel ihm der Gedanke. »Ja, das bin ich«, antwortete er und zog sich den Dreispitz über die Stirn. »Haben Sie etwas dagegen?«

»Und was wollen Sie hier stehlen?«

Cosimo betrachtete den Apfel, den er auf die Spitze seines Degens gespießt hatte; dann fiel ihm ein, daß er hungrig war und bei Tisch kaum eine Speise angerührt hatte. »Diesen Apfel«, sagte er und begann, ihn mit der Klinge seines Degens zu schälen, die er entgegen den häuslichen Verboten stets äußerst scharf zu halten pflegte.

»Dann sind Sie also ein Obstdieb«, bemerkte die Kleine.

Mein Bruder mußte an die Rotten ärmlicher Halbwüchsiger aus Ombrosa denken, die über Mauern und Zäune kletterten und Obstbäume plünderten; man hatte ihm beigebracht, diese Banden zu verachten und zu fliehen; nun kam ihm zum erstenmal die Idee, wie frei und beneidenswert dieses Dasein sein müßte. Wahrhaftig: Vielleicht könnte er sich ihnen anschließen und fortan ein solches Leben führen! »Ja«, sagte er. Er hatte den Apfel in Stücke geschnitten und begann, ihn zu kauen.

Das blonde kleine Mädchen brach in ein Lachen aus, das anhielt, während die Schaukel einmal hinauf- und hinunterschwang. »Was Sie nicht sagen! Die Jungen, die Obst stehlen, die kenn ich! Sie alle sind meine Freunde. Aber die laufen in Hemdsärmeln und unfrisiert, nicht mit Gamaschen und Perücken.«

Mein Bruder wurde so rot wie die Schale des Apfels. Daß er nicht nur wegen seiner gepuderten Haare, auf die er gar nichts gab, sondern auch wegen seiner Gamaschen, die ihm wert und teuer waren, verspottet wurde und daß man sein Aussehen abfälliger beurteilte als die Aufmachung eines Obstdiebs und jenes Gesindels, dem man noch kurz zuvor seine Verachtung bezeigt hatte, und vor allem die Entdeckung, daß dieses Dämchen, das sich im Garten der Ondarivas als Herrin aufspielte, mit allen Obstdieben auf freundschaftlichem Fuße stand, nicht aber mit ihm – das alles erfüllte ihn mit Groll, Scham und Eifersucht.

»O la la la... Mit Gamaschen und Perücke«, trällerte das Mädchen auf der Schaukel vor sich hin.

Sein Stolz begann sich wieder zu regen. »Ich bin kein Dieb, wie Sie meinen«, rief er, »ich bin überhaupt kein Dieb! Ich habe das nur gesagt, um Sie nicht zu erschrecken; denn wüßten Sie, wer ich in Wahrheit bin, Sie würden vor Angst sterben: Ich bin ein Brigant, ein schrecklicher Brigant!«

Das kleine Mädchen schaukelte weiter bis unter seine Nase; es sah so aus, als hätte es ihn mit den Fußspitzen streifen wollen. »Ach, gehn Sie doch! Und wo ist denn die Flinte? Alle Briganten haben eine Flinte oder eine Donnerbüchse! Ich hab sie gesehen! Sie haben schon fünfmal auf der Fahrt vom Schloß hierher unsere Kutsche angehalten.«

»Aber nicht ihr Hauptmann. Ich bin ihr Hauptmann. Der Brigantenhauptmann hat keine Flinte. Er hat bloß einen Degen«, und damit streckte er seinen Kinderdegen vor.

Das Mädchen zuckte abweisend die Achseln. »Der Brigantenhauptmann«, erläuterte es, »ist ein gewisser Gian dei Brughi, der uns Weihnachten und Ostern immer Geschenke bringt.«

»Ach so!« rief Cosimo, in dem plötzlich der Familiengroll aufwallte. »Dann hat mein Vater also recht, wenn er sagt, der Marchese d'Ondariva sei der Beschützer aller Briganten und Schmuggler in der ganzen Gegend!«

Die Kleine kam nah an den Boden heran, und statt sich wieder abzustoßen, bremste sie schnell mit den Beinen und sprang hinunter. Die leere Schaukel schnellte an ihren Seilen in die Luft. »Kommen Sie sofort von dort oben herunter! Wie konnten Sie sich erdreisten, unseren Boden zu betreten!« sagte sie und zeigte erbost mit dem Finger auf den Knaben.

»Ich habe ihn nicht betreten und werde nicht hinunterkommen«, erwiderte Cosimo ebenso hitzig, »und das wird auch um alles Gold in der Welt nie geschehen.«

Das Mädchen ergriff darauf gleichmütig einen Fächer, der auf einem Korbsessel lag, und fächelte sich, obwohl es nicht sehr heiß war, Kühlung zu, während es auf und ab schritt. »Jetzt werde ich die Dienstboten rufen«, bemerkte es in aller Ruhe, »und Sie ergreifen und verprügeln lassen. So werden Sie schon lernen, was das Sicheinschleichen auf unseren Grund und Boden für Folgen hat.« Ständig schlug diese Kleine einen anderen Ton an, was meinen Bruder jedesmal außer Fassung brachte.

»Wo ich bin, da ist kein Grund und Boden, und es gehört euch auch nicht!« verkündete Cosimo und fühlte sich versucht hinzuzufügen: »Und außerdem bin ich der Herzog von Ombrosa und Herr über das ganze Gebiet!«, aber er hielt an sich, denn er wiederholte nicht gern die Worte, die sein Vater ständig im Munde führte, zumal er jetzt im Streit mit ihm vom Tisch fortgelaufen war; er fand keinen Gefallen daran und hielt es auch deshalb für unangebracht, weil ihm diese Ansprüche immer als Hirngespinste erschienen waren; wie kam er, Cosimo, nunmehr dazu, sich als Herzog aufzuspielen? Aber er wollte sich nicht selber Lügen strafen und fuhr fort in seiner Rede, wie es ihm gerade in den Sinn kam. »Hier ist nicht euer Gebiet«, wiederholte er, »denn nur der Boden gehört euch, und nur wenn ich ihn betreten würde, wäre ich ein Eindringling. Hier oben aber bin ich es nicht, und so gehe ich überall hin, wo es mir gefällt.«

»Dann gehört das also dir, da oben...«

»Natürlich! Alles hier oben ist mein persönliches Gebiet« – und damit deutete er mit einer unbestimmten Geste auf die Zweige, auf die Blätter, hinter denen die Sonne stand, auf den Himmel. »Auf den Zweigen der Bäume ist alles mein Gebiet. Sag nur, sie sollen mich greifen, wenn es ihnen gelingt!«

Jetzt, nach all den Aufschneidereien, wartete er drauf, daß sie sich wer weiß wie über ihn lustig machen würde. Stattdessen zeigte sie sich überraschend interessiert.

»Ja, wirklich? Und wie weit reicht denn dein Gebiet?«

»So weit, wie man auf den Bäumen gelangen kann: bis dahin, bis dorthin, über die Mauer hinweg, in den Olivenhain, bis zu den Hügeln, bis zur anderen Seite der Hügel, bis in den Wald, in das Gebiet des Bischofs...«

»Auch bis nach Frankreich?«

»Bis nach Polen und Sachsen«, sagte Cosimo, dessen geographische Kenntnisse nur aus den Namen bestanden, die er von unserer Mutter hörte, wenn sie vom Erbfolgekrieg erzählte.

»Ich bin aber kein solcher Egoist wie du. Ich lade dich in mein Gebiet ein!«

Unterdessen waren sie beide dazu übergegangen, sich zu duzen, aber sie hatte damit begonnen. »Und wem gehört denn die Schaukel?« sagte sie und setzte sich darauf, mit dem geöffneten Fächer in der Hand.

»Die Schaukel gehört dir«, bestimmte Cosimo, »aber da sie an diesen Ast angebunden ist, untersteht sie immer mir. Wenn du also den Boden mit den Füßen berührst, bist du auf deinem Gebiet; wenn du dich in die Luft erhebst, bist du in meinem.«

Sie stieß sich ab und flog dahin, die Hände an die Seile gepreßt. Cosimo sprang von der Magnolie auf den dicken Ast, an dem die Schaukel befestigt war, und von dort aus packte er die Seile und zog an ihnen. Die Schaukel schwang immer höher.

»Hast du Angst?«

»Ich nicht! Wie heißt du denn?«

»Cosimo. Und du?«

»Violante, aber man nennt mich Viola.«

»Mich heißen sie Mino, weil Cosimo ein Name für große Leute ist.«

»Das mag ich nicht.«

»Was? Cosimo?«

»Nein, Mino.«

»Ach so. Du kannst mich ja Cosimo nennen.«

»Fällt mir nicht im Traum ein. Hör zu! Wir müssen zu klaren Abmachungen kommen.«

»Was sagst du?« fragte er und hatte wiederum ein unbehagliches Gefühl.

»Ich sage: Ich habe das Recht, zu dir hinaufzusteigen, und bin dann unverletzlich als dein Gast, einverstanden? Ich kann kommen und gehen, wann ich will. Du hingegen bist unverletzlich und unantastbar, wenn du dich auf den Bäumen, also auf deinem Gebiet, aufhältst; sobald du aber den Boden meines Gartens berührst, bist du mein Sklave und wirst in Ketten gelegt.«

»Nein, ich komme nicht in deinen Garten hinunter, und nicht einmal in meinen. Der ganze Boden ist für mich Feindgebiet. Du kannst mich hier oben besuchen, und auch deine Freunde, die Obstdiebe, vielleicht auch mein Bruder Biagio, obwohl er ein ziemlicher Feigling ist, und dann sind wir zusammen eine Armee auf den Bäumen und bringen die Erde und ihre Bewohner zur Räson.«

»Nein, nein, nichts von alledem! Laß dir erklären, wie die Dinge stehn. Du herrschst über die Bäume, aber wenn du einmal die Erde mit einem Fuß berührst, verlierst du dein ganzes Reich und bleibst der niedrigste der Sklaven. Hast du verstanden? Ach, wenn dir ein Ast zerbricht und du fällst, ist alles verloren!«

»Ich bin noch niemals im Leben vom Baum gefallen!«

»Freilich, aber *wenn* du fällst – wenn du fällst, wirst du zu Staub und Asche, und der Wind trägt dich fort.«

»Alles Märchen. Ich falle nicht hinunter, weil ich nicht will.«

»Ach, du bist langweilig.«

»Nein, nein, wir wollen spielen! Könnte ich zum Beispiel etwas schaukeln?«

»Gewiß, wenn's dir gelingt, dich auf die Schaukel zu setzen, ohne daß du den Boden berührst.«

Neben Violas Schaukel befand sich, an demselben Ast befestigt, noch eine zweite, die aber mittels eines Knotens an den Seilen hochgezogen war, damit beide nicht zusammenstoßen sollten. Cosimo ließ sich vom Ast herunter, indem er eines der Seile umklammerte – eine Übung, in der er sich sehr hervortat, da ihn meine Mutter viel Gymnastik treiben ließ; so erreichte er den Knoten, knüpfte ihn auf, stellte sich mit beiden Füßen auf die Schaukel, und um in Schwung zu kommen, verlagerte er sein Gewicht, ging in die Knie und schnellte sich nach vorn. Auf diese Weise stieß er sich immer höher. Die beiden Schaukeln schwangen in entgegengesetzter Richtung; nunmehr hatten sie die gleiche Höhe erreicht und zogen auf halbem Wege aneinander vorbei. »Versuch doch mal, dich hinzusetzen und dich mit den Füßen abzustoßen, dann kommst du höher!« suchte ihm Viola einzuflüstern.

Cosimo schnitt ihr eine Grimasse.

»Komm herunter und stoß mich ab, sei doch brav!« flötete sie und lächelte ihm zu.

»Aber nein, wir hatten doch ausgemacht, daß ich auf keinen Fall herunterkommen darf...«; und wiederum blieb sie ihm unverständlich.

»Sei doch lieb...«

»Nein!«

»Na sieh doch! Beinah wärst du heruntergefallen. Mit einem Fuß auf dem Boden hättest du schon alles verloren.«

Viola sprang von ihrer Schaukel und begann Cosimos Schaukel sachte anzustoßen. »Uh!« Auf einmal hatte sie den Sitz der Schaukel, auf dem mein Bruder stand, gepackt und umgestürzt. Es war ein Glück, daß Cosimo sich unausgesetzt an den Seilen festhielt. Sonst wäre er hinuntergepurzelt wie eine Salamiwurst.

»Verräterin!« schrie er und kletterte nach oben, wobei er sich an beide Taue klammerte, aber der Aufstieg war weit schwieriger als der Abstieg, vor allem da das junge Mädchen einen seiner boshaftesten Augenblicke hatte und mit aller Macht von unten an den Stricken zog. Schließlich erreichte er den dicken Ast und setzte sich rittlings darauf. Mit seinem Spitzenkragen trocknete er sich den Schweiß von der Stirn.

»Haha, du hast es nicht geschafft!«

»Aber beinah!«

»Und ich meinte, du seist meine Freundin!«

»Hast du dir gedacht!«, und wieder begann sie sich zu fächern.

»Violante«, rief in diesem Augenblick eine scharfe Frauenstimme, »mit wem sprichst du denn da?« Auf dem weißen Treppchen, das ins Haus führte, war eine Dame erschienen: hager, in einem sehr weiten Rock; sie blickte durch eine Lorgnette. Eingeschüchtert entschwand Cosimo im Laub.

»Mit einem Jungen, ma tante«, antwortete das kleine Mädchen, »einem Jungen, der auf einem Baumwipfel geboren ist und aus Zauberei nicht den Erdboden betreten kann.«

Cosimo war ganz rot geworden und fragte sich im stillen, ob das Mädchen so sprach, um sich vor der Tante über ihn lustig zu machen, oder ob es nur das Spielen fortsetzen wollte oder ob er selber oder die Tante und das Spiel ihm völlig gleichgültig waren. Zugleich spürte er, wie ihn die Dame durch ihr Augenglas musterte; sie war näher an den Baum herangetreten, um ihn wie einen seltsamen Papagei zu betrachten. »Uh, mais c'est un des Piovasques, ce jeune homme, je crois. Viens, Violante!«

Cosimo verging fast angesichts dieser Demütigung. Daß sie ihn so ohne weiteres erkannt hatte, ohne sich auch nur die Frage zu stellen, weshalb er sich eigentlich dort befand; daß sie das Mädchen sofort in entschiedenem Ton, aber ohne Strenge zurückgerufen hatte und daß Viola bereitwillig, ohne sich auch nur umzudrehen, der Tante gehorchte – aus alledem schien ihm hervorzugehen, daß er überhaupt nicht für voll genommen wurde, sozusagen gar nicht existierte. Auf diese Weise versank dieser ungewöhnliche Nachmittag in einer Wolke der Scham.

Doch sieh da: Das Mädchen macht der Tante ein Zeichen, die Tante neigt den Kopf, das Mädchen flüstert ihr etwas ins Ohr. Die Tante richtet die Lorgnette wieder auf Cosimo.

»Nun, junger Herr«, spricht sie ihn an, »wollen Sie nicht eine Tasse Schokolade mit uns trinken? So können wir beide uns kennenlernen, da Sie ja schon« – und damit blickte sie Viola von der Seite an – »ein Freund der Familie sind!«

Cosimo war sprachlos und sah Tante und Nichte mit runden Augen an. Das Herz pochte ihm stark. Da war er nun von den Ondarivas und Ombrosas eingeladen, der hochnäsigsten Familie jener Gegend, und damit verwandelte sich die eben noch erlittene Demütigung in Genugtuung. Er rächte sich so an seinem Vater, indem er von dessen Feinden in Gnaden aufgenommen wurde, die ihn bisher stets von oben herab angesehen hatten; außerdem hatte sich Viola für ihn verwandt: Er war nun offiziell als ihr Freund anerkannt und sollte mit ihr in jenem Garten spielen, der sich von allen anderen Gärten unterschied. Das alles empfand Cosimo; zugleich aber überkam ihn ein entgegengesetztes, wenn auch unbestimmtes Gefühl – eine Mischung von Schüchternheit, Stolz, Einsamkeit, Empfindlichkeit; und in diesem Widerstreit innerer Regungen klammerte sich mein Bruder an den Ast, der über ihm war, kletterte hinauf, schlüpfte unter das Blätterdach, sprang auf einen anderen Baum hinüber und verschwand.

3

Es war ein Nachmittag, der kein Ende nehmen wollte. Von Zeit zu Zeit hörte man einen dumpfen Fall, ein Rauschen der Zweige, wie häufig in Gärten; dann liefen wir hinaus, da wir hofften, er sei es; er habe sich entschlossen hinunterzukommen. Doch dem war nicht so: Ich sah, wie der Wipfel der Magnolie mit seinen weißen Blüten schwankte und wie Cosimo auf der anderen Seite der Mauer erschien und sie überkletterte. Ich kam ihm auf dem Maulbeerbaum entgegen. Als er mich erblickte, schien er sich zu ärgern; er war mir noch böse. Er setzte sich auf einen Ast des Maulbeerbaums über dem meinen und begann mit seinem kleinen Degen Kerben in das Holz zu schneiden, als hätte er nicht die Absicht, mich anzureden.

»Man kommt gut auf den Maulbeerbaum hinauf«, sagte ich, nur um etwas zu sagen, »früher haben wir's nie versucht...«

Er schälte weiter an dem Ast, dann sagte er spitz: »Nun, haben dir die Schnecken geschmeckt?«

Ich streckte ihm ein Körbchen hin. »Ich hab dir zwei trockene Feigen gebracht, Mino, und etwas Torte.«

»Haben *sie* dich geschickt?« fragte er, immer noch abweisend, aber schon blickte er auf das Körbchen und schluckte seine Spucke hinunter.

»Nein, wenn du wüßtest, ich mußte mich vor dem Abbé davonschleichen«, sagte ich hastig, »sie wollten mich den ganzen Abend beim Unterricht festhalten, damit ich nicht mit dir Verbindung aufnähme, aber der Alte ist eingeschlafen! Die Mama macht sich Sorgen, du könntest hinunterfallen, und möchte dich suchen lassen, aber seit dich der Papa nicht mehr auf der Steineiche sieht, sagt er, sicher seist du jetzt hinunter und habest dich in irgendeinen Winkel verkrochen, um über deine Missetaten nachzudenken, und sie brauche keine Angst zu haben.«

»Ich bin nicht ein einziges Mal unten gewesen«, sagte mein Bruder.

»Warst du im Garten der Ondarivas?«

»Ja, aber immer von einem Baum zum anderen, ohne den Boden zu berühren.«

»Warum denn?« fragte ich; es war das erstemal, daß ich ihn diese seine Regel verkünden hörte, aber er hatte davon gesprochen, als sei dies schon eine zwischen uns abgemachte Sache; als komme es ihm darauf an, mich darüber zu beruhigen, daß er dieses Gebot nicht übertreten hatte; daher wagte ich es nicht mehr, auf meinem Verlangen nach näheren Erklärungen zu bestehen.

»Weißt du«, sagte er, statt mir zu antworten, »um das alles da drüben bei den Ondarivas ganz kennenzulernen, braucht man Tage! Mit Bäumen aus den Wäldern Amerikas, du würdest staunen!« Dann fiel ihm ein, daß er ja mit mir Streit hatte und daß er infolgedessen keinen Gefallen daran finden durfte, mir seine Entdeckungen mitzuteilen. Er brach daher ab und bemerkte schroff: »Jedenfalls nehme ich dich nicht mit! Von nun an kannst du mit Battista spazierengehen und mit dem Cavaliere.«

»Ach, Mino, nimm mich doch mit«, flehte ich ihn an, »du mußt mir nicht böse sein wegen der Schnecken! Sie waren abscheulich, aber ich konnte das Gezeter nicht mehr aushalten.«

Cosimo schlang währenddessen die Torte hinunter. »Ich werde dich auf die Probe stellen«, sagte er, »du mußt mir beweisen, daß du zu mir hältst und nicht zu ihnen.«

»Sag mir, was ich alles tun soll!«

»Du mußt mir Stricke verschaffen, lange und feste Stricke; denn bei manchen Überquerungen muß ich mich anseilen; dann einen Flaschenzug und Haken, ganz dicke Nägel...«

»Aber was willst du denn damit machen? Einen Kran?«

»Wir müssen viel Zeug hinaufschaffen; was, werden wir dann noch sehen: Tische, Bretter, Stangen...«

»Willst du denn auf einem Baum eine Hütte bauen? Und wo denn?«

»Das kommt darauf an. Den Platz werden wir noch aussuchen. Inzwischen wohne ich dort in der hohlen Eiche. Ich werde das Körbchen mit dem Seil hinunterlassen, und du kannst dann alles hineintun, was ich brauche.«

»Aber warum denn? Du redest ja, wie wenn du wer weiß wie lange versteckt bliebest! Meinst du denn nicht, daß sie dir verzeihen werden?«

»Was kümmert's mich, ob sie mir verzeihen? Und außerdem verstecke ich mich nicht: Ich habe vor niemandem Angst! Und du, hast du Angst, mir zu helfen?«

Natürlich hatte ich begriffen, daß mein Bruder im Augenblick nicht herunterkommen wollte; trotzdem tat ich, als verstünde ich ihn nicht, da ich ihn zwingen wollte, Farbe zu bekennen und dem Sinne nach folgendes zu sagen: Ja, ich will noch bis zum Vesperbrot auf den Bäumen bleiben oder bis zum Sonnenuntergang oder bis zum Abendessen oder solange es hell ist – kurzum, er sollte etwas äußern, was seinem Protest Maß und Grenze setzte. Statt dessen sagte er nichts dergleichen, so daß ich es etwas mit der Angst zu tun bekam.

Sie riefen uns von unten. Unser Vater schrie: »Cosimo! Cosimo!« Und dann – da er schon überzeugt war, daß ihm Cosimo nicht antworten würde – rief er mich: »Biagio, Biagio!«

»Ich sehe eben nach, was sie wollen, dann komme ich wieder und erzähle es dir«, sagte ich hastig. Ich gestehe offen, daß es mir nicht nur darum zu tun war, meinen Bruder schnell zu unterrichten, sondern daß ich mich auch geschwind aus dem Staube machen wollte, da ich befürchtete, man könnte mich erwischen, während ich mit ihm im Wipfel des Maulbeerbaums schwatzte, und ich hätte dann mit ihm die Strafe zu teilen, die ihn zweifellos erwartete. Doch Cosimo schien mir diese Anwandlung der Feigheit nicht vom Gesicht abzulesen: Er ließ mich gehen, nicht ohne mit einem Achselzucken seine

Gleichgültigkeit gegenüber all dem zu bekunden, was ihm mein Vater etwa zu sagen hatte.

Als ich zurückkam, war er noch immer dort; er hatte auf einem gestürzten Stamm einen guten Sitzplatz gefunden, stützte das Kinn auf die Knie und hatte die Arme um seine Schienbeine geschlungen. »Mino, Mino!« rief ich, während ich atemlos zu ihm hinaufkletterte. »Sie haben dir verziehen! Sie warten auf dich! Das Vesperbrot ist auf dem Tisch, und Papa und Mama sitzen schon und legen uns Tortenstücke auf die Teller! Es gibt nämlich Creme- und Schokoladentorte, aber Battista hat sie nicht gebacken, weißt du! Battista hat sich wahrscheinlich, grün vor Ärger, auf ihrem Zimmer eingeschlossen. Beide haben sie mir den Kopf gestreichelt. ›Geh zu dem armen Mino und sage ihm, daß wir Frieden schließen und nicht mehr davon reden wollen!‹ Komm schnell!«

Cosimo knabberte an einem Blatt. Er rührte sich nicht. »Hör zu«, sagte er, »versuche doch, eine Decke zu erwischen, ohne daß man dich sieht, und bring sie mir. Es wird heute nacht kalt werden.«

»Aber du willst doch nicht die Nacht auf den Bäumen verbringen!«

Er antwortete nicht, stützte das Kinn auf die Knie, kaute an einem Blatt und schaute vor sich hin. Ich folgte seinem Blick, der an der Mauer des Gartens der Ondarivas haftenblieb, dort, wo die weiße Blüte der Magnolie hervorlugte und weit weg ein großer Adler kreiste.

So wurde es Abend. Die Diener kamen und gingen, im Saal waren die Leuchter schon angezündet. Cosimo mußte das alles von seinem Baume aus sehen, und der Baron Arminio rief, den Schatten vor dem Fenster zugewandt: »Wenn du da oben bleiben willst, wirst du verhungern!«

An diesem Abend setzten wir uns zum erstenmal ohne Cosimo zu Tisch. Er hockte rittlings auf einem hohen Ast der Steineiche: seitwärts, so daß wir nur die baumelnden Beine sahen. Das heißt, wir sahen sie, wenn wir ans Fensterbrett traten und in die Finsternis hinausspähten, denn das Zimmer war erleuchtet, und draußen war es dunkel. Sogar der Cavaliere fühlte sich verpflichtet, hinauszuschauen und etwas zu sagen, aber wie üblich gelang es ihm, sich eines Urteils über die Frage zu enthalten. Er bemerkte: »Oooh – ein kräftiges Holz... Das hält ja noch hundert Jahre!«, und dann fügte er einige türkische Worte hinzu, vielleicht den Namen der Steineiche; kurzum, er tat, als spräche man vom Baume und nicht von meinem Bruder.

Bei unserer Schwester Battista hingegen kam eine Art Neid gegenüber Cosimo zum Vorschein, als hätte sie, die es gewohnt war, die Familie ständig durch ihre Schrullen in Atem zu halten, nun jemanden gefunden, der ihr überlegen war; und so biß sie sich weiter die Nägel ab. (Sie tat das, indem sie nicht etwa den Finger zum Munde emporführte, sondern ihn senkte, mit umgestülpter Hand und mit gehobenem Ellbogen.)

Der Generalin fielen gewisse Soldaten ein, die in einem Lager auf den Bäumen Wache gehalten hatten, ich weiß nicht mehr, ob in Pommern oder Slawonien, und denen es gelungen war, den Feind rechtzeitig zu erkennen und einen Überfall zu verhindern. Diese Erinnerung riß sie auf einmal aus ihren Mutterängsten und versetzte sie wieder in die militärische Atmosphäre, in der sie sich wohl fühlte; und als wäre es ihr schließlich gelungen, sich über das Verhalten ihres Sohnes Klarheit zu verschaffen, wurde sie ruhiger und beinahe stolz. Niemand schenkte ihr Gehör, außer dem Abbé Fauchelefleur, der den kriegerischen Berichten und dem Vergleiche, den meine Mutter daraus herleitete, mit großem Ernst beipflichtete; hätte er sich doch an jedes beliebige Argument geklammert, da ihm nur darum zu tun war, die Geschehnisse natürlich zu finden und seinen Kopf von Verantwortung und Sorgen zu befreien.

Nach dem Abendessen gingen wir bald schlafen, veränderten somit nicht einmal an diesem Abend unseren üblichen Tageslauf. Nunmehr hatten unsere Eltern beschlossen, Cosimo nicht mehr die Genugtuung zu bereiten, daß sie sich um ihn kümmerten, da sie hofften, die Müdigkeit, seine unbequeme Lage und die Kälte der Nacht würden ihn aus seinem Schlupfwinkel vertreiben. Jeder ging in sein Zimmer, und an der Fassade des Hauses öffneten die angezündeten Kerzen Goldaugen im Viereck der Fensterläden. Welches Heimweh, welch eine Sehnsucht nach Wärme mußte dieses ihm so vertraute Haus in meinem Bruder erwecken, der im Freien nächtigte! Ich trat ans Fenster unseres Zimmers und meinte, seinen in einer Höhlung der Steineiche zwischen Ast und Stamm zusammengekauerten Schatten zu sehen; da hockte er, in seine Decke eingehüllt und – vermutlich – mehrfach mit einem Strick umwunden, um nicht hinunterzufallen.

Der Mond ging spät auf und leuchtete über den Zweigen. In den Nestern schlummerten die Meisen, zusammengekauert wie er. In der Nacht, unter offenem Himmel, war die Stille des Parks von hundertfachem Rascheln und fernen Geräuschen durchzogen, und der Wind lief hindurch. Zuweilen drang von ferne ein Rauschen herüber: das Meer. An meinem Fenster lauschte ich diesem stoßweisen Atmen und suchte mir vorzustellen, wie es für ihn, der nicht das vertraute Flußbett des Hauses im Rücken hatte, klingen mußte; für ihn, der dort in einer Entfernung von wenigen Metern diesem Atem ganz preisgegeben und ringsum nur von der Nacht umschlossen war; dem als einziger vertrauter Gegenstand, um den er seinen Arm schlingen konnte, nur ein Baumstamm zur Verfügung stand, ein Baumstamm mit seiner Rinde, durchzogen von winzigen Gängen, in denen die Larven schlummerten.

Ich ging zu Bett, wollte aber nicht die Kerze löschen. Vielleicht konnte ihm dieses Licht am Fenster seines Zimmers Gesellschaft leisten. Wir hatten eine gemeinsame Kammer mit zwei Bettchen, die noch Kinderbetten waren. Ich blickte auf das seine, unberührte, in das Dunkel vor dem Fenster, das ihn umgab, und wälzte mich zwischen den Bettdecken, wobei ich vielleicht zum ersten Male Freude darüber empfand, daß ich ausgezogen, mit nackten Füßen in einem warmen und weißen Bett liegen konnte, zugleich aber das Mißbehagen des anderen mit empfand, der dort oben in eine rauhe Decke eingeschnürt war, die Beine in engen Gamaschen, mit zerschlagenen Knochen, ohne daß er sich hätte umdrehen können. Und so überkam mich ein Gefühl, das mich seit dieser Nacht nicht mehr verlassen hat – das Bewußtsein, welch ein Glück es bedeutet, ein Bett zu haben, mit sauberen Leintüchern und weicher Matratze! In dieser Empfindung schlossen sich meine Gedanken, nachdem sie so viele Stunden zu dem Menschen gewandert waren, dem alle unsere Ängste galten, über mir zusammen, und so schlief ich ein.

4

Ich weiß nicht, ob es zutrifft, was man in den Büchern lesen kann, daß in alten Zeiten ein Affe, wenn er sich von Rom aus auf den Weg machte und von Baum zu Baum sprang, Spanien erreichen konnte, ohne jemals den Boden zu berühren. Zu meinen Zeiten gab es solch dichten Baumwuchs nur noch im Golf von Ombrosa von einem Ende zum anderen und bis hinauf zu den Bergkämmen; und dafür war unsere Gegend allgemein bekannt.

Heutzutage ist dieser Himmelsstrich nicht mehr wiederzuerkennen. Als die Franzosen ins Land kamen, hatte man damit begonnen, Wälder abzuholzen, als wären es Wiesen, die man alljährlich abmäht und die dann wieder wachsen. Sie sind nicht wieder gewachsen. Damals schien das mit dem Kriege, mit Napoleon, mit den Zeitläuften zusammenzuhängen; statt dessen ging es immer so weiter. Die Hänge sind kahl, und für uns, die wir sie früher gekannt haben, ist ihr Anblick bestürzend. Damals waren stets Zweige und Laub zwischen uns und dem Himmel, wohin wir uns auch wandten. Eine Zone niedrigerer Vegetation bildeten lediglich die Zitronensträucher, aber auch in ihrer Mitte reckten sich die Feigenbäume empor, die weiter bergwärts den ganzen Himmel der Obstgärten mit den Kuppeln ihres schweren Blattwerks versperrten; wo sie fehlten, gab es Kirschbäume mit ihren braunen Blättern oder die zarteren Quittensträucher, Pfirsich- und Mandelbäume, junge Birnbäume, üppige Zwetschgenbäume, und sodann Spierlingsbäume, Johannisbrotbäume, wo nicht ein Maulbeerbaum oder ein alter Nußbaum stand. Hinter den Obstgärten begannen die silbriggrauen Oliven, wie Wolkenflocken über dem Horizont. Im Hintergrunde schichtete sich das Dorf auf, zwischen dem Hafen in der Tiefe und der Zitadelle auf der Höhe; und auch dort kamen überall Baumgruppen zum Vorschein: Steineichen, Platanen, auch deutsche Eichen – eine uneigennützigere und würdevollere Vegetation, die in der Gegend, wo der Adel seine Villen gebaut und seine Parks mit Zäunen umschlossen hatte, zum Durchbruch kam, freilich nach einer gewissen Ordnung und Regel.

Oberhalb der Oliven begann der Wald. Wahrscheinlich hatten die Pinien früher die ganze Küste beherrscht, denn sie zogen sich noch in Streifen und Gruppen die Hänge entlang, bis hinunter zum Meeresstrand, und das gleiche galt von den Lärchen. Die Steineichen waren zahlreicher und standen dichter, als man es heute sehen kann, denn sie waren das erste und begehrteste Opfer der Äxte. Weiter oben wichen die Pinien den Kastanien, der Wald überkletterte den Bergkamm, und seine Grenzen waren nicht auszumachen. Das war der Lebenssaft, der uns umgab, in dem wir gediehen, wir Bewohner Ombrosas, fast ohne etwas davon zu bemerken.

Der erste, der sich darüber Gedanken machte, war Cosimo. Er erkannte, daß er bei solcher Dichte des Baumwuchses von Ast zu Ast wechseln und mehrere Meilen zurücklegen konnte, ohne jemals den Boden zu betreten. Mitunter nötigte ihn eine kahle Fläche zu endlosen Umwegen, aber bald wußte er über alle Routen Bescheid und maß die Entfernungen nicht mehr nach unseren Schätzungen, sondern stellte stets die gewundenen Strecken in Rechnung, die er von Ast zu Ast bewältigen mußte. Und wo er nicht einmal mit einem Sprunge den nächsten Ast erreichen konnte, traf er seine Vorkehrungen, doch davon werde ich später berichten. Jetzt befinden wir uns noch in der ersten Morgendämmerung, in der er auf dem Wipfel einer Steineiche erwachte, inmitten pfeifender und schwatzender Stare, feucht vom kalten Tau, erstarrt, mit zerschlagenen Knochen, mit kribbelnden Armen und Beinen; und so machte er sich glücklich auf, um die neue Welt zu erforschen.

Er erreichte den letzten Baum des Parks, eine Platane; unter ihr sank das Tal ab, und darüber war der Himmel, durchzogen von Wolken und Rauch, der von irgendeinem Schieferdach aufstieg, von Weilern, die sich wie Steinhaufen hinter den Felsen verbargen. In diesen Himmel reichten die Blätter der Feigen- und Kirschbäume hinein, und die niedrigeren Pflaumen- und Pfirsichbäume spreizten ihre stämmigen Äste: Alles war zu sehen, auch das Gras, Blättchen an Blättchen, aber nicht die Färbung des Bodens, denn der war bedeckt mit den trägen Blättern der Kürbisse oder den Büscheln des Lattichs oder den Kohlköpfen auf den Beeten, und so sah es auf beiden Seiten des V-förmigen Tales aus, das sich trichterartig dem Meere zu öffnete.

Und diese Landschaft durchlief gleichsam eine Welle; sie war nicht sichtbar und auch nur von Zeit zu Zeit zu hören, aber was man hörte, genügte, um die Unruhe fortzupflanzen: Ganz plötzlich erschollen schrille Schreie, und dann war es, als wenn etwas dumpf auf den Boden prasselte, und vielleicht krachte auch ein zerbrochener Ast, dann schrie es wieder, aber es war ein wütendes Gezeter anderer Stimmen, die sich allmählich an dem Orte vereinigten, von wo zunächst die schrillen Schreie gekommen waren. Dann war nichts, ein sinnerfülltes Nichts, als lauerte etwas, was nicht von dort, sondern von einer ganz anderen Seite zu erwarten war, und wahrhaftig begann dieses Durcheinander von Stimmen und Lärm von neuem, und die Stellen hie und da im Tale, von denen es vermutlich herkam, waren dieselben, an denen sich die kleinen gezackten Blätter der Kirschbäume im Winde bewegten.

So geschah es, daß Cosimo mit jenem Teil seines Geistes, der zerstreut dahinsegelte – ein anderer Teil seines Ichs hingegen wußte und begriff alle Dinge im voraus –, auf folgenden Gedanken verfiel: Die Kirschen reden.

Cosimo bewegte sich auf den nächsten Kirschbaum zu oder vielmehr auf eine Reihe von Kirschbäumen mit schönem grünem Laub und schwarzen Kirschen, aber mein Bruder hatte noch nicht das Auge, um sofort unterscheiden zu können, was zwischen den Zweigen war und was nicht. Er hielt dort inne: Zuerst hörte er Lärm, und dann wieder war es still.

Er selbst hockte auf einem der untersten Äste und hatte ein Gefühl, als wären alle Kirschen an seinem Körper; er hätte sich nicht erklären können, weshalb sie sich um ihn zu sammeln schienen: Wahrhaftig, dieser Baum schien Augen statt Kirschen zu tragen.

Cosimo hob das Gesicht, und eine überreife Kirsche klatschte ihm auf die Stirn. Er kniff die Augen zusammen, um gen Himmel zu blicken (wo die Sonne gerade aufging), und stellte fest, daß auf diesem und auf den benachbarten Bäumen überall Jungen hockten.

Als sie sich entdeckt sahen, verhielten sie sich nicht mehr ruhig, und mit ihren grellen, wenn auch gedämpften Stimmen sagten sie ungefähr: »Sieh doch, wie schön er ist!«, und zugleich bog ein jeder die Blätter seines Zweiges zurück und kletterte einen Ast tiefer, dem Knaben entgegen, der einen Dreispitz trug. Sie selber waren barhäuptig oder trugen zerfranste Strohhüte, und einige waren in Säcke gehüllt; sie trugen zerlumpte Hemden und Hosen; wer nicht barfuß war, hatte sich Stoffetzen um die Füße gewickelt; einige hatten sich auch ihre Holzschuhe, die sie beim Klettern behinderten, um den Hals gehängt. Sie alle bildeten die große Bande der Obstdiebe, von der sich Cosimo und ich – darin den Weisungen der Familie gehorsam – immer recht fern gehalten hatten.

An jenem Morgen indessen schien mein Bruder nichts anderes als diese Begegnung zu suchen, obwohl auch er sich nicht im klaren war, was er sich eigentlich davon versprach. Er rührte sich nicht und erwartete sie, während sie von ihren Zweigen herunterkamen, dabei auf ihn zeigten und ihm mit ihren schrillen halblauten Stimmen Worte zuriefen wie: »Was sucht der denn hier?« und ihn mit Kirschkernen bespuckten oder ihn mit verfaulten oder von Amseln angepickten Kirschen bewarfen, nachdem sie sie an ihren Stielen mit einer Schleuderbewegung in die Luft gewirbelt hatten.

»Uuuh!« riefen sie plötzlich. Sie hatten den kleinen Degen erblickt, der ihm hinten herunterhing. »Habt ihr gesehen, was er da hat?« Und sie lachten schallend. »Dieser Angeber!« Dann verstummten sie und unterdrückten ihr Lachen, weil sich etwas anbahnte, was einen unbändigen Spaß versprach: Zwei dieser kleinen Halunken hatten sich heimlich auf einen Ast unmittelbar über Cosimo begeben und ließen einen Sack mit der Öffnung nach unten auf seinen Kopf hinunter, einen jener schmierigen Säcke, die sie offenbar zum Verstauen ihrer Beute verwandten und die sie sich, wenn sie noch leer waren, wie auf die Schultern herabhängende Kapuzen über den Kopf stülpten. Im nächsten Augenblick hätte mein Bruder im Sack gesteckt, ohne zu wissen, wie; dann hätten sie ihn wie eine Zervelatwurst verschnüren und ihn unter Hieben und Stößen fortschleppen können.

Cosimo witterte die Gefahr, oder vielleicht witterte er auch nichts: Er fühlte sich wegen des Degens verspottet, und aus gekränktem Ehrgefühl wollte er ihn ziehen. Er schwang ihn über seinem Haupte, die Klinge berührte den Sack; so wurde er ihn gewahr, knüllte ihn zusammen und entriß ihn der Hand der beiden Diebe, worauf er ihn fortwarf.

Das war ein guter Schachzug. Die anderen gaben ihre Enttäuschung und Verwunderung durch »Ohs« zu erkennen und bedachten die beiden Komplicen, die sich den Sack hatten entreißen lassen, mit Schimpfworten in ihrem Dialekte wie: »Cuiasse, Belinùi!«

Er kam nicht dazu, sich seines Erfolges zu freuen. Auf dem Boden ereignete sich ein Wutausbruch anderer Art: Man keifte, warf Steine und schrie: »Diesmal entwischt ihr uns nicht, ihr Diebespack«, und damit erhoben sich Heugabeln. Die Spitzbuben duckten sich zusammen, zogen Beine und Ellbogen hoch. Dieser Lärm rings um Cosimo hatte den Bauern, die auf der Lauer lagen, als Signal gedient.

Der Angriff war zahlenmäßig gut vorbereitet. Mehrere kleine Grundeigentümer und Pächter im Tale, die es leid waren, sich ihr Obst während der Reifezeit stehlen zu lassen, hatten sich zusammengetan. Der Taktik der Diebe, die alle miteinander einen Baumgarten überfielen, ihn ausplünderten, worauf sie sich nach einer ganz anderen Richtung davonmachten, um dort von neuem zu beginnen – diese Taktik konnte man nur auf eine ähnliche Weise begegnen, das heißt, man mußte auf einem Grundstück, das sie früher oder später heimsuchen würden, gemeinsam Wache halten, um sie auf frischer Tat zu ertappen.

Jetzt begannen die losgekoppelten Hunde zu bellen und zähnefletschend an den Kirschbäumen hochzuspringen, während sich die Heugabeln in die Luft reckten. Drei oder vier der kleinen Diebe sprangen noch so rechtzeitig hinunter, daß sich ihnen die Gabelspitzen in den Rücken bohrten und die zuschnappenden Hunde ihren Hosenboden durchlöcherten, worauf sie schreiend davonrannten und Hals über Kopf die Weinbergzeilen durchbrachen. Infolgedessen getraute sich keiner mehr hinunter. Sie alle, wie auch Cosimo, hockten verstört auf ihren Ästen. Schon legten die Bauern ihre Leitern an den Kirschbäumen an und kletterten hinauf, wobei sie den spitzen Zinken ihrer Gabeln den Vortritt ließen.

Einige Minuten vergingen, bevor Cosimo begriffen hatte, daß es sinnlos war, zu erschrecken, weil diese Strolche erschrocken waren, so wie auch die Vorstellung töricht war, daß nur sie jeder Lage gewachsen sein sollten und er nicht. Daß sie sich wie Einfaltspinsel nicht von der Stelle rührten, war schon ein Beweis dafür: Worauf warteten sie denn noch, bevor sie auf die benachbarten Bäume entwichen? Mein Bruder war auf diesem Wege hierhergekommen und konnte auf die gleiche Weise wieder fort: Er stülpte den Dreispitz auf den Kopf, suchte den Zweig, der ihm als Brücke gedient hatte, wechselte vom letzten Kirschbaum auf einen Johannisbrotbaum über, ließ sich von dort auf einen Pflaumenbaum hinunter und so fort. Als die anderen bemerkten, daß er sich so ortskundig auf diesen Ästen bewegte, sahen sie ein, daß sie sich sofort entschließen mußten, wenn sie sich nicht wer weiß wie lange abmühen wollten, um seinen Weg wiederzufinden: So folgten sie schweigend, Arme und Beine gebrauchend, seiner gewundenen Marschroute. Derweil überkletterte Cosimo einen Feigenbaum, schwang sich über die Hecke, die das Feld umgab, zog sich an einem Pfirsichbaum hoch, dessen Äste so zart waren, daß nur einer auf einmal hinüberkonnte. Der Pfirsichbaum verhalf ihm dazu, daß er sich an den schiefen Stamm eines Ölbaums anklammern konnte, der eine Mauer überragte; vom Ölbaum aus war er mit einem Sprunge auf einer Steineiche, deren einer Ast sich über dem Wildbach spannte; so konnten sie die Bäume am anderen Ufer erreichen.

Die Männer mit den Heugabeln, die bereits die Obstdiebe erwischt zu haben meinten, sahen sie durch die Luft entkommen, als wären es Vögel. Sie verfolgten sie im Laufschritt, zusammen mit den kläffenden Hunden, mußten aber die Hecke und dann die Mauer umgehen; schließlich gab es an jener Stelle des Wildbachs keine Brücken, und bis sie eine Furt gefunden hatten, ging viel Zeit verloren; währenddessen waren die Lausbuben schon davongelaufen.

Sie liefen wie Christenmenschen mit den Füßen auf dem Boden. Mein Bruder war allein auf den Bäumen zurückgeblieben. »Wo steckt denn dieses Rotkehlchen mit seinen Gamaschen?« fragten sie, da sie ihn nicht mehr vor sich sahen. Sie blickten in die Höhe; da kletterte er ja auf den Oliven. »Hallo, du da oben, komm doch runter, jetzt kriegen sie uns nicht mehr!« Er aber kam nicht herunter, sprang von Baum zu Baum, wechselte von einer Olive zur anderen über, entschwand ihren Blicken zwischen den dichten Silberblättern.

Die Rotte der kleinen Strolche mit den Säcken als Kapuzen und Stöcken in Händen plünderte jetzt einige Kirschbäume hinten im Tale. Sie arbeiteten methodisch, pflückten einen Zweig nach dem anderen ab, doch wen erblickten sie auf einmal auf dem höchsten Baumwipfel, wo er mit gekreuzten Beinen hockte, die Kirschenstiele mit zwei Fingern abzupfte, um die Früchte in den Dreispitz auf seinen Knien zu sammeln? Den Jungen mit den Gamaschen! »Heda, wo kommst du denn her?« fragten sie ihn herablassend. Doch sie waren bestürzt, denn er schien wahrhaftig durch die Luft geflogen zu sein.

Mein Bruder holte jetzt die Kirschen einzeln aus dem Dreispitz und führte sie zum Munde, als wären es Kandisfrüchte. Dann blies er mit geschürzten Lippen die Kerne fort, wobei er darauf achtete, daß sie nicht seine Weste beschmutzten.

»Was hat denn dieser Eisfresser bei uns zu suchen?« sagte einer. »Was kommt er uns in die Quere? Weshalb ißt er denn nicht die Kirschen in seinem eigenen Garten?« Sie waren indessen etwas eingeschüchtert, denn sie hatten erkannt, daß er sich auf den Bäumen besser auskannte als sie alle miteinander.

»Unter diesen Eisfressern«, bemerkte ein zweiter, »kommt versehentlich manchmal einer zur Welt, der mehr auf Draht ist als die anderen. Denk doch nur an die Sinforosa...!«

Als Cosimo diesen geheimnisvollen Namen hörte, spitzte er die Ohren und errötete, ohne auch nur zu wissen, weshalb.

»Die Sinforosa hat uns verraten«, sagte ein dritter.

»Aber sie war in Ordnung, wenn man bedenkt, daß auch sie zu den Eisfressern gehört, und hätte sie heute früh auf ihrem Horn geblasen, so hätte uns keiner erwischt.«

»Selbstverständlich kann auch ein Eisfresser bei uns bleiben, wenn er zu uns gehören will.«

Cosimo begriff jetzt, daß mit den »Eisfressern« die Stadtbewohner oder Edelleute oder überhaupt hochgestellte Personen gemeint waren.

»Hör mal!« rief ihm einer zu. »Wir müssen Klarheit haben: Wenn du bei uns bleiben willst, mußt du mit uns das Obst abschlagen und uns alle Kniffe beibringen, die du kennst.«

»Und uns in den Obstgarten deines Vaters hineinlassen«, sagte ein anderer. »Auf mich haben sie einmal mit Salz geschossen.«

Cosimo hörte aufmerksam zu, schien aber ganz in Gedanken versunken. Dann fragte er: »Sagt doch, wer ist denn die Sinforosa?«

Da brachen alle diese Bengel auf den Zweigen in schallendes Gelächter aus; sie lachten so sehr, daß einer von ihnen fast von seinem Kirschbaum heruntergepurzelt wäre; ein anderer warf sich zurück, während er sich mit den Beinen am Ast festhielt, und ein dritter schaukelte, an den Händen hängend, hin und her und lachte dabei fortwährend aus vollem Halse.

Infolge solchen Lärms hatten sie natürlich wieder die Verfolger auf den Fersen. Ja, anscheinend hatte der ganze Haufen mit den Hunden gerade dort auf sie gewartet, denn es erhob sich ein großes Gekläff, und da waren sie alle wieder mit ihren Heugabeln. Nur daß sie diesmal, durch die erlittene Schlappe gewitzigt, zunächst mit Leitern, wie man sie zum Einsammeln des Harzes benutzt, die umliegenden Bäume erkletterten, um die Obstdiebe auf diese Weise mit Mistgabeln und Rechen einzukreisen. Während sich die Männer derart auf die Bäume verteilten, wußten die Hunde auf dem Boden zuerst nicht recht, wohin sie hetzen sollten; daher liefen sie etwas durcheinander und bellten mit hochgerecktem Maul. So konnten die kleinen Gauner sich flink auf die Erde werfen und inmitten der verwirrten Hunde jeder nach einer anderen Seite davonlaufen; und wenn auch der eine oder andere einen Biß in die Wade oder Stockschläge oder einen Steinhagel in Kauf nehmen mußte, so räumten doch die meisten ungeschoren das Feld.

Cosimo blieb auf seinem Baume zurück. »Komm doch runter!« riefen ihm die anderen zu, während sie davonliefen. »Was tust du denn? Schläfst du? Komm runter, solange der Weg noch frei ist!« Er aber zog seinen Kinderdegen, während er die Knie an den Ast preßte. Um ihn zu erreichen, streckten die Bauern von den umliegenden Bäumen ihre Gabeln aus, an die sie Stöcke gebunden hatten. Cosimo hielt sie von sich ab, indem er seinen Degen herumwirbelte, bis sie ihm eine Gabel mitten auf die Brust pflanzten und ihn am Stamm festnagelten.

»Halt!« schrie da eine Stimme. »Das ist ja der kleine Baron di

Piovasco! Was treibt er denn da droben, der junge Herr! Wieso hat er sich unter solch ein Gesindel gemischt!«

Cosimo erkannte Giuà della Vasca, einen Pächter unseres Vaters.

Die Gabeln wichen zurück. Viele aus dem Haufen zogen den Hut. Auch mein Bruder lüftete den Dreispitz mit zwei Fingern und verneigte sich.

»Heda, ihr da drunten, nehmt die Hunde an die Leine!« riefen die andern. »Laßt ihn hinunter! Ihr könnt jetzt hinabklettern, junger Herr, aber Achtung, der Baum ist hoch! Einen Augenblick, wir legen eine Leiter an! Ich selbst bringe Euch dann nach Hause!«

»Nein, besten Dank«, sagte mein Bruder. »Macht euch nur keine Mühe, ich kenne meinen Weg, ich kenne ihn ganz allein.«

Er verschwand hinter dem Stamm, um wieder auf einem anderen Ast zum Vorschein zu kommen, dann umkreiste er abermals den Stamm und erschien wieder auf einem höheren Ast; von neuem verschwand er hinter dem Stamm, und dann waren nur die Füße auf einem höheren Ast zu sehen, denn oben war das Laub dicht; die Füße sprangen, und dann sah man nichts mehr.

»Wo ist er denn hin?« fragten sich die Männer, und sie wußten nicht, wohin sie blicken sollten, ob nach oben oder nach unten.

»Da ist er!« Er war auf dem Wipfel eines anderen Baums, weiter fort, und verschwand wieder.

»Da ist er!« Er war wieder auf einem anderen Wipfel, schwebte wie vom Winde getragen und sprang.

»Er ist hinuntergefallen! Nein! Dort ist er!« Über dem gestutzten Grün sah man nur Dreispitz und Schwalbenschwanz.

»Aber was hast du denn für einen Herrn?« fragten die anderen Giuà della Vasca. »Ist er ein Mensch oder ein wildes Tier? Oder ist es der Teufel in Person?«

Giuá della Vasca hatte es die Sprache verschlagen. Er bekreuzigte sich.

Man hörte Cosimos Gesang, eine Art Schrei, der die Tonleiter hinaufkletterte: »O la Sin-fo-ro-saaa...!«

5

Die Sinforosa: Aus den Erzählungen der kleinen Diebe erfuhr Cosimo nach und nach viele Dinge über dieses Wesen. Mit diesem Namen pflegten sie ein junges Mädchen zu bezeichnen, das aus einem der Landhäuser stammte und auf einem weißen Pony umherstreifte; mit ihnen, dem Lumpenpack, hatte sie Freundschaft geschlossen, sie eine Weile beschützt und auch, herrisch, wie sie war, kommandiert. Auf ihrem weißen Pferdchen galoppierte sie Straßen und Pfade entlang; wenn sie reifes Obst in einem unbewachten Obstgarten erblickte, gab sie ihnen Nachricht und begleitete ihre Überfälle hoch zu Roß wie ein Offizier. Sie hatte ein Jagdhorn um den Hals hängen; während die Bande Mandel- oder Birnbäume heimsuchte, ritt sie an der Küste auf und ab, von wo man das Land überblicken konnte; und sobald sie verdächtige Bewegungen von Gutsherren oder Bauern wahrnahm, die zur Entdeckung der Diebe oder zu einer Aktion gegen sie hätten führen können, blies sie in ihr Horn. Sobald sie dessen Klang hörten, sprangen die kleinen Halunken von ihren Bäumen und suchten das Weite; daher waren sie nie erwischt worden, solange das Mädchen zu ihnen gehalten hatte.

Was dann geschehen war, ließ sich schwer feststellen: Jener »Verrat«, den die Sinforosa ihnen gegenüber beging, schien zum Teil darin bestanden zu haben, daß sie sie alle in ihren Garten gelockt hatte, damit sie dort Obst essen sollten, um sie dann durch die Dienstboten verprügeln zu lassen; außerdem schien sie einen aus ihrem Haufen, einen gewissen Bel-Loré, der deswegen noch immer gehänselt wurde, bevorzugt, zugleich aber auch einem anderen, einem gewissen Ugasso, ihre Gunst geschenkt zu haben, um sie dann gegeneinander aufzuwiegeln; zu eben jenen Stockschlägen von seiten der Dienstboten war es anscheinend nicht anläßlich eines Obstdiebstahls, sondern während einer Expedition der beiden eifersüchtigen

Favoriten gekommen, die sich schließlich gegen das Mädchen verbündet hatten; man erzählte auch von gewissen Torten, die sie ihnen wiederholt versprochen und schließlich auch gegeben hatte, doch waren sie mit Rizinusöl zubereitet gewesen, so daß sie eine Woche lang an Bauchgrimmen gelitten hatten.

Dieser oder ein ähnlicher Streich oder vielleicht auch alles zusammen hatte dazu geführt, daß es zwischen der Sinforosa und der Bande zum Bruch gekommen war, und jetzt sprachen sie von ihr voller Groll, doch zugleich mit Bedauern.

Cosimo vernahm all diese Dinge mit gespitzten Ohren und gab seine Zustimmung zu erkennen, als hätte sich alles in ein ihm bekanntes Bild eingefügt; schließlich entschloß er sich zu der Frage: »Aber in welcher Villa lebt sie denn, diese Sinforosa?«

»Wie, kennst du sie denn nicht? Ihr seid doch Nachbarn! Die Sinforosa aus der Villa der Ondarivas!«

Cosimo hätte sicherlich nicht dieser Bestätigung bedurft, um Gewißheit zu haben, daß die Freundin der Strolche Viola war, das Mädchen auf der Schaukel. Und gerade – so scheint mir – weil sie ihm gesagt hatte, sie kenne alle Obstdiebe der Umgebung, war er sogleich darauf erpicht gewesen, die Bande aufzuspüren. Von diesem Augenblick an verstärkte sich indessen die Sucht, die ihn ergriffen hatte, mochte sie auch noch unbestimmt sein. Gern hätte er die Bande angeführt, damit sie die Bäume des Parks der Ondarivas ausplündere, und dann wollte er wieder in Violas Dienste treten, um sie vor den Strolchen zu beschützen; am liebsten hätte er ihr wohl Verdruß bereitet, um sie dann verteidigen zu können, oder Heldentaten vollbracht, von denen sie durch Mittelsleute erfahren mußte. Während ihm solche Pläne durch den Kopf gingen, folgte er der Bande immer unlustiger; wenn die anderen von den Bäumen herunterstiegen, blieb er allein zurück, während ein Schleier der Schwermut über sein Gesicht zog wie Wolken über die Sonne. Dann fuhr er auf einmal in die Höhe, kletterte flink wie eine Katze von Ast zu Ast und durcheilte Obstplantagen und Gärten, während er irgend etwas zwischen den Zähnen vor sich hin summte. Es war ein nervöses, nahezu stummes Summen, dabei starrten die Augen vor sich hin, so daß man meinen konnte, sie sähen nichts und er halte sich nur vermöge seines Instinktes im Gleichgewicht, genau wie die Katzen.

In solcher Besessenheit sahen wir ihn mehrmals auf den Ästen unseres Gartens vorüberziehen. »Da ist er, da ist er!« schrien wir dann, denn bei allem, was wir unternahmen, dachten wir doch ständig an ihn; wir zählten die Stunden, die Tage, die er auf den Bäumen verbrachte, und unser Vater sagte: »Er ist verrückt, der Teufel ist in ihn gefahren!« und nahm sodann den Abbé Fauchelefleur aufs Korn. »Es gibt nur eins: Er muß ihm ausgetrieben werden! Worauf warten Sie denn noch, ich spreche zu Ihnen, mon Abbé, was stehen Sie denn da und falten die Hände! Mein Sohn hat den Teufel im Leib, verstehen Sie denn nicht, sacré nom de Dieu!«

Der Abbé schien plötzlich aus seinen Träumen zu erwachen; das Wort »Teufel« löste offenbar eine bestimmte Gedankenkette in ihm aus, und so begann er mit sehr verwickelten theologischen Darlegungen über die Frage, wie die Gegenwart des Teufels richtig zu verstehen sei, wobei man nicht genau wußte, ob er meinem Vater widersprechen oder nur allgemeine Betrachtungen anstellen wollte; jedenfalls nahm er nicht dazu Stellung, ob eine Beziehung zwischen meinem Bruder und dem Teufel denkbar sei oder von vornherein ausgeschlossen werden müsse.

Der Baron wurde ungeduldig, der Abbé verlor den Faden, mir selber war es schon langweilig geworden. Bei unserer Mutter hatte sich hingegen der mütterliche Angstzustand, wie das nach einer Weile mit allen ihren Empfindungen zu geschehen pflegte, aus einer alles beherrschenden Gemütsbewegung zu praktischen Entscheidungen und zur Suche nach den geeigneten Hilfsmitteln verdichtet. Es war das genau die Art und Weise, wie die Probleme eines Generals ihre Lösung finden sollen. Sie hatte ein langes, mit einem Dreifuß versehenes Fernrohr ausfindig gemacht, durch das sie hindurchzuschauen pflegte; so verbrachte sie ihre Stunden auf der Terrasse der Villa und regulierte ständig die Linsen, um den Jungen inmitten des Blattwerks selbst dann im Auge zu behalten, wenn wir geschworen hätten, er sei außer Sichtweite. »Siehst du ihn noch?« fragte sie vom Garten aus unser Vater, der unter den Bäumen auf und ab spazierte und dem es nie glückte, Cosimo zu Gesicht zu bekommen, außer wenn er sich unmittelbar über seinem Kopf befand. Die Generalin nickte und bedeutete uns zugleich, daß wir still sein und sie nicht stören sollten, als verfolge sie Truppenbewegungen auf einer Anhöhe.

Natürlich sah sie ihn manchmal überhaupt nicht, aber aus einem unerfindlichen Grunde hielt sie an der Vorstellung fest, daß er nur an einer bestimmten Stelle wiederauftauchen könne, und hatte daher das Fernrohr dorthin gerichtet. Mitunter freilich mußte sie im stillen zugeben, daß sie sich geirrt hatte; dann hob sie das Auge von der Linse und begann eine Katasterkarte zu studieren, die auf ihrem Schoß ausgebreitet war; dabei ruhte die eine Hand in nachdenklicher Haltung auf dem Munde, während sie mit der anderen den Hieroglyphen der Karte folgte, bis sie den Punkt festgestellt hatte, den ihr Sohn erreicht haben mußte; alsbald berechnete sie den Einfallswinkel, richtete das Fernrohr auf irgendeinen Baumwipfel in diesem Blättermeer und stellte langsam die Linsen ein. Wenn darauf ein ängstliches Lächeln auf ihren Lippen erschien, wußten wir, daß sie ihn gesehen hatte, daß er sich wahrhaftig dort befand! Sofort ergriff sie gewisse bunte Fähnchen, die neben ihr auf dem Bänkchen lagen, und schwenkte sie, erst das eine, dann das andere, mit entschiedenen, rhythmischen Bewegungen, als handelte es sich um Botschaften in einer verabredeten Sprache. Ich war hierüber etwas verdrossen, denn ich hatte nicht gewußt, daß unsere Mutter diese Fähnchen besaß und mit ihnen umzugehen verstand; und gewiß wäre es schön gewesen, wenn sie uns das Spielen mit den

Fähnchen beigebracht hätte, vor allem früher, als wir beide noch klein waren; aber unsere Mutter pflegte nie etwas zum Spaß zu tun, und jetzt war alle Hoffnung vergebens.

Ich muß zugeben, daß sie trotz ihres ganzen Kriegsinstrumentariums immer Mutter blieb, mit dem Herzen, das ihr die Kehle zuschnürte, mit dem in der Hand zusammengeknüllten Taschentuch; es hatte indessen den Anschein, daß sie sich ausruhte, indem sie die Generalin spielte, oder daß es ihren Schmerz linderte, wenn sie diese Angst in der Vermummung einer Generalin und nicht als schlichte Mutter durchlebte, eben weil sie ein so zartes Persönchen war, dem als einzige Waffe jener von den Kurtewitz ererbte militärische Stil zu Gebote stand.

Da schwenkte sie nun eines ihrer Fähnchen, während sie durchs Fernrohr blickte, und auf einmal strahlte sie über das ganze Gesicht und lachte. So wußten wir gleich, daß ihr Cosimo geantwortet hatte. Wie, das weiß ich nicht: Vielleicht hatte er seinen Hut geschwenkt oder einen Zweig hochschnellen lassen. Jedenfalls ging in meiner Mutter seitdem eine Veränderung vor sich: Sie hatte nicht mehr die bisherigen Angstzustände, und mochte sich auch ihr Mutterlos, mit einem so sonderbaren, dem üblichen Gefühlsleben entrückten Sohn, vom Schicksal jeder anderen Mutter unterscheiden, so fand sie sich doch als erste von uns allen mit Cosimos sonderbarem Wesen ab, als sei sie nunmehr durch die Grüße, die er ihr fortan von Zeit zu Zeit ganz unversehens zu senden pflegte, durch diese schweigenden Botschaften, die sie miteinander austauschten, völlig zufriedengestellt.

Das Seltsame dabei war, daß sich unsere Mutter in keiner Weise der Täuschung hingab, Cosimo sei jetzt, da er ihr einen Gruß gesandt hatte, geneigt, seine Flucht zu beenden und zu uns zurückzukehren. Unser Vater hingegen lebte ständig in dieser Geistesverfassung, und selbst die kleinste Neuigkeit über Cosimo veranlaßte ihn zu phantasieren: »Ja wirklich? Habt ihr ihn gesehen? Wird er heimkommen?« Unsere Mutter hingegen, die ihm vielleicht am fernsten stand, schien die einzige zu sein, die ihn so zu nehmen vermochte, wie er wirklich war, vielleicht weil sie sich sein Verhalten nicht zu erklären suchte.

Doch kehren wir zu jenem Tage zurück. Hinter unserer Mutter tauchte für einen Augenblick auch Battista auf, die sich sonst nie zu zeigen pflegte. Mit sanftem Augenaufschlag präsentierte sie einen Teller mit einem gewissen Brei und hob ein Löffelchen empor. »Cosimo? Möchtest du was?« Sie empfing dafür eine Backpfeife von unserem Vater und kehrte wieder ins Haus zurück. Wer weiß, was für ein abscheuliches Müsli sie da zubereitet hatte. Unser Bruder war verschwunden.

Wie gern hätte ich ihn begleitet, vor allem jetzt, da er an den Unternehmungen der kleinen Strolche teilnahm, und mir war, als hätte er mir die Tore zu einem neuen Reich geöffnet, das ich nicht mehr mit ängstlichem Mißtrauen, sondern mit solidarischer Begeisterung betrachtete. Ich befand mich bald auf der Terrasse, bald an einer hochgelegenen Dachluke, von der ich die Baumwipfel überblicken konnte; von dort verfolgte ich mehr mit dem Gehör als mit den Augen das plötzliche Lärmen der Bande in den Obstgärten, sah, wie sich die Wipfel der Kirschbäume bewegten, erblickte ungekämmte oder in Sackleinwand gehüllte Köpfe und hörte in dem Stimmengewirr auch Cosimos Stimme, so daß ich mich fragte: Wie stellt er es nur an, daß er schon dort unten ist? Eben war er doch noch hier im Park! Kommt er schon schneller voran als ein Eichhörnchen?

Ich weiß noch, daß sie sich auf den roten Pflaumenbäumen über dem großen Teich befanden, als das Horn erscholl. Auch ich vernahm es, beachtete es aber nicht, da ich nicht wußte, was es zu bedeuten hatte. Sie aber! Wie mir mein Bruder später erzählte, waren sie sprachlos, als sie es von neuem hörten, und vergaßen ganz, daß es ja ein Alarmsignal war; statt dessen fragten sie sich, ob sie richtig gehört hätten und ob Sinforosa abermals auf den Straßen umherzog, um sie vor Gefahren zu warnen. Plötzlich stürmten sie aus dem Obstgarten, aber sie flohen nicht, um zu fliehen, sondern um die Sinforosa zu suchen, sie zu erreichen.

Nur Cosimo blieb dort zurück, mit feuerrotem Gesicht. Doch kaum hatte er begriffen, daß die kleinen Diebe fortliefen, daß sie zu Viola wollten, als er auch schon in Sprüngen, die jedesmal halsbrecherisch waren, über die Äste setzte.

Viola hielt an der Biegung einer ansteigenden Straße; die Hand mit den Zügeln ruhte auf der Pferdemähne, in der anderen schwang sie eine Gerte. Sie musterte die Jungen von Kopf bis Fuß und führte die Spitze der Gerte zum Munde, um daran zu nagen. Sie trug ein himmelblaues Kleid; das an einem Halskettchen befestigte Horn war vergoldet.

Die Jungen standen alle in einem Haufen herum, und auch sie knabberten an etwas: an Pflaumen oder Fingern oder Narben, die sie auf Armen oder Beinen trugen, oder an Sackfetzen. Und fast als müßten sie ihre Verlegenheit überwinden – nicht von einem wirklichen Gefühl getrieben, sondern vielleicht sogar Widerspruch erwartend –, kamen nach und nach aus ihren knabbernden Mündern nahezu stimmlos Worte, die einem Rhythmus folgten, als wenn sie singen wollten: »Weshalb... bist du jetzt hier... Sinforosa... nun kommst du zurück... doch bist du nicht mehr... unsere Freundin... oh, oh, oh... o du Memme...!«

Es rauscht in den Zweigen, und auf einem hohen Feigenbaum erscheint Cosimos Kopf und späht zwischen den Blättern hervor. Sie indessen, noch mit der Gerte im Munde, betrachtete ihn und die anderen von unten nach oben, alle mit dem gleichen Blick umfassend. Cosimo hielt nicht an sich.

Noch ganz außer Atem, stieß er hervor: »Weißt du, daß ich seit damals nie mehr von den Bäumen heruntergekommen bin?«

Unternehmungen, die sich auf innere Zähigkeit gründen, müssen stumm und verborgen bleiben; sobald einer davon spricht oder sich mit ihnen brüstet, wirkt alles eitel, sinnlos oder geradezu kläglich. So hätte auch mein Bruder diese Worte, sobald sie heraus waren, am liebsten niemals gesagt, ja, es war ihm nun alles gleichgültig, und er empfand geradezu das Bedürfnis, herunterzukommen und Schluß zu machen. Das um so mehr, als Viola langsam die Gerte aus dem Munde nahm und in liebenswürdigem Ton sagte: »Ja, wahrhaftig? Brav gemacht, Amsel!«

Aus den Mündern all dieser Bengel begann ein Gelächter zu dröhnen, noch bevor sie sich zu einem ohrenbetäubenden Geschrei öffneten, und Cosimo wurde infolgedessen droben auf seinem Feigenbaum so sehr von Wut übermannt, daß dessen trügerisches Holz nachgab; ein Ast zerbrach ihm unter den Füßen. Cosimo stürzte herab wie ein Stein.

Er fiel mit geöffneten Armen, ohne sich festzuhalten. Während seines Aufenthaltes auf den Bäumen dieser Erde war das wahrhaftig das einzige Mal, daß er nicht den Willen und den Instinkt aufbrachte, sich anzuklammern. Zum Glück verfing sich ein Zipfel seiner Weste in einem niederen Zweig: Vier Fuß über dem Boden blieb er daher in der Luft hängen, mit dem Kopf nach unten.

Ihm war, als triebe ihm die Scham das Blut in den Kopf. Als er dann die Augen in verkehrter Richtung aufriß und die schreienden Buben mit dem Kopfe nach unten erblickte, die jetzt alle wie wild Purzelbäume vollführten, worauf einer nach dem anderen wieder in die Normallage zurückkehrte, als klammere er sich an eine über den Abgrund gestülpte Erde, und als er das blonde Mädchen auf dem sich bäumenden Pferdchen sah, da kam ihm nur ein einziger Gedanke: daß er zum erstenmal von seinem Leben auf den Bäumen gesprochen hatte und daß dies auch das letztemal sein werde.

Er schnellte sich hoch, klammerte sich an den Ast an und schwang sich wieder rittlings darauf. Viola, die ihr Pferd beruhigt hatte, tat jetzt, als hätte sie nichts von dem Vorfall bemerkt. Cosimo vergaß sofort seine Bestürzung. Das Mädchen hob das Horn an die Lippen und ließ das dumpfe Alarmsignal erschallen. Die Bengel, denen – wie Cosimo später erläuterte – durch Violas Anwesenheit eine seltsame Erregung in die Glieder fuhr, wie Hasen im Mondschein, nahmen sofort Reißaus. Es war das gewissermaßen eine instinktive Reaktion, obwohl sie wußten, daß Viola es nicht ernst gemeint hatte; und auch sie nahmen es nicht ernst mit ihrer Flucht und äfften das Horn nach, während sie die abschüssige Straße hinunterliefen, hinter dem Mädchen her, das ihnen auf seinem kurzbeinigen Pferdchen vorausgaloppierte.

Sie rannten so blindlings und Hals über Kopf, daß sie Viola zuweilen aus den Augen verloren. Sie hatte einen Haken geschlagen, war von der Straße abgewichen, um die Jungen dort sich selbst zu überlassen. Wo wollte sie hin? Sie galoppierte zwischen den Ölbäumen, die sich auf den sanft abfallenden Wiesen bis ins Tal hinunterzogen, suchte den Baum, auf dem sich Cosimo gerade abmühte, galoppierte im Kreise um ihn herum und jagte wieder davon. Dann war sie von neuem unter einem anderen Ölbaum zu sehen, während mein Bruder zwischen den Blättern seine Künste vollführte. Auf diese Weise bewegten sich die beiden in Kurven, die geschwungen waren wie die Äste der Ölbäume, und stiegen so miteinander zu Tale.

Als das die kleinen Diebe gewahr wurden und die Tändelei des Paares auf Ast und Sattel bemerkten, fingen sie alle zusammen an zu pfeifen, und dieses Pfeifen klang boshaft und spöttisch. Unter immer schrilleren Pfiffen entschwanden sie in Richtung Porta Capperi.

Das Mädchen und mein Bruder blieben allein zurück, um sich unter den Ölbäumen zu haschen, aber zu seiner Enttäuschung stellte Cosimo fest, daß Violas Lust an dem Spiel zu schwinden begann, sobald das kleine Gesindel nicht mehr da war, als hätte die Langeweile sie schon übermannt. Und ihm kam der Verdacht, sie täte das alles, um die anderen zu erbosen, zugleich aber hegte er die Hoffnung, sie lege es jetzt eigens darauf an, ihn selbst aufzuwiegeln: Auf jeden Fall hatte sie stets das Bedürfnis, jemanden zu erzürnen, um sich zur Geltung zu bringen. (Alle diese Empfindungen wurden freilich dem Knaben Cosimo kaum bewußt; in Wahrheit kletterte er auf diesen rauhen Rinden herum, ohne irgend etwas zu begreifen, ungefähr wie eine Nachteule.)

An der Kurve eines Hügelrückens empfängt sie auf einmal ein heftiger Hagel von Kieselsteinen. Das Mädchen verbirgt den Kopf hinter dem Hals des Pferdchens und sucht das Weite; mein Bruder aber bleibt hinter der Krümmung eines deutlich sichtbaren Zweiges im Schußfeld. Doch die Steinchen fallen dort oben zu schräg ein, um weh zu tun, außer ein paar Treffern auf der Stirn oder den Ohren. Sie pfeifen und lachen, diese ausgelassenen Bengel; sie rufen: »Sin-fo-ro-sa ist ein Eee-kel!«, dann laufen sie davon.

Jetzt sind die Strolche in Porta Capperi angelangt, wo grüne Kapernstauden die Mauern überwuchern. Aus den verfallenen Katen ringsum rufen die Mütter. Doch die kleinen Diebe gehören zu den Kindern, die abends nicht von den Müttern gerufen werden, damit sie heimkommen, sondern die ihre Schelte empfangen, weil sie heimgekommen sind; weil sie zum Nachtmahl erscheinen, statt sich anderswo ihre Nahrung zu suchen. Rings um Porta Capperi hausten in dürftigen Hütten und Verschlägen, in wackligen Kutschen oder in Zelten die Ärmsten Ombrosas – Leute, die so arm waren, daß man sie außerhalb der Stadttore und fern von den Feldern untergebracht hatte, Auswanderer entlegener Länder und Gegenden, von wo sie Teuerung und Elend, die in allen Staaten zunahmen, vertrieben hatten. Die Sonne war am Untergehen, und ungekämmte Frauen mit Kindern an der Brust fachten rauchige Öfchen an; Bettler rekelten sich in der Kühle und deckten ihre Wunden auf, andere würfelten, wobei sie heisere Schreie ausstießen. Die Gefährten der Obstbande waren jetzt in die Kochdämpfe und Streitereien hineingeraten, bezogen Backpfeifen von ihren Müttern, rauften sich miteinander und wälzten sich im Staub. Und schon hatten ihre Lumpen die Farbe aller anderen Lumpen angenommen, und ihr vogelhafter Frohsinn gerann zu zähflüssiger Albernheit in diesem Menschenschleim, so sehr, daß sie kaum die verschüchterten Augen hoben, als das blonde Mädchen herangaloppierte und Cosimo auf den benachbarten Bäumen auftauchte; statt dessen wichen sie weiter zurück, suchten sich in den Staubwolken und im Rauch der Herdstellen zu verbergen, als hätte sich auf einmal eine Wand vor ihnen aufgerichtet.

Das alles war für die beiden nur ein Nu, ein Augenblick. Jetzt hatte Viola den Rauch der Baracken hinter sich gelassen, der sich mit der Abenddämmerung und den schrillen Schreien der Frauen und Kinder vermischte, und galoppierte zwischen den Pinien am Ufer dahin.

Dort war das Meer. Man hörte, wie es über die Steine rollte. Es war dunkel. Ein klirrendes Gepolter: das Pferdchen, das in seinem Lauf Funken aus den Kieseln schlug. Von einer niedrigen verkrüppelten Pinie aus blickte mein Bruder auf den scharfen Schatten des blonden Mädchens, der den Strand überquerte. Eine Woge, fast ohne Schaumkrone, erhob sich aus der schwarzen See, stieg höher, um sich zu überschlagen; jetzt brandete sie ganz weiß heran, brach sich; der Schatten des Pferdes mit der Kleinen hatte sie mitten im Lauf gestreift, und auf der Pinie näßte ein weißer Spritzer salzigen Wassers Cosimos Gesicht.

6

Jene ersten Tage Cosimos auf den Bäumen verliefen ohne Plan und Ziel; sie standen ganz im Zeichen seines Wunsches, dieses Reich kennenzulernen und in Besitz zu nehmen. Am liebsten hätte er es sofort bis zu seinen äußersten Grenzen erforscht, alle Möglichkeiten erprobt, die es bot, es Baum für Baum und Zweig für Zweig entdeckt. Ich sage, so wäre es ihm am liebsten gewesen; in Wahrheit sahen wir ihn ständig wieder über unseren Köpfen erscheinen, in jener gehetzten und blitzschnellen Art, wie sie wilden Tieren eigen ist, die wir freilich auch in Ruhe an der Tränke sehen, doch immer auf dem Sprunge, als ob sie gleich forteilen wollten.

Weshalb kehrte er in unseren Park zurück? Wenn wir ihn im Blickfeld des Fernrohrs unserer Mutter von einer Platane auf eine Steineiche überwechseln sahen, hätte man meinen können, die Kraft, die ihn trieb, seine beherrschende Leidenschaft, sei immer noch jener Streit mit uns gewesen, der Drang, unseren Zorn oder unseren Kummer zu nähren. (Ich spreche von uns allen miteinander, weil es mir nicht gelungen war, herauszubekommen, was er eigentlich dachte: Hatte er etwas nötig, schien sein Bündnis mit mir niemals in Frage gestellt; es kam aber auch vor, daß er über mir vorüberzog, ohne daß er mich zu beachten schien.)

In Wahrheit war das für ihn nur eine Durchgangsstation. Die Mauer vor der Magnolie zog ihn an; dort sahen wir ihn zu jeder Tageszeit verschwinden, auch wenn das blonde Mädchen bestimmt noch nicht aufgestanden war oder wenn sie der Schwarm der Tanten und Gouvernanten bereits ins Haus getrieben hatte.

Im Garten der Ondarivas streckten sich die Äste wie Saugrüssel wunderlicher Tiere; auf dem Boden öffneten sich gezackte Blätter mit grüner Eidechsenhaut, und gelbe, leichte Bambusrohre schwankten mit papierenem Knistern. Cosimo, den es danach verlangte, dieses andersartige Grün wie auch das hindurchscheinende andersartige Licht und das andersartige Schweigen völlig auszukosten, ließ sich vom höchsten Baume mit dem Kopf nach unten hängen, und so wurde der umgestürzte Garten zu einem Wald – zu einem Wald, nicht von dieser Erde, zu einer neuen Welt.

Dann erschien Viola. Cosimo erblickte sie plötzlich, wenn sie schon auf der Schaukel hockte und sich abstieß oder auf dem Sattel ihres Ponys saß, oder er hörte aus dem Garten den tiefen Ton des Jagdhorns.

Der Marchese von Ondariva hatte sich über die Streifzüge des kleinen Mädchens niemals Gedanken gemacht. Solange sie zu Fuß ging, waren die Tanten hinter ihr her; kaum saß sie im Sattel, war sie frei wie die Luft, denn die Tanten konnten nicht reiten und sahen daher nicht, wohin sie sich begab. Und dann war auch der Gedanke, sie könnte sich mit diesen Strolchen einlassen, so unbegreiflich, daß er ihnen nicht in den Kopf wollte. Den kleinen Baron jedoch, der sich auf den Bäumen herumtrieb, den hatten sie gleich bemerkt und waren auf der Hut, obwohl sie eine Art überlegene Verachtung zur Schau trugen.

Bei unserem Vater hingegen verschmolz die Bitterkeit, die er wegen Cosimos Ungehorsam empfand, mit seiner Abneigung gegen die Ondarivas, als hätte er ihnen die Schuld zuschieben wollen und als wären sie es gewesen, die seinen Sohn in ihren Garten gelockt, ihn beherbergt und ihn zu seinem rebellischen Spiel angespornt hatten. Plötzlich beschloß er, eine Treibjagd zu veranstalten, um Cosimo zu fangen, und zwar nicht in unseren Besitzungen, sondern gerade während sich mein Bruder im Garten der Ondarivas aufhielt. Und um diese aggressive Absicht gegen unsere Nachbarn gewissermaßen noch zu betonen, wollte er nicht selber diese Aktion anführen und persönlich bei den Ondarivas vorsprechen, um seinen Sohn von ihnen zurückzufordern – was zwar ungerechtfertigt gewesen wäre, aber doch dem würdigen Verkehr zwischen Edelleuten entsprochen hätte –, sondern entsandte einen Trupp von Dienern unter dem Befehl des Advokaten Cavaliere Enea Silvio Carrega.

Mit Leitern und Stricken bewehrt, erschienen diese Diener am Gartentor der Ondarivas. Der Cavaliere, der einen langen Leibrock und einen Fez trug, stammelte unter vielen Entschuldigungen, ob man ihnen Einlaß gewähren könne. Die Leute der Ondarivas glaubten zunächst, die Besucher seien gekommen, um einige unserer Bäume zu beschneiden, die auf ihren Boden überhingen; als dann der Cavaliere halbe Worte hervorbrachte: »Wir fang ..., wir fang ...«, hoben sie die Nasen in die Luft, schauten zwischen die Zweige, trippelten hin und her und fragten: »Aber was ist Ihnen denn ausgerissen: ein Papagei?«

»Der Sohn, der Erstgeborene, der Leibeserbe«, stieß der Cavaliere hastig hervor, ließ eine Leiter an eine indische Kastanie anlegen und begann selbst hinaufzuklettern. Zwischen den Zweigen sah man Cosimo sitzen, der mit den Beinen schlenkerte, als ob nichts geschehen wäre. Viola – auch sie, als ob nichts geschehen wäre – spazierte auf den Gartenwegen und spielte mit ihrem Kreisel. Die Diener reichten dem Cavaliere Stricke, die kraft irgendwelcher Manöver dazu dienen sollten, meinen Bruder zu fangen. Doch bevor der Cavaliere die Mitte der Leiter erreicht hatte, war Cosimo schon im Wipfel eines anderen Baumes. Der Cavaliere ließ die Leiter verrücken, und das vier- oder fünfmal hintereinander, und jedesmal wurde dadurch ein Beet zerstört, während Cosimo mit zwei Sprüngen auf den nächsten Baum überwechselte. Viola sah sich auf einmal von Tanten und Vizetanten umringt, die sie ins Haus führten und darin einschlossen, um sie von diesem Tumult fernzuhalten. Cosimo zerbrach einen Zweig, schwang ihn mit beiden Händen und teilte pfeifende Stockhiebe ins Leere aus.

»Aber können Sie sich denn nicht in Ihren eigenen Park begeben und diese Jagd dort fortsetzen, liebe Herren?« sagte der Marchese d'Ondariva, der feierlich auf der Treppe der Villa im Morgenrock und mit einem Käppchen erschienen war, wodurch er dem Cavaliere seltsam ähnlich sah. »Ich spreche zu euch, der ganzen Familie Piovasco di Rondò!« – und damit machte er eine weite kreisende Geste, die den kleinen Baron auf seinem Baume, den natürlichen Onkel, das Gesinde und jenseits der Mauer alle umfaßte, die unter der Sonne zu uns gehörten.

In diesem Augenblick schlug Enea Silvio Carrega einen anderen Ton an. Er trabte in die Nähe des Marchese, worauf er, als ob nichts geschehen wäre, von den Wasserspielen des vor ihnen liegenden Teiches zu stottern begann und darlegte, wie ihm der Gedanke an ein weit höheres Wasserspiel gekommen sei, das nach Auswechslung einer Rosette auch zum Besprengen des Rasens benutzt werden könne. Es war das ein neuer Beweis dafür, wie unbestimmbar und unzuverlässig der Charakter unseres natürlichen Onkels war; hatte ihn doch der Baron mit einem bestimmten Auftrag und in der Absicht dorthin entsandt, daß er gegenüber den Nachbarn eine streitbare Haltung bewahren sollte; wie kam er also dazu, freundschaftlich mit dem Marchese zu plaudern, als hätte er ihm seinen Dank abstatten wollen? Das um so mehr, als er diese geselligen Eigenschaften immer nur dann an den Tag legte, wenn es ihm in den Kram paßte, und namentlich, wenn man seinem widerspenstigen Charakter Vertrauen schenkte. Das schönste dabei war, daß ihm der Marchese recht gab, ihm Fragen stellte und ihn mit sich nahm, damit er alle Teiche und alle Wasserspiele besichtige; beide waren sie gleich gekleidet, beide trugen sie diese überlangen Röcke, waren nahezu gleich groß, so daß man sie hätte verwechseln können, und hinter ihnen folgte die große Schar ihrer und unserer Bediensteten, manche mit Leitern auf den Schultern, mit denen sie nichts anzufangen wußten.

Derweil sprang Cosimo unbekümmert auf die Bäume vor den Fenstern der Villa und versuchte, hinter den Gardinen das

Zimmer zu entdecken, in das sie Viola eingeschlossen hatten. Schließlich entdeckte er es und warf eine Beere gegen den Fensterladen.

Das Fenster wurde geöffnet; das Gesicht des blonden kleinen Mädchens erschien, und sie sagte: »Durch deine Schuld bin ich hier eingesperrt!« – dann machte sie das Fenster wieder zu und zog die Gardine vor.

Cosimo war auf einmal verzweifelt.

Wenn meinen Bruder eine seiner Rasereien packte, konnte man es wahrhaftig mit der Angst bekommen. Wir sahen ihn dann rennen (sofern das Wort »rennen« noch seinen Sinn behält, wenn man es nicht mehr auf die Erdoberfläche bezieht, sondern auf eine Welt unregelmäßiger Stützen von verschiedener Höhe, mit dem leeren Raum dazwischen), und von einem Augenblick zum anderen schien er unweigerlich zu straucheln und hinzufallen, was jedoch niemals geschah. Er sprang, er bewegte sich mit blitzschnellen Schritten auf einem schiefen Ast, hängte sich an einen höheren Ast, schwang sich plötzlich hinauf, und nach vier oder fünf dieser gewagten Zickzackbewegungen war er verschwunden.

Wohin wollte er? Diesmal rannte er und rannte, von den Steineichen zu den Ölbäumen und zu den Buchen, und war im Walde. Keuchend hielt er inne. Unter ihm breitete sich eine Wiese aus. Der Bodenwind ließ dort in wechselnden grünen Tönen eine Welle durch die dichten Grasbüschel laufen. Ungreifbar flogen die Federn jener Blumen umher, die man Pusteblumen nennt. Mitten auf der Wiese stand einsam, unerreichbar eine Pinie mit länglichen Nadeln. Die Baumläufer, sehr flinke Vögel mit braun geschecktem Gefieder, ließen sich auf den Spitzen der dichten Nadeln in schiefen Stellungen nieder: Manche kehrten den Schwanz nach oben und den Schnabel nach unten, um Raupen und Pinienkerne zu picken.

Jenes Bedürfnis, von einem schwer beherrschbaren Element Besitz zu ergreifen, das meinen Bruder zu seinen Baumwanderungen angespornt hatte, bohrte noch immer unbefriedigt in ihm und erfüllte ihn mit dem Verlangen nach einer eingehenderen Durchdringung, nach einer Beziehung, die ihn mit jedem Blatt, jedem Stückchen Rinde, jeder Feder, jedem Vogelschwirren verbinden sollte. Es war jene Liebe, wie sie der Jäger für alles Lebendige empfindet und die er nur so zu äußern weiß, daß er mit seiner Flinte darauf zielt. Cosimo vermochte dieses Gefühl noch nicht zu erkennen und suchte es zu übertäuben, indem er sich ganz seinem Forschungsdrang hingab.

Der Wald war dicht, undurchdringlich. Cosimo mußte sich mit seinem Kinderdegen einen Weg bahnen, und allmählich vergaß er völlig sein Verlangen, da ihn die Schwierigkeiten, vor die er sich immer von neuem gestellt sah, ständig in Anspruch nahmen; auch hatte ihn die Angst erfaßt (die er sich nicht eingestehen wollte, die aber da war), er könnte sich zu weit von den ihm vertrauten Plätzen entfernen. So arbeitete er sich durch das Dickicht hindurch, bis er zwei Augen sah, die ihn fixierten: gelbe Augen zwischen dem Laubwerk, unmittelbar vor ihm. Cosimo streckte den Degen vor, bog einen Zweig zurück und ließ ihn langsam wieder in seine frühere Stellung zurückschwingen. Er seufzte erleichtert auf und lachte über den ausgestandenen Schrecken: Jetzt wußte er, wem die gelben Augen gehörten; es waren die Augen einer Katze.

Das Bild der Katze, das er beim Zurückbiegen des Zweiges kaum gesehen hatte, blieb seinem Gedächtnis fest eingeprägt, und nach einer Weile bebte er schon wieder vor Angst. Denn diese Katze, die in allem einer Katze glich, war ein entsetzliches, furchterregendes Tier, bei dessen bloßem Anblick man am liebsten aufgeschrien hätte. Was eigentlich so furchterregend an ihr war, läßt sich mit Worten nicht wiedergeben: Sie war eine gescheckte Katze, größer als alle gescheckten Katzen; doch das besagt noch nichts. Sie war so schrecklich durch ihre Schnurrhaare, die aufrecht standen wie die Stacheln eines Stachelschweins; durch ihren Atem, den man fast mehr mit den Augen als mit dem Gehör wahrnahm und der zwischen einer doppelten Reihe hakenförmiger Zähne hervorfauchte; durch ihre von einem trügerischen schütteren Flaum bedeckten Ohren, die noch mehr als spitz waren und in ihrer Gespanntheit zwei Flammen glichen; durch ihre völlig gesträubten Haare, die sich rings um den gekrümmten Hals zu einer blonden Halskrause aufblähten (dort teilten sich die Streifen des Fells, die auf den Flanken bebten, als hätten sie sich selber liebkost); durch den Schwanz, der in einer so unnatürlichen Stellung verharrte, daß sie unhaltbar zu sein schien. Zu all diesen Einzelheiten, die Cosimo während einer Sekunde hinter dem sofort wieder zurückschnellenden Zweig erblickt hatte, kam noch hinzu, was er so geschwind nicht hatte erkennen können, aber sich in seiner Phantasie ausmalte: die übergroßen Haarbüschel, die rings um die Pfoten die zerfleischende Kraft der Krallen verhüllten – dieser Krallen, die bereit waren, sich auf ihn zu stürzen; und auch das, was er noch vor sich sah: die gelbe Iris der Augen, die ihn aus dem Laub heraus anstarrte und rings um die schwarze Pupille kreiste; schließlich das, was er hörte: das immer tiefere und eindringlichere Fauchen; dies alles ließ ihn erkennen, daß er sich der ungestümsten Wildkatze des Waldes gegenübersah.

Alles Gezwitscher, alles Vogelschwirren war verstummt. Sie sprang, die Wildkatze, aber nicht in Richtung des Jungen. Sie machte einen nahezu senkrechten Sprung, der Cosimo mehr erstaunte als erschreckte. Der Schrecken stellte sich erst nachher ein, als er das Untier auf einem Ast unmittelbar über seinem Kopfe gewahr wurde. Da war sie, zusammengekrümmt; er sah ihren Bauch mit dem langhaarigen, nahezu weißen Fell, die gespannten Pfoten mit den Krallen im Holze, während sie den Rücken wölbte, »Fff...« machte und anscheinend im Begriffe war, sich auf ihn herabzustürzen. Cosimo wechselte mit einer beherrschten, nicht einmal überlegten Bewegung auf einen niedrigeren Ast über. »Fff... fff...«, zischte die Wildkatze, und bei jedem solchen »Fff...« sprang sie bald hierhin, bald dorthin und erreichte abermals einen Ast über Cosimos Kopf. Mein Bruder wiederholte sein Manöver, fand sich aber rittlings auf dem untersten Ast jener Buche wieder. Der Sprung von dort zu Boden war keine Kleinigkeit, doch war es sicherlich besser, hinunterzuspringen, als abzuwarten, was das Tier nach diesen markdurchdringenden Lauten – einem Mittelding zwischen Fauchen und Miauen – unternehmen würde. Cosimo hob ein Bein, wie wenn er hätte hinunterspringen wollen, aber gleichsam, als kämpften in ihm zwei Instinkte miteinander – der natürliche Selbsterhaltungstrieb und seine Entschlossenheit, um keinen Preis hinunterzuspringen, selbst wenn es das Leben kosten sollte –, preßte er gleichzeitig Schenkel und Knie an den Ast.

Als die Katze den Jungen so unschlüssig sah, hielt sie den richtigen Augenblick für gekommen, sich fallen zu lassen; sie sprang ihn an: ein Gewirr von Haaren, starrenden Krallen und fauchendem Atem. Cosimo wußte nichts Besseres zu tun, als die Augen zu schließen und den Degen vorzustrecken – eine törichte Bewegung, welcher die Katze mit Leichtigkeit auswich; schon saß sie ihm auf dem Kopf und war gewiß, daß sie ihn mit sich herunterreißen würde. Ein Hieb der Krallen traf Cosimos Wange, aber er fiel nicht vom Baum, da er ja die Knie an den Ast gepreßt hielt, sondern streckte sich der Länge nach auf dem Rücken aus. Die Katze hatte das Gegenteil erwartet; sie wurde dadurch zur Seite geschleudert und kam nun selbst zu Fall. Sie suchte nach einem Halt, wollte sich am Ast festkrallen; durch dieses Gezappel überschlug sie sich in der Luft. Der kurze Augenblick genügte Cosimo, um in jähem siegessicherem Ansturm einen Ausfall gegen ihren Bauch zu machen und die Miauende mit seinem Degen aufzuspießen.

Er war gerettet und blutüberströmt; die Wildkatze steckte steif auf seinem Degen wie auf einem Bratspieß. Über Cosimos Wange aber zog sich vom Auge bis zum Kinn eine dreifache tiefe Schramme. Er heulte vor Schmerz und über seinen Sieg, begriff nichts und preßte sich eng an den Ast, an seinen Degen, an den Katzenkadaver: Es war der verzweifelte Augenblick eines Kämpfers, der zum ersten Male gesiegt hat und nunmehr weiß, daß Siegen eine Qual bedeutet; daß er von jetzt an verpflichtet ist, auf der einmal eingeschlagenen Bahn fortzuschreiten, und daß ihm der Ausweg des Scheiternden nicht vergönnt sein wird.

In diesem Zustande sah ich ihn auf den Bäumen herankommen; blutbeschmiert bis zur Weste, mit aufgelöstem Zopf unter dem verbeulten Dreispitz; und am Schwanze hielt er die tote Wildkatze, die jetzt wie eine ganz gewöhnliche Katze aussah.

Ich lief zur Generalin, die auf der Terrasse saß. »Frau Mutter«, schrie ich, »er ist verwundet!«

»Was? Wo ist er verwundet?«, und schon stellte sie ihr Fernrohr ein.

»Verwundet, so daß er wie ein Verwundeter aussieht!« sagte ich, und die Generalin hielt meine Beschreibung für zutreffend; denn als ich das Fernrohr hinter ihr hertrug, während sie sich schneller als je zuvor fortbewegte, sagte sie: »Das stimmt!«

Sofort begann sie, Gaze, Binden und Wundbalsam herzurichten, als hätte sie das Lazarett eines ganzen Bataillons zu versorgen; alles das gab sie mir, damit ich es ihm bringen sollte, ohne auch nur die leiseste Hoffnung zu hegen, er könnte sich wegen seiner Pflegebedürftigkeit zur Heimkehr entschließen. Ich lief mit dem Verbandpäckchen in den Park, um ihn auf dem letzten Maulbeerbaum neben der Mauer der Ondarivas zu erwarten, denn er war bereits in Richtung der Magnolie entschwunden.

Im Garten der Ondarivas erschien er triumphierend mit dem erlegten Tier in der Hand. Und was sah er auf dem freien Platz der Villa? Eine reisefertige Kutsche mit Dienern, die Gepäck auf dem Wagenverdeck verstauten, und inmitten eines Schwarms von Gouvernanten und schwarzer, bitterstrenger Tanten umarmte Viola im Reisekleide den Marchese und die Marchesa.

»Viola!« rief er und hielt die Katze am Schwanze hoch. »Wo fährst du hin?«

Alle, die um die Kutsche herumstanden, blickten zu den Zweigen empor, und als sie ihn dort abgerissen, blutend, einem Verrückten gleichend und mit dem toten Tier in der Hand erblickten, fuhren sie entsetzt zusammen. »Ici de nouveau! Und in solch einer Aufmachung!« – und wie von der Tarantel gestochen, drängten alle Tanten das kleine Mädchen in die Kutsche.

Viola drehte sich hochnäsig um; verächtlich, mit gelangweilter und gravitätischer Miene, die den Eltern galt, aber auch gegen Cosimo gerichtet sein konnte, sagte sie mit Betonung – womit sie offenbar seine Frage beantwortete –: »Sie schicken mich ins Internat!« Und damit machte sie kehrt und stieg in die Kutsche. Sie hatte weder ihn noch seine Beute eines Blickes gewürdigt.

Schon war der Kutschenschlag geschlossen, der Kutscher saß auf dem Bock, und Cosimo, der sich mit dieser Abreise noch nicht abfinden konnte, suchte Violas Aufmerksamkeit zu erregen, um ihr begreiflich zu machen, daß er ihr diesen blutigen Sieg weihe, aber er vermochte sich nicht anders auszudrücken, als indem er ihr zurief: »Ich habe eine Katze besiegt!«

Die Peitsche knallte, während die Tanten ihre Taschentücher schwenkten, und aus dem Wagenschlag hörte man ein »Aber bravo!« Violas, wobei man nicht recht wußte, ob Begeisterung daraus sprach oder Spott. So vollzog sich der Abschied der beiden, und alles zusammen – die Aufregung, der Schmerz durch die Kratzwunden, die Enttäuschung, daß er durch sein Unternehmen keinen Ruhm geerntet hatte, die Verzweiflung über diese plötzliche Trennung – führte dazu, daß Cosimo in ein wildes Geheul ausbrach, das von einzelnen Schreien und dem Splittern abgerissener Zweige begleitet wurde. »Hors d'ici! Hors d'ici! Polisson sauvage! Hinaus aus unserem Garten!« zeterten die Tanten, und alle Bediensteten der Ondarivas kamen mit langen Stöcken herbeigelaufen oder warfen Steine, um ihn zu verjagen.

Schluchzend und heulend schleuderte Cosimo die tote Katze einem, der unter ihm stand, ins Gesicht. Die Diener packten das Tier am Schwanze und warfen es in die Mistgrube.

Als ich erfuhr, daß unsere Nachbarin abgereist war, hoffte ich eine Weile, Cosimo werde herunterkommen. Ich weiß nicht, warum, jedenfalls brachte ich den Entschluß meines Bruders, auf den Bäumen zu bleiben, mit ihr oder teilweise mit ihr in Zusammenhang.

Davon jedoch war keineswegs die Rede. Ich kletterte zu ihm hinauf, um ihm Binden und Balsam zu bringen, und er verband sich selber die Kratzwunden im Gesicht und an den Armen. Dann verlangte er nach einer Angelschnur mit einem Haken. Er verwandte sie, um vom Wipfel eines Ölbaums aus, der die Mistgrube der Ondarivas überragte, die tote Katze emporzuhieven. Er zog ihr das Fell ab, richtete es her, so gut er konnte, und nähte sich eine Mütze. Es war das die erste der Pelzmützen, die wir ihn sein Leben lang tragen sahen.

7

Der letzte Versuch, Cosimo zu fangen, wurde von unserer Schwester Battista unternommen. Natürlich handelte sie aus eigenem Entschluß, ohne dabei irgend jemanden zu Rate zu ziehen: ganz im stillen, wie das so ihre Art war. Sie schlich sich nachts aus dem Hause mit einem Kessel voller Vogelleim und einer Leiter; dann bestrich sie mit dem Leim einen Johannisbrotbaum von oben bis unten. Auf diesem Baum pflegte sich Cosimo jeden Morgen niederzulassen.

Am nächsten Morgen fanden wir auf ihm Stieglitze kleben, die mit den Flügeln schlugen, Zaunkönige, die ganz von der klebrigen Masse umschlossen waren, Nachtschmetterlinge, vom Winde hergewehte Blätter, den Schwanz eines Eichhörnchens und auch einen von Cosimos Frack abgerissenen Rockschoß. Wer weiß, ob er auf dem Ast gesessen hatte und ob es ihm sodann gelungen war, sich zu befreien, oder ob er vielmehr – was wahrscheinlicher war, da wir ihn schon seit geraumer Zeit nicht mehr im Frack gesehen hatten – diesen Fetzen absichtlich angebracht hatte, um sich über uns lustig zu machen. Auf jeden Fall blieb der Baum häßlich mit Vogelleim beschmiert, um schließlich zu verdorren.

Allmählich wurde uns zur Gewißheit, daß Cosimo nicht heimkehren würde; das galt auch von unserem Vater. Seit mein Bruder im ganzen Gebiet von Ombrosa auf den Bäumen umhersprang, wagte der Baron nicht mehr, sich auf Rundgängen sehen zu lassen, da er befürchtete, die herzogliche Würde könne bedroht sein. Sein Gesicht wurde immer blasser und eingefallener, und ich weiß nicht, inwieweit er Vaterängste ausstand oder dynastische Verwicklungen befürchtete. Doch das kam nunmehr auf dasselbe heraus, denn Cosimo war sein Erstgeborener, Erbe des Titels, und wenn man sich schon einen wie ein Haselhuhn auf den Bäumen umherhüpfenden Baron schlecht vorstellen konnte, so traf das erst recht auf einen Herzog zu, mochte er auch ein Kind sein; jedenfalls hätte solch ein Betragen des Erben nicht eben ein Argument zugunsten des umstrittenen Titels ergeben.

Solche Besorgnisse waren freilich ganz nutzlos, denn alle Welt lachte über diese Anwandlungen meines Vaters, und die Edelleute, die in jener Gegend Landhäuser besaßen, hielten ihn für verrückt. Damals war bei den Adligen der Brauch aufgekommen, daß man – statt auf seinen Lehensburgen zu sitzen – Landhäuser in einer angenehmen Umgebung bewohnte, und das führte bereits dazu, daß man wie Privatleute zu leben suchte, um jedem Verdruß aus dem Wege zu gehen. Wer dachte da noch an das alte Herzogtum von Ombrosa? Das schönste dabei war, daß Ombrosa allen und niemandem gehörte: Den Marchesi von Ondariva, die fast den ganzen Boden besaßen, standen einige Rechte zu, aber der Ort war schon seit längerer Zeit eine freie Gemeinde, die der Steuerhoheit der Republik Genua unterstand. Wir selbst hätten mit den Ländereien, die unser Erbe waren, und den anderen, die wir für einen Spottpreis von der damals schwer verschuldeten Gemeinde erworben hatten, ganz zufrieden sein können. Was wollte man denn mehr? In der Umgebung lebte ein kleiner Kreis adliger Familien mit Villen, Parks und Obstgärten, die sich bis ans Meer erstreckten; alle führten ein fröhliches Dasein, besuchten einander und gingen auf die Jagd; die Lebenskosten waren nicht hoch, und man genoß die Vergünstigungen, wie sie den bei Hofe Zugelassenen zuteil werden, ohne daß man an den Verwicklungen, Verpflichtungen und Ausgaben der Regierenden, die sich um ihre königliche Familie kümmern müssen und eine Hauptstadt, eine Politik haben, beteiligt gewesen wäre. Unser Vater hingegen hatte für diese Dinge keinen Sinn; er kam sich wie ein entthronter Monarch vor und hatte schließlich zu den benachbarten Edelleuten alle Beziehungen abgebrochen (von unserer Mutter, der Ausländerin, ist zu sagen, daß sie diese Beziehungen niemals unterhalten hatte); das bot auch gewisse Vorteile, denn da wir mit niemandem verkehrten, sparten wir viele Ausgaben und verdeckten den dürftigen Zustand unserer Finanzen.

Man kann nicht gerade sagen, daß unser Verhältnis zur Bevölkerung von Ombrosa besser gewesen wäre. Die Ombrosaner sind bekanntlich etwas kleinliche Leute und auf ihren Vorteil bedacht. Damals fing man an, mit Zitronen gute Geschäfte zu machen, da es bei den Reichen Brauch geworden war, gezuckerte Limonaden zu trinken. Sie hatten überall Zitronengärten angelegt und den Hafen, der schon lange zuvor durch die Einfälle der Piraten zerstört worden war, wieder instand gesetzt.

Inmitten der Republik Genua, der Besitzungen des Königs von Sardinien, des Königreichs Frankreich und der bischöflichen Gebiete trieben sie Handel mit jedermann und hätten sich um niemanden geschert, wenn nicht jene Abgaben gewesen wären, die sie Genua schuldeten und die bei jedem Fälligkeitstermin viel Schweiß kosteten, was alljährlich zu Tumulten gegen die Steuereintreiber führte.

Jedesmal, wenn es zu diesen Aufständen wegen der Steuern kam, war der Baron di Rondò der Meinung, daß die Bevölkerung drauf und dran sei, ihm die herzogliche Krone anzutragen. Er pflegte dann auf dem Marktplatz zu erscheinen, um sich den Ombrosanern als Beschützer anzubieten, aber stets mußte er schleunigst unter einem Hagel fauler Zitronen die Flucht ergreifen. Er sagte dann, man habe eine Verschwörung gegen ihn angezettelt und wie üblich seien die Jesuiten die Anstifter. Denn er hatte sich in den Kopf gesetzt, daß zwischen ihm und den Jesuiten Todfeindschaft bestehe und daß die Jesuiten nichts anderes im Sinne hätten, als ihn ins Verderben zu stürzen. In der Tat war es wegen eines Obstgartens, auf den unsere Familie und die Gesellschaft Jesu Ansprüche erhoben, zu Zerwürfnissen gekommen; daraus hatte sich ein Rechtsstreit entwickelt, und da sich der Baron damals gut mit dem Bischof stand, war es ihm gelungen, die Entfernung des Provinzials aus dem Gebiete der Diözese zu erwirken. Seitdem war mein Vater davon überzeugt, daß die Gesellschaft Jesu ihre Agenten aussandte, um ihm nach dem Leben zu trachten und seine Rechte anzutasten; er seinerseits suchte eine Miliz gläubiger Katholiken auf die Beine zu stellen, um den Bischof zu befreien, der seiner Auffassung nach ein Gefangener der Jesuiten war; ferner gewährte er allen Schutz und Asyl, die sich als Verfolgte der Jesuiten ausgaben; daher hatte er auch jenen Phantasten und halben Jansenisten zu unserem Beichtvater erwählt.

Einem einzigen Menschen schenkte unser Vater Vertrauen, und das war der Cavaliere Rechtsanwalt. Der Baron hatte eine Schwäche für diesen illegitimen Bruder wie für einen einzigen und vom Unglück verfolgten Sohn; ich vermag jetzt nicht zu sagen, ob wir uns darüber klar waren, aber sicherlich mischte sich in unsere Einstellung gegenüber Carrega ein Quentchen Eifersucht, da dieser fünfzigjährige Bruder dem Herzen unseres Vaters näherstand als wir Knaben. Im übrigen waren wir nicht die einzigen, die ihn mit scheelen Blicken betrachteten: Die Generalin und Battista gaben vor, daß sie ihm Achtung bezeigten, konnten ihn aber nicht ausstehen; ihm seinerseits waren trotz seines unterwürfigen Gebarens alle Menschen und Dinge völlig einerlei, ja, vielleicht haßte er uns alle miteinander, auch den Baron, dem er so viel verdankte. Der Cavaliere war wortkarg, zuweilen hätte man ihn für einen Taubstummen oder Sprachunkundigen halten können: Wer weiß, wie er es früher fertiggebracht hatte, als Anwalt aufzutreten, und ob er schon so konfus gewesen war, bevor er sich bei den Türken aufhielt. Vielleicht verfügte er doch über einige geistige Fähigkeiten, da er von den Türken alle möglichen hydraulischen Berechnungen gelernt hatte; dies war das einzige Gebiet, auf dem er sich noch betätigte, wofür ihn mein Vater mit überschwenglichem Lob bedachte. Ich habe nie Näheres über seine Vergangenheit erfahren können; daher weiß ich nicht, wer seine Mutter war, welche Beziehungen ihn in seiner Jugend mit unserem Großvater verbunden hatten (gewiß muß auch dieser ihm sehr gewogen gewesen sein, da er ihn auf den Anwaltsberuf vorbereitet und ihm den Titel eines Cavaliere verschafft hatte) und weshalb er schließlich in die Türkei kam. Es steht auch nicht genau fest, ob er sich wirklich so lange in der Türkei oder ob er sich vielmehr bei den Barbaresken, in Tunis oder in Algier aufgehalten hatte. Jedenfalls war es ein mohammedanisches Land, und es ging die Rede, er selbst sei damals Mohammedaner geworden. So vielerlei erzählte man sich: Als hoher Würdenträger des Sultans habe er wichtige Ämter verwaltet, sei Wasserbaumeister des Diwans oder dergleichen gewesen, dann aber durch eine Palastverschwörung oder weibliche Eifersucht oder Spielschulden in Ungnade gefallen und als Sklave verkauft worden. Bekanntlich wurde er als angeketteter Rudersklave in einer von den Venezianern erbeuteten ottomanischen Galeere aufgefunden und von diesen befreit. In Venedig führte er nahezu ein Bettlerdasein, bis er auch dort etwas anstellte, in eine Schlägerei verwickelt wurde (wie es bei einem so scheuen Menschen dazu kommen konnte, weiß der Himmel), worauf er wieder in Ketten endete. Unser Vater löste ihn aus, wobei die Republik Genua ihre guten Dienste zur Verfügung stellte, und so tauchte er bei uns auf: ein kahlköpfiges Männchen mit schwarzem Bart, das ganz verschüchtert war, kaum ein Wort hervorbrachte (ich war damals ein kleiner Junge, aber die Szene jenes Abends hat sich mir fest eingeprägt) und in weiten Kleidern steckte, die ihm nicht gehörten. Unser Vater führte ihn bei allen als Respektsperson ein, ernannte ihn zum Verwalter, wies ihm ein Studierzimmer an, das sich allmählich mit Papieren füllte, die stets in Unordnung waren. Der Cavaliere trug einen langen Leibrock mit einem Käppchen, das einem Fez glich, eine Tracht, die damals viele Edelleute und Bürger in ihren Arbeitsräumen bevorzugten; nur hielt er sich in Wahrheit nie in seinem Studierzimmer auf, und so sah man ihn allmählich auch draußen, auf freiem Felde, in dieser Kleidung umhergehen.

Schließlich erschien er sogar bei Tisch in seinen türkischen Gewändern, und das seltsamste war, daß unser Vater, der doch sonst so großen Wert auf die Einhaltung aller Konventionen legte, daran keinen Anstoß nahm.

Trotz seinen Obliegenheiten als Verwalter sprach der Cavaliere fast nie ein Wort mit Vögten und Pächtern, was sich durch sein schüchternes Wesen und seine Sprachschwierigkeiten erklärte; alle praktischen Maßnahmen, die Erteilung von Weisungen, die Beaufsichtigung der Leute, mußten daher in Wahrheit von unserem Vater erledigt werden.

Enea Silvio Carrega besorgte die Buchhaltung, und ich weiß nicht, ob seine Rechnungsführung schuld daran war, daß es mit unseren Geschäften abwärtsging, oder ob es um seine Rechnungsführung so schlecht stand, weil unsere Geschäfte einen entsprechenden Verlauf nahmen. Außerdem stellte er Berechnungen für Bewässerungsanlagen an, arbeitete hierfür die Pläne aus und bedeckte eine große Schiefertafel mit Linien und Ziffern sowie Worten in türkischer Schrift.

Von Zeit zu Zeit zog sich unser Vater mit ihm für mehrere Stunden in das Studierzimmer zurück (es waren das die längsten Aufenthalte des Cavaliere in diesem Raume), und nach einer Weile hörte man hinter der geschlossenen Tür die zornige Stimme des Barons und das wogende Hin und Her eines Wortwechsels; freilich war die Stimme des Cavaliere kaum zu vernehmen. Dann öffnete sich die Tür. Mit seinen eiligen Schrittchen, in seinen faltenreichen Leibrock gehüllt und den Fez genau auf dem Haarwirbel, kam der Cavaliere herausgetrippelt, entschwand durch eine Fenstertür, und fort ging's durch Park und Felder. »Enea Silvio!« rief unser Vater und lief hinter ihm her, aber der Stiefbruder befand sich bereits zwischen den Reihen des Weinbergs oder inmitten der Zitronenbäume, und man sah nur seinen roten Fez eigensinnig zwischen den Blättern vorrücken. Unser Vater folgte ihm rufend; nach einer Weile sahen wir sie zusammen zurückkommen; der Baron diskutierte immer noch mit ausgebreiteten Armen; der Cavaliere ging klein und bucklig neben ihm und ballte die Fäuste in den Taschen seines Leibrocks.

8

In jenen Tagen maß sich Cosimo häufig mit den Leuten auf dem Boden in Wettkämpfen, wobei es um Zielsicherheit und um Geschicklichkeit ging; auch wollte er seine eigenen Möglichkeiten erproben und feststellen, was ihm alles von dort oben gelang. So forderte er die Lausbuben zum Steinchenwerfen heraus. Sie befanden sich in der Nähe von Porta Capperi zwischen den Baracken der Armen und Landstreicher. Cosimo war eben auf einer halbverdorrten und entlaubten Steineiche mit Steinchenwerfen beschäftigt, als er einen Reiter herankommen sah, einen hochgewachsenen, etwas gebeugten Mann, der in einen schwarzen Mantel gehüllt war.

Er erkannte seinen Vater. Die Bubenschar lief auseinander. Die Frauen standen vor den Türen ihrer elenden Hütten und schauten zu.

Der Baron Arminio ließ sein Pferd unter dem Baum halten. Die Sonne ging gerade rot unter. Cosimo hockte zwischen den kahlen Ästen. Sie blickten sich an. Es war das erstemal seit jenem Schneckenessen, daß sie einander leibhaftig vor sich sahen. Viele Tage waren seitdem vergangen, die Dinge hatten ein anderes Aussehen angenommen: Beide wußten, daß die Schnecken oder Sohnesgehorsam oder väterliche Autorität jetzt keine Rolle mehr spielten, daß viele logische und kluge Dinge, die man hätte sagen können, hier nicht am Platze waren, und doch mußte etwas gesagt werden.

»Ihr gebt wahrhaftig ein schönes Schauspiel«, begann der Vater bitter, »ein Schauspiel, das eines Edelmannes würdig ist!« (Er hatte ihn mit »Ihr« angeredet, wie er es früher bei ernsten Vorhaltungen zu tun pflegte; jetzt aber sollte diese Anrede Entfernung und Trennung ausdrücken.)

»Ein Edelmann, Herr Vater, bleibt Edelmann, auf dem Boden wie in den Wipfeln der Bäume«, erwiderte Cosimo und fügte sogleich hinzu: »Sofern er sich ehrbar aufführt!«

»Ein gutes Wort«, pflichtete der Baron in ernstem Tone bei, »es ist aber noch nicht lange her, da habt Ihr einem Pächter Pflaumen gestohlen!«

Das stimmte. Mein Bruder war in die Enge getrieben! Er lächelte, aber es war kein zynisches und hochmütiges, sondern ein verlegenes Lächeln; zugleich errötete er.

Auch der Vater lächelte; es war ein trauriges Lächeln, und weiß der Himmel, weshalb – auch er errötete. »Und jetzt steckt Ihr unter einer Decke mit den übelsten Bastarden, dem schlimmsten Bettlervolk!« sagte er dann.

»Nein, Herr Vater, ich handle auf meine Verantwortung, und jeder andere handelt auf seine«, erklärte Cosimo entschieden.

»Ich bitte Euch, auf den Boden zurückzukehren und die Pflichten Eures Standes zu erfüllen«, sagte der Baron mit ruhiger, nahezu tonloser Stimme.

»Ich gedenke nicht, Euch zu gehorchen, Herr Vater«, erwiderte Cosimo, »es tut mir aufrichtig leid.«

Beide waren verdrossen und fühlten sich unbehaglich. Jeder wußte im voraus, was der andere sagen würde. »Und Eure Studien, Euer christliches Glaubensleben?« sagte der Vater. »Wollt Ihr denn aufwachsen wie ein Wilder aus Amerika?«

Cosimo schwieg. Solche Gedanken waren ihm noch nicht gekommen, und er wollte sich jetzt nicht damit abgeben. Nach einer Weile sagte er: »Meint Ihr denn, gute Lehren erreichten mich nicht, weil ich mich ein paar Meter über dem Erdboden aufhalte?«

Auch das war eine geschickte Antwort, aber er verringerte dadurch die Tragweite seines Schrittes, und so war sie ein Zeichen der Schwäche.

Der Vater bemerkte das und schlug einen dringlicheren Ton an. »Ein aufsässiges Gebaren bemißt sich nicht nach Metern«, sagte er; »auch wenn eine Reise über nur wenige Spannen zu gehen scheint, kann sie ohne Rückkehr sein.«

Mein Bruder hätte jetzt irgendeine andere noble Antwort

geben können, etwa in Form einer lateinischen Maxime, wie sie mir gerade eben nicht einfällt, von denen wir damals aber sehr viele auswendig wußten. Statt dessen war er es leid geworden, sich so feierlich zu geben; er streckte die Zunge heraus und schrie: »Aber von den Bäumen pisse ich am weitesten!« – ein Satz, der nicht viel Sinn hatte, aber die Diskussion bündig beendete.

Als wenn sie diese Worte gehört hätten, stießen die Lausbuben rings um Porta Capperi einen Schrei aus. Das Pferd des Barons machte einen Satz, der Baron zog die Zügel an und hüllte sich in seinen Mantel, als wollte er sich entfernen. Er wandte sich indessen noch einmal um, streckte einen Arm aus dem Mantel, wies zum Himmel empor, der sich plötzlich mit schwarzen Wolken bedeckt hatte, und rief: »Hab acht, mein Sohn! Einen gibt es, der auf uns alle pissen kann«, worauf er davonsprengte.

Der von den Landleuten seit langem ersehnte Regen begann in dicken, spärlichen Tropfen zu fallen. Zwischen den verfallenen Gemäuern begannen die Lausbuben, in Säcke vermummt, eilends zu flüchten und sangen dabei:

»Ciêuve, Ciêuve!
L'aiga va pe êuve!«

Cosimo verschwand, indem er sich an den schon triefenden Blättern festhielt, und jedesmal, wenn er sie anfaßte, prasselte eine Dusche auf ihn hinunter.

Kaum hatte ich bemerkt, daß es regnete, als ich mir um ihn Sorgen machte. Ich stellte mir vor, wie er sich aufgeweicht an einen Stamm preßte, ohne daß er den schräg einfallenden Wasserfluten entgehen konnte. Und schon wußte ich, daß ein Gewitter nicht ausreichen würde, um ihn zur Heimkehr zu bewegen. Ich lief zu unserer Mutter. »Es regnet! Was wird Cosimo machen, Frau Mutter?«

Die Generalin schlug die Gardine zurück und sah es regnen.

Sie nahm es ruhig auf. »Das Lästige am Regen ist die Verschlammung des Bodens. Da er sich dort oben aufhält, bleibt er davon verschont.«

»Werden ihm die Bäume ausreichend Schutz bieten?«

»Er wird sich in seine Zelte zurückziehen.«

»Welche denn, Frau Mutter?«

»Er wird schon rechtzeitig vorgesorgt haben.«

»Aber glaubt Ihr nicht, wir sollten versuchen, ihm einen Regenschirm zu beschaffen?«

Als hätte sie das Wort »Regenschirm« plötzlich ihrem ländlichen Beobachtungsposten entrückt und in alle ihre Muttersorgen zurückgeworfen, rief die Generalin aus: »Aber natürlich! Und auch eine gut angewärmte und in einen Wollstrumpf gewickelte Flasche mit Apfelsirup! Und Wachsleinwand, die man ausbreiten kann, ohne daß Feuchtigkeit hindurchdringt... Aber wo mag er jetzt stecken, der Ärmste...? Hoffentlich kannst du ihn finden...«

Mit Paketen beladen, trat ich unter einem riesigen grünen Regenschirm in den Regen hinaus, und einen anderen solchen Schirm klemmte ich ungeöffnet unter den Arm, um ihn Cosimo zu geben.

Ich ließ unseren Pfiff hören, aber nur das endlose Rauschen des Regens auf den Bäumen antwortete mir. Es war finster: Als ich den Garten verlassen hatte, wußte ich nicht, wohin ich gehen sollte; aufs Geratewohl schritt ich über glitschige Steine, durchwatete Pfützen und aufgeweichte Wiesen; ich pfiff, und damit mein Pfiff nach oben dringen sollte, bog ich den Schirm zurück, so daß mir der Regen ins Gesicht peitschte und mir den Pfiff von den Lippen wusch. Ich wollte ein bestimmtes Gelände der Domäne erreichen, wo hohe Bäume standen, da ich meinte, er könnte dort irgendwo einen Schlupfwinkel gefunden haben; doch in dieser Finsternis verirrte ich mich und stand da, während ich Schirme und Pakete an mich preßte und mir nur die in den Wollstrumpf gewickelte Sirupflasche etwas Wärme spendete.

Da sah ich auf einmal hoch oben in der Dunkelheit einen Lichtschein inmitten der Bäume, der nicht von Mond oder Sternen herrühren konnte. Auf meinen Pfiff meinte ich seine Antwort zu hören.

»Cosimoooo!«

»Biagioooo!« rief eine Stimme im Regen von dort oben herab.

»Wo steckst du?«

»Hier... Ich komme dir entgegen, aber mach schnell, ich werde naß!«

Wir fanden uns. In eine Decke eingemummelt, kletterte er bis zur niedrigen Gabelung einer Trauerweide hinunter, um mir zu zeigen, wie man über ein kompliziertes System von Verzweigungen zu dem hohen Buchenstamm gelangte, aus dem der Lichtschein drang. Ich gab ihm sofort den einen Schirm und einige Pakete, und so versuchten wir, mit den aufgespannten Schirmen hinaufzuklettern, aber das war unmöglich, und wir wurden trotzdem naß. Schließlich erreichte ich die Stelle, zu der er mich hinführte; ich gewahrte nichts außer einem schwachen Schein, der durch die Wände eines Zeltes zu dringen schien.

Cosimo lüpfte eine der Zeltwände und ließ mich eintreten. Ich sah mich in einer Art Kämmerchen, das eine Laterne erleuchtete; es war überall von Vorhängen und Teppichen umschlossen, wurde vom Stamm der Buche durchzogen und hatte Bretter als Fußboden; dicke Äste verliehen dem Ganzen Halt. Zunächst kam es mir königlich vor, aber bald mußte ich feststellen, wie unstabil der Bau war, denn schon dadurch, daß wir uns zu zweit darin befanden, wurde das Gleichgewicht in Frage gestellt, und Cosimo mußte sich sogleich mit der Ausbesserung von Ritzen und Senkungen befassen. Er spannte auch die beiden Schirme auf, die ich mitgebracht hatte, um zwei Löcher über unseren Köpfen zu verdecken; doch das Wasser rann an verschiedenen anderen Stellen herein, und so wurden wir alle beide durchnäßt; was die Temperatur anging, so war es genauso kühl wie im Freien. Freilich hatte er so viele Decken aufgestapelt, daß man sich ganz unter ihnen verkriechen konnte und nur den Kopf draußen ließ. Die Laterne spendete ein schwankendes, flimmerndes Licht, und Zweige und Blätter warfen auf die Wände und die Decke dieses seltsamen Gemachs verworrene Schatten. Cosimo trank in großen Zügen den Apfelsirup, wobei er »Puh, puh!« machte.

»Ein schönes Haus ist das«, sagte ich.

»Ach, es ist noch ganz provisorisch«, beeilte er sich zu erwidern, »ich muß das noch gründlicher studieren.«

»Hast du es denn ganz allein gebaut?«

»Mit wem denn sonst? Es ist geheim.«

»Darf ich dich hier besuchen?«

»Nein, du würdest jemand anderem den Weg zeigen.«

»Papa hat gesagt, er würde dich nicht mehr suchen lassen.«

»Es muß trotzdem geheim bleiben.«

»Wegen der Jungen, die stehlen? Aber das sind doch deine Freunde?«

»Manchmal ja, manchmal nein.«

»Und das Mädchen auf dem Pony?«

»Was geht dich das an?«

»Ich wollte nur fragen, ob sie deine Freundin ist und ob ihr zusammen spielt.«

»Manchmal ja und manchmal nein.«

»Warum manchmal nein?«

»Weil *ich* nicht will oder *sie* nicht will.«

»Und würdest du sie hier herauflassen?«

Cosimo versuchte mit finsterem Gesicht eine Matte geradezuziehen, die sich auf einem Ast verschoben hatte. »Wenn sie käme, würde ich sie herauflassen«, sagte er ernst.

»Will sie denn nicht?«

Cosimo warf sich auf den Boden. »Sie ist abgereist.«

»Sag«, fragte ich leise, »seid ihr verlobt?«

»Nein«, antwortete mein Bruder und versank in ein langes Schweigen.

Am nächsten Tage war schönes Wetter, und es wurde beschlossen, daß Cosimo seinen Unterricht beim Abbé Fauchelefleur wiederaufnehmen sollte. Über die Art und Weise verlautete nichts. Ohne Umschweife und etwas brüsk forderte der Baron den Abbé auf (»Statt daß Sie hier die Fliegen an der Wand zählen, mon Abbé«), meinen Bruder zu suchen und ihn etwas Vergil übersetzen zu lassen. Sodann befürchtete er, er hätte dadurch den Abbé in zu große Bedrängnis gebracht, und versuchte, ihm seine Aufgabe zu erleichtern; er bedeutete mir: »Geh und sag deinem Bruder, er möge sich in einer halben Stunde im Garten zur Lateinstunde einfinden!« Er sagte das so natürlich wie möglich, in einem Tone, den er fortan beibehalten wollte: Mit Cosimo auf den Bäumen sollte alles so weitergehen wie bisher.

Folgendermaßen fand also der Unterricht statt. Mein Bruder hockte rittlings, mit baumelnden Beinen auf dem Ast einer Ulme, unter ihm, im Grase, saß der Abbé auf einem Schemel, und so sprachen sie im Chor die Hexameter. Ich spielte in der Nähe und verlor sie eine Weile aus den Augen; als ich wiederkam, befand sich auch der Abbé auf dem Baume; mit seinen langen, dünnen Beinen, die in schwarzen Strümpfen steckten, suchte er sich auf eine Astgabel emporzuziehen, und Cosimo half ihm, indem er ihn am Ellbogen stützte. Sie fanden eine bequeme Stellung für den Alten und buchstabierten, über das Buch gebeugt, zusammen eine schwierige Stelle. Mein Bruder schien großen Fleiß zu bekunden.

Ich weiß nicht, wie es dann kam, daß der Schüler das Weite suchte: Vielleicht war der Abbé dort oben zerstreut gewesen und hatte wie üblich geistesabwesend ins Leere gestarrt; jedenfalls hockte nur noch der alte schwarze Geistliche zwischen den Ästen. Das Buch auf den Knien, sah er einen weißen Schmetterling fortfliegen und verfolgte seine Bahn mit offenem Munde. Als der Schmetterling verschwunden war, bemerkte er auf einmal, daß er dort oben saß, und bekam es mit der Angst. Er klammerte sich an den Stamm und begann zu schreien: »Au secours! Au secours!«, bis Bedienstete mit einer Leiter erschienen, worauf er sich allmählich beruhigte und hinunterkletterte.

9

Kurzum, trotz seiner berühmten Flucht lebte Cosimo fast wie früher an unserer Seite. Er war ein Einsiedler, der die Menschen nicht floh. Man hätte sogar meinen können, daß ihm allein die Menschen am Herzen lagen. Wo die Bauern hackten, den Mist wendeten oder die Wiesen mähten, erschien er über ihnen und begrüßte sie mit freundlichen Worten. Wenn sie erstaunt den Kopf hoben, suchte er ihnen sogleich verständlich zu machen, wo er sich befand, denn er hatte nicht mehr die Gewohnheit, die unten Vorübergehenden mit dem Kuckucksruf oder allerhand Schabernack zu necken, wie wir das früher so oft zu tun pflegten, als wir noch zusammen auf die Bäume kletterten. Zuerst konnten sich die Bauern keinen Vers darauf machen, als sie ihn derartige Entfernungen nur auf den Ästen zurücklegen sahen; sie wußten nicht: Sollten sie den Hut vor ihm ziehen, wie das den Hochgeborenen gegenüber Brauch war, oder ihn wie einen Lausbuben anschreien. Dann aber gewöhnten sie sich daran, unterhielten sich mit ihm über ihre Arbeiten, über das Wetter und zeigten auch Verständnis für sein Spiel, da droben zu bleiben, das ihnen weder besser noch schlechter dünkte als so viele andere Spiele, die sie die hohen Herren treiben sahen.

Auf seinem Baume verweilte er zuweilen eine halbe Stunde, um ihren Arbeiten zuzuschauen und Fragen über Düngemittel und Saaten zu stellen; als er noch auf dem Erdboden umherging, war ihm das niemals eingefallen, denn sein störrisches Wesen hatte ihn stets davon abgehalten, Dienstboten oder Dorfbewohner anzureden. Mitunter teilte er den Landleuten mit, ob die Furche, die sie aushackten, gerade oder krumm geriet, ob auf dem Felde des Nachbarn die Tomaten schon reif waren. Oder er erbot sich, kleine Aufträge auszuführen; so bestellte er etwa der Frau eines Schnitters, sie solle ihrem Mann einen Schleifstein bringen, oder überbrachte die Weisung, in einem Gemüsegarten das Wasser anzustellen. Wenn er dann mit solchen vertraulichen Botschaften für die Bauern unterwegs war und sah, wie sich ein Sperlingsschwarm in einem Getreidefeld niederließ, schlug er Lärm und schwenkte die Mütze, um sie zu verscheuchen.

Auf seinen einsamen Wanderungen durch die Wälder prägten sich menschliche Begegnungen – mochte es auch seltener dazu kommen als anderswo – seinem Gedächtnis ein; es waren Begegnungen, wie sie unsereinem nicht zuteil werden. Damals hatten sich allerhand fahrende Leute in den Wäldern niedergelassen: Köhler, Kesselschmiede, Glaser, Familien, die der Hunger von ihrem Grund und Boden vertrieben hatte und die sich nun mit unbeständigen Gewerben ihr Brot verdienten. Sie richteten ihre Werkstätten im Freien ein und bauten sich Hütten aus Zweigen als Schlafstätten. Der mit Fellen bedeckte Jüngling, der da auf den Bäumen vorüberzog, hatte ihnen anfangs Angst eingejagt: vor allem den Frauen, die ihn für einen Kobold hielten; dann aber schloß er Freundschaft mit ihnen, schaute ihnen stundenlang bei der Arbeit zu, und wenn sie abends um das Feuer herumsaßen, hockte er sich auf einen Ast in der Nähe, um die Geschichten anzuhören, die sie erzählten.

Die Köhler auf ihrem mit Aschenerde festgestampften Lagerplatze waren am zahlreichsten. Sie schrien: »Hura! Hota!«, denn sie waren Bergamasken, und niemand verstand ihre Sprache. Sie hatten den größten Einfluß und standen alle in Verbindung miteinander – eine in sich geschlossene Zunft, die mit ihren Verwandtschaften und Bindungen und Streitigkeiten in allen Wäldern verbreitet war. Cosimo trat zuweilen als Mittelsmann zwischen zwei Gruppen auf, überbrachte Nachrichten und wurde mit Aufträgen bedacht.

»Die Leute unter der Roten Eiche haben mich gebeten, euch zu sagen, daß Hanfa la Hapa Hota 'l Hoc!«

»Antworte ihnen, daß Hegn Hobet Hò de Hot!« Er merkte sich alle diese geheimnisvollen Hauchlaute und bemühte sich, sie zu wiederholen, so wie er das Gezwitscher der Vögel, die ihn in der Frühe aus dem Schlaf weckten, nachzuahmen suchte.

Wenn sich auch nunmehr die Kunde verbreitet hatte, daß ein Sohn des Barons di Rondò seit Monaten nicht mehr von den Bäumen herunterkam, so versuchte doch unser Vater, das Geheimnis vor auswärtigen Gästen zu wahren. Eines Tages besuchten uns die Grafen Estomac, die nach Frankreich reisten, wo sie in der Bucht von Toulon Besitzungen hatten, und unterwegs bei uns Station machen wollten. Ich weiß nicht, was für Interessen dabei mitspielten: Wollten sie Ansprüche auf gewisse Güter geltend machen oder eine Pfründe für einen Sohn bestätigt erhalten, der Bischof war – jedenfalls brauchten sie die Zustimmung des Barons di Rondò; und man kann sich leicht ausmalen, was für Luftschlösser mein Vater im Hinblick auf diese Verbindung baute, um seine dynastischen Ansprüche auf Ombrosa zu verfolgen.

Es fand ein Abendessen statt, das sterbenslangweilig war – so viele Komplimente machte man sich. Auch hatten die Gäste einen stutzerhaften Sohn mitgebracht, einen Knicker mit Zopf und Perücke. Der Baron stellt seine Söhne vor, das heißt mich allein, und bemerkt dann: »Meine Tochter Battista, die Ärmste, lebt sehr zurückgezogen, sie ist sehr fromm, ich weiß nicht, ob Sie sie sehen können...«, und da erscheint auch schon diese Schwachsinnige mit ihrer Nonnenhaube, aber ganz aufgeputzt mit Bändern und Krausen, mit gepudertem Gesicht und halblangen Handschuhen. Man mußte Verständnis für sie haben, denn seit jener Begegnung mit dem jungen Marquis della Mela hatte sie, abgesehen von Knechten und Dorfleuten, keinen jungen Mann mehr gesehen. Der junge Graf von Estomac machte einen tiefen Bückling, und sie brach in ein kurzes hysterisches Lachen aus. Der Baron, der seine Tochter bereits abgeschrieben hatte, begann im stillen wieder neue Pläne zu schmieden.

Der Graf zeigte sich indessen gleichgültig. Er fragte: »Haben Sie nicht noch einen anderen Sohn, Herr Arminio?«

»Ja, den Ältesten«, erwiderte unser Vater, »er ist zufällig gerade auf Jagd.«

Er hatte nicht gelogen, denn damals war Cosimo ständig im Walde mit dem Gewehr unterwegs, um Hasen und Drosseln nachzustellen. Das Gewehr hatte ich ihm beschafft; es war jene leichte Flinte, die Battista gegen Ratten und Mäuse zu verwenden pflegte und die sie seit geraumer Zeit unbenutzt an einem Nagel hängen hatte, da sie ihre Jagdunternehmungen vernachlässigte.

Der Graf begann, sich nach dem Wild in unserer Gegend zu erkundigen. Der Baron antwortete mit allgemeinen Betrachtungen; denn da es ihm an Aufmerksamkeit und Geduld für seine Umwelt gebrach, verstand er nichts von der Jagd. Ich mischte mich ein, obwohl es mir untersagt war, bei den Gesprächen der Erwachsenen den Mund aufzumachen.

»Und was weißt du davon, so klein, wie du bist?« fragte der Graf.

»Ich hole das Wild, das mein Bruder erlegt hat, und bringe es ihm auf die...«, sagte ich gerade, als mich mein Vater unterbrach: »Wer hat dich aufgefordert, an der Unterhaltung teilzunehmen? Geh spielen!«

Wir befanden uns im Garten, es war Abend, aber noch hell, da Sommer war. Und auf einmal kam Cosimo seelenruhig über die Platanen und Ulmen heran; er hatte die Mütze aus Katzenfell auf dem Kopf, trug über der einen Schulter seine Flinte, über der anderen einen Spieß, und seine Beine steckten in Ledergamaschen.

»Ei, ei!« sagte der Graf, erhob sich und bewegte amüsiert den Kopf, um besser sehen zu können. »Wer ist denn das? Wer ist denn dort droben auf den Bäumen?«

»Was das ist? Ich weiß wirklich nicht... Es kommt Ihnen wohl nur so vor...«, bemerkte unser Vater und schaute nicht in die angegebene Richtung, sondern in die Augen des Grafen, als wollte er sich vergewissern, daß dieser wirklich etwas gesehen hatte.

Währenddessen war Cosimo unmittelbar über ihren Köpfen angelangt und hockte breitbeinig auf einer Astgabel.

»Ach ja, das ist mein Sohn Cosimo, es sind eben Kinder; um uns zu überraschen, sehn Sie, ist er da hinaufgeklettert...«

»Ist er der Ältere?«

»Ja, ja, von den beiden Buben ist er der größere, freilich sind sie nicht weit auseinander, sie sind noch zwei kleine Jungen, sie spielen...«

»Er hat aber Schneid, daß er so von Ast zu Ast klettert. Und mit dieser ganzen Ausrüstung auf dem Leibe...«

»Ja, ja, sie spielen...« – und in der verzweifelten Bemühung, sich zu verstellen, wodurch er ganz rot anlief, rief er: »Was machst du denn da oben? Willst du nicht herunterkommen? Sag doch dem Herrn Grafen guten Tag!«

Cosimo zog seine Mütze aus Katzenfell und verneigte sich. »Meine Verehrung, Herr Graf!«

»Ha, ha, ha«, lachte der Graf. »Ausgezeichnet, ausgezeichnet! Lassen Sie ihn doch da oben, lassen Sie ihn nur, Monsieur Arminio! Ein tüchtiger junger Mann, der auf den Bäumen spazierengeht.« Und er lachte. Sein dämlicher Sohn vermochte nur immer wieder zu sagen: »C'est original, ça c'est très original!«

Cosimo saß dort auf der Astgabel. Unser Vater wechselte das Thema und redete die ganze Zeit, um den Grafen abzulenken. Der aber blickte ab und zu in die Höhe und sah meinen Bruder noch immer dort oben, bald auf diesem Baum oder jenem, während er sein Gewehr putzte oder seine Gamaschen einfettete oder sich dicken Flanell umhängte, weil es Nacht wurde.

»Ach, aber schaun Sie doch nur! Der bringt ja dort oben einfach alles fertig, der junge Mann! Nein, ich finde das wirklich großartig! Ich werde es am Hofe erzählen, sobald ich wieder dort hinkomme! Ich werde es meinem Sohn, dem

Bischof, erzählen! Ich werde es meiner Tante, der Prinzessin, erzählen!«

Mein Vater kochte innerlich. Überdies hatte er eine andere Sorge: Er sah seine Tochter nicht mehr, und auch der junge Graf war verschwunden.

Cosimo, der sich auf einem seiner Erkundungsgänge entfernt hatte, kehrte atemlos zurück. »Er hat durch sie den Schluckauf bekommen. Er hat den Schluckauf bekommen!«

Der Graf verdüsterte sich. »Das ist aber unangenehm. Mein Sohn leidet sehr an Schluckauf! Geh, braver Junge, und sieh, ob es vorübergeht. Sag, sie sollen zurückkommen!«

Cosimo eilte fort und kam noch atemloser zurück. »Sie haschen sich! Sie will ihm eine lebende Eidechse unters Hemd stecken, damit ihm der Schluckauf vergeht. Er will es nicht.« Dann entfernte er sich wieder, um weiter zu beobachten.

Auf solche Weise verbrachten wir den Abend in unserer Villa; in Wahrheit unterschied er sich wenig von allen anderen Abenden mit Cosimo, der gewissermaßen auf dem Baume der geheime Teilhaber unseres Lebens war, aber diesmal waren Gäste zugegen, und die Kunde von dem sonderbaren Verhalten meines Bruders verbreitete sich an den europäischen Höfen, was unser Vater als Schande empfand. Zu Unrecht; jedenfalls gewann der Graf von Estomac einen günstigen Eindruck von unserer Familie, und so fügte es sich, daß sich unsere Schwester Battista mit dem jungen Grafen verlobte.

10

Die Ölbäume mit ihren Windungen sind bequeme und ebene Wege für Cosimo, geduldige und freundliche Bäume, auf deren rauher Rinde gut weiterzukommen oder zu verweilen ist, obwohl sie nur wenige dicke Äste haben und man nicht sehr viele verschiedene Bewegungen auf ihnen machen kann. Auf einem Feigenbaum hingegen ist des Umherschweifens kein Ende, wenn man darauf achtet, daß er einen trägt; Cosimo hat das Zelt seiner Blätter über sich, sieht, wie zwischen den feinen Blattrippen die Sonne hindurchleuchtet und die grünen Früchte allmählich anschwellen; er riecht die Säure, die der Schaft des Blattstiels ausschwitzt. Der Feigenbaum nimmt einen ganz gefangen, durchtränkt einen mit seinem klebrigen Saft, mit dem Gebrumm der Hummeln; nach einer Weile hat Cosimo die Empfindung, selbst zur Feige zu werden, und entfernt sich, da ihn ein Unbehagen befällt.

Auf dem harten Spierlingsbaum oder auf dem Maulbeerbaum ist man gut aufgehoben; schade, daß sie so selten sind. Das gleiche gilt von den Nußbäumen, und es besagt alles, daß auch mich der Drang überkam, es meinem Bruder nachzutun und dort oben zu bleiben, wenn ich sah, daß er sich in der Unendlichkeit eines alten Nußbaumes verlor wie in einem Palast mit vielen Stockwerken und zahllosen Gemächern; so groß sind die Kraft und die Sicherheit, die dieser Baum in sein Baumsein hineinlegt, ist sein zähes Bestreben, gewichtig und hart zu bleiben, das sich sogar in den Blättern ausdrückt.

Cosimo verweilte gern inmitten der gewellten Blätter der immergrünen Eichen (der Steineichen oder *elci*, wie ich sie genannt habe, wenn es sich um den Park unseres Hauses handelte, vielleicht angeregt durch die gezierte Sprache meines Vaters); er liebte ihre rissige Rinde, aus der er, wenn er nachdenklich war, die viereckigen Stückchen mit den Fingern herauszuklauben pflegte, nicht in dem Drange, etwas Böses zu tun, sondern gleichsam, um dem Baume bei seinem langwierigen Bemühen um Selbsterneuerung zu helfen. Oder er schälte auch die weiße Rinde der Platanen ab, wobei er Schichten alten, schimmeligen Goldes aufdeckte. Desgleichen liebte er bucklige Stämme, wie die der Ulmen, auf deren Auswüchsen sich zarte Triebe sowie Büschel gezackter Blätter und papierener Flügelfrüchte zusammendrängen; doch kommt man auf ihnen nur schwer voran, da die schmächtigen und dicht belaubten Äste nach oben wachsen und kaum einen Durchgang offenlassen; die Kastanien schließlich mit ihren stacheligen Blättern, den Schalen ihrer Früchte, ihrer Rinde, den hohen Ästen sind offenbar eigens dazu geschaffen, Besucher fernzuhalten.

Diese Freundschaften und Unterscheidungen lernte Cosimo erst später und erst allmählich kennen oder erkannte vielmehr, daß sie ihm vertraut waren; doch schon in diesen ersten Tagen begannen sie ihm zu gehören wie ein Naturtrieb. Die Welt sollte von nun an für ihn ein anderes Gesicht haben; sie bestand jetzt aus schmalen und gewundenen Brücken im leeren Raum, aus Knoten und Splittern oder Runzeln, welche die Rinden aufrauhen, aus Lichtern, deren Grün sich je nach dem Zeltdach dichterer oder spärlicherer Blätter verändert – Lichtern, die beim ersten Luftzug über den Blattstielen zu zittern beginnen oder sich zugleich mit dem Neigen des Baumes wie Schleier bewegen. Unten dagegen erstreckte sich unser Teil der Welt in seiner Flachheit; wir sahen verzerrte Bilder vor uns und verstanden sicherlich nichts von dem, was er dort oben wußte – er, der in seinen Nächten darauf achtete, wie das Holz die Kreise, welche im Innern der Stämme die Jahre bezeichnen, aus seinen Zellen zusammenpreßt; wie die Schimmelpilze ihre Flecken beim Wehen des Nordwinds erweitern; wie die im Nest eingeschlummerten Vögel zusammenschauernd den Kopf dorthin stecken, wo das Gefieder am weichsten ist; wie die Raupe erwacht und das Ei des Würgers sich öffnet. Es ist das der Augenblick, da das Ohr das Schweigen der Natur in den feinen Staub einzelner Geräusche zerlegt: ein Krächzen, ein Bläffen, ein blitzschnelles Schwirren im Grase, ein Klatschen im Wasser, ein Getrippel zwischen Erdboden und Steinen und, alles beherrschend, das Zirpen der Zikade. Die Geräusche überlagern einander, doch das Gehör vermag immer neue auszusondern, so wie sich Händen, die einen Wollknäuel entwirren, in jeder Strähne immer feinere und nicht ertastbare Fäden erschließen. Derweil hält das Quaken der Frösche an, das im Hintergrund bleibt und den Strom der Töne nicht ändert, so wie das Licht nicht durch das ständige Flimmern der Sterne verändert wird. Doch jedesmal, wenn sich ein Windstoß erhob oder entfernte, wandelte sich jedes Geräusch und wurde neu. Nur in der tiefsten Höhlung des Ohrs hielt sich ständig ein fernes Brausen oder Rauschen: Das war das Meer. –

Der Winter kam heran; Cosimo fertigte sich eine Pelzjacke. Er nähte sie sich selbst aus den Fellen verschiedener Tiere, die er erlegt hatte: von Hasen, Füchsen, Mardern und Frettchen. Auf dem Kopfe trug er stets jene Wildkatzenmütze. Er nähte sich auch Hosen, die einen Boden aus Ziegenfell und lederne Kniestücke hatten. Was das Schuhwerk anging, so sah er schließlich ein, daß für die Bäume Pantoffeln am geeignetsten waren, und so fertigte er sich ein Paar aus irgendwelchen Fellen, vielleicht aus Dachsfell.

Auf diese Weise schützte er sich vor der Kälte. Freilich hatten wir in jener Zeit milde Winter, nicht die jetzige Kälte, von der es heißt, sie habe Napoleon aus Rußland vertrieben und ihn bis in unsere Breiten verfolgt. Doch auch damals war eine im Freien verbrachte Winternacht keine Annehmlichkeit.

Für die Nacht hatte er das System des Schlafsacks eingeführt; er benutzte keine Zelte und Hütten mehr, sondern schlüpfte in einen mit Pelz gefütterten Schlafsack, der an einem Ast aufgehängt war. Er verschwand ganz darin, um zusammengekauert wie ein kleines Kind einzuschlafen. Wenn ein ungewohntes Geräusch in der Finsternis zu hören war, kamen aus der Sacköffnung zunächst Pelzmütze und Flintenlauf hervor, dann folgte er selbst mit aufgerissenen Augen. (Man erzählte sich, er habe Augen bekommen, die wie die der Katzen und Eulen im Dunkeln leuchteten: Ich habe das freilich niemals bemerkt.)

In der Frühe hingegen, wenn der Eichelhäher schrie, tauchten aus dem Sack zunächst zwei Fäuste auf, die sich lösten, worauf sich zwei Arme ausbreiteten und reckten und durch dieses Recken sein gähnendes Gesicht zum Vorschein kam, dann sein Oberkörper mit dem übergehängten Gewehr und dem Pulverhorn und schließlich seine krummen Beine (sie wurden allmählich etwas schief, da er sich ständig auf allen vieren oder geduckt zu bewegen pflegte). Diese Beine sprangen heraus, bewegten sich, und nach einem Schütteln des Rückens und kurzem Kratzen unter der Pelzjacke begann Cosimo seinen Tageslauf, wach und frisch wie eine Rose.

Er ging dann zum Brunnen, denn er verfügte über einen Brunnen, den er selbst ersonnen oder vielmehr mit Hilfe der Natur gebaut hatte. Es floß dort ein Bach, der an einer steilen Stelle einen Wasserfall bildete und in dessen Nachbarschaft eine Eiche ihre hohen Äste ausbreitete. Cosimo hatte aus einem einige Meter langen Stück Pappelrinde eine Art Rinne hergestellt, die das Wasser der Kaskade bis auf die Äste der Eiche beförderte, so daß er dort trinken und sich waschen konnte. Daß er sich wusch, kann ich bestätigen, denn ich habe es mehrmals gesehen; es geschah nicht sehr gründlich und auch nicht alle Tage, aber er wusch sich und besaß sogar ein Stück Seife. Mit dieser Seife veranstaltete er mitunter auch große Wäsche, wenn ihm der Sinn danach stand; er hatte eigens einen Bottich auf die Eiche heraufgeholt. Sodann pflegte er die Wäsche auf Leinen, die er von einem Ast zum anderen spannte, aufzuhängen und zu trocknen.

Kurzum, er führte alle Verrichtungen auf den Bäumen aus. Er hatte auch eine Methode ersonnen, wie sich das erlegte Wild am Spieße rösten ließ, ohne daß er den Boden zu betreten brauchte: Zunächst setzte er einen Pinienzapfen mittels eines

Feuersteins in Brand und warf ihn dann in die vorgesehene Feuerstelle (diese hatte ich ihm unter Verwendung gewisser glatter Steine aufgebaut), dann ließ er dürre Zweige darauf fallen und regulierte die Flamme mit Hilfe eines Feuerbocks, den er an einer langen Stange befestigt hatte; auf diese Weise erreichte er den zwischen zwei Ästen aufgehängten Bratspieß. Bei alledem bedurfte es besonderer Vorsicht wegen der großen Brandgefahr in den Wäldern. Mit gutem Grunde befand sich daher auch diese Feuerstätte unter der Eiche und in der Nähe des Wasserfalls, aus dem sich notfalls Wasser in beliebigen Mengen holen ließ.

Auf diese Weise war er, da er das erlegte Wild selbst verzehrte oder es bei den Bauern gegen Obst und Gemüse eintauschte, völlig ausreichend versorgt, auch ohne daß er etwas von zu Hause hinzubekam. Eines Tages erfuhren wir, daß er jeden Morgen frische Milch trank; er hatte sich mit einer Ziege angefreundet, die auf die Astgabel eines Ölbaumes hinaufzuklettern pflegte; eine leicht erreichbare Stelle, zwei Handbreit über dem Erdboden; genauer gesagt, kletterte sie nicht, sondern stellte sich mit den Hinterbeinen hinauf, so daß er sie melken konnte, nachdem er sich, mit einem Eimer versehen, auf die Astgabel hinuntergelassen hatte. Eine ähnliche Abmachung hatte er mit einer wackeren roten Paduaner Henne getroffen. Er hatte ihr in der Höhlung eines Stammes ein verborgenes Nest gebaut, und ein um den anderen Tag fand er darin ein Ei, in das er zwei Löcher mit einer Nadel bohrte, um es auszutrinken.

Ein weiteres Problem war: Er mußte seine Notdurft verrichten. Zunächst besorgte er das hie und da, ohne besonders achtzugeben; die Welt ist groß, und so erleichterte er sich, wo sich gerade eine Gelegenheit bot. Dann sah er ein, daß so etwas nicht schön war. Da entdeckte er am Ufer des Gießbachs Merdanzo eine Erle, die an einem recht geeigneten und abgelegenen Orte wuchs und auf deren Astgabel man bequem Platz nehmen konnte. Der Merdanzo war ein trüber Bach mit schneller Strömung, der hinter Schilf verborgen floß und in den die angrenzenden Dörfer ihre Abwässer leiteten. So lebte der junge Piovasco di Rondò gesittet und achtete die Würde seiner Mitmenschen wie seine eigene.

Doch es fehlte ihm noch eine notwendige Ergänzung seines Jägerlebens: ein Hund. Ich war's, der in die Gebüsche, unter die Sträucher kroch, um die Drosseln, Schnepfen, Wachteln zu suchen, die sein Schuß vom Himmel herunterholte, oder auch die Füchse, wenn er einen solchen Rotrock nach einer auf dem Anstand verbrachten Nacht erwischt hatte. Doch ich konnte mich nur manchmal in die Wälder davonstehlen: Der Unterricht beim Abbé, die Schularbeiten, meine Obliegenheiten als Meßdiener, die Mahlzeiten mit den Eltern nahmen mich in Anspruch, die hundert Pflichten des Familienlebens, dem ich mich einordnete, denn im Grunde war der Satz, den ich wiederholt hörte: »Ein Rebell langt für eine Familie!«, nicht unberechtigt, und er wurde bestimmend für mein ganzes Leben. Cosimo ging also fast immer allein auf die Jagd, und um das erlegte Wild zu erlangen (falls nicht der Glücksfall eintrat, daß die Goldammer mit ihren niedergestreckten gelben Flügeln an einem Zweig hängenblieb), benutzte er eine Art Fischfanggerät – Schnüre mit Haken oder Angelruten –, aber er hatte nicht immer Erfolg damit, und es kam vor, daß eine Schnepfe, schwarz von Ameisen, unter einem Dornbusch ihr Ende fand.

Ich erwähnte bisher nicht die Aufgaben der Hunde beim Apport. Denn damals ging Cosimo fast nur auf Anstand und verbrachte Vormittage oder Nächte zusammengekauert auf seinem Ast, wo er darauf wartete, daß sich eine Drossel auf einem Baumwipfel niederließ oder ein Hase auf einer Lichtung erschien. Sonst streifte er aufs Geratewohl umher, folgte dem Gesang der Vögel oder erriet, welche Wege das Wild nehmen würde. Und wenn er das Gekläff der Spürhunde hörte, die hinter einem Hasen oder Fuchs her waren, so wußte er, daß er sich anderswohin wenden mußte, denn für ihn, den einsamen Zufallsjäger, war solch ein Tier nicht bestimmt. Da er alle Gebote zu achten pflegte, brachte er selbst dann nicht die Flinte in Anschlag, wenn er das von fremden Hunden gejagte Wild von seinem unfehlbaren Aussichtsposten aus erspähen konnte. Er wartete dann, bis der Jäger, keuchend, mit gespitztem Ohr und wirrem Blick, auf dem Waldpfad auftauchte, und wies ihm die Richtung, die das Tier eingeschlagen hatte.

Eines Tages sah er einen Fuchs laufen: eine rote Woge inmitten des grünen Grases, ein wildes Schnauben, gesträubte Schnurrhaare; er durchquerte die Wiese und verschwand in der Heide. Und dahinter – Uau auaaa! – die Hunde.

Sie kamen herangestürmt, beschnupperten den Boden und hatten zweimal keine Witterung mehr in ihrer Nase, worauf sie einen rechtwinkligen Haken schlugen.

Sie waren schon weit, als kläffend – Ui, Ui – einer das Gras durchschnitt, der eher wie ein Fisch als wie ein Hund einhersprang: eine Art Delphin, der beim Schwimmen eine spitzere Schnauze, herabhängendere Ohren als die Spürhunde aufwies. Hinten war er Fisch; beinlos und langgestreckt, schien er mit Flossen oder mit Füßen eines Schwimmvogels daherzurudern. Dann tauchte er im freien Gelände auf: Es war ein Dachshund.

Offenbar hatte er sich dem Rudel der Spürhunde angeschlossen und war dann zurückgeblieben; seiner Jugend wegen, denn er wirkte noch fast wie ein Welpe.

Das Gekläff der Spürhunde klang jetzt verächtlich – Buaff –, weil sie die Fährte verloren hatten und der dicht gedrängte Lauf in ein Netz einzelner schnüffelnder Verfolgungen zerfiel, die sich alle rings um eine sumpfige Waldwiese abspielten; dabei war die Ungeduld, den verlorenen Geruchsfaden wiederzufinden, so groß, daß eine gründliche Nachforschung unmöglich wurde; zugleich erlahmte der Eifer, und schon nutzte der und jener die Gelegenheit, einen Stein anzupinkeln.

So kam es, daß der Dachshund sie einholte, der in seinem

atemlosen Lauf die Schnauze ungerechtfertigterweise triumphierend emporreckte. Ebenso ungerechtfertigt war sein Schlauheit vortäuschendes Gekläff: Uai! Uai!

Alsbald knurrten ihn die Spürhunde an – Aurrrrch! –, gaben einen Augenblick lang die Suche nach der Witterung auf und fletschten die Zähne: Ggghrr! Dann zeigten sie sich sogleich uninteressiert und liefen weiter.

Cosimo folgte dem Dachshund, der aufs Geratewohl an dieser Stelle umherschweifte, und auch der Dachshund, der mit zerstreuter Nase herumschwänzelte, sah den Jungen auf dem Baume und wedelte ihm zu. Cosimo war überzeugt, daß sich der Fuchs dort noch versteckt hielt. Die Spürhunde hatten sich in der Ferne zerstreut; man hörte noch zuweilen, wie sie, ermuntert von den unterdrückten und aneifernden Stimmen der Jäger, auf den gegenüberliegenden Hügeln ein gebrochenes und unmotiviertes Gebell anstimmten. Cosimo rief dem Dachshund zu: »Los! Los! Such!«

Der junge Hund begann zu schnüffeln, und von Zeit zu Zeit wandte er sich um und blickte zu dem Jungen dort oben empor.

»Los! Los!«

Jetzt sah er ihn nicht mehr. Er hörte ein Rascheln in den Sträuchern, dann brach es los: »Auauauaaa! Iai, iai, iai!« Er hatte den Fuchs aufgespürt!

Cosimo sah das Tier über die Wiese laufen. Durfte man aber auf einen Fuchs schießen, den ein fremder Hund aufgespürt hatte? Cosimo ließ ihn vorüber und gab keinen Schuß ab. Der Dachshund hob die Schnauze und sah ihn mit jenem Blick an, den Hunde haben, wenn sie etwas nicht begreifen und nicht wissen, daß sie durchaus im Recht sein können, wenn sie es nicht begreifen; dann begann er wieder mit gesenkter Nase den Fuchs zu verfolgen.

»Iai, iai, iai!« Er jagte ihn im Kreise herum. Da kam er zurück. Durfte man schießen oder nicht? Cosimo schoß nicht. Der Dachshund sah ihn mit traurigen Augen an. Er kläffte nicht mehr, die Zunge hing ihm noch tiefer herab als die Ohren, er war erschöpft, lief aber weiter.

Durch sein Aufspüren hatte er Hunde und Jäger völlig verwirrt. Auf der Schneise kam ein Alter mit einer schweren Büchse gelaufen. »Heda!« rief ihm Cosimo zu. »Gehört euch der Dachshund da?«

»Laß es dir und deiner ganzen Sippschaft gesagt sein«, schrie der Alte zurück, der offenbar recht mißgelaunt war, »sehn wir vielleicht so aus, als wenn wir mit Dackel jagten?«

»Dann werde ich schießen, wenn er ihn aufspürt«, sagte Cosimo, der in jeder Beziehung korrekt verfahren wollte.

»Schieß nur zu, sei's auch auf deinen Schutzheiligen!« erwiderte der andere und lief weiter.

Der Dachshund trieb ihm abermals den Fuchs zu. Cosimo schoß und erlegte ihn. Der Dachshund wurde sein Hund. Er nannte ihn Ottimo Massimo.

Ottimo Massimo war herrenlos und hatte sich dem Rudel der Spürhunde aus jugendlicher Jagdleidenschaft angeschlossen. Doch woher stammte er? Um das herauszufinden, ließ Cosimo sich von ihm führen.

Der Dachshund, der sich dicht am Boden hielt, durchquerte Hecken und Gräben; dann drehte er sich um, da er feststellen wollte, ob es dem Jungen dort oben gelang, mit ihm Schritt zu halten. Diese Route war so ungewohnt, daß Cosimo im ersten Augenblick nicht wußte, wo sie sich befanden. Als er es erfaßt hatte, sprang ihm das Herz in der Brust: Er war im Garten der Marchesi von Ondariva.

Die Villa war verschlossen, die Fensterläden verrammelt; nur ein Laden vor einem Dachfenster schlug im Winde hin und her. Der verwilderte Garten glich mehr denn je einem Walde aus dem Jenseits. Und auf den jetzt grasbewachsenen Wegen und den von Unkraut überwucherten Beeten bewegte sich Ottimo Massimo so glücklich, als wäre er hier zu Hause, und haschte nach Schmetterlingen.

Er verschwand in einem Busch und kam mit einem Bändchen im Maul zurück. Cosimo schlug das Herz stärker. »Was ist das, Ottimo Massimo? Wem gehört das? Sag!«

Ottimo Massimo schwänzelte.

»Apport, Apport, Ottimo Massimo!«

Cosimo war auf einen niedrigen Ast hinuntergeklettert und nahm dem Hund den verblichenen Fetzen aus dem Maul; bestimmt gehörte die Haarschleife Viola, genauso wie der Hund Viola gehört haben mußte und offenbar bei der Abreise der Familie vergessen worden war. Ja, Cosimo glaubte sich jetzt an das Hündchen vom vergangenen Sommer zu erinnern, das aus einem Korbe am Arm des kleinen blonden Mädchens hervorgelugt hatte, und vielleicht hatte sie es eben damals geschenkt bekommen.

»Such, Ottimo Massimo!« Und der Dachshund stürzte sich zwischen das Bambusrohr und kehrte mit anderen Andenken an sie zurück: dem Sprungseil, dem Fetzen eines Papierdrachens, einem Fächer.

Auf dem Wipfel des höchsten Baumes im Garten ritzte mein Bruder mit der Spitze seines Degens die Namen »Viola« und »Cosimo« ein, und darunter schrieb er, da er wußte, daß es ihr Freude gemacht hätte, auch wenn sie ihn mit einem anderen Namen rief: »Dachshund Ottimo Massimo«.

Wenn man fortan den Jungen auf den Bäumen erblickte, konnte man absolut sicher sein, daß man vorneweg oder in seiner Nähe den Dachshund Ottimo Massimo mit dem Bauch auf dem Boden einhertrotten sah. Er hatte ihn die Obliegenheiten aller Jagdhunde – das Aufspüren, das Stellen des Wildes und den Apport – gelehrt, und es gab kein Tier im Walde, das sie nicht gemeinsam gejagt hätten. Zum Apport des erlegten Wildes pflegte Ottimo Massimo die Baumstämme, so hoch er konnte, mit seinen Vorderbeinen emporzuklettern; Cosimo ließ sich dann herab, um ihm den Hasen oder das Rebhuhn aus dem Maule zu nehmen, und streichelte ihn. Darin erschöpften sich ihre Vertraulichkeiten, ihre Freudenfeiern. Doch ständig war zwischen Ästen und Erdboden ein Gespräch, ein Meinungsaustausch im Gange, der aus einsilbigen Kläfflauten und Finger- und Zungenschnalzen bestand. Jene notwendige Gegenwart, die für den Hund der Mensch und für den Menschen der Hund bedeutet, gab keiner von beiden jemals preis; und obwohl sie sich so sehr von allen Menschen und Hunden auf der Welt unterschieden, konnte man von ihnen sagen, daß sie als Mensch und als Hund glücklich waren.

11

Lange Zeit, während einer entscheidenden Periode seines jungen Lebens, bedeutete die Jagd für Cosimo die ganze Welt. Dazu gehörte auch der Fischfang, denn in den Teichen, die der Gießbach bildete, fischte er Aale und Forellen mit einer Angelschnur. Zuweilen verfiel ich auf den Gedanken, daß er jetzt andere Sinne und Instinkte besäße als wir und daß die Felle, aus denen er seine Kleidung gefertigt hatte, einem völligen Wandel seiner Natur entsprächen. Die ständige Berührung mit den Rinden der Bäume, die gebannte Betrachtung von Flügelschlag, Fell und Schuppen, die ganze Farbskala, die dieser Aspekt der Welt bietet, und dazu das wechselnde Grün, das wie das Blut einer anderen Welt in den Adern der Blätter pulsiert – alle diese Lebensformen, wie Baumstamm, Drosselschnabel oder Fischkieme, die der menschlichen Formenwelt so fremd sind, alle diese Konturen der Wildnis, in die er sich so tief hineingewagt hatte, waren freilich imstande, fortan seine Seele zu formen, ihn jede Menschenähnlichkeit verlieren zu lassen. Hingegen war mir stets klar, daß er, wie viele Fähigkeiten er sich durch die Gemeinschaft mit den Pflanzen und im Kampf mit den Tieren auch angeeignet haben mochte, seinen Platz diesseits der Grenze hatte: daß er auf unserer Seite stand.

Manche Bräuche waren freilich von ihm, ohne daß er es wollte, seltener beachtet und gerieten in Vergessenheit. Dazu gehörte seine Teilnahme am Hochamt in Ombrosa. In den ersten Monaten war er darauf bedacht. Wenn wir am Sonntag aus dem Haus traten und die ganze Familie festtäglich gekleidet in Reih und Glied aufmarschierte, sahen wir ihn auf den Ästen, und auch er war gewissermaßen um ein Sonntagsgewand bemüht; so hatte er beispielsweise wieder den alten Frack ausgegraben oder den Dreispitz an Stelle der Pelzmütze aufgesetzt. Dann machten wir uns auf den Weg, und er folgte uns auf den Bäumen; auf diese Weise erreichten wir den Kirchplatz, während uns alle Ombrosaner angafften (aber bald waren sie es gewohnt, und es schwand auch das Mißbehagen meines Vaters); wir alle benahmen uns recht gesetzt, während er sich durch die Luft schwang – ein sonderbarer Anblick, namentlich im Winter, wenn die Bäume kahl waren.

Wir betraten die Kirche und nahmen auf unserer Familienbank Platz, während er draußen blieb und sich auf einer Buche neben einem der Kirchenschiffe postierte, gerade in Höhe eines großen Fensters. Von unserer Bank aus sahen wir durch die Scheiben Cosimos Silhouette mit dem Hut auf der Brust und geneigtem Kopf. Auf Grund einer Absprache meines Vaters mit einem Küster wurde dieses Kirchenfenster jeden Sonntag halb geöffnet, so daß er von seinem Baum aus die Messe hören konnte. Doch mit der Zeit sahen wir ihn nicht mehr. Das Fenster wurde geschlossen, da Zugluft herrschte.

So viele Dinge, die früher für ihn wichtig gewesen wären, erschienen ihm nunmehr belanglos. Im Frühjahr verlobte sich unsere Schwester. Wer hätte das noch ein Jahr zuvor für möglich gehalten! Graf und Gräfin Estomac erschienen mit ihrem Sohn, und es fand ein großes Fest statt. In unserem Hause war jedes Zimmer erleuchtet, der ganze Adel der Umgebung war zugegen, und es wurde getanzt. Wer dachte da noch an Cosimo! Nun, so war es nicht: Wir dachten alle an ihn. Von Zeit zu Zeit blickte ich aus dem Fenster, um zu sehen, ob er wohl käme; unser Vater war traurig, und bei dieser Familienfestlichkeit wanderten seine Gedanken gewiß zu ihm, der sich selbst ausgeschlossen hatte; auch die Generalin, die das ganze Fest wie einen Exerzierplatz kommandierte, wollte dadurch nur ihrem Kummer Luft machen, den sie um den Abwesenden empfand. Sogar Battista, die Pirouetten vollführte und ohne ihre Nonnengewänder nicht wiederzuerkennen war (sie trug eine Perücke, die wie ein Marzipankuchen aussah, und einen mit Korallen garnierten *grand panier,* den ich weiß nicht welche Schneiderin für sie angefertigt hatte) – ich wette, daß auch sie an ihn dachte.

Und er war zugegen, ungesehen – ich erfuhr es später –, im Schatten des Wipfels einer Platane, draußen in der Kälte; so sah er die Fenster im Lichterglanz, die festlich hergerichteten, ihm wohlbekannten Räume, die tanzenden Menschen mit ihren Perücken. Was für Gedanken sind ihm da wohl durch den Kopf gegangen? Trauerte er nicht doch ein wenig unserem Leben nach? Überlegte er sich, wie kurz der Schritt war, der ihn von der Rückkehr in unsere Welt trennte, wie kurz und wie einfach? Ich weiß nicht, was er damals dachte und erwog. Ich weiß nur, daß er während des ganzen Festes dort verweilte, und auch noch länger; bis ein Kandelaber nach dem anderen erlosch und kein einziges Fenster mehr erleuchtet blieb.

Die Beziehungen Cosimos zur Familie nahmen also schlecht und recht ihren Fortgang. Zu einem der Angehörigen gestalteten sie sich sogar enger, und man kann sagen, daß Cosimo ihn erst jetzt richtig kennenlernte; ich meine den Cavaliere Enea Silvio Carrega.

Cosimo fand heraus, daß dieser nahezu nicht vorhandene, sich allem entziehende Mann, von dem sich nie feststellen ließ, wo er steckte und was er trieb, der einzige der ganzen Familie war, der zahlreichen Beschäftigungen nachging und stets etwas Nützliches in Angriff nahm.

So verließ er beispielsweise, den Fez auf dem Kopf, das Haus in der heißesten Nachmittagsstunde, sich bei jedem Schritt in den bis zum Boden herabreichenden Leibrock verwickelnd, und verschwand sodann, als hätten ihn die Falten des Geländes oder die Hecken oder die Steine der Mauern verschluckt. Selbst Cosimo, der Gefallen daran fand, ständig Ausschau zu halten (oder vielmehr fand er nicht Gefallen daran, sondern es war ihm nunmehr zur zweiten Natur geworden, als überblickte sein Auge unwillkürlich einen so weiten Horizont, daß es alles umfassen konnte), selbst Cosimo sah ihn nach einer Weile nicht mehr. Mitunter lief er von Zweig zu Zweig auf die Stelle zu, wo der Cavaliere verschwunden war, aber er konnte nie herausfinden, welchen Weg dieser eingeschlagen hatte. Ein Zeichen jedoch gab es, das an solchen Orten stets wiederkehrte: fliegende Bienen. Cosimo gelangte schließlich zu dem Schluß, daß die Unternehmungen des Cavaliere etwas mit den Bienen zu tun hatten und daß man, um ihm auf die Schliche zu kommen, deren Flug verfolgen mußte. Aber wie? Jede Pflanze, die in Blüte stand, war von schwachem Bienengesumm umgeben; es galt, sich nicht durch vereinzelte und ziellose Flüge ablenken zu lassen, sondern der unsichtbaren Luftstraße zu folgen, auf der das Kommen und Gehen der Bienen immer dichter wurde, bis man hinter einer Hecke wie eine Rauchfahne eine dichte Wolke aufsteigen sah. Darunter standen auf einem Brett die Bienenstöcke, einer oder mehrere, und niemand anders als der Cavaliere beobachtete dieses Bienengewimmel.

Die Bienenzucht gehörte in der Tat zu den geheimen Beschäftigungen unseres natürlichen Onkels; geheim war sie freilich nur mit gewissen Einschränkungen, da er selbst von Zeit zu Zeit eine eben erst aus dem Stock entfernte tröpfelnde Honigwabe zu den Mahlzeiten mitbrachte; doch spielte sich diese Tätigkeit außerhalb des Bereiches unserer Besitzungen an Orten ab, die er offenbar nicht bekanntgeben wollte. Dabei handelte es sich zweifellos um eine Vorsichtsmaßnahme, die verhindern sollte, daß die Erträgnisse dieses privaten Gewerbefleißes mit der Familienwirtschaft in einen Topf geworfen wurden; vielleicht wollte er auch nur etwas besitzen, in das der Baron, sein Bruder, nicht seine Nase hineinsteckte, bei dem er sich nicht anmaßte, ihn zu bevormunden, denn der Geiz gehörte nicht zu seinen Eigenschaften, und was konnten ihm schließlich etwas Honig und Wachs einbringen? Oder es lag ihm einfach daran, die wenigen Dinge, die er gern hatte, wie beispielsweise die Bienenzucht, von den vielen Dingen getrennt zu halten, die er nicht schätzte, wie zum Beispiel die Verwaltungsarbeit.

Auf jeden Fall stand fest, daß ihm unser Vater niemals die

Bienenzucht in der Nähe des Hauses gestattet hätte, denn der Baron hatte eine unvernünftige Angst vor Stichen, und wenn zufällig eine Wespe oder eine Biene im Garten auf ihn zuflog, begann er wie närrisch durch die Alleen zu laufen, wobei er die Finger in seine Perücke bohrte, als müßte er sich vor den Schnabelhieben eines Adlers schützen. Einmal flog ihm die Perücke fort, worauf die Biene, wild geworden, ihn anflog und ihren Stachel in seinen kahlen Schädel bohrte. Danach preßte er sich drei Tage lang essiggetränkte Tücher auf den Kopf, denn er war aus solchem Holze geschnitzt, daß er die schlimmsten Schicksalsschläge mit Stolz und Fassung ertrug, während ein kleiner Kratzer oder Pickel ihn rasend machen konnte.

Enea Silvio Carrega hatte also seine Bienenzucht da und dort über das ganze Tal von Ombrosa verteilt. Gegen etwas Honig als Entgelt erlaubten ihm die Eigentümer, ein oder zwei Bienenstöcke am Rande ihrer Felder aufzustellen, und so war er ständig zwischen diesen Plätzen unterwegs und umkreiste seine Stöcke mit Bewegungen, als hätte er Bienenbeinchen statt der Hände – ein Eindruck, der sich dadurch noch verstärkte, daß er, um nicht gestochen zu werden, schwarze Handschuhe zu tragen pflegte. Über dem Gesicht, unter dem Fez befestigt, trug er einen schwarzen Schleier, der bei jedem Atemzug am Munde festklebte, um sich dann wieder zu heben. Ferner bediente er sich bei der Kontrolle der Stöcke eines Gerätes, das Rauch ausströmte, um die Insekten zu verscheuchen. Und alles das – Bienengesumm, Schleier, Rauchwolke – wirkte auf Cosimo wie ein Zauber, den dieser Mann auszuüben suchte, damit er dort verschwinden, sich auslöschen, sich in die Lüfte erheben könne, um sodann zu anderer Zeit oder an anderer Stelle wiederaufzuerstehen. Freilich war er kein großer Zauberer, da er stets wieder in gleicher Gestalt zum Vorschein kam und vielleicht gar an einem gestochenen Finger lutschte.

Es war Frühling. Eines Morgens dünkte es Cosimo, die

ganze Luft sei närrisch geworden; sie hallte wider von einem noch nie gehörten Ton, von einem Gesumm, das mitunter zum Donner anschwoll: Es war von einer Hagelwolke begleitet, die sich, statt niederzugehen, in waagerechter Richtung fortbewegte; dabei bildete sich ein Wirbel mit geringer Streuung, der jedoch einer dichteren Säule folgte. Es waren unzählige Bienen, umgeben von Grün und Blumen und Sonne; Cosimo, der nicht begriff, was das bedeutete, wurde von einer sehnsüchtigen und wilden Erregung ergriffen. »Die Bienen reißen aus, Cavaliere! Die Bienen reißen aus!« rief er und lief über die Bäume, um Carrega zu suchen.

»Sie reißen nicht aus, sie schwärmen!« sagte die Stimme des Cavaliere, und Cosimo sah ihn unter sich, aus dem Boden gewachsen wie ein Pilz, während er ihm Schweigen gebot. Dann lief er auf einmal fort, verschwand. Wo war er geblieben?

Es war die Zeit des Schwärmens. Ein Bienenschwarm folgte einer Königin, die den alten Stock verlassen hatte. Cosimo blickte umher. Da trat der Cavaliere wieder aus der Küchentür und hatte einen Kessel und eine Pfanne in der Hand. Er stieß mit der Pfanne gegen den Kessel und erzeugte ein schrilles Deng-deng, das Cosimos Trommelfell erschütterte und in einem langen, schwingenden Ton ausklang, der so lästig war, daß er sich die Ohren zuhielt. Der Cavaliere schritt hinter dem Schwarm her und trommelte alle drei Schritte mit Zweigen auf diese Geräte. Bei jedem dieser Klänge erbebte der Schwarm gleichsam; er schien sich plötzlich zu senken, um dann wieder emporzusteigen, und das Summen wirkte leiser, der Flug unsicherer. Cosimo sah es nicht deutlich, aber er hatte den Eindruck, daß der ganze Schwarm jetzt einem Punkt im Grünen zustrebte und sich nicht weiter fortbewegte. Carrega aber schlug weiter gegen die Pfanne.

»Was geht denn da vor, Cavaliere? Was tun Sie denn da?« fragte ihn mein Bruder, als er ihn eingeholt hatte. »Schnell!« stotterte der andere. »Steig auf den Baum, auf dem der

Schwarm haltgemacht hat, aber laß ihn ja in Ruhe, bis ich da bin!«

Die Bienen ließen sich auf einem Granatapfelbaum nieder. Cosimo erreichte ihn und sah zunächst nichts; dann bemerkte er auf einmal eine Art dicken Tannenzapfen, der an einem Ast hing; er bestand ganz aus Bienen, die sich aneinanderklammerten, und es kamen ständig neue hinzu, die ihn vergrößerten.

Cosimo hockte auf dem Wipfel des Granatbaumes und hielt den Atem an. Dort unten hing die Bienentraube, und je dicker sie wurde, um so leichter wirkte sie, als hinge sie an einem Faden oder gar nur an den Beinchen einer alten Bienenkönigin; aus feinen Knorpeln war sie gefügt, mit all jenen summenden Flügeln, die ihr durchscheinendes Grau über den schwarzen und gelben Streifen der Leiber ausbreiteten.

Der Cavaliere kam herangehüpft und hielt einen Bienenstock in Händen. Er stellte ihn verkehrt herum unter die Traube. »Gib ihr einen kleinen Stoß!« sagte er leise zu Cosimo.

Cosimo schüttelte den Granatbaum nur ganz wenig. Der Schwarm mit den Tausenden von Bienen löste sich wie ein Blatt und fiel in den Stock, worauf ihn der Cavaliere mit einem Brett zudeckte. »Jetzt haben wir's!«

Auf diese Weise kam es zwischen Cosimo und dem Cavaliere zu einem Einvernehmen, einer Zusammenarbeit, die man auch als Freundschaft hätte bezeichnen können, wäre nicht »Freundschaft« für die Beziehung zweier so ungeselliger Menschen ein übertriebener Ausdruck gewesen.

Auch auf dem Gebiet des Wasserbaus fanden die beiden schließlich Berührungspunkte. Das mag sonderbar klingen, da einer, der auf den Bäumen lebt, kaum mit Wasser und Kanälen zu tun hat. Doch ich erwähnte bereits jenes von Cosimo ersonnene System eines schwebenden Brunnens, bei dem ein Stück Pappelrinde das Wasser eines Wasserfalls bis zu den Zweigen einer Eiche leitete. Obwohl nun der Cavaliere so zerstreut war, entging ihm doch nichts, was sich in den Wasseradern der ganzen Gegend abspielte. Aus seinem Versteck in einem Ligusterstrauch oberhalb der Kaskade beobachtete er, wie Cosimo die Rinne aus dem Laube der Eiche hervorzog (wo er sie zu verwahren pflegte, wenn er sie nicht benutzte, dem von ihm sofort übernommenen Brauche der Wilden getreu, alles und jedes zu verstecken), worauf er sie durch eine Astgabel der Eiche und auf der gegenüberliegenden Seite durch einige Steine des Wassersturzes abstützte und aus ihr zu trinken begann.

Wer weiß, was dem Cavaliere bei diesem Anblick durch den Kopf schoß: Ihn überkam ein seltenes Glücksgefühl. Er sprang aus dem Busch heraus, klatschte in die Hände, schnellte zwei- oder dreimal in die Luft, als machte er Seilsprünge, spritzte mit Wasser umher und wäre um ein Haar in den Wasserfall gehüpft und ihn hinuntergesprungen. Sodann begann er, dem Jungen den Einfall zu erklären, den er gehabt hatte. Dieser Einfall war konfus und die Erläuterung noch konfuser; für gewöhnlich drückte sich der Cavaliere im Dialekt aus, mehr aus Bescheidenheit als aus Unkenntnis unserer Sprache, aber in solchen Augenblicken plötzlicher Erregung begann er unvermittelt Türkisch zu reden, so daß man nichts mehr verstand.

Um es kurz zu machen: Er war auf den Gedanken verfallen, einen schwebenden Aquädukt zu bauen, dessen Leitung eben durch die Äste der Bäume gestützt werden sollte; dadurch könnte man den mit Gestrüpp bewachsenen gegenüberliegenden Hang des Tales erreichen und ihn bewässern. Cosimo unterstützte sofort sein Projekt, und über die Verbesserung, die Carrega ihm vorschlug, daß an gewissen Stellen durchlöcherte Stämme für die Leitung verwandt werden sollten, um eine Berieselung der Baumschulen zu ermöglichen, geriet er vollends in Entzücken.

Er verkroch sich sogleich in sein Studierzimmer, um ein Blatt nach dem anderen mit Entwürfen zu bedecken. Auch Cosimo befaßte sich damit, da ihm alles gefiel, was man auf den Bäumen bewerkstelligen konnte, und er der Meinung war, daß dadurch seiner Stellung dort oben eine neue Bedeutung und Autorität verliehen werde; in Enea Silvio Carrega glaubte er nunmehr einen unverhofften Gefährten gefunden zu haben. Auf gewissen niedrigen Bäumen gaben sie sich ein Stelldichein; der Cavaliere kam mit einem trigonometrischen Meßgerät hinaufgeklettert und war mit Rollen beladen, die seine Pläne enthielten; so erörterten sie stundenlang die immer verwickeltere Gestalt dieses Aquädukts.

Doch kam es nie zu einer praktischen Ausführung. Enea Silvio wurde es leid; seine Unterhaltung mit Cosimo stellte er allmählich ein, vollendete niemals seine Entwürfe, und nach einer Woche war alles bereits vergessen. Cosimo weinte der Sache nicht nach: Er hatte bald herausgefunden, daß sie sein Leben nur auf ärgerliche Weise kompliziert hätte, ohne etwas einzubringen.

Selbstverständlich hätte unser natürlicher Onkel auf dem Gebiet des Wasserbaus noch viel mehr leisten können. Er hatte die Passion dafür, auch fehlte es ihm nicht an der besonderen Begabung, die für dieses Fach erforderlich ist, doch konnte er nichts in die Tat umsetzen: Er verlor sich in diesem und jenem, bis sich jeder Plan in Nichts auflöste, so wie ein schlecht kanalisiertes Wasser nur eine kleine Weile umläuft, um dann im porösen Boden zu versickern. Hierfür gab es vielleicht folgende Erklärung: Die Bienenzucht konnte er auf eigene Faust und nahezu im verborgenen betreiben, ohne dabei auf Dritte angewiesen zu sein. Von Zeit zu Zeit erwuchs daraus ein Honig- und Wachsgeschenk, das ihm niemand abverlangt hatte. Bei den Kanalisierungsarbeiten mußte er hingegen auf die Interessen aller möglichen Leute ebenso wie auf die Ansichten und Befehle des Barons oder sonstiger Auftraggeber Rücksicht nehmen. Da er schüchtern und unentschlossen war, widersetzte er sich niemals dem Willen eines anderen, wurde aber der Arbeit bald überdrüssig oder ließ sie liegen.

Zu jeder Tageszeit sah man ihn auf einem Felde, umringt von Arbeitern, die mit Pfählen und Hacken ausgerüstet waren, während er selbst ein Metermaß sowie einen eingerollten Plan in der Hand hielt und Weisungen zur Ausschachtung eines Kanals erteilte oder das Gelände mit seinen Schritten abmaß, die ungewöhnlich kurz waren, so daß er sie auf übertriebene Weise verlängern mußte. Er ließ die Grabungen erst an einer Stelle, dann an einer anderen beginnen und sie schließlich unterbrechen, um abermals Messungen vorzunehmen. Es wurde Abend, und so stellte man die Arbeit ein. Schwerlich entschloß er sich, am nächsten Morgen an der gleichen Stelle fortzufahren. In der Regel ließ er sich eine Woche lang nicht mehr blicken.

Seine Leidenschaft für die Wasserbaukunst leitete sich von verschiedenen Bestrebungen, Impulsen und Wünschen her. Sie beruhte auf einer Erinnerung, die er in seinem Herzen bewahrte, der Erinnerung an die köstlichen, gut bewässerten Ländereien des Sultans, seine Gemüse- und Ziergärten, in denen er offenbar glücklich gewesen war, ja die einzige glückliche Zeit seines Lebens verbracht hatte; mit diesen Gärten in der Berberei oder Türkei verglich er ständig die Felder Ombrosas, fühlte sich bewogen, sie zu vervollkommnen, suchte sie mit seinem Erinnerungsbild in Übereinstimmung zu bringen, und da er sich auf die Wasserbaukunst verstand, konzentrierten sich seine Änderungswünsche auf sie; dabei stieß er immer wieder auf eine andersgeartete Wirklichkeit, die ihm Enttäuschung bereitete.

Er betätigte sich auch als Rutengänger, ohne sich dabei blicken zu lassen, denn in jenen Zeiten konnte man durch jene seltsamen Künste noch in den Verdacht der Hexerei geraten. Einmal sah ihn Cosimo auf einer Wiese allerhand Pirouetten vollführen, wobei er eine gespaltene Rute vor sich hinstreckte. Auch das blieb offenbar nur ein Versuch, denn es erfolgte nichts darauf. Aus seiner Kenntnis des Charakters Enea Silvio Carregas zog Cosimo in folgender Hinsicht Gewinn: Er begriff viele Dinge, die das Alleinsein betreffen und die für sein späteres Leben von Nutzen waren. Ja, man kann sagen, daß er das abwegige Bild des Cavaliere stets vor Augen hatte, als warnendes Beispiel dafür, was aus einem Menschen werden kann, der sein Los von dem seiner Mitmenschen trennt, und daß es ihm gelang, diesem Bilde niemals ähnlich zu werden.

12

Zuweilen wurde Cosimo nachts von Schreien aufgeweckt: »Zu Hilfe! Die Briganten! Steht uns bei!«

Schnell begab er sich über die Bäume dorthin, wo die Schreie herkamen. Es war vielleicht ein Weiler kleiner Bauern; draußen stand die Familie, spärlich bekleidet, und rang die Hände. »Weh uns, weh uns, Gian dei Brughi war da und hat uns unsere ganze Ernte fortgeholt!«

Leute strömten herbei.

»Gian dei Brughi? War er's? Habt ihr ihn gesehn?«

»Er war's! Er war's! Er hatte eine Maske vor dem Gesicht, eine Pistole, die war *so* lang, und hinter ihm kamen zwei andere mit Masken, denen er seine Befehle gab! Das war Gian dei Brughi!«

»Und wo steckt er? Wohin ist er?«

»Du bist gut! Fang einer mal den Gian dei Brughi! Wer weiß, wo er sich inzwischen herumtreibt!«

Oder es waren die Schreie eines Reisenden, dem man mitten auf der Landstraße alles geraubt hatte: Pferd, Geldbörse, Mantel und Felleisen. »Zu Hilfe! Räuber! Gian dei Brughi!«

»Wie ist das geschehn? Erzählt es uns!«

»Von dort kam er her, schwarz, bärtig, und legte die Büchse an, um ein Haar wäre ich tot!«

»Schnell! Ihm nach! Wohin ist er entwischt?«

»Dorthin! Nein, vielleicht dort! Er lief wie der Wind!«

Cosimo hatte sich in den Kopf gesetzt, Gian dei Brughi zu Gesicht zu bekommen. Er durchstreifte den Wald kreuz und quer, folgte den Hasen oder den Vögeln und spornte den Dackel an: »Such, such, Ottimo Massimo!« Aber es ging ihm darum, den Banditen in Person aus seinem Schlupfwinkel hervorzulocken – nicht um ihm etwas anzutun oder ihn anzusprechen; er wollte nur einen so vielgenannten Mann leibhaftig vor sich sehen! Es war ihm jedoch nie geglückt, ihm zu begegnen, selbst wenn er eine ganze Nacht auf den Beinen blieb. Wahrscheinlich war er heute nacht nicht unterwegs! sagte sich Cosimo dann; indes versammelten sich bei Tagesanbruch die Menschen hie und da im Tale, um auf einer Hausschwelle oder an einer Biegung der Straße über die neue Untat zu sprechen. Cosimo eilte herbei und hörte mit großen Augen alle diese Geschichten an.

»Du bist doch immer da droben auf den Bäumen im Walde«, sagte ihm einer bei solch einer Gelegenheit, »hast du denn Gian dei Brughi noch nie gesehen?«

Cosimo schämte sich sehr. »Ja... ich glaube noch nicht...«

»Und wie könnte er ihn auch gesehen haben«, mischte sich ein anderer ein, »Gian dei Brughi hat Verstecke, die keiner finden kann, und zieht auf Wegen, die keiner kennt!«

»Wer ihn fängt, kann es sich sein Leben lang gut sein lassen mit dem Kopfgeld, das auf ihn ausgesetzt ist!«

»Tja, aber die Leute, die wissen, wo er steckt, müssen fast eine so große Rechnung wie er mit der Justiz begleichen, und wenn sie sich vorwagen, enden auch sie am Galgen.«

»Gian dei Brughi, Gian dei Brughi! Aber ist denn wirklich er es, der das alles auf dem Kerbholz hat?«

»Ach geh! Er ist so vieler Untaten angeklagt, daß, selbst wenn es ihm gelänge, bei zehn Raubüberfällen seine Unschuld zu beweisen, man ihn inzwischen wegen des elften schon aufgehangen hätte!«

»In allen Wäldern an der Küste trieb er sich als Brigant herum.«

»In seiner Jugend hat er sogar seinen eigenen Räuberhauptmann umgebracht.«

»Selbst unter Banditen hat er sich als Bandit aufgeführt!«

»Deshalb suchte er auch auf unserem Gebiet Zuflucht.«

»Wir sind eben zu brave Leute!«

Sobald Cosimo etwas Neues hörte, besprach er es mit den Kupferschmieden. Unter den Leuten, die im Walde hausten, gab es damals viel Gesindel: allerhand fahrendes Volk wie Kupferschmiede, Stuhlflechter, Seidenfadenhaspeler, Hausierer, die am Morgen den Diebstahl ausheckten, den sie am Abend ausführen wollten. Im Walde hatten sie nicht so sehr ihre Werkstatt als ihren Schlupfwinkel, in dem sie ihr Diebesgut verwahrten. »Wißt ihr schon, heute nacht hat Gian dei Brughi eine Kutsche überfallen!«

»Wahrhaftig. Nun, alles ist möglich...«

»Die galoppierenden Pferde hat er angehalten, indem er sie am Zügel packte!«

»Na schön, aber vielleicht war er's auch nicht, oder es waren keine richtigen Pferde, sondern nur Heupferdchen...«

»Was sagt ihr da? Glaubt ihr denn nicht, daß es Gian dei Brughi war?«

»Aber natürlich war er's, was für Flausen setzt du ihnen in den Kopf! Gian dei Brughi ist es gewesen, ganz bestimmt!«

»Gibt es denn etwas, dessen Gian dei Brughi nicht fähig wäre?«

»Meinst du wirklich?«

Wenn Cosimo solche Reden über Gian dei Brughi hörte, fühlte er sich ratlos; er durchstreifte dann den Wald, um in einem anderen Lager der Vagabunden Erkundigungen einzuziehen.

»Sagt doch, was meint ihr, die Sache heute nacht mit der Kutsche, war das auch ein Streich von Gian dei Brughi?«

»Alle Streiche, die gelingen, sind Streiche Gian dei Brughis, weißt du das nicht?«

»Warum denn nur, wenn sie gelingen?«

»Weil sie, wenn sie nicht gelingen, dann erst recht Streiche Gian dei Brughis sind!«

»Ach geh, dieser Pfuscher!«

Cosimo verstand nun überhaupt nichts mehr. »Ist denn Gian dei Brughi ein Pfuscher?«

Die anderen pflegten dann gleich einen anderen Ton anzuschlagen: »Aber keineswegs! Ein Brigant ist er, der allen Angst einjagt!«

»Habt ihr ihn denn gesehen?«

»Wir? Und wer hat ihn denn jemals gesehen?«

»Seid ihr wirklich sicher, daß es ihn überhaupt gibt?«

»Was du nicht sagst! Natürlich gibt es ihn. Und selbst wenn es ihn nicht gäbe...«

»Wenn es ihn nicht gäbe?«

»... dann wäre er jemand Bestimmtes. Haha!«

»Aber alle sagen doch...«

»Natürlich, so muß man auch sagen: Gian dei Brughi raubt und mordet überall, der schreckliche Brigant! Den möchten wir sehen, der daran zweifelt!«

»Und du, Bürschchen, getraust du dich vielleicht, daran zu zweifeln?«

Kurzum, Cosimo hatte begriffen, daß die Furcht vor Gian dei Brughi, die drunten im Tale herrschte, immer mehr in eine zweifelnde und häufig sogar offen verächtliche Haltung überging, je weiter man in den Bergwald eindrang.

Das Verlangen nach einer Begegnung verging ihm, weil er erfaßt hatte, daß die erfahrenen Leute gar nichts von Gian dei Brughi hielten. Und gerade da widerfuhr es ihm, daß er mit dem Briganten zusammentraf. –

Cosimo befand sich eines Nachmittags auf einem Nußbaum und las. Seit einiger Zeit sehnte er sich nach Lektüre: Es wird auf die Dauer langweilig, wenn man den ganzen Tag mit angelegter Büchse auf einen Sperling wartet.

Er las also den *Gil Blas* von Lesage und hielt in der einen Hand das Buch und in der anderen die Flinte. Ottimo Massimo, dem es nicht recht war, daß sein Herr las, streifte umher und suchte nach Vorwänden, um ihn abzulenken: Beispielsweise bellte er einen Schmetterling an und hoffte zu erreichen, daß Cosimo mit dem Gewehr darauf zielte.

Und in diesem Augenblick kam bergab auf dem Waldpfad ein bärtiger, schlechtgekleideter Mann gelaufen, der umherspähte; er war unbewaffnet, und hinter ihm kamen zwei Häscher mit gezückten Säbeln, die schrien: »Haltet ihn! Es ist Gian dei Brughi! Endlich haben wir ihn aus seiner Höhle herausgetrieben!«

Der Brigant hatte sich etwas von seinen Verfolgern abgesetzt; wenn er sich aber weiter so gehemmt fortbewegte wie einer, der Angst hat, den Weg zu verfehlen oder in eine Falle zu geraten, mußten sie ihm bald wieder auf den Fersen sein. Cosimos Nußbaum bot keinem, der hätte hinaufklettern wollen, einen Halt, aber er hatte dort oben auf seinem Ast eines jener Seile, die er stets mit sich führte, um schwierige Übergänge bewältigen zu können. Er warf das eine Ende auf den Boden hinunter und band das andere an dem Ast fest. Der Bandit sah, wie ihm dieser Strick nahezu auf die Nase fiel; einen Augenblick rang er unentschlossen die Hände, aber dann klammerte er sich an das Seil und kletterte blitzschnell den Baum hinauf, wodurch er sich als einer jener unschlüssigen und impulsiven Naturen erwies, die ständig den rechten Augenblick zu verpassen scheinen, aber in Wahrheit jedesmal die Gelegenheit beim Schopf packen.

Die Häscher kamen heran. Der Strick war schon hochgezogen, und Gian dei Brughi hockte neben Cosimo im Laube des Nußbaums. Es war dort eine Wegkreuzung. Von den Häschern ging der eine nach rechts, der andere nach links, dann vereinigten sie sich wieder und wußten nicht mehr, wohin sie sich wenden sollten. Da stießen sie auf Ottimo Massimo, der in dem Gelände herumschwänzelte.

»Heda!« sagte einer der Schergen zum anderen. »Ist das nicht der Hund des jungen Barons; der auf den Bäumen lebt, weißt du? Wenn der Junge hier in der Nähe ist, könnte er uns Auskunft geben.«

»Ich bin hier oben«, schrie Cosimo. Doch er rief nicht von dem Nußbaum aus, wo er sich zunächst befunden hatte und wo der Brigant versteckt war: Er war schnell auf eine gegenüberliegende Kastanie hinübergewechselt, so daß die Häscher sogleich dort hinaufschauten, ohne den Bäumen ringsum Beachtung zu schenken.

»Guten Tag, Euer Gnaden«, sagten sie, »habt Ihr nicht zufällig den Briganten Gian dei Brughi hier vorbeilaufen sehen?«

»Wer es war, weiß ich nicht«, erwiderte Cosimo, »wenn ihr aber ein Männchen sucht, das davonrannte: Das ist zum Wildbach dort gelaufen.«

»Ein Männchen? Ein Trumm von einem Kerl, daß man es mit der Angst kriegt...«

»Ja, von hier oben seht ihr eben alle klein aus...«

»Danke, Euer Gnaden!«, und fort waren sie, hinunter zum Wildbach.

Cosimo begab sich wieder auf den Nußbaum und setzte die Lektüre des *Gil Blas* fort. Gian dei Brughi umklammerte immer noch den Ast, bleich bis auf Haare und Bart, die struppig und rot waren (genau wie Heidekraut, das bei uns *brughi* genannt wird) und verfilzt mit trockenen Blättern, Kastanienschalen und Fichtennadeln. Er musterte Cosimo mit zwei grünen, runden und verstörten Augen; häßlich, er war häßlich.

»Sind sie weg?« fragte er schließlich.

»Ja, gewiß«, sagte Cosimo liebenswürdig. »Sind Sie der Brigant Gian dei Brughi?«

»Woher kennen Sie mich?«

»Nun so, vom Hörensagen.«

»Und sind Sie es, der niemals von den Bäumen herunterkommt?«

»Ja. Woher wissen Sie das?«

»Nun, auch vom Hörensagen.«

Sie betrachteten einander achtungsvoll wie zwei prominente Persönlichkeiten, die sich zufällig getroffen haben und zufrieden sind, daß einer dem anderen nicht unbekannt ist.

Cosimo wußte nicht, was er weiter sagen sollte, und setzte seine Lektüre fort.

»Was lesen Sie da Schönes?«

»Den *Gil Blas* von Lesage.«

»Ist es gut?«

»O ja.«

»Haben Sie noch lange dran zu lesen?«

»Warum fragen Sie? Na, noch etwa zwanzig Seiten.«

»Weil ich Sie bitten wollte, es mir zu leihen, wenn Sie fertig sind!«

Er lächelte etwas verlegen. »Sehen Sie, ich muß mich tagelang versteckt halten und weiß nie, was ich tun soll. Hätte ich doch nur zuweilen ein Buch, sage ich mir. Einmal habe ich eine Kutsche angehalten; es war nicht viel zu holen, aber ein Buch war dabei, das hab ich genommen. Ich hab es hier heraufgeschleppt, versteckt unter dem Wams; die ganze übrige Beute hätte ich hingegeben, nur um dieses Buch zu behalten. Abends zünde ich die Laterne an, will zu lesen anfangen... da war es Lateinisch! Ich verstand kein einziges Wort...« Er schüttelte den Kopf. »Sehen Sie, ich kann kein Latein...«

»Ja, hol's der Teufel, Latein ist schwer«, bemerkte Cosimo und spürte, daß er unwillkürlich eine Beschützermiene aufsetzte. »Dies hier ist auf französisch...«

»Französisch, Toskanisch, Provenzalisch, Kastilisch, das kann ich alles«, sagte Gian dei Brughi. »Auch Katalanisch spreche ich etwas: Bon dia! Bona nit! Està la mar mòlt alborotada.«

Nach einer halben Stunde hatte Cosimo das Buch ausgelesen und lieh es Gian dei Brughi.

Auf diese Weise begannen die Beziehungen zwischen meinem Bruder und dem Briganten. Kaum hatte Gian dei Brughi ein Buch gelesen, so eilte er zu Cosimo, um es ihm zurückzugeben, entlieh sich ein anderes, verbarg sich geschwind in seinem geheimen Schlupfwinkel und vertiefte sich in die Lektüre.

Cosimo wiederum erhielt die Bücher durch mich; ich besorgte sie ihm aus der Hausbibliothek, und er gab sie mir zurück, wenn er sie gelesen hatte. Nunmehr behielt er sie länger, da er sie erst selbst las und dann an Gian dei Brughi weitergab; häufig kamen sie jetzt mit aufgerissenem Einband, Schimmelflecken und Schneckenstreifen zurück, da sie der Bandit wer weiß wo zu verwahren pflegte.

An festgesetzten Tagen gaben sich Cosimo und Gian dei Brughi ein Stelldichein auf einem bestimmten Baum, tauschten die Bücher aus, und fort ging's wieder, denn der Wald wurde ständig von Häschern durchkämmt. Dieses so einfache Verfahren war für beide sehr gefährlich: auch für meinen Bruder, der für seine Freundschaft mit diesem Verbrecher bestimmt keine triftigen Gründe hätte vorbringen können. Über Gian dei Brughi war indessen eine solche Lesewut gekommen, daß er einen Roman nach dem anderen verschlang, und da er die ganze Zeit in seinem Versteck hockte, um zu lesen, bewältigte er manche Bücher an einem Tage, zu denen mein Bruder eine Woche gebraucht hatte. In solch einem Fall war nichts zu machen: Er wollte ein neues haben, und wenn nicht gerade der verabredete Tag war, durchstürmte er das Land, erschreckte die Familien in den Weilern und Gehöften und bewirkte, daß sich die ganze Polizeimacht Ombrosas auf seine Spuren heftete.

Cosimo, der ständig von dem Briganten bedrängt wurde, genügten jetzt die Bücher nicht mehr, die ich ihm beschaffen konnte, und so mußte er sich auf die Suche nach anderen Lieferanten machen. Er kannte einen jüdischen Buchhändler, einen gewissen Orbecche, der ihm auch mehrbändige Werke besorgte. Von den Ästen eines Johannisbrotbaumes aus pflegte er an sein Fenster zu klopfen und brachte ihm eben erst erlegte Hasen, Krammetsvögel und Rebhühner im Tausch gegen die Bücher. Doch Gian dei Brughi hatte einen eigenen Geschmack: Man konnte ihm nicht aufs Geratewohl ein Buch geben; anderenfalls brachte er es schon am nächsten Tage zurück, um es auszutauschen. Mein Bruder war in dem Alter, in dem man beginnt, an gehaltvollerer Lektüre Gefallen zu finden, aber er mußte sich damit vorsehen, seit ihm Gian dei Brughi *Die Abenteuer des Telemach* zurückgegeben und ihm gedroht hatte, wenn er noch einmal einen so langweiligen Schinken erhalte, werde er ihm seinen Baum absägen.

Cosimo hätte jetzt am liebsten die Werke, die er selbst in aller Ruhe lesen wollte, von den Büchern geschieden, die er sich nur beschafft hatte, um sie dem Briganten zu leihen. Doch davon konnte keine Rede sein: Auch diese letzteren mußte er wenigstens überfliegen, denn Gian dei Brughi wurde immer anspruchsvoller und mißtrauischer, und bevor er ein Buch in Empfang nahm, wünschte er, daß ihm Cosimo etwas über die Handlung erzähle; wehe, wenn er ihn bei falschen Angaben ertappte! Mein Bruder versuchte, ihn mit leichten Liebesromanen abzuspeisen, worauf ihn der Brigant wütend zur Rede stellte und fragte, ob er ihn etwa für ein einfältiges Weibchen halte. Man konnte nie voraussehen, was für eine Lektüre ihm genehm war.

Kurzum, da ihm Gian dei Brughi ständig das Messer an die Kehle setzte, entwickelte sich Cosimos Lektüre aus einem halbstündigen Zeitvertreib zur Hauptbeschäftigung und zum Zweck des ganzen Tages. Und durch all dieses Bücherwälzen, durch das Urteilen und Vergleichen, durch den Zwang, immer neue Bücher kennenzulernen, hin- und hergerissen zwischen der Lektüre Gian dei Brughis und dem wachsenden Lesebedarf, wurde Cosimo von einer solchen Leidenschaft für die Literatur und das ganze menschliche Wissen ergriffen, daß ihm die Stunden von Sonnenauf- bis Sonnenuntergang für seine Lesewut nicht mehr genügten; beim Lichte einer Laterne las er auch in der Dunkelheit noch weiter.

Schließlich entdeckte er die Romane Richardsons. Gian dei Brughi gefielen sie. Kaum war er mit einem fertig, wollte er sofort den nächsten haben. Orbecche verschaffte ihm einen ganzen Haufen. Der Brigant war so mit Lesestoff für einen Monat versorgt. Cosimo hatte wieder seinen Frieden und vertiefte sich in die Lebensbeschreibungen Plutarchs.

Derweil lag Gian dei Brughi auf seiner Ruhestätte; die struppigen roten Haare voller trockener Blätter hingen ihm über die Stirn, die grünen Augen röteten sich durch die Anstrengung, und so las er und las, während er die Kinnbakken beim eifrigen Buchstabieren bewegte und einen mit Spucke benetzten Finger in die Höhe hielt, um gleich die nächste Seite umwenden zu können. Während der Lektüre Richardsons zerschmolz er gleichsam in einem Verlangen, das schon seit geraumer Zeit in seiner Seele geschlummert hatte: in der Sehnsucht nach einem regelmäßigen und häuslichen Tageslauf, nach verwandtschaftlichen Beziehungen, nach Familiengefühlen, nach Tugend und Abscheu vor den Bösen und Lasterhaften. Seine ganze Umgebung interessierte ihn nicht mehr und erfüllte ihn mit Widerwillen. Er verließ seine Höhle nur noch, um zu Cosimo zu laufen und ein Buch umzutauschen, vor allem, wenn es sich um einen mehrbändigen Roman handelte und er erst die Hälfte der Geschichte gelesen hatte. So führte er ein absonderliches Leben, ohne sich darüber klar zu sein, welch einen Groll er entfesselt hatte – sogar unter den Bewohnern des Waldes, die einstmals seine treuen Komplicen gewesen waren, es nun jedoch satt hatten, einen untätigen Briganten in ihrer Mitte zu haben, der den ganzen Schwarm der Häscher auf sich zog.

Früher hatten sich alle um ihn geschart, die in unserer Gegend mit der Justiz nicht im reinen waren: mochten sie nun wie jene ambulanten Kupferschmiede die üblichen kleinen Diebstähle – bloße Lappalien – oder wie seine Gefährten, die Banditen, regelrechte Verbrechen auf dem Kerbholz haben. Bei jedem Diebstahl oder Raub nahmen diese Leute seine Hilfe und Autorität in Anspruch oder benutzten seinen Namen, der in aller Munde war, als Schutz und Schirm, um selbst im dunkeln zu bleiben. Auch diejenigen, die nicht an ihren Anschlägen beteiligt waren, kamen irgendwie auf ihre Kosten, denn der Wald füllte sich mit Diebes- und Schmugglergut jeder Art, das es zu verwerten oder zu verkaufen galt, und alle, die sich dort herumtrieben, fanden Gelegenheit, damit Handel zu treiben. Und wenn einer auf eigene Faust Räubereien beging, ohne daß Gian dei Brughi davon wußte, so bediente auch er sich dieses furchtbaren Namens, um den Überfallenen Angst einzujagen und das Äußerste aus ihnen herauszuholen; denn die Leute lebten in Furcht und Schrecken, meinten bei jedem Spitzbuben, sie hätten Gian dei Brughi oder einen aus seiner Bande vor sich, und schnürten eiligst ihre Geldbeutel auf.

Diese schönen Zeiten hatten lange gedauert; Gian dei Brughi war zu dem Schluß gekommen, daß er sich von seinen Einkünften ernähren könne, und so war er allmählich bequem geworden. Er war der Meinung, alles gehe so weiter wie früher; statt dessen hatte sich die Einstellung der Menschen geändert: Sein Name flößte nun nicht mehr die gleiche Achtung ein.

Wem war Gian dei Brughi jetzt noch von Nutzen? Er hielt sich verborgen, um mit heißen Tränen in den Augen Romane zu lesen; Unternehmungen führte er nicht mehr aus, beschaffte keine Ware mehr, niemand konnte mehr Geschäfte machen, tagtäglich erschienen die Häscher, um ihn zu suchen, und wenn ein armer Teufel auch nur etwas verdächtig aussah, nahmen sie ihn gleich mit auf die Wache. Wenn man überdies noch bedachte, welch eine Versuchung der auf ihn ausgesetzte Kopfpreis bedeutete, so lag es auf der Hand, daß Gian dei Brughis Tage gezählt waren.

Zwei andere Briganten, zwei junge Leute, die unter ihm groß geworden waren und sich nicht mit dem Verlust eines so prächtigen Bandenchefs abfinden konnten, wollten ihm Gelegenheit geben, sich zu rehabilitieren. Sie hießen Ugasso und Bel-Loré und hatten als Jungen zur Bande der kleinen Obstdiebe gehört. Herangewachsen, waren sie nunmehr Straßenräuber geworden.

Sie machten sich also auf, um Gian dei Brughi in seiner Höhle aufzusuchen. Da lag er auf dem Stroh. »Na, was ist denn los?« fragte er, ohne die Augen von seinem Buch zu heben.

»Wir wollen dir einen Vorschlag machen, Gian dei Brughi!«

»Hm... was denn?« brummte der und las weiter.

»Weißt du, wo das Haus Costanzos liegt, des Zolleinnehmers?«

»Ja, ja... Was? Wie heißt der Zolleinnehmer?«

Bel-Loré und Ugasso sahen einander ärgerlich an. Wenn sie den Banditen nicht von diesem Buch abbrachten, würde er kein einziges Wort kapieren.

»Laß mal das Buch einen Augenblick, Gian dei Brughi! Hör zu!«

Gian dei Brughi umklammerte das Buch mit beiden Händen, richtete sich auf die Knie auf, preßte das Buch an die Brust, ohne es zuzuklappen; dann wurde das Verlangen nach weiterer Lektüre zu stark, und während er es noch immer festhielt, schob er es höher, bis er die Nase hineinstecken konnte.

Bel-Loré hatte einen Einfall. Es war dort ein Spinngewebe mit einer großen Spinne darin. Bel-Loré nahm es mitsamt der Spinne behutsam in die Hand und warf es dann Gian dei Brughi zwischen Buch und Nase. Dieser Unglücksmensch war ein solcher Schlappschwanz geworden, daß ihm sogar eine Spinne Angst einjagte. Er spürte diese zusammengeballten Spinnenbeine und klebrigen Fäden auf seiner Nase, und bevor er noch recht begriffen hatte, was es war, stieß er in seiner Überraschung einen kleinen Schrei aus, ließ das Buch fallen, wedelte mit den Händen vor dem Gesicht herum, während er um sich spuckte und die Augen verdrehte.

Ugasso warf sich zu Boden, und es gelang ihm, das Buch zu ergreifen, bevor Gian dei Brughi einen Fuß darauf gesetzt hatte.

»Gib mir das Buch zurück!« sagte Gian dei Brughi und versuchte, sich mit der einen Hand von Spinne und Spinngewebe zu befreien und mit der anderen Ugasso das Buch aus der Hand zu reißen.

»Nein, erst mußt du uns anhören!« sagte Ugasso und versteckte das Buch hinter seinem Rücken.

»Ich las gerade *Clarissa*. Gebt es mir zurück! Es war der Höhepunkt...«

»Hör zu! Wir bringen heute abend eine Ladung Holz in das Haus des Zolleinnehmers. Statt des Holzes steckst du in dem Sack. Wenn es dunkel ist, kommst du dann aus dem Sack heraus.«

»Ich möchte *Clarissa* zu Ende lesen!« Es war ihm gelungen, die letzten Reste des Spinngewebes von seinen Händen zu entfernen; nun wollte er mit den beiden jungen Männern einen Ringkampf beginnen.

»Hör zu! Nachts kommst du aus dem Sack heraus, mit zwei Pistolen in der Hand, und läßt dir vom Zolleinnehmer die ganzen Wocheneinnahmen herausgeben; er verwahrt sie am Kopfende seines Bettes...«

»Laßt mich doch wenigstens das Kapitel auslesen! Seid doch so lieb...«

Die beiden jungen Burschen mußten an die Zeiten zurückdenken, da Gian dei Brughi dem ersten besten, der ihm zu widersprechen wagte, zwei Pistolen auf die Brust gesetzt hätte. Diese Erinnerung stimmte sie wehmütig. »Du holst also die Geldsäcke, abgemacht?« bedrängten sie ihn bekümmert. »Bringst du sie uns, geben wir dir das Buch zurück; dann kannst du so viel lesen, wie du Lust hast. Bist du einverstanden? Gehst du hin?«

»Nein, ich bin nicht einverstanden. Ich gehe nicht!«

»Was, du gehst nicht, du willst also nicht... dann sieh dir mal das an!« Damit packte er eine Seite der letzten Hälfte des Romans (»Nein!« schrie Gian dei Brughi.), zerriß sie (»Nein, halt!«), knüllte sie zusammen und warf sie ins Feuer.

»O du Hund! Das kannst du nicht tun! Dann weiß ich ja

nicht, wie es ausgeht«, und damit lief er hinter Ugasso her, um ihm das Buch wegzunehmen.

»Gehst du also zum Zolleinnehmer?«

»Nein, ich gehe nicht!« Ugasso zerriß zwei weitere Seiten.

»Halt! So weit bin ich noch nicht! Du kannst sie nicht verbrennen!«

Ugasso hatte sie bereits ins Feuer geworfen.

»Du Hund! Clarissa! Nein!«

»Also gehst du? Ich...« Ugasso riß drei weitere Seiten heraus und warf sie ins Feuer.

Gian dei Brughi setzte sich nieder und verbarg das Gesicht in den Händen. »Ich gehe«, sagte er. »Aber versprecht mir, daß ihr mit dem Buch vor dem Hause des Zolleinnehmers auf mich wartet.«

Der Brigant wurde in einen Sack gesteckt, mit einem Reisigbündel über dem Kopf. Bel-Loré trug den Sack auf den Schultern. Dahinter kam Ugasso mit dem Buch.

Sobald Gian dei Brughi in seinem Sack durch einen Fußtritt oder ein Brummen zu erkennen gab, daß es ihm leid wurde, ließ Ugasso ihn das Zerreißen einer Seite hören, worauf Gian dei Brughi sich sofort wieder ruhig verhielt.

Auf diese Weise trugen sie ihn, als Holzhändler verkleidet, ins Haus des Zolleinnehmers und ließen ihn dort zurück. Sie postierten sich in geringer Entfernung hinter einem Ölbaum, um die Stunde abzuwarten, in der er nach der Tat wieder zu ihnen stoßen sollte.

Gian dei Brughi hatte es indessen zu eilig; er kam vor Dunkelheit aus seinem Sack heraus, als sich noch zu viele Leute im Hause befanden. »Hände hoch!« Doch er war nicht mehr der alte, es war, als betrachtete er sich von außen, als käme er sich selbst etwas lächerlich vor. »Hände hoch! hab ich gesagt... Alle an die Wand, die hier im Zimmer sind...« Nein, nicht einmal er selbst glaubte mehr daran; er tat das nur, weil etwas geschehen mußte. »Seid ihr alle da?«

Er hatte nicht gemerkt, daß ein kleines Mädchen entwischt war.

Obgleich jede Minute kostbar war bei diesem Geschäft, zog er die Sache in die Länge; der Zolleinnehmer stellte sich dumm, konnte den Schlüssel nicht finden. Gian dei Brughi begriff, daß sie ihn nicht mehr ernst nahmen, und im Grunde seines Herzens war es ihm recht, daß es so gekommen war.

Schließlich verließ er das Haus, schwer beladen mit Geldbörsen. Er lief nahezu blindlings auf den Ölbaum zu, der als Treffpunkt verabredet war. »Das ist alles, was da war. Gebt mir *Clarissa* zurück!«

Vier, sieben, zehn Arme umklammerten ihn, so daß er sich vom Scheitel bis zur Sohle nicht rühren konnte. Er wurde von einer ganzen Rotte von Häschern in die Luft gehoben und wie eine Wurst verschnürt. »Clarissa wirst du hinter schwedischen Gardinen wiedersehen!«, und damit transportierten sie ihn ins Gefängnis.

Das Gefängnis war ein Türmchen am Meeresufer. In der Nähe wuchs ein Pinienwäldchen. Im Wipfel einer dieser Pinien hockend, befand sich Cosimo nahezu in gleicher Höhe mit Gian dei Brughi und sah sein Gesicht hinter dem Eisengitter.

Dem Briganten waren Verhöre und Prozeß völlig gleichgültig; was auch geschehen mochte: Er wurde ja doch gehängt; leid taten ihm indessen diese leeren Tage dort im Gefängnis, an denen er nicht lesen konnte, und der Roman, in dem er nur bis zur Hälfte gekommen war. Cosimo gelang es, sich ein weiteres Exemplar von *Clarissa* zu beschaffen, das er auf die Pinie mitbrachte.

»Bis wohin bist du gekommen?«

»Bis da, wo Clarissa aus dem Freudenhaus entflieht!«

Cosimo blätterte etwas und sagte dann: »O ja, ich hab's. Also...« Dann begann er laut vorzulesen, wobei er sich dem Gitterfenster zuwandte, an dem Gian dei Brughis angeklammerte Hände zu sehen waren.

Die Verhöre zogen sich lange hin. Der Brigant ertrug die Folter. Bis er alle seine unzähligen Verbrechen gestanden hatte, brauchte es viele Tage. So kam es, daß er täglich vor und nach den peinlichen Befragungen Cosimo zuhörte, der ihm vorlas. Als sie mit *Clarissa* zu Ende waren und er einen etwas betrübten Eindruck machte, kam Cosimo auf den Gedanken, daß Richardson, wenn man nicht in der frischen Luft lebe, leicht deprimierend wirke; so begann er, ihm lieber einen Roman von Fielding vorzulesen, der ihn mit seiner bewegten Handlung ein wenig für die verlorene Freiheit entschädigen sollte. Es waren die Tage des Prozesses, und Gian dei Brughi hatte nichts anderes im Kopf als die Abenteuer Jonathan Wilds.

Bevor der Roman zu Ende war, kam der Tag der Hinrichtung. In Begleitung eines Mönchs machte Gian dei Brughi auf dem Karren die letzte Reise seines Lebens. In Ombrosa pflegte man die Delinquenten an einer hohen Eiche mitten auf dem Marktplatz zu hängen. Ringsum versammelte sich schaulustiges Volk.

Als Gian dei Brughi schon den Knoten am Halse hatte, hörte er einen Pfiff zwischen den Zweigen. Er blickte empor. Es war Cosimo mit dem geschlossenen Buch.

»Sag mir, wie es ausgeht!« bat der Verurteilte.

»Es tut mir leid, daß ich dir das sagen muß, Gian«, erwiderte Cosimo, »Jonathan stirbt am Galgen.«

»Danke! So soll es auch mir ergehen. Lebe wohl!« – und damit stieß er selbst die Leiter fort und wurde erdrosselt.

Sobald sich der Körper nicht mehr bewegte, ging die Menge nach Hause. Cosimo blieb bis zum Einbruch der Dunkelheit auf dem Ast sitzen, an dem der Erhängte baumelte. Jedesmal, wenn eine Krähe sich näherte, um dem Leichnam Augen oder Nase auszupicken, schwang Cosimo seine Mütze, um sie zu verjagen.

13

Seit seinem Umgang mit dem Briganten war Cosimo also von einer maßlosen Leidenschaft für Lektüre und Studien ergriffen, die ihn sein Leben lang nicht verließ. Wenn man ihn jetzt antraf, saß er für gewöhnlich rittlings auf einem bequemen Ast, mit einem offenen Buch in der Hand, oder hockte auf einer Astgabel wie auf einer Schulbank, vor sich auf einem Brettchen ein Blatt, das Tintenfaß in einem Astloch, und schrieb mit einem langen Gänsekiel.

Nunmehr war er es, der sich auf die Suche nach dem Abbé Fauchelefleur machte, damit er ihn unterrichten, ihm Tacitus und Ovid, die Himmelskörper und die Gesetze der Chemie erklären sollte; doch abgesehen von der Grammatik und etwas Theologie versank der alte Priester in einem Meer von Zweifel und Unwissen, und den Fragen des Schülers begegnete er nur, indem er die Arme ausbreitete und die Augen gen Himmel hob.

»Mon Abbé, wie viele Frauen kann man in Persien haben? Mon Abbé, wer ist der Savoyardische Vikar? Mon Abbé, können Sie mir das System Linnés erklären?«

»Alors... Maintenant... Voyons...«, begann der Abbé, dann wurde er verwirrt und wußte nicht mehr weiter.

Doch Cosimo, der Bücher jeder Sorte verschlang und die Hälfte seiner Zeit mit Lektüre und die andere Hälfte auf der Jagd verbrachte, um die Rechnungen des Buchhändlers Orbecche bezahlen zu können – Cosimo wußte ihm stets eine neue Geschichte zu berichten. Von Rousseau, der botanisierend die Schweizer Wälder durchstreifte, von Benjamin Franklin, der die Blitze mit Papierdrachen einfing, vom Baron de Hontan, der glücklich unter den Indianern in Amerika lebte.

Der alte Fauchelefleur lauschte diesen Reden mit verwunderter Aufmerksamkeit, wobei sich schwer sagen läßt, ob er wirklich interessiert war oder sich nur erleichtert fühlte, weil er selbst nicht zu dozieren brauchte; er pflichtete Cosimo bei und äußerte ein »Non, ditesle-moi!«, wenn sich Cosimo an ihn wandte und fragte: »Wissen Sie vielleicht, weshalb...«; oder er bemerkte: »Tiens! C'est bien épatant!«, wenn Cosimo ihm des Rätsels Lösung mitteilte; zuweilen steuerte er auch ein »Mon Dieu!« bei, was zweierlei ausdrücken konnte: Jubel über die Herrlichkeiten Gottes, die sich ihm in diesem Augenblick offenbarten, oder Kummer über die Allgegenwart des Bösen, das unweigerlich in allen nur denkbaren Erscheinungen die Welt beherrschte.

Ich war damals noch sehr jung, und die Freunde Cosimos gehörten alle den ungebildeten Schichten an; daher gab er sich völlig dem Bedürfnis hin, die Entdeckungen, die er in den Büchern machte, zu kommentieren, und überschüttete seinen alten Lehrer mit Fragen und Erläuterungen. Der Abbé hatte bekanntlich ein entgegenkommendes und ausgleichendes Wesen, das sich von seinem überlegenen Wissen um die Eitelkeit aller Dinge herleitete, und Cosimo nutzte diese Eigenschaft. Das Lehrverhältnis zwischen den beiden kehrte sich daher um: Cosimo trat als Lehrer und Fauchelefleur als Schüler auf. Und solch eine Autorität hatte mein Bruder erlangt, daß es ihm gelang, den zitternden alten Mann auf seinen Baumwanderungen mitzuschleppen. Er veranlaßte, daß er einen ganzen Nachmittag im Garten der Ondarivas verbrachte, während seine mageren Beine vom Ast einer indischen Kastanie herunterbaumelten und er von dort aus die seltenen Pflanzen und die sich im Seerosenbecken spiegelnde untergehende Sonne betrachten konnte; zugleich diskutierten sie über Monarchien und Republiken, über Wahrheit und Gerechtigkeit in den verschiedenen Religionen sowie über chinesische Riten, das Erdbeben von Lissabon, die Leidener Flasche und den Sensualismus.

Ich sollte meine Griechischstunde haben, aber der Lehrer war nicht aufzufinden. Die ganze Familie wurde alarmiert;

man durchstreifte die Felder; schließlich durchsuchte man sogar mit Stangen den Fischteich, weil man befürchtete, er könnte in seiner Zerstreutheit hineingefallen und ertrunken sein. Abends kam er nach Hause und klagte über Schmerzen in den Hüften, die er sich durch das stundenlange Sitzen in einer so unbequemen Stellung zugezogen hatte.

Man darf jedoch nicht vergessen, daß dieser Zustand des passiven Hinnehmens von Augenblicken abgelöst wurde, in denen bei dem alten Jansenisten seine ursprüngliche Leidenschaft für geistlichen Rigorismus wieder aufflammte. Und wenn er in seiner zerstreuten und willfährigen Verfassung irgendeine neue oder ausschweifende Idee widerstandslos akzeptiert hatte, wie zum Beispiel die Gleichheit aller Menschen vor dem Gesetz oder die Tugendhaftigkeit der Naturvölker oder den verhängnisvollen Einfluß des Aberglaubens, übermannten ihn schon eine Viertelstunde später Rigorismus und das Streben nach Absolutheit, so daß er sich auf die Ideen versteifte, die er kurz zuvor so leichthin übernommen hatte, und sein ganzes Bedürfnis nach Konsequenz und Sittenstrenge auf sie übertrug. Dann wurden in seinem Munde die Pflichten der freien und gleichen Bürger oder die Tugenden eines Anhängers der natürlichen Religion zu Geboten einer unbarmherzigen Disziplin, zu Artikeln eines fanatischen Glaubens; hiervon abgesehen, bot sich ihm nur ein schwarzes Bild der Verderbnis: All die neuen Philosophen waren zu milde und zu nachlässig in der Verdammung des Bösen, und mochte der Weg zur Vollendung auch steil sein, er duldete jedenfalls keine Kompromisse und Halbheiten.

Angesichts solcher plötzlicher Aufwallungen des Abbés getraute sich Cosimo nicht mehr, den Mund aufzutun, da er befürchtete, jedes seiner Worte werde inkonsequent und nicht streng genug erscheinen und ihm einen Verweis eintragen: So erstarrte ihm die üppig wuchernde Welt, die er in Gedanken zu erwecken trachtete, zusehends zu einem marmornen Friedhof. Zum Glück ermüdete der Abbé bald infolge dieser Anspannung seines Willens und war dann völlig erschlafft, als geriete er durch die Entstofflichung aller Begriffe und ihre Rückführung auf das reine Wesen in den Bann aufgelöster und ungreifbarer Schatten: Er verdrehte die Augen, stieß einen Seufzer aus, ging vom Seufzer zum Gähnen über und kehrte wieder in sein Nirwana zurück.

Doch in den Zeiten zwischen der einen und der anderen Geistesverfassung verbrachte er fortan seine Zeit damit, die von Cosimo begonnenen Studien zu verfolgen; er eilte zwischen den Bäumen, auf denen mein Bruder sich aufhielt, und dem Laden Orbecches hin und her, um bei diesem Bücher zu bestellen, die von Buchhändlern in Amsterdam und Paris angefordert werden mußten, oder um neu eingetroffene Bücher abzuholen. Und dadurch bereitete er sein Verhängnis vor. Denn das Gerücht, in Ombrosa gebe es einen Priester, der sich über alle mit dem schärfsten kirchlichen Verbot belegten Publikationen Europas auf dem laufenden halte, kam auch dem geistlichen Gericht zu Ohren. Und eines Nachmittags fanden sich die Sbirren in unserer Villa ein, um das Kämmerchen des Abbés zu durchsuchen. Zwischen seinen Brevieren fanden sie die noch unaufgeschnittenen Werke Bayles. Das genügte ihnen, um ihn in ihre Mitte zu nehmen und abzuführen.

Es war eine traurige Szene an diesem wolkenverhangenen Nachmittag, und ich erinnere mich noch, wie bestürzt ich sie vom Fenster meines Zimmers aus beobachtete, um sodann das Konjugieren des Aorists einzustellen, da nun kein Unterricht mehr stattfinden würde. Der alte Pater Fauchelefleur entfernte sich auf der Allee zwischen jenen bewaffneten Schergen und blickte zu den Bäumen empor; einen Augenblick durchzuckte es ihn, als wollte er auf eine Ulme zulaufen und hinaufklettern, aber die Beine versagten ihm den Dienst. Cosimo war an jenem Tage auf Jagd im Walde und hatte keine Ahnung von den Vorgängen. So konnten sie nicht Abschied voneinander nehmen.

Wir konnten nichts tun, um ihm zu helfen. Unser Vater

schloß sich in seinem Zimmer ein und wollte keine Speise anrühren, da er befürchtete, die Jesuiten könnten ihn vergiften. Der Abbé verbrachte den Rest seiner Tage zwischen Kloster und Gefängnis und gab immer wieder Erklärungen ab, mit denen er Abbitte leistete, bis ihn der Tod erlöste: Nach einem ganz und gar dem Glauben gewidmeten Leben hatte er noch nicht begriffen, *woran* er eigentlich glaubte, doch war er bis zuletzt bemüht, *fest* daran zu glauben.

Durch die Verhaftung des Abbés wurde indessen die Fortbildung meines Bruders in keiner Weise beeinträchtigt. In jene Zeit fällt sein Briefwechsel mit den bedeutendsten Philosophen und Gelehrten Europas, an die er sich wandte, damit sie ihm Fragen beantworteten und Einwände ausräumten oder mit denen er nur deshalb Fühlung nahm, weil er gern mit hervorragenden Geistern diskutierte und sich zugleich in fremden Sprachen übte. Es ist schade, daß alle seine Papiere, die er in nur ihm bekannten hohlen Bäumen zu verwahren pflegte, niemals gefunden wurden; sicherlich haben die Eichhörnchen sie inzwischen zernagt, oder sie sind vermodert: Es befanden sich darunter Briefe von der Hand der berühmtesten Weisen unserer Zeit.

Für seine Bücher baute Cosimo mehrfach eine Art hängender Bibliothek, die, so gut es ging, gegen Regen und Nagetiere geschützt war; jedoch verlegte er sie ständig an einen anderen Ort, je nach seinen Studien und seinem augenblicklichen Geschmack, denn er betrachtete die Bücher ein wenig wie Vögel und wollte sie nicht in einen Käfig gezwängt sehen. Sonst würden sie verkümmern, pflegte er zu sagen. In das massivste dieser schwebenden Regale reihte er nach und nach die Bände der Enzyklopädie Diderots und d'Alemberts ein, sobald er sie von einem Livorneser Buchhändler erhielt. Und wenn er in letzter Zeit durch all das Bücherlesen etwas den Zusammenhang mit der Wirklichkeit verloren hatte, da er an seiner Umwelt immer weniger interessiert war, so entdeckte er jetzt wieder, durch einige wunderschöne Worte wie *abeille, arbre, bois, jardin* alle Dinge seiner Umgebung wie etwas völlig Neues. Unter den Büchern, die er sich kommen ließ, befanden sich nun auch Abhandlungen über praktische Fragen, wie beispielsweise über Baumkunde, und er konnte es kaum abwarten, die neuen Kenntnisse zu erproben.

Die menschliche Arbeit hatte Cosimo stets interessiert, aber sein Leben auf den Bäumen, seine Wanderungen, seine Jagden waren bisher stets Ausdruck zusammenhangloser und willkürlicher Launen gewesen, wie bei einem Vöglein. Jetzt empfand er hingegen das Bedürfnis, für seine Nächsten etwas Nützliches zu leisten. Und auch das hatte er, genaugenommen, durch seinen Umgang mit dem Briganten gelernt: das Bedürfnis, sich nützlich zu machen, den anderen einen unersetzlichen Dienst zu erweisen.

Er lernte die Kunst, Bäume zu beschneiden, und bot den Obstzüchtern im Winter seine Dienste an, wenn die Bäume ein unregelmäßiges Labyrinth dürrer Zweige bildeten und nicht geneigt erschienen, sich auf geordnetere Formen reduzieren zu lassen, um sich mit Blüten, Blättern und Früchten zu bedekken. Cosimo verstand sich gut aufs Baumschneiden und verlangte nur wenig als Entgelt; so gab es keinen Eigentümer oder Pächter, der ihn nicht gebeten hätte, bei ihm vorbeizukommen; in der kristallklaren Luft der Wintermorgen sah man daher, wie er aufrecht und breitbeinig, den Hals bis zu den Ohren in einen Schal gehüllt, auf den niedrigen kahlen Bäumen saß, die Baumschere hob und – zack! zack! – mit sicheren Schnitten überschüssige Zweiglein und Baumspitzen davonfliegen ließ. Die gleiche Kunst übte er, mit einer kurzen Säge bewaffnet, bei Gartenbäumen, die als Schattenspender dienten oder nur zur Zierde da waren, sowie in den Wäldern, wo er die Axt der Holzfäller, die nur dazu taugt, um Schläge gegen den Fuß ehrwürdiger, zum Fällen in einem Stück ausersehener Stämme zu führen, durch sein flinkes Handbeil zu ersetzen suchte, das sich nur in den höheren Lagen und in den Wipfeln verwenden ließ.

Kurzum, die Liebe zu diesem seinem Baumelement machte ihn reifer, wie das bei jeder wahren Liebe der Fall ist, die – mag sie auch noch so unbarmherzig und schmerzhaft sein – verwundet und stutzt, um das Wachstum zu fördern und Form zu verleihen.

Freilich war er beim Beschneiden und Abholzen stets darauf bedacht, nicht nur dem Interesse des Baumeigentümers, sondern auch seinen eigenen Bedürfnissen als Wanderer zu dienen, der seine Verkehrswege gangbarer gestalten möchte: Er sorgte daher dafür, daß die Äste, die er als Brücke von Baum zu Baum zu benutzen pflegte, erhalten blieben und durch die Beseitigung der anderen an Kraft noch gewannen. So trug er durch seine Kunst dazu bei, daß die Natur Ombrosas, die er bereits als wohltätig erkannt hatte, ihm noch gewogener wurde, und war zugleich ein Freund des Nächsten, der Natur und seines Selbst. Die Vorteile dieses weisen Vorgehens genoß er vor allem mit zunehmendem Alter, als die Gestalt der Bäume immer mehr für seine schwindenden Kräfte einen Ausgleich bot. Später genügte dann das Heranwachsen von unverständigeren Generationen – von Leuten, die von einer kurzsichtigen Gier beherrscht und niemandem freund waren, nicht einmal sich selbst –, daß sich nunmehr alles gewandelt hat; kein Cosimo kann jetzt mehr Fürsprache für die Bäume einlegen.

14

Während die Zahl der Freunde Cosimos zunahm, hatte er sich auch Feinde gemacht. Nach der Bekehrung Gian dei Brughis zur guten Lektüre und seinem anschließenden Sturz waren nämlich für die Vagabunden des Waldes schlechte Zeiten angebrochen. Eines Nachts schlief mein Bruder in seinem Schlafsack, den er an einer Esche befestigt hatte, als ihn das Gebell des Dachshundes weckte. Er schlug die Augen auf, und es war ganz hell; der Lichtschein kam von unten: Gerade am Fuße des Baumes brannte ein Feuer, und die Flammen züngelten schon den Stamm hinauf.

Ein Waldbrand! Wer hatte ihn angefacht? Cosimo wußte genau, daß er am Abend zuvor nicht einmal den Feuerstein gerieben hatte. So war es also ein Streich jenes Gesindels! Sie wollten den Wald anzünden, um Holz zu erbeuten, und damit zugleich den Verdacht auf Cosimo lenken, ja, ihr Plan war: Er sollte bei lebendigem Leibe verbrennen.

Im Augenblick dachte Cosimo nicht an die Gefahr, die ihn so unmittelbar bedrohte: Ihm stand vor Augen, daß dieses Reich voller Wege und Schlupfwinkel, über das er allein gebot, vernichtet werden könnte, und nur darüber erschrak er. Ottimo Massimo floh bereits, um sich vor den Flammen zu retten, und brach, wenn er sich von Zeit zu Zeit umwandte, in ein verzweifeltes Gekläff aus: Das Feuer hatte schon das Unterholz ergriffen.

Cosimo verlor nicht den Kopf. Auf die Esche, die ihm damals als Zuflucht diente, hatte er viele Dinge mitgenommen, wie er das stets zu tun pflegte, darunter ein Fläschchen Mandelmilch, um seinen sommerlichen Durst zu stillen.

Er kletterte zu dem Fläschchen empor und wollte bereits den Pfropfen lösen, um den Eschenstamm zu besprengen und ihn vor den Flammen zu retten, als er bedachte, daß sich das Feuer schon im Grase, in den trockenen Blättern und Sträuchern weiterfraß und sehr bald alle Bäume der Umgebung erfaßt haben würde. Er beschloß, es zu riskieren: Die Esche kann meinetwegen abbrennen! Glückt es mir, mit der Mandelmilch ringsherum den Boden, den die Flammen noch nicht erreicht haben, anzufeuchten, so halte ich den Brand auf! Er öffnete daher die Flasche und schüttete ihren Inhalt mit kreisenden und wellenförmigen Bewegungen auf das Erdreich sowie auf die äußersten Feuerzungen, die er dadurch löschte. So war das im Unterholz wütende Feuer von nassen Gräsern und Blättern eingekreist und konnte sich nicht weiter ausbreiten.

Vom Wipfel der Esche sprang Cosimo auf eine benachbarte Buche hinüber. Er hätte nicht länger warten können. Der unten ausgebrannte Stamm stürzte mit Getöse zu einem Scheiterhaufen zusammen, während die Eichhörnchen vergeblich aufkreischten.

War der Brand an dieser Stelle eingedämmt? Schon griffen Funken und Flämmchen auf die Umgebung über; sicherlich hätte der schwache Damm aus nassen Blättern eine weitere Verbreitung nicht aufhalten können.

»Feuer! Feuer!« begann Cosimo aus Leibeskräften zu schreien. »Feurioοooo!«

»Was ist los? Wer ruft da?« antworteten Stimmen. Nicht weit entfernt befand sich ein Kohlenmeiler, wo eine Schar Bergamasken, Cosimos Freunde, in einer Hütte schliefen.

»Feuriοooo! Zu Hiiilfe!«

Bald hallte der ganze Berg von Rufen wider. Die Köhler, die im ganzen Wald verstreut lebten, verständigten sich in ihrer unverständlichen Sprache. Schon kamen sie von allen Seiten herbeigelaufen. Der Brand wurde gelöscht.

Dieser erste Versuch einer vorsätzlichen Brandstiftung und eines Anschlags auf sein Leben hätte für Cosimo eine Mahnung sein müssen, sich vom Walde fernzuhalten. Statt dessen begann er zu überlegen, wie man einen Feuerschutz einrichten könnte. Es war der Sommer eines trockenen und heißen Jahres. In den Wäldern an der Küste in Richtung der Provence wütete seit einer Woche ein gewaltiger Brand. Nachts gewahrte man von den Bergen den hohen Feuerschein wie einen Ausläufer des Sonnenuntergangs. Die Luft war trocken, Bäume und Gestrüpp waren ein einziger Köder in dieser Glut. Es sah so aus, als könnten die Winde die Flammen bis in unser Gebiet tragen, wenn nicht vorher schon durch Anstiftung oder Zufall ein Feuer ausbräche, das sich dann mit jenem Brand zu einem einzigen lodernden Scheiterhaufen entlang der Küste vereinigen würde. Ombrosa lebte verstört angesichts dieser Gefahr, wie eine Festung mit einem Strohdach, die von Brandstiftern belagert wird. Auch der Himmel schien an dieser Branddrohung nicht unbeteiligt zu sein; allnächtlich zogen Schwärme von Sternschnuppen über das Firmament, und wir warteten darauf, daß sie auf uns niederfallen würden.

In diesen Tagen allgemeiner Bestürzung kaufte Cosimo überall Eimer auf, ließ sie voll Wasser laufen und hievte sie in die Wipfel der höchsten Bäume, die an beherrschenden Punkten des Geländes standen. »Das hilft nicht viel, aber etwas, wie die Erfahrung zeigt.« Damit noch nicht zufrieden, untersuchte er den Zustand der Gießbäche, die halb vertrocknet den Wald durchflossen, sowie die Quellen, die nur ein dünnes Rinnsal spendeten. Er ging zum Cavaliere, um sich bei ihm Rat zu holen.

»O ja!« rief Enea Silvio Carrega aus und schlug sich mit einer Hand auf die Stirn. »Wasserbecken! Deiche! Man muß Pläne ausarbeiten!« Damit brach er in kurze Schreie aus und vollführte Sprünge der Begeisterung, während ihm Tausende von Ideen durch den Kopf schwirrten.

Mein Bruder bewegte ihn dazu, Berechnungen anzustellen und Pläne zu entwerfen, währenddessen ging er selbst daran, die privaten Waldbesitzer, die Verwalter der staatlichen Forsten, die Holzfäller, die Köhler für seine Idee zu interessieren. Mit Cosimos Hilfe, der ihre Arbeiten aus der Höhe beaufsichtigte, bauten alle miteinander Wasserreservoire unter Leitung des Cavaliere (oder vielmehr: Der Cavaliere baute unter ihrer aller Leitung, da er gezwungen war, sie zu leiten, und sich dem nicht entziehen konnte), so daß man, falls an einer Stelle ein Brand ausbrechen sollte, sogleich wußte, wo die Spritzen anzuschließen seien.

Doch damit nicht genug; man mußte auch Löschtrupps aufstellen, die im Falle eines Feueralarms sogleich in der Lage wären, eine Kette zu bilden, um Wassereimer von Hand zu Hand weiterzureichen und den Brand einzudämmen, bevor er sich ausgebreitet haben würde. Diese Männer rekrutierte Cosimo aus der Schar der Bauern und Handwerker von Ombrosa. Wie das bei jeder Vereinigung zu geschehen pflegt, bildete sich sogleich eine Art Korpsgeist; die einzelnen Trupps wetteiferten miteinander und waren zu großen Taten bereit. Auch Cosimo spürte, wie ihn neue Kraft und Zuversicht erfüllten: Er hatte entdeckt, daß er die Fähigkeit besaß, die Menschen zusammenzuschließen und anzuführen; zu seinem Glück mißbrauchte er diese Fähigkeit nie und bediente sich ihrer sein Leben lang nur in ganz seltenen Fällen, wobei er stets ein wichtiges Ziel vor Augen hatte und immer erfolgreich war.

Eines wurde ihm dabei klar: daß Vereinigungen den Menschen stärker machen und die guten Eigenschaften des einzelnen zur Geltung kommen lassen; sie gewähren eine Freude, die einem nur selten zuteil wird, wenn man sich auf sich selbst zurückzieht – die Freude, daß man herausfindet, wer ehrlich und tüchtig und fähig ist und für wen es sich lohnt, etwas Gutes zu wollen. Lebt man hingegen für sich allein, so erfährt man häufig das Gegenteil und sieht nur jenes andere Gesicht der Menschen, dessentwegen die Hand ständig am Degengriff bleiben muß.

Jener Sommer der Waldbrände war also ein guter Sommer: Es gab ein gemeinsames Problem, dessen Lösung allen am Herzen lag; ein jeder stellte es seinen anderen persönlichen Interessen voran, und alle sahen sich durch die Befriedigung entschädigt, die es gewährt, mit so vielen anderen vortrefflichen Leuten in Eintracht zu leben und ihre Achtung zu genießen.

Später mußte Cosimo die Erfahrung machen, daß, wenn jenes gemeinsame Problem nicht mehr vorhanden ist, Verbindungen an Wert verlieren und daß man dann besser als Einzelwesen und nicht als Anführer existiert. Doch einstweilen verbrachte er, obwohl er jetzt Anführer war, die Nächte ganz allein im Wald als Wächter, auf einem Baum, so wie er immer gelebt hatte.

Für den Fall, daß er das Aufflammen eines Brandherdes gewahren sollte, hatte er auf einem Baumwipfel ein Glöckchen angebracht, das weithin hörbar war und Alarm läutete. Auf diese Weise gelang es ihnen drei- oder viermal, dort ausgebrochene Brände rechtzeitig zu löschen und die Wälder zu retten. Dabei handelte es sich um Brandstiftungen, und sie ermittelten als die Schuldigen jene beiden Banditen Ugasso und Bel-Loré und veranlaßten, daß sie aus dem Gebiet der Gemeinde ausgewiesen wurden. Ende August begannen die großen Regenfälle; die Brandgefahr war vorbei.

Damals konnte man in Ombrosa über meinen Bruder nur Gutes hören. Auch bei uns zu Hause vernahm man lobende Äußerungen wie: »Er ist aber doch so tüchtig« oder: »Manche Dinge macht er aber gut!«, in einem Tone, wie man ihn anschlägt, wenn man objektive Urteile über Angehörige einer anderen Religion oder einer gegnerischen Partei abgeben und eine Gesinnung bezeugen möchte, die so aufgeschlossen ist, daß sie auch den abwegigsten Ideen Verständnis entgegenbringt.

Die Generalin pflegte auf solche Mitteilungen schroff und summarisch zu reagieren: »Haben sie Waffen?« fragte sie, wenn man ihr von der Brandwache erzählte, die Cosimo aufgestellt hatte, »exerzieren sie auch?«; denn sie dachte bereits an die Bildung einer bewaffneten Miliz, die im Kriegsfalle an den militärischen Operationen hätte teilnehmen können.

Unser Vater hingegen hörte sich alles schweigend an und schüttelte den Kopf, so daß man nicht recht wußte, ob ihm jede Nachricht über seinen Sohn schmerzlich war oder ob er vielmehr zustimmte, da ihn neue Zuversicht erfüllte und er nichts Besseres erwartete, als wieder auf ihn hoffen zu können. Offenbar traf das letztere zu, denn ein paar Tage später ritt er aus, um ihn zu suchen.

Sie trafen sich auf einem offenen Gelände, das von einer Reihe junger Bäumchen umgeben war. Der Baron ritt zwei- oder dreimal auf und ab, ohne den Sohn anzublicken, den er jedoch schon gesehen hatte. Vom entferntesten Baume kam der Junge Sprung um Sprung zu immer näheren Bäumen herüber. Als er sich dem Vater gegenübersah, lüftete er den Strohhut (den er im Sommer mit der Wildkatzenmütze zu vertauschen pflegte) und sagte: »Guten Tag, Herr Vater!«

»Guten Tag, mein Sohn!«

»Seid Ihr wohlauf?«

»So wie es meinen Jahren und Sorgen entspricht.«

»Es freut mich, Euch so rüstig zu sehen!«

»Das gleiche möchte ich von dir sagen, Cosimo! Ich habe gehört, daß du dich um das gemeinsame Wohl bemühst.«

»Der Schutz der Wälder, in denen ich lebe, liegt mir am Herzen, Herr Vater.«

»Weißt du, daß uns ein Wäldchen gehört, ein Erbteil deiner armen Großmutter Elisabeth, der guten Seele?«

»Jawohl, Herr Vater. In Belrio. Mit dreißig Kastanienbäumen, zweiundzwanzig Buchen, acht Pinien und einem Ahorn. Ich besitze eine Abschrift aller Katasterkarten. Und gerade als Mitglied einer Familie mit Waldbesitz wollte ich alle Beteiligten in einem Verband zusammenschließen, um den Wald zu erhalten.«

»Gut«, sagte der Baron, der diese Antwort gnädig aufnahm. Doch er fügte hinzu: »Wie ich höre, handelt es sich um eine

Vereinigung von Bäckern, Gemüsegärtnern und Hufschmieden.«

»Die gehören auch dazu, Herr Vater, neben allen anderen ehrbaren Berufen.«

»Weißt du auch, daß du den Titel eines Herzogs führen und dem ganzen Lehnsadel befehlen könntest?«

»Ich weiß, daß ich, wenn ich mehr Ideen im Kopf habe als andere Leute, sie an diesen Ideen teilhaben lasse, sofern sie sie annehmen, und das heißt dann befehlen.«

Und pflegt man heutzutage auf den Bäumen zu leben, um befehlen zu können? hatte der Baron schon auf der Zunge. Doch was half's, wenn er diese alte Geschichte wieder aufs Tapet brachte!

Er seufzte und hing seinen Gedanken nach. Dann schnallte er den Gürtel auf, an dem sein Degen befestigt war.

»Du bist jetzt achtzehn Jahre... Es wird Zeit, daß man dich als Erwachsenen ansieht... Ich werde nicht mehr lange leben...«, und damit hielt er den flachen Degen in beiden Händen. »Erinnerst du dich daran, daß du ein Baron di Rondò bist?«

»Ja, Herr Vater, ich erinnere mich meines Namens.«

»Willst du des Namens und Titels würdig sein, den du trägst?«

»Ich werde bemüht sein, mich des Namens Mensch so würdig zu erweisen, wie ich vermag, und so werde ich auch eines jeden seiner Attribute würdig sein.«

»Nimm diesen Degen, meinen Degen!« Er hob sich in den Bügeln. Cosimo neigte sich auf den Ast herab, und es gelang dem Baron, ihm den Degen umzuschnallen.

»Danke, Herr Vater! Ich gelobe, von ihm guten Gebrauch zu machen!«

»Leb wohl, mein Sohn!« Der Baron wandte sein Pferd, zog kurz die Zügel an und ritt langsam davon.

Cosimo überlegte einen Augenblick, ob er ihn nicht mit dem Degen grüßen sollte; dann kam er jedoch zu dem Schluß, daß er ihn vom Vater erhalten hatte, um sich mit ihm zu wehren, nicht aber um mit ihm zu paradieren, und so behielt er ihn in der Scheide.

15

In jenen Tagen, als Cosimo häufig mit dem Cavaliere zu tun hatte, fiel ihm etwas Sonderbares in dessen Verhalten auf, oder vielmehr: Er bemerkte etwas, das sich von seinem gewohnten Benehmen unterschied, gleichviel ob dieses nun sonderbarer oder weniger sonderbar war. Es war, als erklärte sich seine grüblerische Miene nicht mehr durch Zerstreutheit, sondern durch eine fixe Idee, die von ihm Besitz ergriffen hatte. Es kam jetzt häufiger vor, daß er sich gesprächig zeigte, und wenn er zuvor in seiner ungeselligen Art niemals die Stadt betreten hatte, so hielt er sich jetzt ständig im Hafen auf, stand mit alten Kapitänen und Seeleuten im Kreise herum oder hockte mit ihnen im Vorfeld der Bastionen, um sich mit ihnen über Ankunft und Abfahrt der Schiffe oder die Missetaten der Piraten zu unterhalten.

Auf der offenen See vor unseren Küsten tummelten sich damals noch die Seeräuber aus der Berberei und belästigten unseren Handelsverkehr. Freilich war es nunmehr ein bescheidenes Piratentum: nicht mehr wie in jenen Zeiten, da man als Sklave in Tunis oder Algier endete oder Nase und Ohren einbüßte, wenn man den Piraten in die Hände fiel. Glückte es jetzt den Mohammedanern, eines Schiffchens aus Ombrosa habhaft zu werden, so eigneten sie sich die Fracht an: Fässer mit Stockfisch, holländischen Käse, Baumwollballen und so fort. Manchmal waren die Unsrigen schneller, entkamen ihnen und gaben einen Schuß mit dem Mauerbrecher auf ihr Mastwerk ab; als Antwort spien die Barbaresken aus, schnitten Grimassen und stießen häßliche Schreie aus.

Kurzum, es war eine ziemlich harmlose Seeräuberei, die ihren Fortgang nahm, weil die Paschas jener Länder vorgaben, sie hätten gewisse Forderungen an unsere Kaufleute und Reeder zu stellen, waren sie doch von diesen, wie sie behaupteten, in einigen Fällen mangelhaft beliefert oder geradezu betrogen worden. Und so suchten sie nun nach und nach durch ihre Räubereien das Konto auszugleichen, setzten aber gleichzeitig unter ständigem Feilschen und immer neuen Einwänden die Handelsbesprechungen fort. Bei keiner der beiden Parteien bestand somit ein Interesse daran, sich endgültige Kränkungen zuzufügen; die Schiffahrt war zwar voller Unsicherheiten und Risiken, die indessen niemals zu Tragödien führten.

Die Geschichte, die ich im folgenden berichten werde, wurde von Cosimo in vielen verschiedenen Versionen erzählt. Ich halte mich dabei an die Fassung, die die meisten Einzelheiten enthält und am wahrscheinlichsten klingt. Wenn es auch feststeht, daß mein Bruder die Schilderung seiner Abenteuer mit vielen eigenen Erfindungen ausschmückte, so bleibe ich, in Ermangelung anderer Quellen, gleichwohl bemüht, buchstäblich wiederzugeben, was er mir sagte.

Cosimo also, der durch seine Brandwachen die Gewohnheit angenommen hatte, nachts plötzlich aufzuwachen, gewahrte bei dieser Gelegenheit einmal ein Licht, das sich ins Tal hinunterbewegte. Schweigend folgte er ihm auf den Zweigen mit seinen Katzenschritten, bis er Enea Silvio Carrega erblickte, der mit Fez und Leibrock hurtig einhertrippelte und eine Laterne in der Hand hielt.

Weshalb war der Cavaliere zu dieser Stunde unterwegs, obwohl er sonst mit den Hühnern ins Bett zu gehen pflegte? Cosimo schlich hinter ihm her. Er machte kein Geräusch, obgleich er wußte, daß der Onkel, wenn er derart eifrig einherschritt, wie taub war und kaum die Hand vor Augen sah.

Auf Maultierpfaden und Seitenwegen erreichte der Cavaliere das Meeresufer an einer steinigen Stelle; dann begann er die Laterne zu schwenken. Der Mond schien nicht; außer dem Schaumgewoge der Brandung war auf dem Meer nichts zu sehen. Cosimo befand sich auf einer Pinie in einigem Abstand vom Strand, denn dort unten wurde die Vegetation immer spärlicher, so daß es nicht mehr so einfach war, auf den Bäumen überallhin zu gelangen. Immerhin konnte er deutlich erkennen, wie das alte Männlein mit seinem hohen Fez auf dem verlassenen Gestade seine Laterne dem Meeresdunkel entgegenschwenkte; aus diesem Dunkel antwortete ganz plötzlich, als sei es soeben erst entzündet worden, das nahe Licht einer anderen Laterne, dann tauchte in rascher Fahrt ein kleines Boot mit viereckigem dunklem Segel und Rudern auf, das sich von den bei uns üblichen Barken unterschied, und erreichte das Ufer.

Im schwankenden Licht der Laternen erblickte Cosimo Männer mit Turbanen: Einige blieben im Boot zurück, das sie mit kurzen Ruderschlägen nahe am Ufer hielten; andere stiegen aus. Sie trugen weite rote Pluderhosen und funkelnde Krummsäbel, die sie am Gürtel befestigt trugen. Cosimo spitzte Augen und Ohren. Der Onkel und jene Berber flüsterten miteinander in einer Sprache, die unverständlich blieb und doch häufig bekannt anmutete: Sicherlich war es die berühmte Lingua franca*. Von Zeit zu Zeit verstand Cosimo ein Wort unserer Sprache, das Enea Silvio besonders betonte und mit anderen unverständlichen Worten durcheinandermischte; diese Worte unseres Idioms aber betrafen Schiffsnamen, die Namen bekannter Kutter oder Brigantinen, die Reedern in Ombrosa gehörten oder zwischen unserem Hafen und anderen Häfen hin und her fuhren.

Es gehörte wenig dazu, um zu begreifen, was der Cavaliere den Piraten mitteilte! Er unterrichtete sie über die Abfahrts- und Ankunftstage der Schiffe Ombrosas, über ihre Ladungen, ihre Reiseroute und die Waffen, die sie an Bord mit sich führten.

Offenbar hatte der Alte jetzt alles berichtet, was er wußte, denn er machte auf einmal kehrt und entfernte sich eilig,

* Mischsprache mit römischen und türkischen Elementen, die namentlich im Handelsverkehr mit der Levante Verwendung fand. (Anm. d. Übers.)

während die Piraten wieder in ihre Schaluppe kletterten und auf dem finsteren Meere verschwanden. Ihre zügig geführte Unterhaltung ließ erkennen, daß sie schon eine gewisse Übung darin hatten.

Wer weiß, wie lange die heimtückischen Barbaresken bereits die Nachrichten unseres Onkels in Empfang nahmen!

Cosimo war auf der Pinie geblieben, denn er konnte sich nicht vom Fleck rühren, nicht von der einsamen Küste losreißen. Der Wind wehte, die Woge nagte am Gestein, der Baum stöhnte in allen seinen Fugen, und mein Bruder klapperte mit den Zähnen, nicht wegen des kalten Luftzugs, sondern wegen der Kälte dieser traurigen Enthüllung.

Dieses schüchterne und geheimnisvolle alte Männchen – gegen das wir Jungen immer mißtrauisch gewesen waren und das Cosimo, wie er meinte, allmählich schätzen und bedauern gelernt hatte – erwies sich nun als ein Verräter, der keinen Pardon verdiente, als ein Undankbarer, der dem Lande, welches ihn nach einem Leben voller Verirrungen wie ein Strandgut geborgen hatte, alles Böse wünschte... Weshalb? Trieb ihn das Heimweh so heftig zu jenen Völkern und in jene Zonen, wo er vielleicht ein einziges Mal in seinem Leben glücklich gewesen war? Oder hegte er einen unerbittlichen Groll gegen dieses Land, wo ihm offenbar jeder Bissen nach Demütigung schmeckte? Cosimo fühlte sich hin und her gerissen zwischen dem Verlangen, sogleich die Machenschaften dieses Spions anzuzeigen, die Frachten unserer Kaufleute zu retten, und dem Gedanken an den Schmerz, den unser Vater infolge jener unerklärlichen Zuneigung, die ihn an seinen natürlichen Stiefbruder band, empfunden hätte. Schon sah Cosimo im Geiste die Szene vor sich – den Cavaliere, in Handschellen und von Sbirren umringt, zwischen den beiden Reihen der Ombrosaner, die ihm Schmähworte zuriefen; so wurde er zum Marktplatz geführt, wo sie ihm die Schlinge um den Hals legten, ihn aufhängten... Nach der Totenwache für Gian dei Brughi hatte sich Cosimo geschworen, niemals mehr einer Hinrichtung beizuwohnen, und nun mußte er selbst über das Todesurteil gegen einen Blutsverwandten entscheiden.

Während der Nacht und auch noch während des ganzen folgenden Tages quälte er sich mit diesen Überlegungen herum; dabei sprang er wütend von einem Ast auf den anderen, schlug nach hinten aus, zog sich mit den Armen empor, ließ sich die Stämme hinuntergleiten wie stets, wenn ihn ein Gedanke ganz in Anspruch nahm. Schließlich kam er zu einem Entschluß: Er wollte einen Mittelweg wählen, den Piraten und dem Onkel einen Schrecken einjagen, damit sie ihre anrüchige Beziehung abbrächen, ohne daß es eines Eingreifens der Justiz bedürfte. Er gedachte, nachts auf der gleichen Pinie Wache zu halten, und zwar mit drei oder vier geladenen Gewehren (er hatte sich mittlerweile für die verschiedenen Bedürfnisse der Jagd ein ganzes Waffenlager angelegt). Wenn sich dann der Cavaliere mit den Piraten traf, wollte er eine Flinte nach der anderen abfeuern, daß ihnen die Kugeln über die Köpfe pfiffen. Es stand zu erwarten, daß die Piraten und der Onkel, sobald sie diese Schießerei hören würden, jeder auf eigene Faust Reißaus nähmen. Und der Cavaliere, der sicherlich kein Mann von großem Schneid war, würde dann befürchten müssen, daß man ihn erkannt habe, und gewiß sein können, daß man jene Zusammenkünfte am Meeresufer fortan überwachen werde; daher würde er sich ängstlich hüten, sich ein weiteres Mal mit den mohammedanischen Schiffsbesatzungen einzulassen.

Cosimo wartete denn auch mehrere Nächte mit entsicherten Gewehren auf der Pinie. Und nichts geschah. In der dritten Nacht aber kam der Alte mit dem Fez herangetrippelt, stolperte über die Steine am Gestade und machte Blinkzeichen mit der Laterne, worauf die Schaluppe mit den turbantragenden Seeleuten landete.

Cosimo hatte schon den Finger am Abzugsbügel, gab jedoch keinen Schuß ab. Denn diesmal kam alles ganz anders. Nach kurzem Verhandeln gaben zwei der an Land gegangenen

Piraten der Barke ein Zeichen; darauf begannen die anderen, Waren auszuladen: Fässer, Kisten, Ballen, Säcke, Korbflaschen, Tragen, die ganz mit Käse beladen waren. Es war nicht nur ein Boot erschienen, sondern eine ganze Reihe von Booten, die alle Fracht mit sich führten, und eine lange Kette von Trägern mit Turbanen zog sich am Ufer entlang, geführt von unserem Onkel, der ihnen mit seinen zögernden kleinen Schritten den Weg zu einer Höhle inmitten der Felsen wies. Dort luden die Mohren alle diese Güter ab, die offenbar den Ertrag ihrer letzten Raubzüge darstellten.

Warum brachten sie das alles ans Ufer? Später ließen sich die Geschehnisse unschwer rekonstruieren: Da die Feluke der Barbaresken in einem unserer Häfen vor Anker gehen mußte (wegen eines legitimen Handelsgeschäfts, wie es zwischen ihnen und uns, unbeschadet der räuberischen Unternehmungen, immer wieder getätigt wurde), waren sie genötigt, sich der Zollkontrolle zu unterwerfen; infolgedessen galt es, die erbeuteten Waren an einem sicheren Orte zu verbergen, wo sie auf der Rückfahrt wieder abgeholt werden konnten. So hätte das Schiff auch den Beweis dafür erbracht, daß es an den letzten Raubzügen nicht beteiligt war, und hätte so mitgeholfen, die normalen Handelsbeziehungen zu unserem Lande zu festigen.

Über all diese Hintergründe erfuhr man Genaueres erst später. Im Augenblick hielt sich Cosimo nicht mit Grübeleien über solche Fragen auf. Ein Schatz der Piraten war in einer Höhle versteckt; die Piraten stiegen wieder in ihre Boote und ließen ihn dort zurück; man mußte sich daher so schnell wie möglich seiner bemächtigen. Zunächst dachte Cosimo daran, die Kaufleute Ombrosas aufzuwecken, die als rechtmäßige Eigentümer dieser Waren in Betracht kamen. Doch sogleich fielen ihm seine Freunde, die Köhler, ein, die im Walde mit ihren Familien Hunger litten. Er zögerte nicht lange: Über die Äste eilte er auf kürzestem Wege zu der Stätte, wo die Bergamasken rings um die grauen Flecken festgestampfter Erde in grobgefertigten Laubhütten schliefen.

»Schnell! Kommt alle! Ich habe den Piratenschatz entdeckt!« Unter den Zelten, dem Gezweig der Laubhütten gab es ein Schnauben, ein Spucken, ein Fluchen, und schließlich kam es zu erstaunten Ausrufen und Fragen: »Gold? Silber?«

»Ich habe es nicht genau gesehen...«, sagte Cosimo. »Dem Geruch nach zu urteilen, scheint eine Menge Stockfisch und Schafkäse dabei zu sein!«

Bei diesen seinen Worten erhoben sich alle Männer des Waldes. Wer eine Flinte hatte, nahm sie zur Hand, die anderen ergriffen Äxte, Spieße, Spaten und Schaufeln, vor allem aber nahmen sie Behältnisse mit, um die Sachen zu verstauen, darunter ihre großen Kohlenkörbe und schwarzen Säcke. So setzte sich ein langer Zug in Bewegung – Hura! Hota! –, auch die Frauen schlossen sich an, mit leeren Körben auf dem Kopf, und die in Säcke vermummten Buben hielten die Fackeln. Cosimo zog ihnen voran und sprang von Waldpinien auf Ölbäume, von Ölbäumen auf Meerespinien. Schon wollten sie bei einer Felsnadel, hinter der sich die Höhle öffnete, um die Ecke biegen, als auf dem Wipfel eines gewundenen Feigenbaumes der weiße Schatten eines Piraten auftauchte, der den Krummsäbel zückte und Alarm schrie. In wenigen Sprüngen erreichte Cosimo einen Ast über ihm und bohrte ihm seinen Degen in den Rücken, worauf der Getroffene hinunterstürzte.

In der Höhle fand eine Zusammenkunft der Piratenführer statt. (Cosimo hatte zuvor bei dem Kommen und Gehen während des Ausladens nicht bemerkt, daß sie dort zurückgeblieben waren.) Diese hören den Schrei des Wachpostens, treten ins Freie und sehen sich von jener Horde rußgeschwärzter, in Säcke vermummter und mit Schaufeln bewehrter Männer und Frauen umringt. Sie zücken ihre Krummsäbel und werfen sich ihnen entgegen, um sich eine

Bresche zu schlagen. »Hura! Hota!« – »Inschallah!« So begann die Schlacht.

Die Köhler waren in der Überzahl, doch die Piraten waren besser bewaffnet. Freilich: Gegen Krummsäbel gibt es bekanntlich keine bessere Abwehrwaffe als Schaufeln. Deng! Deng!, und schon zogen sich jene Klingen Marokkos völlig zerhackt zurück. Die Flinten hingegen machten Donner und Rauch, aber das war auch alles. Einige Piraten (offenbar Offiziere) hatten ebenfalls Gewehre, die einen prächtigen Anblick boten: Sie waren über und über damasziert; in der Höhle waren jedoch die Feuersteine feucht geworden und versagten. Die gewitzteren Köhler schlugen mächtig mit ihren Schippen auf die Köpfe dieser Offiziere ein, um ihnen ihre Gewehre entwenden zu können. Da aber die Berber durch Turbane geschützt waren, erreichte sie jeder Schlag so gedämpft, als würde er auf Kissen geführt; besser war es schón, sie mit den Knien in den Bauch zu stoßen, weil ihre Nabel nackt waren.

Da lediglich Steine im Überfluß vorhanden waren, gingen die Köhler zum Bombardement über. Alsbald begannen auch die Mauren mit Steinen zu werfen. Auf diese Weise kam schließlich Ordnung in die Schlacht. Da aber die Köhler sich den Eintritt in die Höhle zu erzwingen suchten – denn der von dort herausdringende Geruch des Stockfisches lockte sie immer mehr an –, während die Berber zu der auf dem Strande zurückgebliebenen Schaluppe entkommen wollten, fehlte es beiden Parteien an wesentlichen Streitpunkten.

Schließlich traten die Bergamasken zum Sturmangriff an, der ihnen den Zugang zur Höhle öffnete. Unter einem Steinhagel leisteten die Mohammedaner noch Widerstand, bis sie sahen, daß der Weg zum Meere frei war. Weshalb sollten sie da noch weiter ausharren? Besser war es, die Segel zu hissen und das Weite zu suchen.

Als drei der Piraten – sämtlich hohe Offiziere – das Schiffchen erreicht hatten, begannen sie, die Segel zu hissen. Mit einem Sprunge von einer nahe am Ufer wachsenden Pinie erreichte Cosimo den Mastbaum, klammerte sich an die Querstange der Rahe und zückte von dort aus seinen Degen, während er sich mit den Knien festpreßte. Auch die drei Piraten zogen ihren Krummsäbel. Mit Hieben, die er nach rechts und links austeilte, hielt mein Bruder alle drei in Schach. Die Schaluppe, die sich noch auf dem Strande befand, neigte sich bald nach der einen, bald nach der anderen Seite. In jenem Augenblick ging der Mond auf und ließ den Degen, den der Baron seinem Sohne übergeben hatte, und jene mohammedanischen Klingen aufblitzen. Mein Bruder glitt den Mastbaum hinunter und stieß seine Waffe einem Piraten in die Brust, der über Bord fiel. Flink wie ein Wiesel, kletterte er dann wieder hinauf und verteidigte sich durch zwei Ausfälle gegen die Hiebe der beiden anderen; dann ließ er sich nochmals hinunter und spießte den zweiten auf, klomm abermals hoch, focht eine Weile mit dem dritten, bis er im Zuge eines weiteren Rutschmanövers auch diesen durchbohrte.

Die Bärte voller Algen, lagen die drei mohammedanischen Offiziere halb im Wasser und ragten halb daraus hervor. Die übrigen Piraten waren durch die Steinwürfe und Schaufelschläge am Höhleneingang zu Boden gestreckt worden. Cosimo, der noch auf dem Mastbaum der Schaluppe hockte, blickte triumphierend um sich, als gänzlich von Sinnen, wie eine Katze, der Feuer auf dem Schwanz brennt, der Cavaliere aus der Höhle herausstürzte, wo er sich bis dahin versteckt gehalten hatte. Mit gesenktem Kopf raste er zum Strande, stieß das Boot vom Ufer ab, sprang hinein, packte die Ruder und legte sich mit aller Macht in die Riemen, um die offene See zu gewinnen.

»Cavaliere! Was macht Ihr da? Seid Ihr wahnsinnig?« rief Cosimo, der sich an die Rahe klammerte. »Zurück zum Ufer! Wo wollt Ihr denn hin?«

Aber nein! Es war klar, daß Enea Silvio dem Piratenschiff zustrebte, um sich in Sicherheit zu bringen. Nunmehr war sein

Verrat endgültig aufgedeckt, und wäre er am Ufer geblieben, hätte er zweifellos sein Ende am Galgen gefunden. Daher ruderte er und ruderte, während Cosimo nicht wußte, was er tun sollte, obwohl er noch den bloßen Degen in der Hand hielt und der Alte unbewaffnet und kraftlos war. Im Grunde widerstrebte es ihm, seinem Onkel Gewalt anzutun; außerdem hätte er vom Mast hinunterklettern müssen, um ihn zu erreichen; und ob dieser Abstieg in ein Boot dem Abstieg auf den Erdboden gleichzusetzen wäre oder ob er etwa schon durch den Sprung von einem eingewurzelten Baume auf einen Mastbaum seine inneren Gesetze übertreten hatte – diese Frage war zu verwickelt, als daß er sie sich im Augenblick hätte stellen können. So ließ er den Dingen ihren Lauf, hatte sich auf der Rahe niedergelassen, mit dem einen Bein diesseits, dem andern jenseits des Mastbaumes, und trieb im Meer dahin, während ein schwacher Wind das Segel blähte und der Alte unablässig ruderte.

Dann hörte er ein Gebell. Es durchzuckte ihn freudig. Der Hund Ottimo Massimo, den er während der Schlacht aus den Augen verloren hatte, lag zusammengekuschelt im Boote und wedelte mit dem Schwanze, als wäre nichts geschehen. Eigentlich war ja kein Grund zur Aufregung, ging es Cosimo durch den Kopf: Er befand sich im Kreise seiner Familie, mit Onkel und Hund, unternahm eine Bootsfahrt, was nach so vielen Jahren seines Baumlebens eine angenehme Abwechslung bedeutete.

Der Mond stand über dem Meere. Der Alte war jetzt erschöpft. Er ruderte mühsam, weinte und murmelte: »O Zaira... O Allah, Allah, Zaira... O Zaira, Inschallah...« Es folgten unverständliche Worte auf türkisch, und dann wiederholte er immer wieder diesen Frauennamen, den Cosimo noch nie gehört hatte.

»Was sagt Ihr, Cavaliere? Was habt Ihr nur? Wo wollt Ihr hin?« fragte er.

»Zaira... O Zaira... Allah, Allah!« rief der Alte.

»Wer ist Zaira, Cavaliere? Meint Ihr, Ihr kämt auf diese Weise zu Zaira?«

Und Enea Silvio Carrega nickte zustimmend, redete türkisch unter Tränen und schrie diesen Namen zum Mond empor.

Sofort begann Cosimo über Zaira allerhand Vermutungen anzustellen. Vielleicht sollte sich nun das tiefste Geheimnis dieses scheuen und rätselhaften Menschen enthüllen. Wenn der Cavaliere zum Piratenschiff unterwegs war, um mit besagter Zaira zusammenzutreffen, so mußte es sich um eine Frau aus jenen ottomanischen Ländern handeln. Vielleicht wurde sein ganzes Leben vom Heimweh nach dieser Frau beherrscht; vielleicht war sie das Sinnbild des entschwundenen Glücks, dem er nachjagte, wenn er Bienen züchtete oder Kanäle plante, vielleicht war sie eine Geliebte, eine Gattin, die in den Gärten jener überseeischen Länder zurückgeblieben war, oder – wahrscheinlicher noch – eine leibhaftige Tochter, die er nur als Kind gekannt hatte. Auf der Suche nach ihr hatte er sich offenbar schon seit Jahren um Beziehungen zu einem der türkischen oder maurischen Schiffe bemüht, die unsere Häfen anliefen, und wahrscheinlich hatte er nun endlich Nachricht von ihr erhalten. Möglicherweise hatte er erfahren, daß sie Sklavin war, und, um sie auszulösen, den Berbern angeboten, Auskünfte über die Fahrten der Frachtkähne Ombrosas für sie einzuholen. Denkbar war auch, daß er diesen Preis hatte zahlen müssen, damit er wieder in ihrer Mitte aufgenommen werde und sich ins Land Zairas einschiffen könne.

Jetzt, da sein Ränkespiel aufgedeckt war, sah er sich gezwungen, aus Ombrosa zu fliehen; auch konnten es die Berber nun nicht mehr ablehnen, ihn aufzunehmen und zu Zaira zu bringen. In seine atemlosen und abgehackten Reden mischten sich hoffnungsvolle und flehende Töne, aber auch Angst: Angst, er könnte diesmal wiederum nicht sein Ziel erreichen, irgendein Mißgeschick könnte ihn abermals von dem ersehnten Wesen fernhalten.

Er war nicht mehr imstande, die Ruder zu bewegen, als ein Schatten herannahte, eine weitere Schaluppe der Berber. Vielleicht hatten sie vom Schiff aus den Kampflärm am Ufer gehört und sandten nun Kundschafter aus.

Cosimo glitt den Mastbaum zur Hälfte hinunter, damit das Segel ihn verberge. Indessen begann der Alte mit ausgebreiteten Armen in der Lingua franca zu rufen, sie möchten ihn aufnehmen, ihn zum Schiff bringen. Er fand denn auch Gehör: Zwei beturbante Janitscharen packten ihn an den Schultern, sobald er sich in Reichweite befand, hoben ihn, leicht wie er war, in die Höhe und zogen ihn in ihr Boot. Cosimos Barke wurde dagegen durch den Rückstoß fortgetrieben, der Wind schwellte das Segel, und so kam es, daß mein Bruder, der schon sein Ende nahe glaubte, nicht entdeckt wurde.

Während er sich, vom Winde getrieben, entfernte, drangen von der Schaluppe der Piraten Stimmen an sein Ohr, die auf einen Wortwechsel schließen ließen. Ein Ausdruck, den die Berber gebrauchten – er klang ähnlich wie »Abtrünniger« – und die Stimme des Alten, der wie stumpfsinnig ständig »O Zaira!« wiederholte, ließen keinen Zweifel darüber bestehen, welchen Empfang der Cavaliere gefunden hatte. Offenbar machten sie ihn verantwortlich für den Überfall in der Höhle, den Verlust der Beute, den Tod ihrer Leute und warfen ihm Verrat vor... Ein Schrei war zu hören, ein dumpfer Fall, dann war Stille. Cosimo glaubte die Stimme seines Vaters zu hören, wenn er seinem Stiefbruder mit dem Rufe »Enea Silvio! Enea Silvio!« auf den Feldern nachlief, und verhüllte sein Gesicht im Segeltuch.

Dann kletterte er wieder die Rahe hinauf, um festzustellen, welche Richtung das Boot einschlug. Etwas schwamm im Meere, wie von einer Strömung fortgeführt, ein Gegenstand, der einer Boje ähnelte, einer Boje jedoch, die einen Schwanz zu haben schien. Er wurde vom Mond angestrahlt. Nun entdeckte Cosimo, daß dieser Gegenstand ein Kopf war – ein Kopf, den ein Fez mit einer Troddel bedeckte: Er erkannte das liegende Gesicht des Cavaliere, der wie üblich bestürzt und mit offenem Munde dreinblickte; vom Barte an abwärts war alles im Wasser und unsichtbar. Cosimo rief ihn an: »Cavaliere, Cavaliere, was macht Ihr da? Warum kommt Ihr nicht herauf? Haltet Euch doch am Boot fest! Cavaliere, ich helfe Euch!«

Doch der Onkel gab keine Antwort; er trieb weiter im Meere und schaute mit jenen ängstlichen Augen, die nichts wahrzunehmen schienen, in die Höhe. »Los, Ottimo Massimo! Spring ins Wasser! Faß den Cavaliere am Kragen! Rette ihn! Rette ihn!« Der brave Hund sprang hinein, suchte den Alten am Kragen festzuhalten, was ihm nicht gelang; daher packte er ihn am Barte. »Am Kragen hab ich gesagt, Ottimo Massimo!«, doch der Hund faßte den Cavaliere am Barte und zog ihn bis an den Bootsrand heran; dann erst sah man, daß es keinen Kragen, keinen Hals mehr gab: Es war kein Leib und nichts mehr vorhanden, nur noch ein Kopf – der vom Hieb eines Krummsäbels abgetrennte Kopf Enea Silvio Carregas.

16

Das Ende des Cavaliere wurde von Cosimo zunächst in einer ganz anderen Version berichtet. Nachdem der Wind das Boot zum Ufer getragen hatte – wobei Cosimo auf dem Mast hockte, während Ottimo Massimo hinter dem Schiffchen herschwamm und den abgetrennten Kopf mit sich zog –, erzählte er von der Pinie aus, zu der er mit Hilfe eines Seiles schnell hinübergewechselt war, den auf seine Rufe hin herbeigeeilten Leuten eine viel einfachere Geschichte. Danach war der Cavaliere von Piraten geraubt und ermordet worden. Vielleicht fühlte er sich durch die Rücksicht auf seinen Vater, dem die Nachricht vom Tode des Stiefbruders sehr nahegehen mußte, zu dieser Version bewogen und hatte es beim Anblick der kümmerlichen sterblichen Reste nicht übers Herz bringen können, ihm durch die Enthüllung der Wahrheit noch weiteren Schmerz zu bereiten. Später bemühte er sich sogar, als er hörte, in welch trostlose Stimmung der Baron verfallen war, unseren natürlichen Onkel dadurch mit einer falschen Gloriole zu umgeben, daß er ausstreute, dieser habe schon seit geraumer Zeit einen geheimen und listigen Kampf gegen die Piraten geführt, dessen Entdeckung ihm den Kopf gekostet habe. Es war freilich eine Erzählung voller Widersprüche und Lücken, und das auch deshalb, weil Cosimo noch etwas anderes verbergen wollte: das Ausladen des Diebesgutes der Piraten in der Höhle und das Eingreifen der Köhler. In der Tat hätte die Bevölkerung Ombrosas, wäre die Sache ruchbar geworden, die Bergamasken wie Diebe behandelt und wäre hinauf in den Wald gestürzt, um ihnen die Waren wieder abzunehmen.

Nach ein paar Wochen, als er sicher war, daß die Köhler die Sachen verbraucht hatten, erzählte er von dem Überfall in der Höhle. Und wenn einer sich dort hinauf begab, um etwas wiederzuerlangen, kam er mit leeren Händen zurück. Den größten Teil der Vorräte, die Stockfische, die Schlackwürste, den Käse, hatten die Köhler, Stück für Stück, gerecht unter sich aufgeteilt, und mit dem Rest veranstalteten sie ein großes Gelage im Walde, das einen ganzen Tag dauerte.

Unser Vater war sehr gealtert, und der Schmerz über den Verlust Enea Silvios wirkte sich sonderbar auf seinen Charakter aus. Mit wahrer Besessenheit bemühte er sich um die Erhaltung der Werke seines Stiefbruders. Daher wollte er sich selbst um die Bienenzucht kümmern und trat sehr anmaßend auf, obwohl er noch niemals zuvor einen Bienenstock aus der Nähe gesehen hatte. Um sich Rat zu holen, wandte er sich an Cosimo; nicht daß er ihm Fragen gestellt hätte, aber er brachte die Rede auf die Bienenzucht und hörte sich an, was Cosimo darüber zu sagen hatte, um es sodann als Befehl an die Landleute weiterzugeben; dabei schlug er einen gereizten und süffisanten Ton an, als handelte es sich um altbekannte Dinge. Den Stöcken suchte er nicht zu nahe zu kommen, da er entsetzliche Angst vor Bienenstichen hatte, aber er wollte doch zeigen, daß er dieser Angst Herr werden konnte, und wer weiß, was ihn das für eine Überwindung gekostet hat! Desgleichen ordnete er den Bau gewisser Kanäle an, um ein von dem armen Enea Silvio begonnenes Vorhaben zu Ende zu führen; und wäre ihm das geglückt, hätte es einen schönen Erfolg bedeutet, da der Gute nie mit einem seiner Projekte zu Rande gekommen war.

Leider währte diese verspätete Passion des Barons für praktische Dinge nicht lange. Eines Tages trieb er sich vielbeschäftigt und nervös zwischen Bienenkörben und Kanälen umher, als er eine plötzliche Bewegung machte und daraufhin einige Bienen auf sich zufliegen sah. Er bekam es mit der Angst zu tun, begann mit den Händen herumzufuchteln, stürzte einen Bienenstock um und lief davon, verfolgt von einer Bienenwolke. Da er blindlings Reißaus nahm, fiel er schließlich in jenen Kanal, der gerade mit Wasser gefüllt wurde; völlig durchnäßt zog man ihn heraus.

Man steckte ihn ins Bett. Eine Woche lang fieberte er infolge der Stiche und des unfreiwilligen Bades; dann konnte er als genesen gelten, doch hatte ihn eine Niedergeschlagenheit befallen, aus der er sich nicht mehr aufraffen wollte.

Er lag ständig im Bett und hatte jede Freude am Leben verloren. Alles, was er hatte unternehmen wollen, war ihm mißlungen: vom Herzogstitel war nicht mehr die Rede; sein Erstgeborener lebte immer noch auf den Bäumen, obwohl er inzwischen zum Manne herangewachsen war; seinen Stiefbruder hatte man umgebracht; die Tochter lebte in der Ferne und hatte in eine Familie hineingeheiratet, die noch unsympathischer war als sie selbst; ich war noch zu sehr Kind, um ihm nahezustehen, und seine Frau hatte ein zu schroffes und zu herrisches Wesen.

Er begann irrezureden, zu erklären, die Jesuiten hielten nunmehr das Haus besetzt, so daß er das Zimmer nicht verlassen könne; und in dieser Verfassung – voller Bitternisse und fixer Ideen, wo wie er immer gelebt hatte – traf der Tod ihn an.

Auch Cosimo folgte dem Leichenzug, indem er von Baum zu Baum überwechselte, doch konnte er nicht in den Friedhof gelangen, da das Klettern auf den Zypressen mit ihrem dichten Grün schlechterdings unmöglich war. Jenseits der Mauer wohnte er dem Begräbnis bei, und als wir alle eine Handvoll Erde auf den Sarg warfen, warf er ein belaubtes Zweiglein hinzu. Mir kam der Gedanke, daß wir unserem Vater stets so fern gewesen waren wie Cosimo auf den Bäumen.

Nunmehr war Cosimo der Baron di Rondò. Sein Leben änderte sich dadurch nicht. Zwar kümmerte er sich um unsere Besitzungen, aber stets auf eine sprunghafte Weise. Wenn die Gutsverwalter und Pächter ihn suchten, war er nirgends zu finden; wenn ihnen hingegen besonders daran gelegen war, ungesehen zu bleiben, erschien er plötzlich auf einem Ast.

Auch um diese Familienangelegenheiten zu erledigen, zeigte

sich Cosimo jetzt häufiger in der Stadt und verweilte auf dem großen Nußbaum am Markte oder auf den Steineichen in der Nähe des Hafens. Die Leute behandelten ihn ehrerbietig, nannten ihn »Herr Baron«, und er seinerseits gefiel sich ein wenig in Altmännerposen, wie das bei jungen Leuten manchmal der Fall ist, und hielt sich dort auf, um einem Kreise von Ombrosanern, der sich rings um den Baum versammelte, Geschichten zu erzählen.

Immer wieder – und stets mit anderen Varianten – schilderte er das Ende unseres natürlichen Onkels, und nach und nach enthüllte er, daß der Cavaliere mit den Piraten unter einer Decke gesteckt hatte; um indessen die sofort aufflammende Entrüstung unserer Mitbürger zu dämpfen, fügte er sogleich die Geschichte über Zaira hinzu, als wäre sie ihm von Carrega vor seinem Tode anvertraut worden, und so brachte er es schließlich zuwege, daß seine Zuhörer mit dem traurigen Schicksal des alten Mannes Mitleid empfanden.

Es scheint, daß Cosimo nach der ersten frei erfundenen Fassung in immer neuen Versuchen zu einer nahezu wahrheitsgetreuen Darstellung gelangte. Das glückte ihm zwei- oder dreimal; als die Ombrosaner dann aber nie müde wurden, seinen Geschichten zu lauschen, und immer neue Zuhörer hinzukamen, die alle nach weiteren Einzelheiten verlangten, sah er sich bewogen, Zusätze, Erweiterungen, Übertreibungen anzubringen: Er führte neue Personen und Episoden ein, und so artete die Erzählung immer mehr aus und beruhte noch stärker auf Phantasie als am Anfang.

Nunmehr hatte Cosimo ein Publikum, das mit offenem Munde alles anhörte, was er sagte. Er fand immer mehr Geschmack am Erzählen, und sein Leben auf den Bäumen, seine Jagderlebnisse, der Brigant Gian dei Brughi, der Hund Ottimo Massimo lieferten ihm den Stoff für Schilderungen, die kein Ende nehmen wollten.

Einige Episoden dieser Lebenserinnerungen sind hier genau so wiedergegeben, wie er sie seinem plebejischen Auditorium vorzutragen pflegte; ich erwähne das, um Nachsicht dafür zu erbitten, wenn nicht alles, was ich schreibe, wahrheitsgetreu anmutet und manches einer harmonischen Betrachtung der Menschheit und der Tatsachen zu widersprechen scheint. Einer dieser Tagediebe fragte ihn zum Beispiel: »Stimmt es wirklich, Herr Baron, daß Ihr nie anderswohin als auf Bäume den Fuß gesetzt habt?«

Und Cosimo ging darauf ein. »Ja, einmal bin ich aus Versehen auf das Geweih eines Hirsches gesprungen. Ich dachte, ich wechselte auf einen Ahorn über, und statt dessen war es ein aus dem königlichen Gehege entkommener Hirsch, der sich nicht vom Fleck rührte: Der Hirsch spürte mein Gewicht auf dem Geweih und floh in den Wald. Ihr könnt euch nicht vorstellen, was für Qualen ich ausgestanden habe. Ich hockte da droben und spürte, wie ich von allen Seiten durchbohrt wurde: von den geschärften Spitzen des Geweihs, den Fichtennadeln, den Zweigen des Waldes, die mich ins Gesicht stachen... Der Hirsch bockte, suchte sich von mir zu befreien, ich aber saß fest...«

An dieser Stelle pflegte er innezuhalten, worauf die Zuhörer fragten: »Und wie seid Ihr davongekommen, gnädiger Herr?«

Cosimo pflegte dann jedesmal der Geschichte einen anderen Schluß zu geben: »Der Hirsch rannte und rannte, bis er das Rudel erreichte. Als ihn seine Artgenossen so herankommen sahen, mit einem Menschen auf dem Geweih, nahmen sie teils Reißaus, teils näherten sie sich neugierig. Ich ging in Anschlag, denn ich trug ständig ein Gewehr umgehängt, und schoß jeden Hirsch nieder, den ich vor mir sah. Ich erlegte fünfzig...«

»Und wo hat es denn jemals fünfzig Hirsche bei uns gegeben?« fragte einer der Müßiggänger.

»Seither ist es mit der Rasse bergab gegangen. Denn diese fünfzig waren alle Hirschkühe, versteht ihr! Jedesmal, wenn sich mein Hirsch einer Hirschkuh nähern wollte, schoß ich, so daß sie tot umfiel. Der Hirsch konnte sich das gar nicht erklären und war verzweifelt. Schließlich beschloß er, sich umzubringen. Er lief einen hohen Fels hinauf und stürzte sich in die Tiefe. Ich aber klammerte mich an eine Pinie, die dort wuchs, und so seht ihr mich hier!«

Oder er berichtete auch vom Kampf zweier Hirsche, die Geweihe trugen; bei jedem Stoß sei er vom Geweih des einen auf das Geweih des anderen gesprungen und schließlich durch einen besonders wuchtigen Anprall auf eine Eiche geschleudert worden...

Kurzum, ihn hatte die Leidenschaft des Geschichtenerzählers ergriffen, und man weiß ja nie, ob die wirklich geschehenen Geschichten schöner sind, deren Vergegenwärtigung ein ganzes Meer von verflossenen Stunden, präzisesten Empfindungen, Augenblicken der Langeweile, der Glückseligkeit, der Ungewißheit, der Ruhmsucht, des Ekels vor dem eigenen Ich heraufbeschwört, oder ob man die erfundenen vorziehen soll, bei denen man gewaltig aufschneiden kann und alles ganz einfach erscheint; doch je mehr man ins Fabulieren gerät, um so eindringlicher wird man gewahr, daß man wiederum auf all das zu sprechen kommt, was man schon in der Wirklichkeit des Lebens durchgemacht oder begriffen hat.

Cosimo war noch in dem Alter, da die Lust am Erzählen die Lebenslust steigert und da man des Glaubens ist, man habe noch nicht genug erlebt, um davon erzählen zu können. So ging er auf die Jagd, war oft wochenlang unterwegs und kehrte dann zu den Bäumen am Marktplatz zurück, wo er Marder, Dachse und Füchse am Schwanze hielt und den Ombrosanern neue Geschichten vortrug, die im Laufe des Erzählens von wahren zu erfundenen und von erfundenen zu wahren Geschichten wurden.

Doch in diesem Drange äußerte sich ein tieferes Unbefriedigtsein; hinter dieser Suche nach Zuhörern verbarg sich ein Suchen anderer Art. Cosimo kannte die Liebe noch nicht, und was ist alle Erfahrung ohne sie? Was hilft's, wenn einer sein Leben eingesetzt hat, ohne die Würze des Lebens zu kennen?

Die jungen Obstgärtnerinnen und Pfirsichverkäuferinnen zogen über den Marktplatz von Ombrosa, die jungen Dämchen fuhren in Kutschen vorüber, und Cosimo musterte sie mit summarischen Blicken, ohne noch recht zu begreifen, weshalb in einer jeden etwas von dem steckte, was er suchte, und weshalb es in keiner völlig vorhanden war. Nachts, wenn in den Häusern die Lichter angezündet wurden und Cosimo im Gezweig mit den gelben Augen der Käuze allein blieb, träumte er zuweilen von Liebe. Wenn sich Liebespaare hinter Hecken oder zwischen den Reihen der Weinberge ein Stelldichein gaben, erfüllte ihn Bewunderung und Neid; er folgte ihnen mit den Augen, bis sie sich im Dunkel verloren; legten sie sich aber am Fuße seines Baumes nieder, so entfloh er voller Scham.

Um das natürliche Schamgefühl seiner Augen zu überwinden, verlegte er sich darauf, das Liebesspiel der Tiere zu beobachten. Im Frühling war die Welt über den Bäumen eine hochzeitliche Welt: Die Eichhörnchen liebten sich mit nahezu menschlichen Bewegungen und Quiecklauten; die Vögel paarten sich, indem sie mit den Flügeln schlugen; auch die Eidechsen enteilten mit ineinander verknoteten Schwänzen, und die Stachelschweine schienen ihre Starrheit abzulegen, damit ihre Umarmungen inniger würden. Der Hund Ottimo Massimo, den der Umstand, daß er der einzige Dachshund Ombrosas war, nicht im geringsten entmutigte, machte im Vertrauen auf die natürlichen Sympathien, die er einflößte, mit der größten Dreistigkeit dicken Schäfer- oder Wolfshündinnen den Hof. Zuweilen kehrte er, von Bissen übel zugerichtet, nach einer solchen Unternehmung zurück, aber ein einziges glückliches Liebeserlebnis genügte, um ihn für alle Niederlagen zu entschädigen.

Auch Cosimo war, wie Ottimo Massimo, das einzige Exemplar seiner Gattung. In seinen Wachträumen sah er sich von den entzückendsten Mädchen geliebt, doch wie hätte er der Liebe auf den Bäumen begegnen können? In seinen Phantasien gelang es ihm noch nicht, sich auszumalen, wo sich diese Dinge zutragen sollten: auf dem Erdboden oder dort, wo er sich gerade befand. Er stellte sich einen Ort im Nirgendwo vor, einen Ort gleichsam, den man nur erreichen konnte, wenn man höher hinaufstieg und nicht hinab. Ja, das war's: Vielleicht gab es einen Baum, der so hoch war, daß man zu einer anderen Welt, zum Monde gelangte, wenn man ihn erstieg!

Inzwischen führte das regelmäßige Marktpalaver dazu, daß er mit sich selbst immer unzufriedener wurde. Und als an einem Markttage einer, der aus der benachbarten Stadt Olivabassa gekommen war, die Bemerkung machte: »Aha, da habt ihr also auch euren Spanier!« und auf die Frage, was er denn damit meine, zur Antwort gab: »In Olivabassa gibt es ein ganzes Völkchen von Spaniern, die auf Bäumen leben!«, da fand Cosimo keinen Frieden mehr, bis er über die Bäume der Wälder die Reise nach Olivabassa angetreten hatte.

17

Olivabassa war ein Städtchen im Innern des Landes; Cosimo traf dort nach einer zweitägigen Wanderung ein, bei der er allerhand Gefahren auf den Strecken mit spärlicher Vegetation zu überwinden hatte. Wenn er Behausungen in kürzerer Entfernung passierte, stießen die Bewohner, die ihn noch nie gesehen hatten, verwunderte Rufe aus, und manch einer warf Steine hinter ihm her, weshalb er so unbemerkt wie möglich voranzukommen suchte. Als er sich indessen Olivabassa näherte, fiel ihm auf, daß Holzbauer, Bauern oder Olivenpflükkerinnen, die ihn erblickten, keinerlei Erstaunen zeigten; die Männer zogen sogar den Hut, um ihn zu grüßen, als wenn er ihnen bekannt wäre, und gebrauchten Worte, die sicherlich nicht dem örtlichen Dialekt entstammten und in ihrem Munde sonderbar klangen, wie etwa: »Señor! Buenas dias, Señor!«

Es war Winter, die Bäume waren teilweise unbelaubt. In Olivabassa durchzog eine doppelte Reihe von Ulmen und Platanen die Wohngegend. Und als mein Bruder herankam, sah er, daß sich zwischen den kahlen Ästen Menschen befanden; einer oder zwei oder auch drei standen oder saßen in gemessener Haltung auf je einem Baum. Mit wenigen Sprüngen hatte er sie erreicht.

Es waren Männer in vornehmer Kleidung, die Dreispitze mit Federbüschen und weite Umhänge trugen, sowie Frauen, ebenfalls vornehmen Aussehens, die zu zweit oder zu dritt auf den Ästen saßen; manche von ihnen stickten, und von Zeit zu Zeit bewegten sie sich ruckartig und schauten auf die Straße hinunter, wobei sie den Arm auf den Ast stützten wie auf ein Fensterbrett!

Die Männer entboten ihm ihren Gruß und bekundeten damit auf gleichsam bittere Weise ihr Verständnis: »Buenas dias, Señor!« Und Cosimo verbeugte sich und zog den Hut.

Vermutlich der Angesehenste unter ihnen, der wegen seiner

Leibesfülle so eingezwängt auf der Astgabel einer Platane saß, daß er sich nicht mehr erheben zu können schien, ein Mann mit der Haut eines Leberkranken, die trotz seines vorgerückten Alters den schwarzen Schatten des abrasierten Bartes durchscheinen ließ, erkundigte sich offenbar bei seinem spindeldürren und schwarzgekleideten Nachbarn, auf dessen Wangen ebenfalls der schwärzliche Schatten eines abrasierten Bartes lag, nach jenem die Baumreihe entlangwandernden Unbekannten.

Cosimo schien jetzt der Augenblick gekommen, um sich vorzustellen.

Er fand sich auf der Platane des beleibten Herrn ein, verneigte sich und sagte: »Baron Cosimo Piovasco di Rondò, Euch zu Diensten.«

»Rondos? Rondos?« bemerkte der Dicke. »Aragonés, Galiciano?«

»Nein, Euer Gnaden.«

»Catalan?«

»Nein, Euer Gnaden. Ich stamme aus dieser Gegend.«

»Desterrado tambien?«

Der spindeldürre Edelmann sah es als seine Aufgabe an, den Dolmetscher zu machen, was er auf eine sehr schwülstige Weise tat. »Seine Hoheit Frederico Alonso Sanchez de Guatamurra y Tobasco fragt, ob Euer Gnaden gleichfalls zu den Verbannten gehören, da wir Euch auf diesen Zweigen herumklettern sehen!«

»Nein, Euer Gnaden. Oder jedenfalls bin ich kein Verbannter auf Befehl irgendeines anderen.«

»Viaja usted sobre los arboles po gusto?«

Und der Dolmetscher: »Seine Hoheit Frederico Alonso geruhen, Euch zu fragen, ob Euer Gnaden diese Wanderung zum eigenen Vergnügen unternehmen.«

Cosimo überlegte ein wenig und antwortete: »Ich tue das, weil ich glaube, daß es sich für mich ziemt, obwohl ich von niemandem dazu gezwungen werde.«

»Feliz usted!« rief Frederico Alonso Sanchez aus und seufzte.

»Ay de mi, ay de mi!«

Und der Schwarzgekleidete erläuterte Cosimo auf immer schwülstigere Weise: »Seine Hoheit haben soeben bemerkt, daß sich Euer Gnaden glücklich preisen dürfen, eine solche Freiheit zu genießen; können wir es uns doch nicht erlauben, sie mit unserer Zwangslage zu vergleichen, die wir freilich voller Ergebenheit in Gottes Ratschluß auf uns nehmen!«, wobei er sich bekreuzigte.

Dergestalt, vermöge eines lakonischen Ausrufs des Fürsten Sanchez und einer eingehenden Erläuterung des schwarzgekleideten Herrn, vermochte Cosimo die Geschichte der Kolonie, die auf den Platanen Aufenthalt genommen hatte, zu rekonstruieren. Es handelte sich um spanische Edelleute, die sich wegen umstrittener lebensrechtlicher Privilegien gegen König Karl III. aufgelehnt hatten, weshalb sie mit ihren Familien verbannt worden waren. Nach ihrem Eintreffen in Olivabassa war ihnen die Fortsetzung ihrer Reise untersagt worden: Auf Grund eines alten Vertrages mit Seiner Katholischen Majestät durften nämlich jene Gebiete aus Spanien ausgewiesene Personen weder aufnehmen noch ihnen Durchzug gewähren. Die Lage dieser vornehmen Familien war infolgedessen recht kompliziert, aber die Behörden Olivabassas, die mit den ausländischen Kanzleien keinen Ärger haben wollten, andererseits aber gegen jene reichen Reisenden nichts einzuwenden hatten, fanden einen Ausweg: Dem Buchstaben nach sah der Vertrag vor, daß die Ausgewiesenen in jenem Territorium nicht den »Boden betreten« durften; es genügte also, daß sie sich auf den Bäumen aufhielten, damit der Vorschrift Genüge geschah. Die Verbannten waren infolgedessen auf die Platanen und Ulmen gestiegen; hierfür hatte ihnen die Gemeinde Gartenleitern zur Verfügung gestellt, die später wieder entfernt wurden. Schon seit mehreren Monaten hockten sie nun dort oben, im Vertrauen auf das milde Klima, auf eine baldige Amnestie Karls III. und auf die göttliche Vorsehung. Sie waren mit spanischen Dukaten versehen, kauften ihre Lebensmittel und gaben so dafür dem Handel der Stadt Auftrieb. Um die Speisen heraufzubefördern, hatten sie einige Flaschenzüge angebracht. Auf anderen Bäumen befanden sich Baldachine, unter denen sie schliefen. Kurzum, sie hatten es verstanden, sich gut einzurichten, oder es waren vielmehr die Einwohner Olivabassas, die sie so trefflich ausgestattet hatten, da ja auch für sie, die Gastgeber, etwas dabei heraussprang. Die Verbannten hingegen rührten den ganzen Tag lang keinen Finger.

Cosimo traf zum erstenmal mit menschlichen Wesen zusammen, die auf Bäumen wohnten; so begann er, ihnen praktische Fragen zu stellen.

»Und wenn es regnet, was tut ihr dann?«

»Sacramos todo el tiempo, Señor!«

Und der Dolmetscher, bei dem es sich um den Padre Sulpicio de Guadalete von der Gesellschaft Jesu handelte, der seit der Ausweisung des Ordens aus Spanien Emigrant war, erläuterte: »Durch unsere Baldachine geschützt, wandern unsere Gedanken zum Herrn; so danken wir ihm für das wenige, das für uns ausreicht!«

»Geht ihr manchmal auf die Jagd?«

»Con el visco, Señor, alguna vez.«

»Zuweilen bestreicht einer von uns zum Zeitvertreib einen Ast mit Vogelleim.«

Cosimo wurde es nicht müde, herauszufinden, wie sie die Probleme gelöst hatten, mit denen auch er sich auseinandersetzen mußte.

»Und wenn ihr euch waschen wollt, was macht ihr dann?«

»Por lavar? Hay lavanderas!« sagte Don Frederico, indem er die Achseln zuckte.

»Wir übergeben unsere Kleidungsstücke den Wäscherinnen der Gegend«, übersetzte Don Sulpicio. »Genau gesagt, wir lassen jeden Montag den Korb mit der schmutzigen Wäsche hinunter.«

»Nein, das meinte ich nicht, ich wollte wissen, wie ihr euch Körper und Gesicht wascht.«

Don Frederico grunzte und zuckte die Achseln, als hätte sich ihm diese Frage noch niemals gestellt.

Don Sulpicio hielt sich für verpflichtet zu erläutern: »Seine Hoheit ist der Auffassung, daß es sich hierbei um die privaten Angelegenheiten jedes einzelnen handelt.«

»Und, mit Verlaub, wo verrichtet ihr eure Notdurft?«

»Ollas, Señor.«

Und Don Sulpicio erklärte, immer in dem gleichen ehrerbietigen Ton: »Offen gestanden, wir benutzen gewisse Nachtgeschirre.«

Nachdem Cosimo sich von Don Frederico verabschiedet hatte, machte er, geführt von Pater Sulpicio, den verschiedenen Mitgliedern der Kolonie auf ihren Wohnbäumen seine Aufwartung. Alle diese Hidalgos und Damen bewahrten trotz der unvermeidlichen Unbequemlichkeit dieses Aufenthalts ihre gewohnte gemessene Haltung. Einige Männer verwandten Reitsättel, um rittlings auf den Ästen sitzen zu können, was Cosimo sehr gefiel; denn in all diesen Jahren hatte er niemals an ein solches System gedacht (das namentlich, wie ihm sogleich auffiel, wegen der Steigbügel äußerst zweckmäßig war; behoben diese doch den Nachteil, daß man mit baumelnden Beinen sitzen mußte, was einem nach einer Weile ein Kribbeln verursachte). Manche benutzten Ferngläser, wie sie bei der Marine üblich sind (einer von ihnen bekleidete den Rang eines Admirals), die wahrscheinlich nur dazu dienten, die Neugier zu stillen und zu Klatschereien anzuregen, indem einer den anderen von Baum zu Baum betrachtete. Die Matronen und jungen Damen saßen alle auf selbstgestickten Kissen und strickten (sie waren die einzigen, die eine Tätigkeit entfalteten), oder sie streichelten dicke Katzen. Katzen befanden sich in großer Zahl auf diesen Bäumen, desgleichen auch Vögel, die letzteren in Käfigen (vielleicht waren sie Opfer des Vogelleims), außer einigen frei umherfliegenden Tauben, die sich den jungen Mädchen auf die Hand setzten, worauf sie mit traurigen Liebkosungen bedacht wurden.

Der Empfang in solch einer Art Baumsalon vollzog sich mit gastlicher Gravität. Man bot Cosimo Kaffee an; dann kam sogleich die Rede auf ihre Paläste in Sevilla und Granada sowie auf ihre Güter, Kornspeicher und Marställe, und schließlich erging an ihn eine Einladung für den Tag, da sie wieder in ihre Ehren und Würden eingesetzt sein würden. Vom König, der sie verbannt hatte, sprachen sie in einem Ton, der zugleich fanatische Abneigung und unterwürfige Ehrerbietung verriet, wobei es ihnen mitunter gelang, die Person, gegen die ihre Familien im Kampf standen, und die königliche Würde, aus der sich ihre eigene herleitete, säuberlich voneinander zu trennen. Es kam aber auch vor, daß sie absichtlich die beiden gegensätzlichen Betrachtungsweisen in einem einzigen Herzenserguß miteinander vermischten. Jedesmal, wenn die Unterhaltung das Thema des Souveräns berührte, wußte daher Cosimo nicht, was er für ein Gesicht machen sollte.

Alle Gebärden und Unterhaltungen der Emigranten hatten etwas Trauriges und Bekümmertes an sich, was zum Teil der Natur dieser Menschen, zum Teil aber auch einer bewußten Willenshaltung entsprach, wie das mitunter zu geschehen pflegt, wenn einer für eine Sache streitet, die der Überzeugung nach nicht klar umrissen ist, so daß er durch ein imposantes Auftreten dafür einen Ausgleich zu schaffen sucht.

Die jungen Mädchen, an denen Cosimo im ersten Augenblick der etwas zu kräftige Haarwuchs und die zu stumpfe Hautfarbe auffielen, durchpulste ein innerer Schwung, den sie stets rechtzeitig zu zügeln wußten.

Zwei von ihnen spielten Federball von einer Platane zur anderen – tick-tack, tick-tack, dann folgte ein kleiner Aufschrei: Der Federball war auf die Straße gefallen. Ein Gassenjunge hob ihn auf und verlangte für das Hinaufwerfen zwei Pesetas.

Auf dem letzten Baum, einer Ulme, stand, ohne Perücke und nachlässig gekleidet, ein alter Mann, der El Conde genannt wurde. Als Padre Sulpicio sich ihm näherte, senkte er die Stimme und forderte Cosimo auf, ein Gleiches zu tun. El Conde bog von Zeit zu Zeit einen Zweig zurück und blickte den Abhang hinunter, wo sich eine teils grünende, teils ausgedörrte Ebene in der Ferne verlor.

Don Sulpicio erzählte Cosimo im Flüsterton von einem Sohn des Alten, der von König Karl im Kerker gefangengehalten und gefoltert werde. Meinem Bruder wurde dadurch klar, daß – während all die anderen Hidalgos sich nur das Ansehen von Verbannten gaben und sich von Zeit zu Zeit ins Gedächtnis rufen und wieder einschärfen mußten, weshalb sie sich eigentlich hier befanden – allein dieser Greis wirklich litt. Jene Bewegung, mit der er den Zweig zurückbog, als erwartete er, daß ein anderes Land vor ihm auftauchen würde, jenes zögernde Sichvorantasten der Augen in der weiten Ebene, als hoffte er, er werde niemals auf einen Horizont stoßen und es könne ihm gelingen, die ach so ferne Heimat zu erblicken – all das erschien Cosimo als erstes echtes Anzeichen eines wahrhaften Exils. Der Alte, der vielleicht der ärmste aller Emigranten war und sicherlich in seinem Vaterlande ein geringeres Ansehen als sie genoß, führte auf diese Weise den andern vor Augen, was sie zu leiden und zu hoffen hatten.

Als Cosimo von seiner Besuchstour zurückkehrte, sah er auf einer Erle ein junges Mädchen sitzen, das er vorher noch nicht erblickt hatte. Sie hatte wunderschöne Augen von der Farbe des Immergrüns und einen duftigen Teint. Sie trug einen Eimer.

»Wie kommt es, daß ich alle gesehen habe und Euch nicht?«

»Ich war am Brunnen, um Wasser zu holen«, sagte sie und

lächelte. Aus dem etwas geneigten Eimer floß Wasser heraus.

»Ihr steigt also von den Bäumen hinunter?« Er half ihr, ihn zu halten.

»Nein, der Brunnen befindet sich im Schatten eines verwachsenen Kirschbaums. Dort lassen wir den Eimer hinunter. Kommt einmal mit.«

Sie schritten einen Ast entlang und gelangten auf die andere Seite einer Hofmauer. Das Mädchen führte ihn bis zum Übergang auf den Kirschbaum. Darunter war der Brunnen.

»Schaut doch, Baron!«

»Woher wißt Ihr, daß ich ein Baron bin?«

»Ich weiß alles.« Sie lächelte. »Meine Schwestern haben mich sofort über Euren Besuch unterrichtet.«

»Sind das die Federballspielerinnen?«

»Irena und Raimunda, ja freilich.«

»Die Töchter Don Fredericos...«

»Ja.«

»Und wie heißt Ihr?«

»Ursula.«

»Ihr kommt ja besser als alle anderen auf den Bäumen voran!«

»Ich bin schon als Kind viel geklettert... In Granada hatten wir große Bäume im Patio...«

»Könntet Ihr diese Rose pflücken?«

In einem Baumwipfel war eine Kletterrose aufgeblüht.

»Nein, leider nicht.«

»Schön. Ich werde sie Euch pflücken.«

Er machte sich auf den Weg und kam mit der Rose zurück. Ursula lächelte und streckte ihm die Hände entgegen.

»Ich möchte sie Euch selbst anstecken. Sagt mir, wo!«

»Auf den Kopf, danke schön!« Und damit führte sie seine Hand.

»Hört einmal«, sagte Cosimo, »könntet Ihr diesen Mandelbaum erreichen?«

»Wie macht man das?« Sie lachte. »Ich kann doch nicht fliegen!«

»Wartet!« – und Cosimo knüpfte eine Schlinge –, »wenn Ihr Euch an dieses Seil binden laßt, so schwinge ich Euch hinüber.«

»Nicht doch... ich hab Angst!«, aber sie lachte dabei.

»Das ist meine Methode. So reise ich nun schon seit Jahren und mache alles allein.«

»Oje!«

Er beförderte sie hinüber. Dann kam er selbst nach. Der Mandelbaum war zart und bot wenig Platz. Sie hockten auf ihm eng beieinander. Ursula war noch ganz außer Atem und rot von dem Fluge. »Erschrocken?«

»Nein!«, aber sie hatte Herzklopfen.

»Die Rose ist nicht abgefallen«, sagte er und berührte Ursula, um die Blume wieder fest anzustecken.

So eng aneinandergepreßt, wie sie auf diesem Baume saßen, kam es bei jeder ihrer Bewegungen fast zu einer Umarmung. »Uh!« sagte sie, und dann küßten sie sich, wobei er den Anfang machte.

So begann ihre Liebe; der Junge war darüber glücklich und verdutzt, und sie war glücklich, aber keineswegs überrascht (Mädchen stößt niemals von ungefähr etwas zu). Es war die Liebe, die Cosimo ersehnt hatte und die jetzt ganz unerwartet über ihn gekommen war: so schön, daß es unverständlich blieb, wie er sie sich zuvor als etwas Schönes hatte vorstellen können. Das Wunderbarste daran aber war ihre große Einfachheit, und der Knabe meinte in diesem ersten Augenblick, daß es immer so sein müsse.

18

Es war die Zeit der Pfirsich-, Mandel- und Kirschblüte. Cosimo und Ursula verbrachten zusammen den ganzen Tag auf den Blütenbäumen. Der Frühling verlieh sogar der grabesdüsteren Nachbarschaft der ganzen Sippe heitere Farben.

In der Kolonie der Verbannten wußte mein Bruder sich sogleich dadurch nützlich zu machen, daß er sie die verschiedenen Methoden lehrte, mit denen man von einem Baum auf den andern überwechseln kann, und die vornehmen Familien anspornte, ihr gewohntes gemessenes Wesen abzulegen, um sich ein wenig Bewegung zu machen. Er spannte auch Seilbrücken, so daß die älteren Verbannten einander besuchen konnten. Und so stattete er während seines nahezu einjährigen Aufenthalts bei den Spaniern die Kolonie mit vielen von ihm erfundenen Gerätschaften aus: Wasserbehältern, Kochherden, aus Fellen gefertigten Schlafsäcken. Da ihm daran gelegen war, neue Erfindungen zu machen, förderte er die Gepflogenheiten der Hidalgos auch dann, wenn sie mit den Ideen seiner Lieblingsautoren nicht übereinstimmten: Als er beispielsweise feststellte, daß diese frommen Menschen den Wunsch hatten, regelmäßig ihre Beichte abzulegen, zimmerte er in einem Stamm einen Beichtstuhl, in dem der hagere Don Sulpicio Platz hatte und durch ein Gitterfensterchen ihr Sündenbekenntnis anhören konnte.

Die bloße Leidenschaft für technische Neuerungen reichte schließlich nicht hin, um ihm die Beachtung der geltenden Regeln zu ersparen; es brauchte dazu neue Ideen. Cosimo schrieb an den Buchhändler Orbecche und bat ihn, ihm die inzwischen eingegangenen Bücher mit der Post nachzusenden. So konnte er Bernardin de Saint-Pierres *Paul et Virginie* und Rousseaus *La Nouvelle Héloïse* Ursula zur Lektüre geben.

Die Verbannten kamen häufig auf einer geräumigen Eiche

zu Ständetagen zusammen, auf denen sie Schreiben an ihren König aufsetzten. Diese Schreiben sollten grundsätzlich stets in einem entrüsteten und protestierenden Ton gehalten sein und gewissermaßen Ultimaten darstellen; nach einer Weile pflegte indessen der eine oder andere mildere und ehrerbietigere Formulierungen vorzuschlagen, und so kam schließlich eine Bittschrift zustande, in der sie sich demütigst der Allergnädigsten Majestät zu Füßen warfen und um Vergebung flehten.

Dann erhob sich El Conde. Alle verstummten. El Conde blickte in die Höhe und begann mit leiser und eindringlicher Stimme auszusprechen, was er auf dem Herzen hatte. Nachdem er sich wieder gesetzt hatte, blieben die anderen ernst und stumm. Die Bittschrift wurde von niemandem mehr erwähnt.

Cosimo war nunmehr in die Gemeinschaft aufgenommen worden und wohnte auch dem Ständetag bei. Dort schilderte er mit unbefangener Frische und jugendlichem Feuer die Ideen der Philosophen und die Verirrungen der Herrscher und legte dar, wie die Staaten im Einklang mit Vernunft und Gerechtigkeit regiert werden könnten. Doch die einzigen, die ihm Gehör schenkten, waren der Conde, der trotz seines hohen Alters ständig um Verständnis und Anteilnahme bemüht war, ferner Ursula, die ein paar Bücher gelesen hatte, und einige junge Mädchen, die etwas geweckter waren als die übrigen. Sonst bestand die Kolonie aus Köpfen wie Ledersohlen, in die man Nägel hätte einschlagen können.

Schließlich entschloß sich der Conde, statt in einem fort die Landschaft zu betrachten, mit einer Lektüre zu beginnen. Rousseau war ihm etwas zu herb; Montesquieu hingegen gefiel ihm, und das war schon ein erster Schritt. Die anderen Hidalgos hingegen hatten für nichts Interesse, außer daß einige, hinter dem Rücken des Paters Sulpicio, Cosimo um Voltaires *La Pucelle d'Orléans* baten, um die pikantesten Stellen zu lesen. Durch den Conde, der die neuen Ideen innerlich verarbeitete, erhielten die Zusammenkünfte auf der

Eiche nunmehr ein neues Gesicht. Es war jetzt davon die Rede, daß man nach Spanien zurückkehren müsse, um Revolution zu machen.

Pater Sulpicio witterte anfangs die Gefahr nicht. An und für sich hatte er keine sehr feine Nase, und da er von der ganzen Hierarchie seiner Oberen abgeschnitten war, wußte er nicht mehr Bescheid, welche Gifte gegenwärtig die Gewissen bedrohten. Kaum hatte er aber wieder Ordnung in seine Gedanken gebracht (oder kaum hatte er, wie andere sagten, gewisse Briefe mit den bischöflichen Siegeln erhalten), als er auch schon zu erklären begann, der Teufel habe sich in diese Gemeinschaft eingeschlichen und es sei ein Feuerregen zu erwarten, der die Bäume mit allem, was sich auf ihnen befinde, in Schutt und Asche legen werde.

Eines Nachts wurde Cosimo durch Klagerufe aufgeweckt. Er eilte mit einer Laterne herbei und sah, wie auf der Ulme des Conde der Greis bereits an den Stamm gefesselt war und Pater Sulpicio die Knoten festzog.

»Heda, Pater! Was ist denn das?«

»Der Arm der heiligen Inquisition, mein Sohn! Dieser unglückselige Greis muß jetzt seine Ketzerei bekennen und aus seinem Munde speien. Dann kommst du an die Reihe!«

Cosimo zog seinen Degen und hieb die Stricke durch. »Nehmt Euch in acht, Pater! Es gibt noch andere starke Arme, die der Vernunft und Gerechtigkeit dienen!«

Der Jesuit zog einen bloßen Degen unter dem Mantel hervor. »Baron di Rondò, schon seit geraumer Zeit hat mein Orden eine Rechnung mit Eurer Familie zu begleichen!«

»Also hatte mein seliger Vater doch recht!« rief Cosimo, während sie die Klingen kreuzten. »Die Gesellschaft Jesu kennt keinen Pardon!«

Sie kämpften und hielten sich dabei auf den Ästen im Gleichgewicht. Don Sulpicio war ein ausgezeichneter Fechter, und so geriet mein Bruder mehrmals in arge Bedrängnis. Sie waren beim dritten Gang, als der Conde, der wieder zu sich gekommen war, um Hilfe rief. Darauf erwachten die anderen, eilten herbei und warfen sich zwischen die Duellanten. Sulpicio ließ sogleich seinen Degen verschwinden und mahnte zur Ruhe, als wäre nichts geschehen.

Einen so schwerwiegenden Vorfall zu verheimlichen wäre in jeder anderen Gemeinschaft undenkbar gewesen, nicht aber in dieser, wo ein jeder bestrebt war, die Gedanken, die sich in seinem Kopfe regten, auf ein Mindestmaß zu beschränken. So bot denn Don Frederico seine guten Dienste an, und es kam zwischen Don Sulpicio und El Conde zu einer Art Versöhnung, wodurch alles beim alten blieb.

Cosimo freilich mußte weiterhin mißtrauisch sein, und wenn er mit Ursula auf den Bäumen unterwegs war, befürchtete er stets, daß der Pater ihm nachspionierte. Er wußte, daß dieser Don Frederico in den Ohren lag, man solle das Mädchen nicht mehr mit ihm ausgehen lassen. Diese vornehmen Familien waren in Wahrheit nach sehr kleinlichen Grundsätzen erzogen, aber da sie jetzt auf Bäumen und in der Verbannung lebten, nahmen sie viele Dinge nicht mehr so wichtig. Cosimo betrachteten sie als einen wackeren jungen Mann, der einen Adelstitel führte und sich nützlich zu machen verstand; er blieb bei ihnen, ohne daß ihn jemand dazu gezwungen hätte. Sie ahnten zwar, daß sich zwischen ihm und Ursula zarte Bande geknüpft hatten, und bemerkten wohl, daß die beiden häufig in Richtung der Obstbäume entschwanden, um Früchte und Blütenzweige zu holen, drückten aber ein Auge zu, um nicht in die Lage zu kommen, etwas mißbilligen zu müssen.

Nun aber, da Don Sulpicio Böses im Schilde führte, konnte Don Frederico nicht länger den Ahnungslosen spielen.

Er ließ Cosimo auf seine Platane zu einer Unterredung bitten. Neben ihm stand, hager und schwarz, Don Sulpicio.

»Baron, man sagt mir, daß du häufig mit meiner niña zu sehen bist.«

»Sie lehrt mich, hablar vuestro idioma, Hoheit.«

»Wie alt bist du?«

»Bald werde ich neunzehn, diez y nueve.«

»Joven! Zu jung! Meine Tochter ist im heiratsfähigen Alter. Porqué gehst du mit ihr?«

»Ursula ist siebzehn...«

»Denkst du schon daran, a casarte?«

»Woran?«

»Meine Tochter bringt dir El Castillano nicht gut bei, hombre. Ich frage, ob du schon vorhast, dir ein novia zu suchen, dir ein Heim zu gründen?«

Sulpicio und Cosimo streckten beide wie abwehrend die Hände aus. Die Unterhaltung nahm jetzt eine Wendung, die keineswegs den Absichten des Jesuiten, geschweige denn denen meines Bruders entsprach.

»Mein Heim«, sagte Cosimo, und damit deutete er ringsumher auf die höchsten Äste, die Wolken, »mein Haus ist überall, wohin ich gelange, wenn ich höher hinaufsteige...«

»No es esto!«, und der Fürst Frederico Alonso schüttelte den Kopf. »Baron, wenn du nach Granada kommen willst, sobald wir wieder daheim sind, wirst du das reichste Lehnsgut der Sierra kennenlernen. Mejor que aquí.«

Don Sulpicio konnte nicht mehr an sich halten. »Aber Hoheit, dieser Mann ist ein Voltairianer... Er darf nicht mehr mit Eurer Tochter zusammenkommen...«

»Oh, es joven, er ist ja noch jung, die Ideen kommen und gehen, que se case, er muß heiraten, dann kommt er schon auf andere Gedanken, er soll uns nur bald in Granada besuchen!«

»Muchas gracias a usted... Ich werde es mir überlegen...«, und Cosimo drehte die Mütze aus Katzenfell in seinen Händen, worauf er sich mit vielen Verbeugungen empfahl.

Als er Ursula wiedersah, war er ganz in Gedanken versunken. »Weißt du, Ursula, dein Vater hat mit mir gesprochen... Er hat mir gewisse Dinge gesagt...«

Ursula erschrak. »Will er etwa, daß wir uns nicht mehr sehen?«

»Nein, das ist es nicht. Er möchte, daß ich nach Granada komme, sobald ihr nicht mehr verbannt seid.«

»O ja, das wäre schön!«

»Hör zu, ich will dir wohl, aber ich bin immer auf den Bäumen gewesen, und auf ihnen will ich bleiben!«

»O Cosme, auch bei uns zu Hause gibt es schöne Bäume!«

»Ja, aber um mit euch zu reisen, müßte ich auf den Boden hinunter, und wenn ich erst einmal unten bin...«

»Mach dir nur keine Gedanken, Cosimo! Bis auf weiteres sind wir jedenfalls verbannt, und vielleicht bleiben wir es unser Leben lang.«

So schlug sich mein Bruder diese Sorgen aus dem Kopf. Doch Ursulas Voraussage erwies sich als falsch. Bald danach erhielt Don Frederico ein Schreiben mit dem königlich spanischen Siegel. Durch huldvollen Gnadenerweis Seiner Katholischen Majestät war die Verbannung aufgehoben worden. Die vornehmen Emigranten konnten in ihre Häuser und Besitzungen heimkehren. Es entstand ein großes Durcheinander oben auf den Platanen. »Wir fahren heim! Wir fahren heim! Madrid! Cadiz! Sevilla!«

Die Nachricht verbreitete sich mit Windeseile in der Stadt. Die Einwohner Olivabassas erschienen mit Gartenleitern. Von den Verbannten stiegen die einen unter dem Jubel des Volkes von den Bäumen hinunter, während sich die anderen um ihr Gepäck kümmerten.

»Das ist noch nicht das Ende!« rief El Conde. »Die Cortes werden von uns zu hören bekommen und auch die Krone!« – und da ihm keiner seiner Standesgenossen in diesem Augenblick Gehör schenken wollte und die Damen sich bereits mit ihren Kleidern, die nicht mehr der Mode entsprachen, und ihrer erneuerungsbedürftigen Garderobe beschäftigten, begann er, der Bevölkerung Olivabassas große Reden zu halten: »Jetzt geht's nach Spanien, da werdet ihr was erleben! Da werden wir unsere Rechnung präsentieren! Ich und dieser junge Mann werden für Gerechtigkeit sorgen!« Damit deutete er auf Cosimo. Und Cosimo, der ganz verwirrt war, machte eine ablehnende Geste.

Von hilfreichen Armen getragen, war Don Frederico auf dem Boden angelangt. »Baja, joven bizarro«, rief er Cosimo zu. »Hinunter, wackerer junger Mann! Komm mit uns nach Granada!«

Cosimo, auf einem Ast zusammengekauert, hielt sich abseits. Und der Fürst: »Como no? Du sollst es wie mein eigener Sohn haben!«

»Die Verbannung ist zu Ende!« sagte El Conde. »Endlich können wir nun in die Tat umsetzen, was wir so lange erwogen haben! Was wollt Ihr denn noch auf den Bäumen, Baron? Dazu ist jetzt kein Grund mehr!«

Cosimo breitete die Arme aus. »Ich bin vor euch hier hinaufgestiegen, meine Herren, und ich werde nach euch noch hier oben sein!«

»Du willst dich drücken!« schrie El Conde.

»Nein, Widerstand leisten!« antwortete der Baron.

Ursula, die bei den ersten war, die hinunterstiegen, und sich zusammen mit ihren Schwestern bemühte, ihr Gepäck in einer Kutsche zu verstauen, stürzte auf den Baum zu. »Dann bleibe ich bei dir! Ich bleibe bei dir!« – und sie lief, um eine Leiter zu holen.

Zu viert oder fünft hielten sie sie fest, rissen sie zurück, entfernten die Leitern von den Bäumen.

»Adios, Ursula! Sei glücklich!« sagte Cosimo, während man sie gewaltsam in die Kutsche zerrte, die abfuhr.

Ein festliches Gebell war auf einmal zu hören. Ottimo Massimo, der, solange sein Herr sich in Olivabassa aufhielt, ein knurrendes Mißbehagen bekundet hatte, das vielleicht durch die ständigen Fehden mit den Katzen der Spanier noch gesteigert worden war – Ottimo Massimo machte nun wieder einen glücklichen Eindruck. Er begann jetzt, aber nur zum

Spaß, die wenigen auf den Bäumen vergessenen Katzen, die ihr Fell sträubten und ihn anfauchten, zu jagen.

Zu Pferde, in Kutschen, in Reisewagen brachen die Verbannten auf. Die Straße leerte sich. Auf den Bäumen Olivabassas blieb allein mein Bruder zurück. In den Zweigen hingen noch einige Federn, einige Bänder und Spitzentücher, die im Winde flatterten, ein Handschuh, ein Sonnenschirm mit Spitzensaum, ein Fächer, ein Stiefel mit Sporn.

19

Es war ein Sommer mit Vollmondnächten, Fröschegequake und Finkengezwitscher, als der Baron wieder in Ombrosa auftauchte. Eine vogelhafte Unrast schien über ihn gekommen zu sein: Schnüffelnd, scheu, unschlüssig sprang er von Ast zu Ast.

Bald erzählte man sich, eine gewisse Checchina, die jenseits des Tales lebte, sei seine Geliebte. Fest stand, daß dieses Mädchen mit einer tauben Tante in einem einsamen Hause wohnte und daß der Ast eines Ölbaums nahe an ihr Fenster heranreichte. Die Müßiggänger auf dem Marktplatz stritten sich, ob er der Betreffende sei oder nicht. »Ich hab die beiden gesehn, sie auf dem Fensterbrett, ihn auf dem Ast. Er fuchtelte mit den Armen herum wie eine Fledermaus, und sie lachte.«

»Aber geh, wenn er doch geschworen hat, sein Leben lang nicht von den Bäumen herunterzukommen!«

»Na schön, er hat diese Regel für sich aufgestellt; so kann er auch die Ausnahme festsetzen...«

»Na, wenn man erst einmal damit anfängt, Ausnahmen zu machen...«

»Aber nicht doch, ich sage euch, sie springt vom Fensterbrett auf den Ölbaum!«

»Und wie machen sie das? Sie werden's recht unbequem haben!«

»Sie haben sich nie berührt, sage ich euch! Freilich, er macht ihr den Hof, aber sie lockt ihn an. Aber er kommt nicht herunter...«

Ja, nein, er, sie, das Fensterbrett, der Sprung, der Ast – die Diskussion wollte kein Ende nehmen. Die Verlobten und Ehemänner mußte man jetzt sehen: Wehe, wenn ihre Bräute oder Frauen auf einen Baum hinaufschauten!

Die Weiber hingegen; kaum, daß sie sich trafen: »Hast du schon gehört?« Von wem war die Rede? Von ihm!

Die Geschichte mit der Checchina mochte stimmen oder nicht – jedenfalls hatte mein Bruder seine Liebeshändel, ohne jemals von den Bäumen zu steigen. Ich begegnete ihm einmal, wie er mit einer Matratze auf der Schulter über die Äste lief; er tat das mit der gleichen Selbstverständlichkeit, mit der wir ihn Flinten, Seile, Handbeile, Doppelsäcke, Feldflaschen, Pulverhörner befördern sahen.

Eine gewisse Dorothea, ein galantes Frauenzimmer, gestand mir einmal, daß sie sich mit ihm getroffen habe; die Anregung sei von ihr ausgegangen, nicht des Geldes wegen, sondern um sich von der Sache ein Bild zu machen.

»Und wie war das Ergebnis?«

»Oh, ich bin's zufrieden...«

Ein anderes loses Mädchen, eine gewisse Zobeida, erzählte mir, daß sie von dem »Klettermann«, wie sie ihn nannte, geträumt habe, und dieser Traum zeugte von solcher Sachkunde und Kenntnis der Einzelheiten, daß sie ihn meiner Meinung nach selbst erlebt haben muß.

Natürlich weiß ich nicht, wie sich diese Dinge abspielten, aber Cosimo muß auf die Frauen eine besondere Anziehung ausgeübt haben. Seit er mit jenem Spanier zusammen war, legte er Wert auf ein gepflegtes Äußere. Er ging nun nicht mehr in Felle eingemummelt wie ein Bär, vielmehr trug er Hosen, einen eng anliegenden Frack und einen Zylinder nach englischer Art. Ja, auf Grund seiner Kleidung konnte man jetzt mit Sicherheit sagen, ob er auf die Jagd ging oder zu einem galanten Stelldichein unterwegs war.

Verbürgt ist auch folgendes: Eine Edelfrau reiferen Alters hier aus Ombrosa, deren Namen ich nicht erwähnen möchte (ihre Töchter und Enkelkinder leben noch und könnten daran Anstoß nehmen, aber damals war es eine allgemein bekannte Geschichte), diese Dame also fuhr immer allein in ihrer Kutsche, mit dem alten Kutscher auf dem Bock, und ließ sich dorthin bringen, wo die Landstraße durch den Wald führt. Nach einer Weile sagte sie dann zum Kutscher: »Giovita, der

Wald wimmelt von Pilzen! Flink! Füll dieses Körbchen, und dann komm zurück!«; zugleich reichte sie ihm einen Korb. Der Ärmste, der an Rheuma litt, kletterte vom Bock herunter, lud den Korb auf die Schulter, verließ die Fahrstraße, machte sich im Tau zwischen dem Farnkraut zu schaffen und drang immer tiefer in den Buchenwald ein, während er sich bückte und jedes Blatt durchforschte, um einen Steinpilz oder einen Pfifferling zu entdecken. Derweil verschwand die Dame aus der Kutsche im dichten Laubwerk, das die Straße überdachte, als würde sie in den Himmel entrückt. Mehr weiß man nicht darüber, außer daß Vorübergehende öfters die im Walde haltende Kutsche gesehen haben. Dann saß auf einmal die Dame wieder in der Kutsche, was sich auf die gleiche geheimnisvolle Weise vollzog wie ihr vorheriges Verschwinden, und blickte schmachtend vor sich hin. Schließlich kehrte Giovita schlammbespritzt zurück, mit wenigen zusammengeklaubten Pilzen in seinem Korbe, und man fuhr wieder heim.

Viele solcher Geschichten wurden erzählt, vor allem im Hause gewisser Genueser Damen, die Zusammenkünfte für wohlhabende Männer veranstalteten (solange ich noch unverheiratet war, habe auch ich dort verkehrt), und so erklärt es sich wohl, daß diese fünf Damen auf den Gedanken kamen, dem Baron einen Besuch abzustatten. In der Tat geht die Rede von einer Eiche, die noch heute im Volksmunde die Eiche der fünf Spatzen heißt, und wir Alten wissen, was damit gemeint ist. Ein gewisser Gé, ein Rosinenhändler und durchaus glaubwürdiger Mann, hat diesen Vorfall berichtet: Es war ein schöner sonniger Tag, und Gé ging im Walde auf die Jagd; er kommt an besagter Eiche vorbei, und was sieht er dort? Cosimo hatte alle fünf auf die Äste heraufgeholt, die eine da, die andere dort; so genossen sie völlig nackt das warme Wetter, und dabei hatten sie ihre Schirmchen aufgespannt, um sich vor der Sonne zu schützen; in ihrer Mitte aber saß der Baron und las lateinische Verse vor; Gé vermochte nicht zu erkennen, ob von Ovid oder von Lukrez.

Soviel erzählte man sich, und ich weiß nicht, was davon wahr ist. Damals war er sehr zurückhaltend und verschwiegen über diese Dinge; später, im Alter, erzählte er und erzählte bis zum Überdruß, aber meistens waren das Geschichten, die weder Hand noch Fuß hatten und aus denen nicht einmal er selbst klug wurde. Eines freilich steht fest: Damals begann es üblich zu werden, daß man aus Bequemlichkeit ihm die Schuld zuschob, wenn ein Mädchen geschwängert worden war und man den Vater nicht kannte. Eine junge Dirne erzählte, beim Olivensammeln sei sie auf einmal von zwei Armen in die Höhe gehoben worden, die so lang gewesen seien wie Affenarme... Nach einer Weile brachte sie dann Zwillinge zur Welt. Ombrosa füllte sich mit Bankerten des Barons, mochte es sich nun um echte oder unechte handeln. Jetzt sind sie herangewachsen, und der eine oder andere sieht ihm freilich ähnlich; allerdings könnte das auch auf Suggestion zurückzuführen sein, denn die schwangeren Frauen erschraken mitunter, wenn sie Cosimo plötzlich von einem Ast zum anderen springen sahen. Sei dem, wie ihm wolle: Ich persönlich glaube überhaupt nicht an diese Geschichten, die man erzählte, um die vielen Entbindungen zu erklären. Ich weiß nicht, ob er so viele Frauen besessen hat, wie das Gerücht es wahrhaben wollte; diejenigen, die ihn wirklich gekannt hatten, zogen es jedenfalls vor, den Mund zu halten.

Und außerdem: Hätte er so viele Frauen zu seiner Verfügung gehabt, so gäbe es keine Erklärung für die Mondnächte, in denen er auf Feigen- und Pflaumen- und Granatapfelbäumen nahe den Wohnhäusern, in der Zone der Obstgärten, die vom äußeren Kreis der Häuser Ombrosas überragt wurden, wie ein Kater umherstrich, jene Nächte, in denen er lamentierte und gewisse Seufzer, Gähn- und Klagelaute ausstieß, die ihm – so sehr er sie zu beherrschen und in erträgliche, gewöhnliche Äußerungen zu verwandeln suchte – wie ein Miauen oder ein tierisches Geheul aus der Kehle drangen. Und die Ombrosaner, die nachgerade Bescheid wußten, erschraken keineswegs, wenn sie dadurch im Schlafe gestört wurden, sondern drehten sich auf die andere Seite und sagten: »Das ist der Baron, der sein Weibchen sucht. Hoffentlich findet er eins und läßt uns schlafen!«

Manchmal kam es vor, daß einer jener alten Leute, die an Schlaflosigkeit leiden und gern ans Fenster treten, wenn sie ein Geräusch hören, in den Obstgarten hinausschaute und inmitten des Schattens, den ein Feigenbaum im Mondlicht auf den Boden warf, auch seinen Schatten erblickte: »Könnt Ihr denn heute nacht keinen Schlaf finden, gnädiger Herr?«

»Wie sehr ich mich auch herumwälze, ich bleibe immer wach!« sagte Cosimo, der sprach, als läge er im Bett, in den Kissen versunken, und als wartete er nur darauf, daß ihm die Augen zufielen, während er doch in Wahrheit wie ein Akrobat dort im Baum hing. »Ich weiß nicht, was das heute abend ist – eine Hitze, ein solches Kribbeln: Vielleicht schlägt das Wetter um, spürt Ihr's nicht auch?«

»Freilich, ich spür's in den Knochen, ich spür's... Doch ich bin alt, gnädiger Herr, Ihr aber habt Blut, das Euch treibt...«

»Ja, wahrhaftig, es treibt, um anzulocken...«

»Schön, seht doch zu, ob es Euch nicht etwas von hier fortziehen könnte, Herr Baron, denn hier ist ja doch nichts, was Euch Linderung verschafft: nur arme Familien, die beim Morgengrauen aufstehen müssen und jetzt schlafen möchten...«

Cosimo antwortete nicht und entfernte sich in andere Obstgärten.

Stets verstand er es, die gebotenen Grenzen zu beachten, und andererseits fanden sich auch die Ombrosaner mit seinen wunderlichen Launen ab: vielleicht, weil er immerhin der Baron war, und teilweise wohl auch, weil er ein Baron war, der sich von den anderen unterschied.

Diese tierischen Laute, die ihm aus der Brust drangen, fanden aber zuweilen auch Fenster, die ihnen bereitwilliger Gehör schenkten; es genügte als Zeichen, daß eine Kerze angezündet wurde, daß ein unterdrücktes Gekicher zu hören war oder daß Frauenworte zwischen Licht und Schatten erklangen, die unverständlich blieben, mit denen man sich aber bestimmt über ihn lustig machte, ihn schalt oder zum Schein rief – und dann war es schon Ernst, war es schon Liebe für diesen Verlassenen, der von Ast zu Ast sprang wie ein Zeisig. Doch sieh: Wie um festzustellen, was dort geschah, wagte sich eine Dreistere ans Fenster, noch warm vom Bett, mit entblößten Brüsten, gelösten Haaren, einem weißen Lachen zwischen den geöffneten Lippen, und so kam es zu Zwiegesprächen. »Wer ist da? Ein Kater?«

»Und er: »Ein Mann! Ein Mann!«

»Ein Mann, der miaut?«

»Ach, ich seufze nur!«

»Warum? Was fehlt dir denn?«

»Mir fehlt etwas, was du hast!«

»Was denn?«

»Komm, dann sag ich's dir!«

Ich erwähnte schon, daß er niemals unter Unfreundlichkeiten oder Vergeltungsmaßnahmen der Männer zu leiden hatte, was mir als ein Zeichen dafür gilt, daß er keine allzu große Gefahr bedeutete. Nur einmal wurde er auf geheimnisvolle Weise verwundet. Eines Morgens verbreitete sich die Nachricht. Der Wundarzt aus Ombrosa mußte auf den Nußbaum hinaufklettern, auf dem mein Bruder wehklagte. Im Bein hatte er eine Schrotladung mit Körnern kleinen Kalibers, wie man sie für Spatzen verwendet. Man mußte sie ihm einzeln mit einer Pinzette herausziehen. Er hatte starke Schmerzen, war aber bald wieder genesen. Es wurde niemals genau bekannt, was eigentlich geschehen war: Er selbst sagte, beim Überklettern eines Astes sei ihm ein Schuß aus Versehen losgegangen. –

Während er als Rekonvaleszent auf seinem Nußbaum saß, ohne sich rühren zu können, schöpfte er Kraft aus seinen ernsteren Studien. Damals begann er, den *Entwurf einer Ver-*

fassung für einen auf den Bäumen gegründeten Idealstaat auszuarbeiten, in dem er eine von gerechten Menschen bewohnte Baumrepublik beschrieb. Er begann im Stil einer Abhandlung über Gesetze und Regierungsformen, aber während des Schreibens gewann seine Neigung, komplizierte Geschichten auszudenken, die Überhand, und so wurde daraus ein Sammelsurium von Abenteuern, Duellen und erotischen Histörchen, welch letztere er in ein Kapitel über das Eherecht einfügte. Das Buch sollte folgenden Epilog haben: Nach der Gründung des vollkommenen Staates in den Baumwipfeln und nachdem die ganze Menschheit zu dem Entschluß gelangt war, sich dort niederzulassen und ein glückliches Leben zu führen, stieg der Verfasser von den Bäumen hinunter, um auf dem nunmehr verlassenen Erdboden Wohnung zu nehmen.

Das sollte der Schluß des Werkes sein, aber es blieb unvollendet. Mein Bruder schickte eine Zusammenfassung an Diderot, unter die er lediglich die Worte setzte: »Cosimo Rondò, Leser der Enzyklopädie.« Diderot dankte mit einem Briefchen.

20

Aus jener Zeit kann ich nicht viel berichten, denn damals machte ich meine erste Reise durch Europa. Ich hatte mein einundzwanzigstes Lebensjahr vollendet und konnte mich nach meinem Belieben am Familienvermögen erfreuen, denn mein Bruder war mit wenigem zufrieden, und das galt auch von meiner Mutter: Die Ärmste war in letzter Zeit sehr gealtert. Mein Bruder wollte mir den Nießbrauch des ganzen Vermögens überlassen, sofern ich mich bereit fand, ihm eine monatliche Apanage zu geben, seine Steuern zu zahlen und mich etwas um die Geschäfte zu kümmern. Ich brauchte also nur die Verwaltung der Güter zu übernehmen und mir eine Frau zu suchen, um jenem geregelten und friedlichen Leben entgegenzusehen, das ich denn auch in der Tat – trotz der großen Umwälzungen um die Jahrhundertwende – führen konnte.

Zuvor aber gönnte ich mir noch eine Reisezeit. Unter anderem hielt ich mich in Paris auf, gerade rechtzeitig, um den triumphalen Empfang zu erleben, der Voltaire zuteil wurde, als er nach vielen Jahren – zur Aufführung einer seiner Tragödien – dorthin zurückkehrte. Doch dies sind nicht meine Lebenserinnerungen, deren Niederschrift kaum der Mühe wert wäre; ich wollte nur darauf hinweisen, wie sehr mich während der ganzen Reise die Fama beeindruckte, die sich auch unter fremden Völkern über den Klettermann von Ombrosa verbreitet hatte. Sogar in einem Almanach fand ich eine Abbildung mit folgendem Text: »Der wilde Mann von Ombrosa (Rep. Genua). Lebt nur auf Bäumen.« Er war als ein ganz mit Flaum bedecktes Wesen mit langem Bart und langem Schwanz dargestellt, das einen Hummer verspeiste. Diese Abbildung befand sich im Kapitel über die Ungeheuer, zwischen dem Hermaphroditen und der Sirene.

Angesichts solcher Phantastereien hütete ich mich wohl, der

Tatsache, daß der wilde Mann mein Bruder war, Erwähnung zu tun. Ich verkündete sie indessen laut und deutlich, als ich in Paris zu einem Empfang geladen war, der zu Ehren Voltaires stattfand. Der alte Philosoph saß in seinem Fauteuil, umhegt von einem Damenschwarm, gutgelaunt wie ein Pascha und boshaft wie ein Stachelschwein. Als er hörte, daß ich aus Ombrosa kam, redete er mich an: »C'est chez vous, mon cher Chevalier, qu'il y a ce fameux philosophe qui vit sur les arbres comme un singe?«

Geschmeichelt konnte ich mich nicht enthalten zu erwidern: »C'est mon frère, Monsieur, le Baron de Rondeau.«

Voltaire war sehr erstaunt, vielleicht auch, weil der Bruder dieses Wunderwesens einen so normalen Eindruck machte, und begann, mir Fragen zu stellen wie etwa: »Mais c'est pour être plus proche au ciel, que votre frère reste là-haut?«

»Mein Bruder ist der Meinung«, entgegnete ich, »daß einer, der die Erde deutlich sehen möchte, den notwendigen Abstand einhalten muß«, und Voltaire zeigte sich über diese Antwort sehr befriedigt.

»Jadis, c'etait seulement la nature qui créait des phenomènes vivants«, bemerkte er abschließend, »maintenant c'est la raison.« Und damit vertiefte sich der alte Weise wieder in das Geplapper seiner deistischen Gebetsschwestern.

Bald mußte ich meine Reise unterbrechen und nach Ombrosa zurückkehren, da mich eine dringende Botschaft nach Hause rief. Das Asthma, an dem unsere Mutter litt, hatte sich plötzlich verschlimmert, und die Ärmste konnte ihr Bett nicht mehr verlassen.

Als ich die Gartentür durchschritt und zu unserer Villa emporblickte, war ich überzeugt, daß ich ihn sehen würde. Cosimo war auf einen hohen Ast des Maulbeerbaums geklettert, der nahe an das Fensterbrett unserer Mutter heranreichte. »Cosimo!« rief ich ihn an, aber mit gedämpfter Stimme. Er machte mir ein Zeichen, das zugleich besagen sollte, der Mutter gehe es ein wenig besser, doch sei ihr Zustand nach wie vor ernst; ich solle nur zu ihr hinaufgehen, aber mich leise verhalten.

Im Zimmer herrschte Dämmerlicht. Die Mutter lag im Bett, und aufgetürmte Kissen stützten sie unter den Schultern. so daß sie größer wirkte, als wir sie jemals gesehen hatten. Bei ihr befanden sich einige Frauen des Gesindes. Battista war noch nicht eingetroffen, da der Graf, ihr Mann, durch die Weinernte aufgehalten wurde. Von der Düsternis des Zimmers hob sich das offene Fenster ab, das Cosimo auf seinem Ast umrahmte.

Ich beugte mich nieder, um unserer Mutter die Hand zu küssen. Sie erkannte mich sofort und legte mir die Hand auf die Stirn. »Da bist du ja, Biagio!« Sie sprach mit dünner Stimme, wenn ihr das Asthma die Brust nicht zu sehr zuschnürte, aber fließend, und war bei vollem Verstande. Nur eines wunderte mich: Sie wandte sich an Cosimo genauso wie an mich, als hätte auch er neben ihr am Bett gesessen. Und Cosimo antwortete ihr von seinem Baume aus. »Ist es schon lange her, daß ich die Medizin genommen haben, Cosimo?«

»Nein, erst ein paar Minuten, Mama, warte noch etwas damit, denn jetzt würde sie dir nicht bekommen!«

Nach einer Weile sagte sie: »Cosimo, gib mir eine Orangenscheibe!«, was mich sehr erstaunte. Doch noch verdutzter war ich, als ich sah, wie Cosimo durch das Fenster eine Art Fischspieß steckte, damit eine Orangenscheibe von der Konsole aufpickte und sie unserer Mutter in die Hand legte.

Es fiel mir auf, daß sie sich wegen all dieser kleinen Handreichungen am liebsten an ihn wandte. »Cosimo, gib mir doch meinen Schal!«

Alsbald suchte er mit dem Angelhaken den Schal aus den Kleidungsstücken heraus, die auf dem Lehnstuhl lagen, hob ihn hoch und reichte ihn ihr. »Da hast du ihn, Mama!«

»Danke, mein Sohn!«

Sie sprach stets mit ihm, als wäre er nur einen Schritt von ihr entfernt, aber ich bemerkte, daß sie ihn niemals um etwas bat, was er von seinem Baume aus nicht hätte ausführen können. In solchen Fällen wandte sie sich immer an mich oder an die Frauen.

Nachts fand unsere Mutter keinen Schlaf. Cosimo hielt Nachtwache bei ihr auf dem Baum und hatte eine kleine Laterne an den Ast gehängt, damit sie ihn auch im Dunkeln sehen könne.

In der Frühe war das Asthma am schlimmsten. Das beste Mittel dagegen war, daß man versuchte, sie abzulenken, und so spielte Cosimo auf einer Flöte kleine Arien oder ahmte den Gesang der Vögel nach oder fing Schmetterlinge und ließ sie dann im Zimmer umherfliegen oder entfaltete Glyziniengirlanden.

Es war ein sonniger Tag. Cosimo, mit einem Schälchen oben auf seinem Baum, fing an, Seifenblasen zu machen, und blies sie ins Zimmer hinein, auf das Bett der Kranken zu. Unsere Mutter sah, wie diese Regenbogenfarben umherflogen und das Zimmer erfüllten; sie sagte: »Was treibt ihr denn da für Späße!« und erinnerte uns damit an die Zeiten, da wir Kinder waren und sie unsere Vergnügungen als zu zwecklos und kindlich angesehen hatte. Doch jetzt, vielleicht zum ersten Male, fand sie Gefallen an unserem Spiel. Die Seifenblasen flogen ihr ins Gesicht, und durch ihren Atem ließ sie sie platzen und lächelte dazu. Eine Blase traf ihre Lippen und blieb unversehrt. Wir beugten uns über sie. Cosimo ließ das Schälchen fallen. Sie war tot.

Auf Trauerfälle folgen früher oder später freudige Ereignisse; das ist ein Lebensgesetz. Ein Jahr nach dem Tode unserer Mutter verlobte ich mich mit einem Mädchen, das einer benachbarten Adelsfamilie entstammte. Ich mußte alle Künste aufbieten, um meine Braut mit dem Gedanken an einen Aufenthalt in Ombrosa vertraut zu machen: Sie hatte Angst vor meinem Bruder. Daß sich dort ein Mensch auf den Bäumen bewegte, daß er jede Bewegung durch die Fenster verfolgen konnte, daß er immer dann auftauchte, wenn man es am wenigsten erwartete – diese Idee erschreckte sie schon deshalb, weil sie Cosimo nie gesehen hatte und ihn sich gewissermaßen wie einen Indianer vorstellte. Um ihr diese Angst zu nehmen, veranstaltete ich ein Essen im Freien, unter den Bäumen, zu dem auch Cosimo geladen war. Von Tellern, die auf einem Tischchen standen, speiste er über uns auf einer Buche, und ich muß sagen, daß er seine Sache sehr gut machte, obwohl er an Mahlzeiten in Gesellschaft nicht mehr gewöhnt war. Meine Braut beruhigte sich etwas, da sie sich nun überzeugt hatte, daß er, abgesehen von seinem Baumdasein, ein Mensch war wie alle anderen auch, doch behielt sie ein unüberwindbares Mißtrauen.

Auch als wir geheiratet hatten und uns in der Villa in Ombrosa niederließen, wich sie nicht nur Unterhaltungen mit dem Schwager aus, sondern floh auch möglichst seinen Anblick, woran nicht einmal die Tatsache etwas änderte, daß der Ärmste ihr von Zeit zu Zeit einen Blumenstrauß oder kostbare Felle brachte. Als uns dann Söhne geboren wurden und heranwuchsen, setzte sie es sich in den Kopf, daß die Nähe des Onkels einen schlechten Einfluß auf ihre Erziehung haben könnte. Sie gab sich nicht eher zufrieden, bis wir die Burg auf unserem alten Lehnsitz Rondò, die seit langem nicht mehr bewohnt war, wieder instand setzen ließen und uns dort häufiger als in Ombrosa aufhielten, damit die Kinder kein schlechtes Vorbild hätten.

Auch Cosimo begann gewahr zu werden, wie die Zeit verging, und das Zeichen dafür war der Dachshund Ottimo Massimo, der allmählich alt wurde und nicht mehr Lust hatte, sich den Meuten der Spürhunde anzuschließen, die hinter Füchsen her waren, oder mit Bulldoggen oder Fleischerhündinnen anzubändeln. Er kuschte ständig, als lohnte es sich wegen der so geringen Entfernung, die seinen Bauch vom Erdboden trennte, nicht, auf allen vieren zu bleiben. Und wenn er, so lang er war, vom Schwanz bis zur Schnauze ausgestreckt, unter dem Baume lag, auf dem sich Cosimo befand, blickte er mit müden Augen zu seinem Herrn empor und wedelte kaum. Cosimo beschlich ein Unbehagen: Das Gefühl, daß die Zeit verrann, bewirkte, daß ihm sein Leben, dieses Hinauf und Hinunter zwischen dem immer gleichen dürren Gezweig, keine Befriedigung mehr gewährte. Und nichts mehr machte ihn völlig glücklich, weder die Jagd noch seine flüchtigen Liebschaften noch die Bücher. Was er eigentlich wollte, wußte er selbst nicht: In seinen Wutanfällen kletterte er blitzschnell die zartesten und gebrechlichsten Wipfel empor, gleichsam als suchte er andere Bäume, auf den Baumwipfeln wachsende Bäume, um auch sie zu erklimmen.

Eines Tages war Ottimo Massimo unruhig. Als witterte er Frühlingswind. Er hob die Schnauze, schnüffelte in alle Richtungen, legte sich wieder hin. Zwei- oder dreimal erhob er sich, schweifte umher, streckte sich wieder aus. Auf einmal begann er zu laufen. Er trabte jetzt nur noch langsam und hielt von Zeit zu Zeit inne, um Atem zu holen. Cosimo folgte ihm auf den Bäumen.

Ottimo Massimo strebte dem Walde zu. Er schien eine ganz bestimmte Richtung im Sinn zu haben, denn wenn er auch zuweilen haltmachte, pißte, sich mit heraushängender Zunge ausruhte und dabei seinen Herrn anschaute, schüttelte er sich doch bald wieder und setzte unbeirrt seinen Weg fort. Er begab sich so in eine Gegend, die Cosimo selten aufsuchte, ja, die ihm nahezu unbekannt war, denn hier begann das Jagdgehege des Fürsten Tolemaico. Der Fürst Tolemaico war ein gebrechlicher Greis und ging sicherlich schon seit langem nicht mehr auf die Jagd, aber in sein Gehege konnte sich kein Wilderer hineinwagen, denn es gab dort viele und stets wachsame Waldhüter, und Cosimo, der darüber schon allerlei gehört hatte, hielt sich lieber von ihnen fern. Jetzt aber drangen Ottimo Massimo und Cosimo immer tiefer in das Gehege ein; freilich dachte keiner von beiden daran, das kostbare Wild aufzuscheuchen: Der Dachshund trabte weiter, einem geheimen Anruf Folge leistend, und den Baron hatte eine ungestüme Neugierde ergriffen; wollte er doch herausfinden, wohin sich der Hund eigentlich begab.

Ottimo Massimo erreichte so eine Stelle, an der der Wald aufhörte und eine Wiese begann. Zwei Steinlöwen saßen auf Pfeilern und hielten ein Wappenschild. Hier begann vielleicht ein Park, ein Garten, ein privaterer Bereich des fürstlichen Besitzes, aber man sah nur diese beiden Steinlöwen und dahinter die Wiese, eine sehr große Wiese mit kurzgeschnittenem grünem Gras, deren Begrenzung, ein schwarzes Eichenwäldchen, man erst in weiter Ferne erblickte: Der Himmel dahinter war mit leichten Wolken bedeckt. Nicht ein einziger Vogel sang.

Für Cosimo war diese Wiese ein bestürzender Anblick. Da er immer inmitten der dichten Vegetation Ombrosas gelebt hatte, wo er die Gewißheit besaß, daß er jeden Ort auf seinen Wegen erreichen konnte, brauchte er nur eine leere, unpassierbare Fläche vor sich zu sehen, strauchlos unter dem Himmel, um ein Schwindelgefühl zu bekommen.

Ottimo Massimo stürmte auf die Wiese und jagte davon, wie verjüngt. Cosimo pfiff von der Esche, auf der er hockte, hinter ihm her, rief ihn: »Hierher, komm zurück, Ottimo Massimo! Wohin willst du?« – aber der Hund gehorchte nicht, wandte sich nicht einmal um; er lief und lief über die Wiese, bis man nur einen fernen Strich sah: seinen Schwanz, und auch der verschwand schließlich.

Auf seiner Esche rang Cosimo die Hände. An ein Verschwinden, ein Fortbleiben des Dachshundes war er freilich gewöhnt; jetzt aber entschwand Ottimo Massimo auf dieser unüberschreitbaren Wiese; sein Fliehen wurde eins mit jener Angst, die Cosimo kurz zuvor empfunden hatte, und erfüllte sie mit einer unbestimmten Erwartung, mit der Aussicht auf etwas, was jenseits der Wiese auftauchen würde.

Er hing solchen Gedanken nach, als er Schritte unter seiner

Esche hörte. Er erblickte einen Jagdhüter, der pfeifend, mit den Händen in den Hosentaschen, daherkam. Ehrlich gesagt, bot er einen so saloppen und zerstreuten Anblick, daß er schwerlich zu jenen gefürchteten Jagdhütern gehören konnte, und doch trug er die fürstlichen Abzeichen auf seinem Rock, weshalb Cosimo sich eng an seinen Stamm schmiegte. Aber die Sorge um den Hund gewann die Oberhand; er redete den Jagdhüter an: »Heda, Sergeant, habt Ihr vielleicht einen Dachshund gesehen?«

Der schaute auf. »Ach, Ihr seid's! Der fliegende Jäger mit dem kriechenden Hund! Nein, den Dackel hab ich nicht gesehen. Hattet Ihr gute Beute heute früh?«

Cosimo hatte einen seiner wildesten Gegner erkannt und sagte: »Keine Spur! Der Hund ist mir entwischt, und ich mußte ihm bis hierher nachlaufen... Meine Flinte ist nicht geladen...«

Der Jagdhüter lachte. »Die könnt Ihr ruhig laden und schießen, soviel Ihr Lust habt! Jetzt kommt's ja nicht mehr darauf an!«

»Jetzt, wieso?«

»Jetzt, da der Fürst tot ist, kümmert sich doch keiner mehr um das Gehege.«

»Ach, er ist gestorben, das wußte ich nicht.«

»Er ist tot und liegt seit drei Monaten im Grabe. Und nun gibt's einen Streit zwischen den Erben des ersten und zweiten Betts und der jungen Witwe.«

»Hatte er denn ein drittesmal geheiratet?«

»Mit achtzig, ein Jahr vor seinem Tode, heiratete er ein Mädchen von einundzwanzig oder nicht viel älter. Welche Verrücktheit, kann man da nur sagen... Eine Frau, die nicht einen einzigen Tag mit ihm zusammen war; jetzt erst sieht sie sich seine Besitzungen an, und sie gefallen ihr nicht.«

»Wieso gefallen sie ihr nicht?«

»Nun, sie besucht einen Palazzo oder eine Burg, erscheint dort mit ihrem ganzen Hofstaat, denn ein ganzer Schwarm von Gecken ist ständig um sie her, und nach drei Tagen kommt ihr alles trist und häßlich vor, dann reist sie wieder ab. Darauf tauchen die anderen Erben auf, stürzen sich auf diesen Besitz, machen ihre Rechte geltend. Und sie: ›Ach so, dann nehmt ihn euch doch!‹ Jetzt ist sie hier im Jagdpavillon, aber ob sie hierbleiben wird? Nicht lange, glaube ich.«

»Und wo liegt der Jagdpavillon?«

»Dort drüben, hinter der Wiese, hinter den Eichen.«

»Dann ist also mein Hund dort hingelaufen...«

»Vielleicht sucht er dort Knochen... Doch mit Verlaub, mir scheint fast, daß Euer Gnaden ihn ein wenig kurzhalten«, und damit brach er in ein Lachen aus.

Cosimo antwortete nicht, blickte auf die unübersehbare Wiese und wartete auf die Rückkehr des Hundes. Während des ganzen Tages zeigte er sich nicht.

Am nächsten Morgen hockte Cosimo wieder auf seiner Esche und starrte auf die Wiese, als bliebe ihm nichts anderes übrig, seit sie ihm solchen Kummer verursacht hatte. Gegen Abend tauchte der Dachshund wieder auf; erst als ein schwaches Pünktchen auf der Wiese, das nur Cosimos scharfes Auge zu erkennen vermochte, dann kam er immer deutlicher in Sicht. »Ottimo Massimo! Hierher! Wo warst du denn?« Der Hund war stehengeblieben, schwänzelte, blickte den Herrn an, schien ihn aufzufordern, doch zu kommen, ihn zu begleiten, doch dann wurde er sich offenbar über die Entfernung klar, die er nicht überwinden konnte, wandte sich rückwärts, machte einige unsichere Schritte und kehrte schließlich um. »Ottimo Massimo! Hierher! Ottimo Massimo!« Doch der Hund lief fort, in die Wiese hinein, entschwand in der Ferne.

Später kamen zwei Jagdhüter vorbei. »Wartet Ihr noch immer auf den Hund, Euer Gnaden? Den habe ich im Pavillon gesehen, da ist er in guten Händen...«

»Wie?«

»Gewiß, die Marchesa oder die Fürstinwitwe – wir nennen sie immer noch Marchesa, denn als Mädchen war sie die

Marchesina – hat ihm einen Empfang bereitet, als wäre er immer bei ihr gewesen. Das ist ein Hund aus Nudelteig, das sag ich Ihnen, gnädiger Herr! Jetzt hat er ein weiches Nest gefunden, und da bleibt er...« Und die beiden Häscher entfernten sich grinsend.

Ottimo Massimo kam nicht mehr zurück. Cosimo hockte den ganzen Tag auf der Esche und blickte auf die Wiese, als könnte er etwas aus ihr herauslesen, was schon seit einer Weile in ihm arbeitete: den Gedanken an die Ferne, an das Unüberbrückbare, an die Erwartung, die ein ganzes Leben lang andauern kann.

21

Eines Tages hielt Cosimo Ausschau von der Esche. Die Sonne schien, ein Strahl lief über die Wiese, deren Erbsengrün sich in Smaragd verwandelte. Drüben im Schwarz des Eichenwaldes bewegte sich das Laub, und heraus sprengte ein Pferd. Auf dem Pferd saß ein Reiter, schwarzgekleidet, mit einem Mantel – nein, einem Rock; es war kein Reiter, es war eine Reiterin, sie galoppierte mit verhängten Zügeln und war blond.

Cosimos Herz begann stärker zu schlagen, und in ihm regte sich die Hoffnung, die Reiterin werde näher herankommen, bis er ihr genau ins Gesicht sehen könne, und dieses Gesicht werde schön sein. Doch neben dieser Erwartung ihres Näherkommens und ihrer Schönheit keimte noch eine dritte Erwartung, ein dritter Hoffnungszweig, der sich mit den beiden anderen verflocht, und das war das Verlangen, diese immer strahlende Schönheit werde sein Bedürfnis, einen wohlbekannten und nahezu vergessenen Eindruck aufzufrischen, stillen, werde eine Erinnerung erwecken, von der nur ein Umriß, eine Farbe zurückgeblieben war und die mit allem übrigen wieder auftauchen oder, besser noch, in etwas Gegenwärtigem wieder erscheinen sollte.

Und während ihn solche Gedanken bewegten, fieberte er dem Augenblick entgegen, da sie sich dem Wiesensaum vor ihm, wo die Pfeiler mit den beiden Löwen emporragten, nähern würde; doch dieses Warten wurde immer schmerzhafter, da er gewahr geworden war, daß die Reiterin die Wiese nicht gradlinig, in Richtung auf den Löwen zu, sondern in der Diagonale durchquerte, so daß man annehmen mußte, sie werde bald wieder im Walde verschwinden. Schon verlor er sie fast aus den Augen, als sie plötzlich das Pferd herumriß und jetzt die Wiese auf einer anderen Diagonale durchquerte, die näher an ihn heranführte, doch drohte sie dann wieder auf der entgegengesetzten Seite der Wiese zu entschwinden.

Zugleich bemerkte Cosimo zu seinem Verdruß, daß zwei braune Pferde aus dem Walde auf die Wiese herausgetreten waren, auf denen Reiter saßen, doch suchte er sogleich diesen Gedanken zurückzudrängen und entschied, daß diese Reiter ganz belanglos waren – man brauchte ja nur zu sehen, wie sie hinter ihr hin und her irrten –; sie verdienten bestimmt keine Beachtung, und doch mußte er zugeben, daß sie ihm Ärger bereiteten.

Da war wieder die Amazone, bevor sie von der Wiese verschwand; auch diesmal wandte sie ihr Pferd um, aber nach rückwärts, so daß sie sich von Cosimo entfernte... Nein, jetzt machte das Pferd kehrt und galoppierte auf ihn zu; dieses Manöver schien eigens dazu bestimmt, die beiden umherirrenden Reiter zu verwirren, und wahrhaftig galoppierten die beiden jetzt in weiter Entfernung und hatten noch nicht begriffen, daß sie die entgegengesetzte Richtung eingeschlagen hatte.

Jetzt ging ihm wirklich alles nach Wunsch: Die Reiterin galoppierte in der Sonne; sie wirkte immer schöner, befriedigte immer mehr jenes Erinnerungsbedürfnis Cosimos, und das einzig Beunruhigende war ihr ständiger Zickzackkurs, der keinerlei Rückschlüsse auf ihre Absichten zuließ. Auch die beiden Reiter begriffen nicht, wohin sie eigentlich wollte; sie bemühten sich, ihren Kapriolen zu folgen, und machten viele Umwege, zeigten aber stets guten Willen und große Beflissenheit. Da, ehe Cosimo darauf gefaßt war, hatte die Dame zu Pferde den Wiesensaum vor seinen Augen erreicht; jetzt ritt sie zwischen den Pfeilern hindurch, auf denen die Löwen thronten, als wären sie ihr zu Ehren dort aufgebaut worden, wandte sich mit weit ausholender Geste – gleichsam einer Abschiedsgeste – der Wiese und allem, was dahinter lag, zu, galoppierte dann weiter, kam an der Esche vorüber, und so hatte Cosimo deutlich ihr Gesicht, ihre aufrecht auf dem Sattel sitzende Gestalt gesehn: Es war das Gesicht einer stolzen, aber zugleich kindlichen Frau; die Stirn war glücklich darüber, daß sie über solchen Augen thronen durfte, die Augen waren glücklich darüber, daß sie in solch einem Gesicht stehen durften; die Nase, der Mund, das Kinn, der Hals – alles an ihr war glücklich über alles, was sonst noch an ihr war, und alles, wahrhaftig alles, erinnerte an das kleine Mädchen, das der Zwölfjährige an dem Tage, als er auf die Bäume gestiegen war, auf der Schaukel erblickt hatte, erinnerte an Sofonisba Viola Violante d'Ondariva.

Doch durch diese Entdeckung – oder vielmehr durch die Tatsache, daß diese vom ersten Augenblick an uneingestandene Entdeckung nunmehr so weit gediehen war, daß er sie sich selbst verkünden konnte – wurde Cosimo gleichsam von einem Fieber geschüttelt; er wollte einen Lockruf ausstoßen, damit sie zur Esche emporschauen und ihn erblicken sollte, aber nur der Schnepfenruf drang ihm aus der Kehle, und sie wandte sich nicht um.

Der Schimmel galoppierte jetzt durch den Kastanienwald, und die Hufe trafen die auf dem Boden liegenden Kastanien und klopften sie auf, so daß die holzige und leuchtende Schale der Frucht zum Vorschein kam. Die Reiterin lenkte ihr Pferd bald in die eine, bald in die andere Richtung, so daß Cosimo zuweilen dachte, sie sei bereits fern und unerreichbar, um sie dann wieder, während er von Baum zu Baum sprang, überraschend zwischen den Stämmen auftauchen zu sehen; und diese Art der Fortbewegung schlug aus der Erinnerung, die in ihm glimmte, immer hellere Funken. Er hatte den Wunsch, ein Ruf, ein Zeichen seiner Gegenwart, möge sie erreichen, aber ihm kam nur der Ruf des grauen Rebhuhns über die Lippen, dem sie kein Gehör schenkte.

Die beiden Reiter, die ihr folgten, schienen erst recht nicht zu begreifen, welche Absichten sie verfolgte, welchen Weg sie wählte, und schlugen weiterhin eine falsche Richtung ein, wobei sie an Dornenbüschen hängenblieben oder im Morast mit Schlamm bespritzt wurden, während sie sicher und ungreifbar vorbeiflitzte. Von Zeit zu Zeit erteilte sie den beiden sogar gewissermaßen Befehle und spornte sie an, indem sie den Arm mit der Reitgerte emporhob oder die Schote eines Johannisbrotbaums abriß und in die Luft warf, als wollte sie damit sagen, dorthin führe der Weg. Sofort galoppierten die Reiter über Wiesen und Bachufer; sie aber hatte sich schon in eine andere Richtung gewandt und beachtete sie nicht mehr.

Sie ist's, sie ist's! dachte Cosimo immer hoffnungsfreudiger und wollte ihren Namen herausschreien, aber es kam ihm nur ein langgezogener und trauriger Laut von den Lippen, der an den Regenpfeifer erinnerte.

Es zeigte sich nun aber, daß sich dieses ganze Hin und Her, das Irreführen der Reiter und die Neckereien, rings um eine Linie bewegte, die zwar unregelmäßig und wellenförmig war, eine gewisse Planmäßigkeit jedoch nicht ausschloß. Cosimo, der diese Absicht erriet und nicht mehr an dem unmöglichen Unterfangen festhielt, der Reiterin zu folgen, sagte sich: Jetzt gehe ich an einen Ort, wohin auch sie kommen wird, wenn sie es wirklich ist! Ja, sie kann sogar nirgendwo anders hinwollen! Und so sprang er auf seinen eigenen Wegen voran und erreichte den alten verlassenen Park der Ondarivas.

Dort im Schatten, in der duftgeschwängerten Luft, wo Blätter und Hölzer von anderer Farbe und anderer Substanz waren, überwältigten ihn die Erinnerungen an seine Kindheit, und er vergaß fast die Reiterin; oder wenn er sie nicht vergaß, so sagte er sich doch, sie könnte es auch nicht sein, und Erwartung und Hoffnung auf sie könnten so intensiv sein, daß der Schein wie Wirklichkeit anmute.

Doch dann vernahm er ein Geräusch. Es war der Hufschlag des weißen Pferdes auf dem Gartenkies. Es kam durch den Garten, ging jetzt aber im Schritt, als wollte die Reiterin jede Einzelheit betrachten und wiedererkennen. Von den einfältigen Reitern war nichts mehr zu hören und zu sehen: Offenbar hatte Viola es zuwege gebracht, daß sie ihre Spur völlig verloren hatten.

Er erblickte sie: Sie kam am Teich, am kleinen Pavillon, an

den Amphoren vorüber. Sie betrachtete die inzwischen riesig gewordenen Bäume mit den hängenden Luftwurzeln, die Magnolien, die sich zu einem Walde verdichtet hatten. Ihn aber, der sie mit dem Schrei des Wiedehopfes, dem Flöten der Wiesenlerche, der sie mit Tönen zu rufen suchte, die sich im lauten Gezwitscher der Vögel im Garten verloren, ihn sah sie nicht.

Sie war abgesessen, ging zu Fuß und führte das Pferd am Zügel hinter sich her. Sie erreichte die Villa, ließ das Pferd stehen, trat in die Säulenhalle. Sie begann zu rufen: »Ortensia! Gaetano! Tarquinio! Das da muß weiß gestrichen, die Fensterläden müssen neu gefirnißt, die Wandteppiche aufgehängt werden! Und dorthin will ich den Tisch haben, dort die Konsolen, in der Mitte muß das Spinett stehen, und die Bilder müssen alle umgehängt werden!«

Cosimo bemerkte jetzt, daß dieses Haus, das seinem zerstreuten Blick eben noch genauso verlassen und unbewohnt vorgekommen war wie bisher, in Wahrheit wieder geöffnet war und von Leuten und Bediensteten wimmelte, die putzten, ausbesserten, lüfteten, Möbel zurechtrückten, Teppiche ausklopften. Viola kehrte also zurück, ließ sich wieder in Ombrosa nieder, ergriff abermals von der Villa Besitz, die sie als junges Mädchen verlassen hatte! Und wenn Cosimos Herz freudig schlug, so unterschied sich das nicht allzusehr von einem angstvollen Herzklopfen, denn wenn sie nun zurückgekehrt war und er sie so überraschend und so stolz vor Augen hatte, so konnte das bedeuten, daß er sie niemals mehr besitzen würde, nicht einmal in der Erinnerung, nicht einmal in jenem verborgenen Duft der Blätter und in der Färbung des durch das Grün hindurchscheinenden Lichts; es konnte bedeuten, daß er genötigt sein würde, sie zu meiden und damit auch die erste Erinnerung an sie als junges Mädchen aus seinem Gedächtnis zu verdrängen.

Mit solch zwiespältigem Herzklopfen sah Cosimo zu, wie sie sich inmitten der Dienerschaft bewegte, Diwane, Cembalos, Eckschränke transportieren ließ, sodann in Eile in den Garten zurückkehrte, wieder aufs Pferd stieg, während der Schwarm von Bediensteten, weiterer Befehle gewärtig, hinter ihr herlief und sie ihnen bedeutete, sie sollten die verwahrlosten Beete wieder bepflanzen, den vom Regen fortgewaschenen Kies auf den Wegen erneuern, die Korbstühle, die Schaukel wieder herbeischaffen...

Was die Schaukel anging, so bezeichnete Viola mit ausführlichen Gesten den Ast, an dem sie früher gehangen hatte und jetzt wieder hängen sollte, und wie lang ihre Seile, ihre Schwungweite sein sollten. Und während sie mit Blick und Gebärde dieses anzeigte, ging sie bis zum Magnolienbaum, auf dem ihr Cosimo einmal erschienen war. Und wahrhaftig, auf dem Magnolienbaum sah sie ihn wieder.

Sie war überrascht. Sehr überrascht. Freilich faßte sie sich gleich wieder und gab sich selbstzufrieden, wie das ihre Art war; aber im ersten Augenblick war sie doch recht verdutzt und begann zu lachen: mit Augen, Mund und einem Zahn, den sie noch genauso hatte wie als kleines Mädchen.

»Du bist's« – und dann suchte sie einen ungezwungenen Ton anzuschlagen, doch gelang es ihr nicht, ihr freudiges Interesse zu verbergen. »Ach, da bist du also seit damals hiergeblieben und bist nie heruntergekommen?«

Cosimo gelang es, die Stimme, die ihm wie ein Sperlingsruf aus der Kehle wollte, in ein »Ja, ich bin's, Viola! Erinnerst du dich noch?« zu verwandeln.

»Du hast also nie, wirklich nie, den Boden betreten?«

»Niemals!«

Worauf sie bemerkte, als hätte sie sich schon zu viel erlaubt: »Ach, siehst du, da ist es dir ja geglückt! Es war also nicht so schwer.«

»Ich habe auf deine Rückkehr gewartet...«

»Ausgezeichnet. He, ihr da, wo schleppt ihr denn diesen Vorhang hin? Laßt alles liegen, bis ich's gesehen habe!« Dann wandte sie sich ihm wieder zu. Cosimo war an jenem Tage zur

Jagd angezogen: struppig, mit Katzenfellmütze und Flinte. »Du siehst ja aus wie Robinson.«

»Hast du das Buch gelesen?« sagte er sofort, um zu zeigen, daß er auf dem laufenden war.

Viola hatte sich schon umgewandt. »Gaetanao! Ampelio! Das welke Laub! Überall sind welke Blätter!« Und zu ihm: »In einer Stunde, hinten im Park. Warte auf mich!« Und damit sprengte sie auf ihrem Pferde davon, um Weisungen zu erteilen.

Cosimo stürzte sich ins Dickicht: Am liebsten wäre es ihm gewesen, wenn es noch tausendmal dichter gewesen wäre – eine Lawine von Blättern, Zweigen, Dornen, Geißblättern und Venushaar, in die er untertauchen, versinken wollte, um erst, nachdem er ganz darin begraben war, allmählich zu begreifen, ob er eigentlich glücklich war oder wahnsinnig vor Angst.

Auf dem großen Baum hinten im Park, die Knie eng an den Ast gepreßt, las er die Zeit von einem Nürnberger Ei ab, einem Erbstück seines Großvaters mütterlicherseits, des Generals von Kurtewitz, und sagte sich: Sie wird nicht kommen! Statt dessen erschien Donna Viola nahezu pünktlich, zu Pferde; sie hielt unter dem Baume, ohne auch nur hinaufzuschauen; sie trug keinen Hut und keine Reitjacke mehr; die weiße, mit Spitzen besetzte Bluse zum schwarzen Rock wirkte nahezu klösterlich.

Während sie sich in den Steigbügeln aufstellte, reichte sie ihm eine Hand zum Baum hinauf; er half ihr, während sie auf den Sattel stieg, so daß sie den Ast erreichte; dann kletterte sie schnell hinauf, immer noch ohne ihn anzuschauen, suchte sich eine bequeme Astgabel und setzte sich. Cosimo kauerte sich ihr zu Füßen nieder, und es fiel ihm nichts anderes ein als die Frage: »Bist du wieder da?«

Viola betrachtete ihn ironisch. Sie war noch ebenso blond wie als kleines Mädchen. »Woher weißt du das?« sagte sie.

Er antwortete, ohne den Scherz zu verstehen: »Ich sah dich auf der Wiese, im Jagdgehege des Fürsten ...«

»Das Gehege gehört mir. Möge es mit Brennesseln vollwachsen. Weißt du denn alles? Über mich, meine ich?«

»Nein... Erst jetzt hab ich erfahren, daß du Witwe bist...«

»Freilich bin ich Witwe.« Wie zur Erklärung schlug sie sich auf den schwarzen Rock und begann dann herauszusprudeln: »Du weißt überhaupt nichts. Den ganzen Tag lang hockst du auf den Bäumen, um deine Nase in die Angelegenheiten anderer Leute zu stecken, und dann weißt du trotzdem nichts. Ich hab den alten Tolemaico geheiratet, weil mich meine Familie dazu gezwungen hat, jawohl: gezwungen. Sie sagten, ich kokettiere herum und könnte nicht ohne Mann bleiben. Ein Jahr lang war ich Fürstin Tolemaico, und das war das langweiligste Jahr meines Lebens, auch wenn ich mit dem Alten nicht länger als eine Woche zusammengewesen bin. Nie mehr werde ich meinen Fuß in eine ihrer Burgen, ihrer Ruinen und Rattennester setzen; mögen nur die Schlangen darin nisten! Von nun an werde ich dort bleiben, wo ich als Kind gewesen bin. Natürlich nur so lange, bis es mir leid wird, dann gehe ich wieder; ich bin Witwe und kann nun endlich tun und lassen, was mir Spaß macht. Allerdings habe ich schon immer getan, was mir Spaß macht; auch den Tolemaico hab ich geheiratet, weil mir das in den Kram paßte; es stimmt nicht, daß sie mich gezwungen hätten, ihn zu nehmen: Sie wollten nur, daß ich um jeden Preis heiratete, und da hab ich dann den gebrechlichsten Freier genommen, den es gab. So werde ich früher Witwe! sagte ich mir, und jetzt bin ich's auch!«

Cosimo war fast betäubt durch diesen Schwall von Neuigkeiten und apodiktischen Behauptungen, und Viola war ihm ferner denn je: eine Kokette, eine Witwe, eine Fürstin; sie gehörte einer unerreichbaren Welt an, und alles, was ihm auf die Zunge kam, war nur: »Und mit wem hast du kokettiert?«

Und sie: »Da haben wir's! Du bist eifersüchtig. Hör zu, niemals werde ich dulden, daß du eifersüchtig wirst!«

Einen Augenblick fühlte sich Cosimo wahrhaftig wie ein

eifersüchtiger Streithahn, aber dann schoß es ihm durch den Kopf: Wie? Eifersüchtig? Aber weshalb gibt sie denn zu, daß ich eifersüchtig sein könnte? Warum sagte sie: »Niemals werde ich dulden, daß du...« Das heißt doch, sie meint, daß wir... Hochrot im Gesicht, gerührt, wollte er ihr das sagen, sie danach fragen, es herauszufinden; statt dessen war sie's, die ihm trocken die Frage stellte:

»Und was hast *du* alles getan?«

»Ach, allerhand«, begann er seinerseits zu erzählen, »ich bin auf die Jagd gegangen, auch auf Wildschweine, aber vor allem auf Füchse, Hasen, Marder und natürlich auf Drosseln und Amseln; dann sind die Piraten gekommen, die türkischen Piraten, und es hat eine große Schlacht gegeben, mein Onkel ist dabei umgekommen; viele Bücher hab ich gelesen, für mich und für einen Freund von mir, einen gehenkten Briganten; ich besitze die ganze Enzyklopädie Diderots und habe ihm auch geschrieben, und er hat mir geantwortet: aus Paris; und ich habe viel gearbeitet, Bäume beschnitten, einen Waldbrand verhütet...«

»Und wirst du mich immer lieben, unbedingt, mehr als alles andere, und alles für mich tun?«

Auf diesen Ausbruch Violas antwortete Cosimo verdutzt mit: »Ja!«

»Bist du ein Mann, der immer nur mir zuliebe auf den Bäumen gelebt hat, um mich liebenzulernen...?«

»Ja... ja...«

»Küß mich!«

Er drückte sie gegen den Stamm, küßte sie. Als er aufblickte, wurde er ihrer Schönheit gewahr, als hätte er sie noch nie zuvor gesehen. »Mein Gott, wie schön du bist...«

»Für dich«, und damit knöpfte sie ihre weiße Bluse auf. Die Brüste waren jung, mit rosa Wärzchen. Cosimo konnte sie nur eben streicheln. Viola entschlüpfte ihm über die Zweige; er kletterte hinter ihr her und hatte den Rock vor Augen.

»Aber wo bringst du mich denn hin?« fragte Viola, als

hätte er sie geführt und nicht sie ihn, während sie ihm vorauseilte.

»Dorthin«, sagte Cosimo, und nun übernahm er die Führung; bei jedem Übergang auf einen anderen Ast faßte er ihre Hand oder umklammerte ihre Taille und lehrte sie, welche Schritte sie tun mußte.

»Dort!« Jetzt schritten sie auf Ölbäumen, die sich über einem steilen Hang erhoben, und von einem ihrer Wipfel aus entdeckten sie auf einmal das Meer, das sie bisher nur stückweise zwischen Blättern und Zweigen gesehen hatten, als wäre es auseinandergesplittert: Es war ruhig, klar und weit wie der Himmel. Der Horizont öffnete sich breit und hoch, das Blau spannte sich fleckenlos, ohne ein Segel, und man konnte auf ihm das kaum angedeutete Gekräusel der Wogen ablesen. Nur eine ganz schwache Brandung lief wie ein Seufzer über die Ufersteine hinweg.

Mit fast geblendeten Augen tauchten Cosimo und Viola wieder im tiefgrünen Dunkel des Blätterdaches unter. »Dorthin!«

Auf der Ausbuchtung eines Nußbaumstammes befand sich eine muschelförmige Höhlung, die Wunde alter Axthiebe, und dort hatte Cosimo einen seiner Unterschlüpfe. Das Fell eines Wildschweins war darin ausgebreitet, und darüber hingen eine Korbflasche, ein paar Werkzeuge, eine Trinkschale.

Viola warf sich auf das Wildschweinfell. »Hast du schon andere Frauen hierhergebracht?«

Er zögerte mit der Antwort. Und Viola: »Wenn du nicht andere mitgebracht hast, so bist du kein echter Mann!«

»Ja... ein paar...«

Er erhielt eine Ohrfeige. »*So* also hast du auf mich gewartet?«

Cosimo strich sich mit der Hand über die rote Backe und wußte nicht, was er sagen sollte; sie aber schien schon wieder gut gelaunt zu sein. »Und wie waren sie? Sag mir: Wie waren sie?«

»Nicht so wie du, Viola, nicht wie du...«

»Was weißt du denn, wie ich bin, sag, was weißt du denn?«

Sie war ganz sanft geworden, und Cosimo kam durch diese plötzlichen Schwankungen aus dem Staunen nicht heraus. Er näherte sich ihr. Viola war Gold und Honig.

»Sag...«

»Sag...«

Sie erkannten sich. Er erkannte sie und sich selbst, denn in Wahrheit hatte er sich noch nie gekannt. Und sie erkannte ihn und sich selbst, denn obgleich sie sich schon immer gekannt hatte, war es ihr doch noch nie vergönnt gewesen, sich auf solche Weise zu erkennen.

22

Ihr erster Pilgergang führte sie zu jenem Baum mit der tief in die Rinde eingekerbten Inschrift, die schon so alt und verwittert war, daß sie nicht mehr wie ein Werk aus Menschenhand anmutete, und die mit ihren groben Buchstaben lautete: *»Cosimo, Viola«*, und darunter: *»Ottimo Massimo«*.

»Hier oben? Wer ist es gewesen? Und wann?«

»Ich, damals.«

Viola war gerührt. »Und was soll das heißen?« Damit deutete sie auf die Worte »Ottimo Massimo«.

»Mein Hund – deiner vielmehr. Der Dackel!«

»Turcaret?«

»Ottimo Massimo; der Name stammt von mir.«

»Turcaret! Wie hab ich geweint, als ich bei der Abfahrt bemerkte, daß sie ihn nicht in der Kutsche verstaut hatten... Ach, dich nicht mehr zu sehen, das war mir gleich, aber ich war verzweifelt, daß ich den Dackel nicht mehr hatte.«

»Ohne ihn hätte ich dich nicht wiedergefunden! Er witterte, daß du in der Nähe warst, und gab keine Ruhe, bis er dich gefunden hatte...«

»Ich hab ihn sofort erkannt, als ich ihn ganz atemlos am Pavillon ankommen sah... Die anderen sagten: ›Wo kommt der denn her?‹ – ›Aber das ist doch Turcaret! Der Dackel, den ich als Kind in Ombrosa hatte!‹ Ich beugte mich zu ihm hinunter, um seine Farbe, seine Flecken zu betrachten.«

Cosimo lachte. Sie rümpfte die Nase. »Ottimo Massimo... Welch häßlicher Name! Wo hast du denn so häßliche Namen her?« Und sofort verdüsterte sich Cosimos Miene.

Für Ottimo Massimo waren indessen Zeiten eines ungetrübten Glücks angebrochen. Sein altes, zwischen zwei Herren geteiltes Hundeherz war nun endlich zur Ruhe gekommen, nachdem er sich tagelang bemüht hatte, die Marchesa bis an die Grenzen des Jagdgeheges zu locken; zur Esche, auf der Cosimo

Wache hielt. Am Rock hatte er sie gezogen oder war mit irgendeinem Gegenstand im Maul entwischt und die Wiese hinuntergelaufen, damit sie ihn verfolgen sollte; sie aber rief: »Was willst du denn? Wohin ziehst du mich? Turcaret! Laß das! Was für einen unartigen Hund hab ich wiederbekommen!« Doch schon hatte der Anblick des Dackels die Kindheitserinnerung, das Heimweh nach Ombrosa wieder geweckt. Und sogleich hatte sie die Abreise vom fürstlichen Jagdpavillon in die Wege geleitet, um zur alten Villa mit den sonderbaren Bäumen zurückzukehren.

Nun war sie wieder da, die Viola. Für Cosimo hatte jetzt die schönste Zeit seines Lebens begonnen, und auch für sie, die auf ihrem Schimmel die Felder abritt: Kaum erspähte sie den Baron zwischen Laub und Himmel, sprang sie vom Sattel und kletterte die schiefen Stämme und die Äste empor, denn sie hatte bald die gleiche Gewandtheit erlangt wie er und konnte ihn überall erreichen.

»Ach, Viola, ich weiß nicht mehr, ich möchte wer weiß wohin klettern...«

»Zu mir«, sagte Viola leise, und er gebärdete sich darauf wie toll.

Die Liebe war für beide eine heroische Übung: Die Lust vereinte sich mit Mutproben, mit Hingabe und einer Anspannung aller Seelenkräfte. Die schwierigsten, die gewundensten, die unwegsamsten Bäume waren ihre Welt.

»Dorthin!« rief er und deutete auf eine andere Astgabel, worauf sie zusammen losstürmten, um sie zu erreichen; so wetteiferten sie in Akrobatenkünsten, die in neuen Umarmungen endeten. Sie liebten einander, über dem Abgrund hängend, stützten oder klammerten sich an Äste, und sie warf sich auf ihn, gleichsam im Fluge.

Violas verliebter Eigensinn begegnete dem Cosimos, und zuweilen kam es auch zu Zusammenstößen. Cosimo verabscheute die Verzögerungen, die Erschlaffungen, die raffinierten Perversitäten: Nichts gefiel ihm, was nicht Ausdruck natürlicher Liebe war. Die republikanischen Tugenden lagen in der Luft: Schon damals kündeten sich zugleich ausschweifende und sittenstrenge Zeiten an. Cosimo, der unersättlich Liebende, war Stoiker, Asket, Puritaner. Stets auf der Suche nach Liebesseligkeit, war er doch immer der Wollust feind. Er gelangte dazu, dem Kuß, der Liebkosung, der Wortschmeichelei, kurzum, alldem zu mißtrauen, was das Natürlich-Gesunde trübte oder zu verdrängen suchte. Es war Viola, die ihn dessen Fülle hatte entdecken lassen, und mit ihr erlebte er nie jene Traurigkeit nach dem Liebesakt, die von den Theologen verkündet wird, ja, er schrieb sogar einen philosophischen Brief über dieses Thema an Rousseau, der ihm nicht antwortete, vielleicht, weil er darüber betroffen war.

Doch Viola war eine raffinierte Frau, kapriziös, durchtrieben und mit Leib und Seele katholisch. Cosimos Liebe beglückte ihre Sinne, ließ aber ihre Launen unbefriedigt. Daraus ergaben sich Zerwürfnisse und Mißstimmigkeiten. Freilich hielt das nicht lange an; dazu waren ihr Leben, ihre Umwelt zu vielgestaltig.

Wenn sie müde waren, suchten sie ihre Zuflucht auf den Bäumen mit dem dichtesten Blätterdach: in Hängematten, die ihre Leiber wie ein zusammengerolltes Blatt umhüllten, oder in hängenden Zelten, die im Winde flatterten, oder auf gefiederten Ruhelagern. Bei solchen Vorkehrungen entfalteten sich Donna Violas Talente: Wo sie sich auch aufhielt, sie hatte die Gabe, überall Wohlbehagen, Luxus und eine komplizierte Bequemlichkeit zu schaffen; kompliziert freilich nur dem Aussehen nach, da die Marchesa das alles mit erstaunlicher Leichtigkeit zustande brachte; mußte doch jede Sache, die sie sich in den Kopf gesetzt hatte, sofort und um jeden Preis ausgeführt werden.

Auf diesem ihrem luftigen Alkoven ließen sich die Rotkehlchen nieder, um zu zwitschern, und bunte Schmetterlingspärchen, die sich verfolgten, flogen unter ihr Zelt. An Sommernachmittagen, wenn die beiden Liebenden nebeneinander eingeschlummert waren, hüpfte zuweilen ein Eichhörnchen herein, das etwas Nagbares suchte, streichelte ihre Gesichter mit dem buschigen Schwanz oder beknabberte eine große Zehe. Daraufhin schlossen sie sorgfältiger die Vorhänge; eine Familie von Haselmäusen begann jedoch das Zeltdach anzunagen, bis es über ihnen zusammenstürzte.

Es war das die Zeit gegenseitiger Enthüllungen, in der sie einander ihr Leben erzählten, einer den anderen ausfragte.

»Hast du dich einsam gefühlt?«

»Du fehltest mir!«

»Aber einsam gegenüber der sonstigen Welt?«

»Nein. Warum denn? Ich hatte immer etwas zu tun, was mich mit anderen zusammenbrachte: Ich pflückte Obst, stutzte die Bäume, trieb Philosophie mit dem Abbé, kämpfte mit den Piraten. Ist das nicht bei allen Menschen das gleiche?«

»Du allein bist so. Deshalb liebe ich dich.«

Doch der Baron hatte noch nicht entdeckt, was Viola von ihm hinnahm und was nicht. Zuweilen genügte eine Lappalie, ein Wort, ein Ton, den er anschlug, um ihren Zorn zu erregen. Beispielsweise sagte er: »Mit Gian dei Brughi las ich Romane, mit dem Cavaliere schmiedete ich Pläne für den Wasserbau...«

»Und mit mir?«

»Mit dir schlafe ich... Es ist wie das Baumstutzen, das Obstsammeln...«

Sie schwieg, versteinert. Sofort bemerkte Cosimo, daß er ihren Zorn erregt hatte: Ihre Augen waren auf einmal zu Eis geworden.

»Wieso, was ist denn, Viola, was hab ich gesagt?«

Sie war so fern, als hätte sie ihn nicht gesehen, nicht gehört, hundert Meilen von ihm fort, mit marmorblassem Gesicht.

»Aber nicht doch, Viola, was ist denn, warum, so hör doch...«

Viola erhob sich, und behend, ohne daß sie seiner Hilfe bedurfte, begann sie, vom Baum hinunterzusteigen.

Cosimo hatte noch nicht begriffen, was für einen Fehler er begangen hatte, er hatte noch nicht darüber nachdenken können; vielleicht war es ihm auch lieber, überhaupt nicht darüber nachzudenken, es nicht zu begreifen, damit er besser seine Unschuld verkünden konnte: »Aber nein, du hast mich vielleicht nicht verstanden, Viola, hör doch...« Er folgte ihr bis zum untersten Ast: »Viola, geh doch nicht fort, nicht so, Viola...«

Jetzt sagte sie etwas, aber zum Pferde, das sie erreicht hatte und losband; sie schwang sich darauf, und fort war sie.

Cosimo fing an, verzweifelt von einem Baume zum anderen zu springen. »Nein, Viola, sag doch, Viola!«

Sie war fortgaloppiert. Er folgte ihr auf den Zweigen. »Ich flehe dich an, Viola, ich liebe dich!« Doch er sah sie nicht mehr. Er warf sich auf die unsicheren Äste, machte gewagte Sprünge. »Viola, Viola!«

Als er sicher war, daß er sie verloren hatte, und sein Schluchzen nicht mehr zurückhalten konnte – sieh da, jetzt kam sie wieder angetrabt, ohne aufzublicken.

»Schau doch, schau, Viola, was ich mache!« – und damit rannte er barhäuptig mit dem Schädel, der freilich sehr hart war, gegen einen Baumstamm an. Sie schaute nicht einmal hin. Sie war schon weit fort.

Cosimo wartete, bis sie auf ihrem Zickzackritt zwischen den Bäumen zurückgekehrt war.

»Viola! Ich bin verzweifelt!« – und damit stürzte er sich, den Kopf voran, nach unten ins Leere, wobei er sich mit den Beinen an einem Ast festklammerte und mit den Fäusten auf Haupt und Gesicht einhämmerte. Oder er begann in seiner Zerstörungswut Zweige zu zersplittern; eine belaubte Ulme sah in wenigen Augenblicken kahl und entblättert aus, als wäre ein Hagelsturm über sie hinweggegangen.

Niemals drohte er jedoch, sich umzubringen, überhaupt stieß er niemals eine Drohung aus; Gefühlsaufwallungen waren nicht seine Sache. Wenn ihm danach war, etwas zu tun, so tat er es und kündigte es erst an, während er es schon ausführte, nicht vorher.

Nach einer Weile war Donna Violas Zorn ebenso überraschend verraucht, wie er entstanden war. Hatte es zuerst den Anschein gehabt, daß alle Rasereien Cosimos sie völlig kaltließen, so entbrannte sie nun auf einmal vor Mitleid und Liebe. »Nein, Cosimo, Lieber, warte auf mich!« Schon sprang sie vom Sattel, stürzte auf einen Stamm zu, um ihn zu erklettern, während er ihr aus der Höhe hilfreich die Arme entgegenstreckte.

Die Liebe kehrte mit einer Gewalt zurück, die der des vorherigen Streites nicht nachstand. Sie waren in der Tat ein und dasselbe, aber Cosimo begriff davon nichts.

»Warum tust du mir so weh?«

»Weil ich dich liebe.«

Jetzt war er es, der ergrimmte. »Nein, du liebst mich nicht! Wer liebt, will die Freude, nicht den Schmerz.«

»Wer liebt, will nur die Liebe, sei's auch um den Preis des Schmerzes.«

»Dann läßt du mich also absichtlich leiden?«

»Ja, um zu sehen, ob du mich liebst.«

Der Baron weigerte sich, ihr in diesen Überlegungen zu folgen. »Der Schmerz ist ein negativer Zustand der Seele.«

»Die Liebe ist alles.«

»Der Schmerz muß immer bekämpft werden.«

»Die Liebe gibt sich allem hin.«

»Gewisse Dinge werde ich niemals zugeben.«

»Du gibst sie ja doch zu, denn du liebst mich und leidest.«

Cosimos unbezähmbare Freude machte sich ebenso ungestüm Luft wie seine Verzweiflung. Mitunter steigerte sich seine Glückseligkeit so sehr, daß er sich von seiner Geliebten losreißen mußte, um einherzuspringen und zu schreien und die Wunder seiner Dame zu verkünden: »Yo quiero the most wonderful puellam de todo el mundo!«

Die Leute, die auf den Schemeln Ombrosas herumsaßen, die Tagediebe und alten Matrosen hatten sich nachgerade an sein plötzliches Auftauchen gewöhnt. Dort drüben sah man ihn auf den Buchen heranspringen, während er deklamierte:

»Zu dir, zu dir, gunàika,
Vo cercando il mio ben,
En la isla de Jamaica,
Du soir jusqu'au matin.«

Oder auch:

»Il y a un pré where the grass grows toda de oro
Take me away, take me away, che io ci moro!«

Darauf verschwand er.

Seine Kenntnisse der klassischen und neueren Sprachen waren eigentlich nicht bedeutend, aber groß genug, daß er seine Empfindungen laut verkünden konnte; seine Sprache wurde dabei um so dunkler, je leidenschaftlichere Gefühle ihn bewegten. Man weiß noch, wie die Einwohner Ombrosas einmal auf dem Marktplatz versammelt waren, um mit Maibaum, Girlanden und Fahne das Fest ihres Schutzpatrons zu begehen. Der Baron erschien plötzlich im Wipfel einer Platane, erreichte dann mit einem jener Sprünge, wie sie nur seiner akrobatischen Behendigkeit glückten, den Maibaum, kletterte bis zur Spitze empor, rief: »Que viva die schöne Venus posteriòr!«, rutschte den eingeseiften Pfahl bis fast auf den Boden hinunter, hielt inne, kletterte schnell wieder hinauf, riß einen rötlichen runden Käse von der Siegestrophäe ab, gelangte mit einem seiner Sprünge wieder auf die Platane und enteilte, während die Ombrosaner verdutzt zurückblieben.

Die Marchesa war über nichts so glücklich wie über solch einen Überschwang seiner Gefühle, den sie ihm durch ebenso stürmische Liebesbezeigungen vergalt. Wenn die Ombrosaner sie mit losem Zügel galoppieren sahen, während ihr Gesicht beinahe unter der weißen Mähne ihres Pferdes verschwand, dann wußten sie bereits, daß sie zu einem Stelldichein mit dem Baron unterwegs war. Auch im Reiten äußerte sich ihre Liebeskraft, doch hier konnte ihr Cosimo nicht folgen; obwohl er ihre Leidenschaft, zu Pferde zu sitzen, sehr bewunderte, war sie ihm daher zugleich ein geheimer Anlaß zu Groll und Eifersucht; denn er sah Viola eine Welt beherrschen, die umfassender war als die seine, und mußte begreifen, daß er sie niemals für sich allein besitzen, sie nie innerhalb der Grenzen seines Reiches einschließen konnte. Die Marchesa ihrerseits litt vielleicht darunter, daß sie nicht zugleich Geliebte und Reiterin sein konnte: Zuweilen verspürte sie das unbestimmte Bedürfnis, ihrer beider Liebe in eine Liebe zu Pferde zu verwandeln; das Laufen auf den Bäumen genügte ihr nun nicht mehr, lieber wäre sie auf ihrem Roß einhergaloppiert.

Und da das Pferd ein Gelände mit so vielen Steigungen und Abstürzen durchlaufen mußte, war es wahrhaftig so behend geworden wie ein Rehbock; auch ließ es Viola jetzt gegen bestimmte Bäume anlaufen, wie zum Beispiel gegen alte Ölbäume mit schiefem Stamm. Mitunter erreichte das Pferd die erste Astgabel, und sie gewöhnte sich daran, es nicht mehr am Boden, sondern oben an einem solchen Ölbaum anzubinden. Sie stieg dann ab und ließ es Blätter und Zweiglein abweiden.

Als daher ein Klatschbruder, der durch das Olivenwäldchen ging und neugierig hinaufschaute, dort droben Baron und Marchesa in einer Umarmung erblickte und später, nachdem er die Geschichte zum besten gegeben hatte, hinzufügte: »Und der Schimmel hockte gleichfalls auf einem Ast!«, hielten ihn alle für einen Phantasten, und keiner schenkte ihm Glauben. So blieb das Geheimnis der Liebenden auch diesmal gewahrt.

23

Der Vorgang, den ich soeben berichtet habe, ist ein Beweis dafür, daß die Ombrosaner in dem Maße, wie sie sich früher in Klatschereien über das ehemals galante Leben meines Bruders ergangen hatten, nunmehr angesichts dieser Leidenschaft, die sich sozusagen über ihren Köpfen entlud, ehrerbietige Zurückhaltung übten. Freilich fehlte es nicht an Vorwürfen wegen des Verhaltens der Marchesa, doch ging es dabei mehr um das Äußere der Sache: etwa jenes halsbrecherische Galoppieren (»Wer weiß, was sie hinterher treiben wird, da sie solche Eile hat!« hieß es, obwohl jeder genau wußte, daß sie zu einem Stelldichein mit Cosimo unterwegs war) oder um den Hausrat, den sie auf die Baumwipfel beförderte. Darin drückte sich bereits eine Haltung aus, die das alles nur für eine Modelaune des Adels hielt, für eine seiner vielen Wunderlichkeiten (»Alles hockt jetzt auf den Bäumen: Frauen wie Männer. Fällt ihnen denn nichts Besseres mehr ein?«); kurzum, es war schon eine Zeit im Kommen, die vielleicht duldsamer, aber auch heuchlerischer werden sollte.

Auf den Eichen am Marktplatz zeigte sich der Baron jetzt nur noch gelegentlich, und das war immer ein Zeichen dafür, daß Viola abgereist war. Denn sie war zuweilen monatelang fern, um ihre in ganz Europa verstreuten Güter zu betreuen; zu diesen Ausbrüchen kam es jedoch immer in Augenblicken, in denen ihre Beziehungen gespannt waren und die Marchesa sich gekränkt zeigte, weil Cosimo nicht begriff, was sie ihm von der Liebe beibringen wollte. Freilich verließ Viola ihn nicht im Streit. Es gelang ihnen immer, noch vorher Frieden zu schließen, doch blieb bei ihm der Verdacht zurück, daß sie sich zu der Reise entschlossen hatte, weil sie seiner überdrüssig war, weil er es nicht zuwege brachte, sie festzuhalten; es konnte ja sein, daß sie sich nunmehr von ihm loslöste, daß ein Reiseerlebnis oder ruhige Überlegung sie dazu bewogen, nicht mehr zurückzukehren. So lebte mein Bruder in Angst. Zwar war er bemüht, das gewohnte Leben, das er vor ihrer Begegnung geführt hatte, wiederaufzunehmen; er ging also wieder auf die Jagd, auf Fischfang, kümmerte sich um die Landarbeiten, um seine Studien, bramarbasierte auf dem Marktplatz, als hätte er nie etwas anderes getan (der jugendliche Hochmut und Eigensinn, der nicht zugeben will, daß man fremden Einflüssen unterliegt, war noch in ihm lebendig), auch fand er Gefallen daran, daß diese Liebe seinen Eifer, seinen Stolz anspornte; andererseits aber wurde er gewahr, daß ihm so vieles gleichgültig geworden war, daß ohne Viola das Leben seine Würze verloren hatte, daß seine Gedanken immer zu ihr wanderten. Je mehr er sich anstrengte, außerhalb des Wirbels, den Violas Gegenwart hervorrief, Leidenschaften und Gelüste wieder in die Gewalt zu bekommen, sie einer weisen geistigen Ökonomie zu unterwerfen, um so stärker spürte er die Leere, die sie zurückgelassen hatte, oder das Fieber, das mit ihrer Erwartung verbunden war. Kurzum, sein verliebter Zustand war genau so, wie Viola ihn haben wollte, nicht wie er selbst ihn sich wünschte; die Frau blieb immer Siegerin, mochte sie auch fern sein, und wider Willen begann er das schließlich zu genießen.

Ganz plötzlich kehrte dann die Marchesa zurück. Auf den Bäumen kam es nun wieder zu Liebesbegegnungen, aber auch zu Eifersuchtsszenen. Wo war Viola gewesen? Was hatte sie getrieben? Cosimo lag alles daran, es zu erfahren, aber zugleich ängstigte ihn die Art und Weise, wie sie seine Fragen beantwortete; sie erging sich immer nur in Andeutungen, und jede Andeutung war dazu angetan, in Cosimo einen Verdacht aufsteigen zu lassen. Es war ihm klar, daß sie ihn damit quälen wollte, und doch konnte alles auch auf Wahrheit beruhen: In solcher Ungewißheit verbarg sich zuweilen seine Eifersucht und ließ sie dann wieder stürmisch hervorbrechen; Viola ihrerseits reagierte auf diese seine Regungen auf stets verschiedene und unvorhersehbare Weise, so daß er bald meinte, sie sei ihm tiefer verbunden denn je, bald daran zweifelte, sie wieder entflammen zu können.

Welch ein Leben nun die Marchesa in Wahrheit auf ihren Reisen führte, davon konnten wir uns in Ombrosa keine Vorstellung machen, lebten wir doch fern von den Hauptstädten und ihrem Klatsch. In jene Zeit fiel jedoch meine zweite Pariser Reise, bei der es sich um bestimmte Geschäfte handelte (eine Zitronenlieferung, denn nunmehr begannen auch viele Edelleute Handel zu treiben und ich als einer der ersten).

Eines Abends traf ich Donna Viola in einem der berühmtesten Pariser Salons. Wenn ich sie trotz ihrer Aufmachung, ihrer prächtigen Coiffüre, ihres berückenden Kleides sofort wiedererkannte, ja schon beim ersten Anblick zusammenfuhr, so lag das daran, daß man diese Frau wahrhaftig mit keiner anderen verwechseln konnte.

Sie begrüßte mich gleichmütig, fand indessen bald Gelegenheit, mich beiseite zu nehmen und sich, ohne daß sie die Antwort zwischen zwei Fragen abgewartet hätte, zu erkundigen: »Haben Sie Nachrichten von Ihrem Bruder? Reisen Sie bald nach Ombrosa zurück? Hier, geben Sie ihm dies als Andenken von mir!« Damit zog sie ein seidenes Taschentuch aus ihrem Busen und drückte es mir in die Hand. Sodann ließ sie sich gleich wieder vom Schwarm der Verehrer einholen, die sich an ihre Spur geheftet hatten.

»Kennen Sie die Marchesa?« fragte mich leise ein Pariser Freund.

»Nur flüchtig«, erwiderte ich, und das traf zu. Wenn sich Donna Viola in Ombrosa aufhielt, war sie von Cosimos Menschenscheu angesteckt; daher lag ihr nichts an einem Verkehr mit den Adelsfamilien der Nachbarschaft.

»Man erlebt nur selten, daß sich so viel Schönheit mit so viel Unrast paart!« bemerkte mein Freund. »Die Klatschmäuler wollen wissen, daß sie in Paris aus den Armen des einen Liebhabers in die des nächsten überwechselt, und zwar in so regelmäßigem Reigen, daß sich keiner erlauben kann, sie sein zu nennen und sich für bevorzugt auszugeben. Von Zeit zu Zeit aber verschwindet sie monatelang, und es heißt, sie ziehe sich dann in ein Kloster zurück, um sich mit Bußübungen zu kasteien.«

Ich konnte kaum ein Lachen unterdrücken, als ich sah, daß die Aufenthalte der Marchesa auf den Bäumen Ombrosas von den Parisern für Perioden der Buße gehalten wurden, zugleich aber bekümmerten mich diese Klatschereien, da ich traurige Zeiten für meinen Bruder kommen sah.

Um ihn vor üblen Überraschungen zu bewahren, wollte ich ihn warnen; ich suchte ihn daher auf, sobald ich nach Ombrosa zurückgekehrt war. Er erkundigte sich eingehend nach meinen Reiseerlebnissen, nach Neuigkeiten aus Frankreich, aber es gelang mir nicht, ihm irgendein politisches oder literarisches Ereignis zu berichten, über das er nicht schon informiert gewesen wäre.

Schließlich zog ich Donna Violas Taschentuch hervor. »In einem Pariser Salon hab ich eine Dame getroffen, die dich kennt; sie gab mir dies für dich mit ihren Grüßen.«

Er ließ schnell das an einer Schnur hängende Körbchen hinunter, zog damit das seidene Taschentuch herauf und führte es ans Gesicht, als wolle er seinen Duft einatmen.

»Ach, hast du sie gesehen? Und wie war sie? Sag mir, wie war sie?«

»Eine schöne und strahlende Erscheinung«, erwiderte ich bedächtig, »aber man erzählt sich, daß viele Nasen diesen Duft genießen ...«

Er preßte das Taschentuch an die Brust, als befürchtete er, man könnte es ihm entreißen. Mit hochrotem Kopf kehrte er sich mir wieder zu. »Und du hattest keinen Degen, um diese Lügen dem, der sie dir auftischte, wieder in den Hals hineinzujagen?«

Ich mußte ihm gestehen, daß mir dieser Gedanke nicht gekommen war.

Er schwieg eine Weile. Dann zuckte er die Achseln. »Alles Lügen! Ich allein weiß, daß sie nur mir gehört!«, und damit entschwand er zwischen den Zweigen, ohne sich zu verabschieden. Ich erkannte darin seine gewohnte Art, alles von sich zu weisen, was ihn gezwungen hätte, seine Welt zu verlassen.

Von diesem Augenblick an sah man ihn stets traurig und ungeduldig; untätig sprang er hin und her, und wenn man ihn mitunter mit den Amseln um die Wette pfeifen hörte, so brachte er doch nur ein düsteres und nervöses Piepen hervor.

Die Marchesa kehrte zurück. Wie immer fand sie Gefallen an Cosimos Eifersucht; teils stachelte sie sie noch an, teils machte sie sich darüber lustig. So begannen die schönen Tage der Liebe von neuem, und mein Bruder war glücklich. Indessen ließ sich die Marchesa jetzt keine Gelegenheit entgehen, um Cosimo vorzuwerfen, daß er von der Liebe eine zu enge Vorstellung habe.

»Was meinst du damit? Daß ich eifersüchtig bin?«

»Du kannst ruhig eifersüchtig sein! Du willst aber deine Eifersucht der Vernunft unterwerfen!«

»Allerdings. Dadurch wird sie wirksamer.«

»Du überlegst zuviel. Weshalb braucht es denn Überlegung bei der Liebe?«

»Um dich noch mehr zu lieben! Alles, was mit Überlegung getan wird, gewinnt dadurch noch an Macht.«

Du lebst auf den Bäumen und hast die Mentalität eines gichtkranken Notars.«

»Bei den kühnsten Unternehmungen ist ein möglichst schlichter Sinn vonnöten.«

Auf diese Weise pflegte er noch weitere Sentenzen von sich zu geben, bis sie vor ihm die Flucht ergriff. Dann jagte er hinter ihr her, verzweifelt, raufte sich die Haare.

In jenen Tagen ging in unserer Bucht ein englisches Admiralsschiff vor Anker. Der Admiral gab ein Fest für die Prominenz Ombrosas und die Offiziere der anderen zu Besuch weilenden Schiffe; auch die Marchesa nahm daran teil. Seit jenem Abend empfand Cosimo von neuem die Qualen der Eifersucht. Zwei Offiziere, die zwei verschiedenen Schiffen angehörten, verliebten sich in Donna Viola: Man sah sie ständig an Land, wo sie der Dame den Hof machten und bemüht waren, sich in Aufmerksamkeiten zu überbieten. Der eine war Leutnant zur See des englischen Admiralsschiffes; der andere war gleichfalls Leutnant zur See, aber von der neapolitanischen Flotte. Die beiden Offiziere, die sich zwei Pferde gemietet hatten, ritten vor der Terrasse der Marchesa auf und ab, und wenn sie einander begegneten, fixierte der Neapolitaner den Engländer mit rollenden Augen, als hätte er ihn in ein Häuflein Asche verwandeln wollen, während aus den halbgeschlossenen Lidern des Engländers ein Blick so scharf wie eine Degenspitze hervorschoß.

Und Donna Viola? Erlaubte sich nicht dieses kokette Frauenzimmer, zu Hause zu sitzen und im Morgenrock ans Fenster zu treten, als wäre sie eine frischgebackene junge Witwe, die eben erst ihre Trauer abgelegt hatte? Seit Cosimo sie nicht mehr bei sich auf den Bäumen hatte, seit er nicht mehr den Galopp des Schimmels nahen hörte, gebärdete er sich wie närrisch, und schließlich bezog auch er vor jener Terrasse Posten, um die beiden Marineoffiziere im Auge zu behalten.

Er grübelte darüber nach, wie er seinen beiden Rivalen einen Streich spielen könnte, damit sie so schnell wie möglich auf ihre Schiffe zurückkehrten, aber als er bemerkte, daß Viola das Hofieren des einen wie des anderen gleichermaßen zu schätzen schien, begann er wieder zu hoffen, sie wolle sich lediglich über die beiden lustig machen, und über ihn selbst dazu. Er erlahmte deshalb nicht in seiner Wachsamkeit: Sollte sie irgendwie zu erkennen geben, daß sie einen von ihnen bevorzugte, war er bereit einzugreifen.

Da kommt eines Morgens der Engländer vorbei. Viola ist am Fenster. Sie lächeln einander an. Die Marchesa läßt ein Briefchen fallen. Der Offizier fängt es im Fluge auf, verneigt sich mit rotem Kopf und sprengt davon. Ein Stelldichein! Also war der Engländer der Glückliche! Cosimo gelobt sich, ihn bis zum Abend nicht in Frieden zu lassen. Derweil kommt der Neapolitaner vorbei. Auch ihm wirft Viola ein Briefchen zu. Der Offizier liest es, führt es an die Lippen und drückt einen Kuß darauf. So hielt er sich für den Auserwählten? Und was war dann mit dem anderen? Gegen wen sollte Cosimo nun vorgehen? Sicherlich hatte Donna Viola einem von ihnen ein Rendezvous versprochen; mit dem anderen hatte sie offenbar nur eine ihrer Possen getrieben! Oder wollte sie alle beide zum besten halten?

Was nun den Ort des Stelldicheins anging, so richtete sich Cosimos Verdacht auf einen Pavillon an einer entlegenen Stelle des Parks. Kurz zuvor hatte ihn die Marchesa wieder instand setzen lassen, und Cosimo war vor Eifersucht vergangen, weil sie nun nicht mehr Zelte und Diwane auf die Baumwipfel beförderte: Jetzt galt ihr Interesse nur Orten, die er niemals betreten würde. Ich werde den Pavillon überwachen! sagte sich Cosimo. Hat sie wirklich mit einem der beiden Offiziere ein Rendezvous verabredet, so kann es nur hier sein! Er versteckte sich daher im Laub einer indischen Kastanie.

Kurz vor Sonnenuntergang hörte man Pferdegalopp. Es war der Neapolitaner. Jetzt provoziere ich ihn! denkt Cosimo und schießt mit einer Schleuder ein Kügelchen Eichhörnchenkot nach ihm, das ihn im Nacken trifft. Der Offizier zuckt zusammen, schaut um sich. Cosimo beugt sich vom Ast hinunter und erblickt auf der anderen Seite der Hecke den englischen Leutnant, der sich vom Sattel schwingt und sein Pferd an einen Pfosten bindet. Dann ist er es also; vielleicht kam der andere nur zufällig vorbei! Und so trifft er ihn mit Eichhörnchenkot auf die Nase.

»Who's there?« sagt der Engländer und will gerade über die

Hecke steigen, als er sich dem Neapolitaner gegenübersieht, der wie er selbst vom Pferde gestiegen ist und ihm ebenfalls zuruft: »Wer ist da?«

»I beg your pardon, Sir«, sagt der Engländer, »aber ich muß Sie bitten, diesen Ort sofort zu verlassen!«

»Wenn ich mich hier befinde, so ist das mein gutes Recht«, erklärt der Neapolitaner, »ich bitte Euer Gnaden, sich wegzuscheren!«

»Kein Recht kommt an meines heran«, erwidert der Engländer. »I'm sorry, ich kann Ihnen nicht gestatten, hier zu bleiben!«

»Das ist eine Ehrenfrage«, erklärt der andere, »auch mein Familienname zeugt dafür: Salvatore di San Cataldo di Santa Maria Capua Vetere, von der Flotte des Königreichs beider Sizilien!«

»Sir Osbert Castlefight, dritter seines Namens«, stellt sich der Engländer vor. »Meine Ehre gebietet, daß Sie das Feld räumen!«

»Nicht bevor ich Sie mit diesem Degen verjagt habe!«, und damit zieht er ihn aus der Scheide.

»Herr, wollen Sie sich schlagen?« sagt Sir Osbert und setzt sich in Positur.

Sie fechten.

»Hier wollte ich Sie haben, Kollege, und nicht erst seit heute!« ruft der Neapolitaner und dringt mit einer Quart auf den anderen ein.

Darauf Sir Osbert, während er den Hieb pariert: »Seit geraumer Zeit verfolge ich ihr Treiben, Leutnant, und war darauf schon gefaßt!«

Die beiden Leutnants zur See, die gleichstark waren, überboten einander in Ausfällen und Finten. Sie waren gerade richtig in Feuer geraten, als – »Hört auf, um Himmels willen!« – Donna Viola auf der Schwelle des Pavillons erschien.

»Marchesa, dieser hier...«, rufen die beiden Leutnants

gleichzeitig, während jeder seinen Degen senkt und auf den anderen deutet.

Und Donna Viola: »Meine lieben Freunde! Tut eure Degen weg, ich bitte euch! Wie könnt ihr denn eine Dame so erschrecken? Ich hatte eine Vorliebe für diesen Pavillon, weil es der ruhigste und verborgenste Ort im Park ist, und kaum bin ich dort eingenickt, da weckt mich schon euer Waffengetöse!«

»Aber Mylady«, sagt der Engländer, »hattet Ihr mich denn nicht eingeladen?«

»Ihr wart doch hier, um mich zu erwarten, Signora!« sagt der Neapolitaner.

Aus Donna Violas Kehle drang leises Lachen wie das Schwirren einer Vogelschwinge. »Ach ja, ich hatte Sie eingeladen... oder auch Sie... Mein armer Kopf ist so verwirrt... Nun, worauf wartet ihr denn noch? Kommt doch herein und macht es euch bitte bequem!«

»Mylady, ich meinte, es handelte sich um eine Einladung an mich allein. Ich habe mich getäuscht. Ich bitte, mich empfehlen zu dürfen.«

»Ich wollte das gleiche sagen und mich verabschieden.«

Die Marchesa lachte. »Meine lieben Freunde... meine lieben Freunde... ich bin ja so zerstreut... Ich dachte, ich hätte Sir Osbert zu einer Stunde und Don Salvatore zu einer anderen eingeladen... Ach nein, entschuldigt bitte: zur gleichen Stunde, aber an verschiedenen Orten... Ach nein, wie wäre denn das möglich?... Na schön, da ihr nun einmal beide gekommen seid – weshalb können wir uns denn nicht zusammensetzen und uns gesittet unterhalten?«

Die beiden Leutnants schauten einander an, dann blickten sie auf Donna Viola. »Sollen wir das so verstehen, Marchesa, daß Ihr Euch nur deshalb den Anschein gebt, als schenktet Ihr unseren Aufmerksamkeiten Beachtung, um uns beide zum Narren zu halten?«

»Aber wieso denn, meine guten Freunde?... Im Gegenteil,

ganz im Gegenteil... Euer Eifer konnte mich nicht gleichgültig lassen... Ihr seid mir beide so teuer... Das ist ja mein ganzer Kummer... Wollte ich die Eleganz Sir Osberts wählen, so müßte ich Euch verlieren, mein leidenschaftlicher Don Salvatore... Und würde ich mich für den feurigen Leutnant di San Cataldo entscheiden, so müßte ich auf Euch verzichten, Sir! Ach, weshalb sollte es denn nicht möglich sein... weshalb sollte...«

»Was sollte möglich sein?« fragten die beiden Offiziere wie aus einem Munde.

Und Donna Viola neigte den Kopf. »Weshalb sollte es nicht möglich sein, daß ich euch beiden zugleich gehöre...?«

Droben auf der indischen Kastanie hörte man Äste krachen. Es war Cosimo, der nicht mehr an sich halten konnte.

Doch die beiden Leutnants zur See waren so bestürzt, daß sie ihn nicht hörten. Sie wichen gemeinsam einen Schritt zurück.

»Das niemals, Signora!«

Die Marchesa hob ihr schönes Antlitz und zeigte ihr strahlendstes Lächeln. »Nun gut, ich werde dem ersten von euch beiden gehören, der aus Liebe zu mir – um mir in allem zu Gefallen zu sein – bereit ist, mich mit dem Rivalen zu teilen!«

»Signora...«

»Mylady...«

Die beiden Leutnants verneigten sich vor Viola mit einer trockenen Abschiedsgeste, wandten sich einander zu, reichten einander die Hand und drückten sie.

»I was sure, you were a gentleman, Signor Cataldo«, sagte der Engländer.

»Auch ich habe Sie stets für einen Ehrenmann gehalten, Mr. Osberto«, sagte der Neapolitaner.

Sie kehrten der Marchesa den Rücken und schritten auf ihre Pferde zu.

»Liebe Freunde! Warum seid ihr denn beleidigt... Ihr Dummköpfe...!« sagte Viola, aber die beiden Offiziere hatten bereits den einen Fuß im Steigbügel.

Das war der Augenblick, den Cosimo im Vorgefühl der Rache, die er vorbereitet hatte, schon seit langem erwartete: Nunmehr würden die beiden eine recht schmerzhafte Überraschung erleben. Nur daß er jetzt auf einmal mit ihnen ausgesöhnt war, als er sah, in welch männlicher Haltung sie sich von der anmaßenden Marchesa verabschiedeten! Doch war es zu spät, um das schreckliche Instrument der Rache zu entfernen. In Sekundenschnelle entschloß er sich, sie zu warnen. »Halt!« schrie er von seinem Baume. »Setzt euch nicht auf den Sattel!«

Die beiden Offiziere blickten empört zu ihm hinauf. »What are you doing thereup? Was machen Sie denn da oben? Was erlauben Sie sich? Come down!«

Hinter ihnen war Donna Violas Gelächter zu hören – eines ihrer Gelächter, das wie Vogelschwirren klang.

Die beiden waren betroffen. Offenbar hatte ein Dritter die ganze Szene mit angesehen. Die Lage wurde dadurch noch verworrener.

»In any way«, sagte der eine zum andern, »wir beide halten zusammen!«

»Bei unserer Ehre!«

»Keiner von uns wird jemals bereit sein, Mylady mit irgend jemandem zu teilen!«

»Nie im Leben!«

»Wenn aber einer von uns sich doch entschließt einzuwilligen...«

»Auch dann halten wir zusammen! Wir geben unsere Einwilligung nur gemeinsam!«

»Einverstanden! Und jetzt los...«

Nach diesem neuen Zwiegespräch biß sich Cosimo vor Wut in den Finger, weil er versucht hatte, die Ausführung seiner Rache zu verhindern. So möge sie denn ihren Lauf nehmen! Damit verschwand er unter dem Blätterdach. Die beiden Offiziere schwangen sich aufs Pferd. Jetzt schreien sie gleich, dachte Cosimo und hielt sich die Ohren zu. Es ertönte ein zweifacher Schrei. Die beiden Leutnants hatten sich jeder auf einen Igel gesetzt, der unter der Satteldecke verborgen war.

»Verrat!« Mit diesem Ruf landeten sie auf dem Boden, in einem wahren Wirbel von Sprüngen, Schreien und kreisenden Bewegungen: Es sah so aus, als wollten sie sich gegen die Marchesa wenden.

Donna Viola indessen war noch entrüsteter als ihre Verehrer und rief hinauf: »Du boshafter großer Affe, abscheulicher!« Zugleich stürmte sie auf den Stamm der indischen Kastanie zu und entschwand so schnell den Augen der Offiziere, daß beide meinten, die Erde habe sie verschlungen.

Zwischen den Zweigen sah sich Viola Cosimo gegenüber. Sie schauten einander mit flammenden Augen an, und dieser Zorn verlieh ihnen eine Art Reinheit, etwas Erzengelhaftes. Man hätte meinen können, im nächsten Augenblick würden sie sich gegenseitig in Fetzen reißen, als die Frau plötzlich ausrief: »O mein Lieber! So, so gefällst du mir – du Eifersüchtiger, Unerbittlicher!« Schon hielt sie seinen Hals umschlungen; sie umarmten einander, und Cosimo hatte alles andere vergessen...

Dann wand sie sich in seinen Armen, löste ihr Gesicht von dem seinen und sagte wie in Gedanken: »Aber hast du gesehen, wie sehr auch die beiden mich lieben? Sie sind bereit, mich unter sich zu teilen...«

Es schien fast, als wollte sich Cosimo auf sie stürzen, dann reckte er sich zwischen den Ästen empor, biß in die Blätter, stieß mit dem Kopf gegen den Baumstamm. »Sie sind nichts als Geschmei–eiß...!«

Viola hatte ihre steinerne Miene aufgesetzt und war vor ihm zurückgewichen. »Du hast noch viel von ihnen zu lernen!« Sie wandte sich um, stieg schnell vom Baum hinunter.

Die beiden Verehrer hatten ihren früheren Streit begraben und keinen anderen Ausweg gefunden, als sich geduldig gegenseitig die Stacheln herauszusuchen. Donna Viola unterbrach sie bei dieser Beschäftigung. »Schnell! Steigt in meine

Kutsche!« Sie verschwanden hinter dem Pavillon. Der Wagen fuhr ab. Auf der indischen Kastanie barg Cosimo sein Gesicht in den Händen.

Nunmehr begannen für ihn qualvolle Tage, aber auch für die beiden früheren Rivalen. Und war es vielleicht für Viola eine Freudenzeit? Ich glaube, die Marchesa quälte die anderen nur, weil sie sich selbst quälen wollte. Die beiden vornehmen Offiziere waren ständig auf den Beinen; unzertrennlich standen sie unter Violas Fenstern oder waren in ihren Salon geladen oder warteten lange auf sie im Wirtshaus. Sie machte ihnen beiden Hoffnungen und verlangte von ihnen um die Wette Beweise ihrer Hingabe, zu denen sie sich jedesmal bereit fanden: Schon waren sie gewillt, sie auch noch mit anderen zu teilen; und da sie sich nunmehr auf der abschüssigen Bahn der Konzessionen bewegten, gab es für sie kein Halten mehr; jeder war von dem Verlangen getrieben, Viola schließlich auf diese Weise zu rühren und die Erfüllung ihrer Verheißungen zu erlangen; beide fühlten sich durch ihr Solidaritätsversprechen an den Rivalen gebunden, und doch verzehrten sie Eifersucht und die Hoffnung, den anderen zu verdrängen, wozu noch die dunkle Empfindung der Erniedrigung hinzukam, in der sie sich beide versinken sahen.

Jedesmal, wenn Viola den Marineoffizieren ein neues Versprechen entrissen hatte, sprang sie aufs Pferd, um es Cosimo mitzuteilen.

»Hör zu, der Engländer ist jetzt bereit, dies und das zu tun... Und der Neapolitaner desgleichen...«, schrie sie ihm zu, sobald sie ihn zu Gesicht bekam, der finster auf seinem Baum hockte.

Cosimo antwortete nicht.

»Das nennt man absolute Liebe!« beharrte sie.

»Absoluter Kuhdreck seid ihr alle miteinander!« schrie Cosimo und verschwand.

Auf diese grausame Art und Weise liebten sie sich jetzt und konnten sich nicht davon befreien.

Das englische Admiralsschiff lichtete die Anker. »Ihr bleibt doch, nicht wahr?« fragte Viola Sir Osbert. Sir Osbert erschien nicht an Bord, er wurde für fahnenflüchtig erklärt. Aus Solidarität und um ihm nachzueifern, desertierte auch Don Salvatore!

»Beide sind desertiert«, verkündete Viola Cosimo triumphierend, »mir zuliebe! Und du...«

»Und ich?« brüllte Cosimo und blickte so wild drein, daß Viola kein Wort mehr sagte.

Sir Osbert und Salvatore di San Cataldo, Fahnenflüchtige der Flotten ihrer beiden Majestäten, verbrachten ihre Tage im Wirtshaus, wo sie blaß und aufgeregt Würfel spielten und sich bemühten, einander das ganze Geld abzunehmen; währenddessen war Violas Mißvergnügen mit sich selbst und ihrer ganzen Umgebung auf einem Höhepunkt angelangt.

Sie stieg auf ihr Pferd und ritt in den Wald. Cosimo befand sich auf einer Eiche. Sie hielt darunter, auf einer Wiese.

»Ich hab genug.«

»Von den beiden?«

»Von euch allen.«

»Ach!«

»Die beiden haben mir die größten Beweise ihrer Liebe gegeben...«

Cosimo spie aus.

»... doch genügt mir das nicht.«

Cosimo blickte sie an.

Und sie: »Du aber... glaubst du nicht, daß die Liebe absolute Hingabe ist, Selbstentsagung...?«

Dort war sie auf der Wiese, schöner denn je, und um die Kühle aufzutauen, die ihre Züge und die stolze Haltung ihrer ganzen Person ein klein wenig verhärtete, um sie wieder in die Arme schließen zu können – dafür hätte ein Nichts genügt... Cosimo hätte nur etwas zu sagen brauchen, irgendein entgegenkommendes Wort, etwa: »Sag mir doch, was ich tun soll, ich bin bereit...«, und schon wäre sein Glück zurückgekehrt, das Glück zu zweit, ohne Schatten. Statt dessen sagte er: »Liebe kann es nur geben, wenn einer mit allen Kräften er selbst ist.«

Viola machte eine ablehnende Geste, aus der zugleich Müdigkeit sprach. Und doch hätte sie ihn auch jetzt noch verstehen können, wie sie ihn in der Tat verstand. Die Worte schwebten ihr schon auf der Zunge: Du bist, wie ich dich haben will! – die Worte, die sie ihm hätte sagen sollen, um dann gleich wieder zu ihm hinaufzusteigen... Sie biß sich auf die Lippe. Sie sagte: »So mußt du eben allein du selbst sein!«

Aber dann hat das Selbstsein ja gar keinen Sinn! Ja, das war es, was Cosimo äußern wollte. Statt dessen sagte er: »Wenn du diese beiden Würmer vorziehst...«

»Ich erlaube dir nicht, meine Freunde zu mißachten!« schrie sie ihn an und dachte doch immer noch: Du allein bist wichtig für mich; alles, was ich tue, tue ich nur für dich!

»Mir allein kann man Mißachtung bezeigen...«

»Das ist deine persönliche Auffassung!«

»Mit ihr stehe und falle ich.«

»Dann lebe wohl! Ich reise noch heute abend. Du wirst mich nie wiedersehn.«

Sie eilte zur Villa, packte ihre Koffer, reiste ab, ohne den Leutnants auch nur ein Wort zu sagen. Sie hielt Wort. Nach Ombrosa kehrte sie nicht mehr zurück. Sie ging nach Frankreich, und die historischen Ereignisse kamen ihrem Entschluß zu Hilfe, als sie schon keinen anderen Wunsch mehr kannte, als heimzukehren. Die Revolution brach aus und dann der Krieg; die Marchesa war zunächst an der neuen Entwicklung der Dinge interessiert (sie gehörte zur Umgebung Lafayettes), emigrierte später nach Belgien und von dort nach England.

Während der langen Jahre der Napoleonischen Kriege träumte sie im Londoner Nebel von den Wäldern Ombrosas. Dann heiratete sie in zweiter Ehe einen Lord, der an der Ostindischen Handelsgesellschaft beteiligt war, und ließ sich in Kalkutta nieder. Von ihrer Terrasse aus blickte sie auf die Wälder, die Bäume, die noch seltsamer waren als die im Garten ihrer Kindheit, und jeden Augenblick glaubte sie, Cosimo zu sehen, wie er sich seinen Weg zwischen den Blättern bahnte. Es war jedoch nur der Schatten eines Affen oder eines Jaguars.

Sir Osbert Castlefight und Salvatore di San Cataldo blieben in Leben und Tod vereint und schlugen sich als Abenteurer durch. Sie wurden in den Spielhäusern Venedigs gesehen, später in der Göttinger Theologischen Fakultät und in Petersburg am Hofe Katharinas II.; von da an verlor sich ihre Spur.

Cosimo irrte lange in den Wäldern umher, zerlumpt, jede Speise verweigernd. Er weinte ganz laut wie ein Neugeborenes, und die Vögel, die früher beim Herannahen dieses unfehlbaren Jägers die Flucht ergriffen hatten, kamen jetzt dicht an ihn heran, umschwirrten ihn auf den Baumwipfeln oder flogen ihm auf den Kopf: Die Spatzen lärmten, die Stieglitze trillerten, die Turteltauben gurrten, die Drossel zirpte, Fink und Zaunkönig zwitscherten; aus den Baumhöhlen kamen Eichhörnchen, Hasel- und Feldmäuse hervor, um ihr Gequieke in den Chor zu mischen, und so bewegte sich mein Bruder inmitten dieser Klagewolke.

Dann kam die Zeit seiner Zerstörungswut. Bei den Bäumen begann er am Wipfel, riß ein Blatt nach dem anderen ab, ließ sie bald in winterlicher Kahlheit dastehen, auch wenn sie ihr Kleid nicht wechseln konnten. Dann kletterte er wieder in den Wipfel empor und zersplitterte alle Zweige, bis nur das starke Geäst zurückblieb, stieg nochmals hinauf und begann die Rinde mit einem Federmesser abzuschaben, so daß bei den geschundenen Bäumen das Weiße zum Vorschein kam, was ihnen ein fröstelndes und wundes Aussehen verlieh. Und in all diesem Ingrimm äußerte sich nicht mehr Groll gegen Viola, sondern nur der Zorn über sich selbst, weil er sie verloren hatte, weil er sie, statt sie an sich zu binden, durch seinen ungerechten und albernen Stolz verletzt hatte. Denn das sah er jetzt ein: Sie war ihm immer treu gewesen und hatte nur deshalb zwei andere Männer eingefangen, um zu verstehen zu geben, daß sie Cosimo allein für würdig hielt, ihr Geliebter zu sein; aus ihrem Unbefriedigtsein, ihren Zornesausbrüchen sprach nur das unersättliche Verlangen, ihrer beider Verliebtheit derart zu steigern, daß sie niemals den Höhepunkt erreichte, und er, er hatte das alles nicht begriffen und sie so lange in Harnisch gebracht, bis sie ihn verließ.

Einige Wochen blieb er im Walde, einsamer als je zuvor; nicht einmal Ottimo Massimo war bei ihm, denn Viola hatte ihn mit sich genommen. Als sich mein Bruder wieder in Ombrosa zeigte, war er verwandelt. Selbst ich mußte jetzt gestehen: Diesmal war Cosimo wahrhaftig närrisch geworden.

24

Daß Cosimo närrisch sei, hatte man in Ombrosa schon immer gesagt, seit er als Zwölfjähriger auf die Bäume gestiegen war und nicht mehr herunterkommen wollte. Aber wie das so geht, später hatten sich alle mit diesem seinem Wahnsinn abgefunden, und zwar nicht nur mit seiner fixen Idee, dort oben zu leben, sondern auch mit den verschiedenen Eigentümlichkeiten seines Charakters, so daß alle lediglich ein Original in ihm sahen. Später, in der Blütezeit seines Verhältnisses mit Viola, war es zu jenen Kundgebungen in unverständlichen Idiomen gekommen, insbesondere zu seinen Äußerungen während des Patronatsfestes, welche die meisten als blasphemisch empfanden, da sie seine Worte als einen häretischen Schlachtruf deuteten: vielleicht als ein auf karthagisch, der Sprache der Pelagianer, abgefaßtes Manifest oder als ein Bekenntnis zum Unitariertum in polnischer Version! Seit jener Zeit begann das Gerücht umzulaufen: »Der Baron ist verrückt geworden«, und die vernünftigen Leute fügten hinzu: »Wie kann einer verrückt werden, der schon immer närrisch gewesen ist?«

Während die Urteile so widerspruchsvoll ausfielen, hatte Cosimo wirklich den Verstand verloren. Wenn er sich früher von Kopf bis Fuß in Felle zu kleiden pflegte, so begann er sich jetzt den Kopf mit Federn zu schmücken, wie die Eingeborenen Amerikas, mit den Federn des Wiedehopfs oder des Grünspechts in ihren lebhaften Farben, und zwar trug er sie nicht nur auf dem Kopf, sondern verstreut auch auf seinen Kleidern. Schließlich fertigte er sich Fräcke, die ganz mit Federn bedeckt waren, und ahmte die Gewohnheiten verschiedener Vögel nach: So holte er wie der Sprecht Maden und Larven aus dem Stamm hervor und rühmte sie als große Kostbarkeiten.

Vor den Leuten, die sich unter den Bäumen versammelten,

um ihn anzuhören und zu verspotten, pflegte er auch Lobreden auf die Vögel zu halten: Aus einem Jäger der Gefiederten war er zu ihrem Fürsprecher geworden; er erklärte sich selbst zu Schwanzmeise oder Schleiereule oder zum Rotkehlchen, indem er sich entsprechend vermummte, und klagte die Menschen an, daß sie es nicht verstünden, in den Vögeln ihre wahren Freunde zu erkennen. Solche Reden waren übrigens in der Form von Parabeln Anklagen gegen die ganze menschliche Gesellschaft. Auch die Vögel hatten diesen Wandel seiner Anschauungen bemerkt; sie kamen nahe an ihn heran, selbst dann, wenn sich drunten Menschen befanden, um ihm zuzuhören. So konnte er seine Ausführungen am lebenden Beispiel erklären, das er auf den benachbarten Zweigen vorführte.

Wegen dieser seiner Gabe war unter den Jägern Ombrosas viel davon die Rede, ihn als Lockmittel zu benutzen, doch getraute sich keiner, auf die Vögel zu schießen, die sich in seiner Umgebung niederließen. Denn auch jetzt noch, trotz seiner verminderten geistigen Fähigkeiten, flößte der Baron Achtung ein; zwar wurde er gehänselt, und häufig fand sich ein Haufen Gassenbuben und Müßiggänger unter seinem Baume ein, die sich über ihn lustig machten, doch behandelte man ihn andererseits mit einer gewissen Ehrerbietung und lieh ihm stets ein aufmerksames Ohr.

Seine Bäume waren jetzt mit Manuskripten und auch mit Schildern geschmückt, auf denen Maximen Senecas und Shaftesburys zu lesen waren; daneben hingen die verschiedensten Gegenstände: Federbüsche, Kirchenkerzen, Hippen, Kränze, Korsetts, Pistolen, Waagen, die in einer bestimmten Reihenfolge aneinandergebunden waren. Die Einwohner Ombrosas verbrachten Stunden damit, um diese Bilderrätsel zu entschlüsseln: der Adel, der Papst, die Tugenden, der Krieg. Meiner Meinung nach hatten sie manchmal gar keinen Sinn, sondern sollten nur den Verstand schärfen und deutlich machen, daß Ideen selbst dann richtig sein können, wenn sie aus dem Rahmen des Üblichen herausfallen.

Cosimo verfaßte damals auch einige Schriften, wie zum Beispiel *Der Gesang der Amsel, Der Klopfspecht, Die Zwiesprache der Käuze,* die er öffentlich verteilte. Ja, er erlernte sogar in dieser Zeit seiner Umnachtung die Druckerkunst und begann flugblatt- oder zeitungsartige Schriften, darunter den »Elsterkurier«, zu drucken, die später unter dem Titel »Generalanzeiger der Zweifüßler« zusammengefaßt wurden.

Er hatte ein Brett, ein Gestell, eine Druckerpresse, einen Kasten mit Lettern, eine Korbflasche mit Druckerschwärze auf einen Nußbaum hinaufbefördert und verbrachte seine Zeit damit, den Text zu setzen und Abzüge herzustellen. Zuweilen schlichen sich Spinnen und Schmetterlinge zwischen Presse und Papier ein, und ihre Spuren erschienen dann im Druck; mitunter sprang eine Haselmaus auf das frisch mit Druckerschwärze bestrichene Blatt und verschmierte alles mit ihrem Schwanz; es kam auch vor, daß ein Eichhörnchen einen Buchstaben des Alphabets erhaschte und ihn in seine Höhle trug, da es ihn für etwas Eßbares hielt: So erging es dem Buchstaben Q, der wegen seines rundlichen und verschnörkelten Aussehens für eine Frucht gehalten wurde, so daß Cosimo manche seiner Artikel mit Cuando und Cuantunque statt mit Quando und Quantunque beginnen mußte.

Alles das war schön und gut, doch gewann ich den Eindruck, daß mein Bruder damals nicht nur völlig wahnsinnig geworden war, sondern zugleich allmählich verblödete – ein weit ernsterer und schmerzlicherer Vorgang; ist doch der Wahnsinn eine Naturkraft, die ihre guten und schlechten Seiten hat, während es sich bei der Verdummung um eine natürliche Schwäche ohne positiven Ausgleich handelt.

Im Winter schien sein Dasein wahrhaftig in Lethargie zu versinken. In einem wattierten Sack hing er an seinem Baumstamm und schaute nur mit dem Kopf heraus wie ein Nestling, und es war schon viel, wenn er in den wärmeren Stunden vier Sprünge machte, um die Erle über dem Bergbach Merdanzo zu erreichen, auf der er seine Notdurft verrichtete. Er hockte in seinem Sack, las ein wenig (wenn es finster war, zündete er ein Öllämpchen an) oder brummelte etwas in sich hinein oder trällerte ein Liedchen. Die meiste Zeit aber schlief er.

Für seine Ernährung hatte er durch gewisse geheimnisvolle Vorräte vorgesorgt, verschmähte aber auch nicht einen Teller mit Gemüsesuppe oder Ravioli, wenn eine brave Seele sie ihm auf einer Leiter hinaufbrachte. Bei den kleinen Leuten war nämlich der Aberglaube entstanden, es bringe Glück, wenn man dem Baron eine milde Gabe anbiete – ein Zeichen dafür, daß er entweder gefürchtet oder beliebt war; meiner Meinung nach war das letztere der Fall. Die Tatsache nun, daß der Erbe des freiherrlichen Titels di Rondò von öffentlichen Almosen zu leben begann, erschien mir unziemlich; vor allem mußte ich daran denken, was wohl unser Vater dazu gesagt hätte. Ich selbst hatte mir bis dahin nichts vorzuwerfen gehabt, denn mein Bruder hatte stets alle familiären Annehmlichkeiten von sich gewiesen und mir eine Urkunde ausgestellt, auf Grund deren ich, von der Zahlung einer kleinen Leibrente – die er fast ausschließlich für Bücher verwandte – abgesehen, aller Verpflichtungen ledig war. Jetzt aber, da ich sah, daß er nicht in der Lage war, sich selbst zu ernähren, machte ich den Versuch, einen unserer Lakaien in Livree und mit weißer Perücke auf einer Gartenleiter zu ihm zu entsenden, damit er ihm ein Viertel Truthahn und ein Glas Burgunder auf einem Tablett brächte. Ich glaubte, er würde aus irgendwelchen mysteriösen grundsätzlichen Erwägungen ablehnen; statt dessen nahm er es sofort bereitwillig an, und seitdem schickten wir ihm jedesmal, wenn wir daran dachten, eine Portion unserer Mahlzeiten auf den Baum hinauf.

Kurzum, er machte eine Zeit argen Verfalls durch. Glücklicherweise kam es dann zu der Invasion der Wölfe, bei der Cosimo wiederum seine besten Fähigkeiten unter Beweis stellte. Es war ein eiskalter Winter, sogar in unseren Wäldern lag Schnee. Rudel von Wölfen, die der Hunger aus den Alpen vertrieben hatte, fielen in unser Gebiet ein. Ein Holzfäller sah sie zuerst und brachte voller Entsetzen die Nachricht. Die Ombrosaner, die in den Zeiten der Brandwache gelernt hatten, sich zusammenzutun, wenn Gefahr im Verzuge war, entschlossen sich, einen Wachdienst rings um die Stadt einzurichten, um die Annäherung der hungernden Bestien zu verhindern. Doch getraute sich niemand, vor allem nachts, die bewohnten Gegenden zu verlassen.

»Leider ist der Baron nicht mehr der, der er früher war«, pflegte man in Ombrosa zu sagen.

Der schlimme Winter war für Cosimos Gesundheit nicht ohne Folgen geblieben. Eingemummelt baumelte er in seinem Sack wie eine Seidenraupe in ihrem Kokon, mit tropfender Nase und stumpfem, verschwollenem Gesicht. Als der Alarm wegen der Wölfe gegeben war, sagten die Leute, die dort unten vorübergingen, zu ihm: »Ach, Baron, früher hättest du auf deinen Bäumen für uns Wache gehalten, jetzt aber müssen wir für dich sorgen!«

Er hielt weiter die Augen halb geschlossen, als hätte er solche Äußerungen nicht verstanden oder als wären sie ihm gleichgültig. Auf einmal aber hob er den Kopf, schnaufte auf und sagte mit heiserer Stimme: »Die Schafe. Für die Jagd auf die Wölfe. Die Schafe müssen auf die Bäume. Angebunden.«

Schon liefen dort unten die Menschen zusammen, um zu hören, was für närrisches Zeug er von sich geben würde, und ihn dann zu verspotten. Statt dessen erhob er sich prustend und spuckend aus seinem Sack, sagte: »Ich zeige euch, wo« und machte sich über die Zweige auf den Weg.

Er verlangte, daß sie an sorgfältig ausgewählten Stellen Schafe oder Lämmer auf einige zwischen Wald und Acker gelegene Nußbäume und Eichen beförderten. Die zappelnden und blökenden Tiere band er dann an den Ästen fest, so daß sie nicht hinunterfallen konnten. Auf jedem dieser Bäume versteckte er eine mit einer Kugel geladene Flinte. Er selbst vermummte sich als Schaf: Kapuze, Joppe, Hosen – alles war aus lockigem Schaffell. Dann legte er sich nachts auf einem der Bäume auf die Lauer. Alle hielten das für eine seiner größten Torheiten.

Doch dann erschienen in jener Nacht die Wölfe. Sie hatten die Schafe gewittert, ihr Blöken gehört, und als sie sie dort droben gewahr wurden, machte das ganze Rudel am Fuße des Baumes halt, worauf alle heulend ihre hungrigen Mäuler aufsperrten und ihre Pfoten gegen den Stamm stemmten. In diesem Augenblick näherte sich ihnen Cosimo mit großen Sprüngen auf den Zweigen, und als die Wölfe dieses Mittelding zwischen Schaf und Mensch erblickten, das dort droben wie ein Vogel einherhüpfte, blieben sie wie gebannt mit offenem Maule stehen. Bis es knallte und zweien eine gut gezielte Kugel in den Hals fuhr. Es waren zwei Schüsse; denn ein Gewehr führte Cosimo bei sich (und lud es jedesmal wieder neu), und ein anderes stand geladen auf jedem Baume bereit; so blieben jedesmal zwei Wölfe auf dem vereisten Boden liegen. Auf diese Weise brachte er eine große Anzahl zur Strecke, und bei jedem Schuß ergriff das Rudel ziellos die Flucht; dann liefen die Jäger dorthin, wo sie Geheul und Schüsse hörten, um den Rest zu besorgen.

Von dieser Wolfsjagd pflegte Cosimo später einzelne Episoden in vielen Varianten zu erzählen, und ich könnte nicht sagen, welche der Wahrheit entsprach. Zum Beispiel berichtete er: »Der Kampf war in vollem Gange, als ich mich auf den Baum mit dem letzten Schaf zubewegte; dort fand ich drei Wölfe vor, denen es gelungen war, auf die Äste zu klettern, wo sie dem Schaf den Garaus machten. Da ich durch den Schnupfen halb blind und betäubt war, berührte ich die Wölfe fast an der Schnauze, ohne es zu bemerken. Und als die Wölfe dieses neue Schaf erblickten, das auf den Ästen spazierte, wandten sie sich ihm zu und öffneten ihre Mäuler, die noch rot von Blut waren. Meine Flinte war nicht geladen, denn nach dieser

Schießerei hatte ich keine Munition mehr; und das auf diesem Baume vorbereitete Gewehr konnte ich nicht erreichen, da sich dort die Wölfe befanden. Ich war auf einem etwas schwachen Nebenzweig, hatte aber einen stärkeren Ast in Reichweite. Ich begann auf meinem Zweig zurückzukriechen und entfernte mich so allmählich vom Stamm. Ein Wolf folgte mir langsam. Ich klammerte mich indessen mit den Händen an den obersten Ast und erweckte nur den Anschein, als hätte ich mich auf dem schwachen Zweig bewegt; in Wahrheit hielt ich mich oben fest. Der Wolf ließ sich täuschen und ging getrost weiter, bis der Zweig unter ihm durchbrach, während ich mich auf den höheren Ast emporschwang. Er hingegen stürzte mit kaum vernehmbarem Hundegekläff, brach sich alle Knochen beim Anprall auf den Boden und blieb dort steif liegen.«

»Und die anderen beiden Wölfe?«

»... Die anderen beiden musterten mich, ohne sich zu regen. Da zog ich mir ganz plötzlich Jacke und Kapuze aus Schaffell aus und warf sie ihnen zu. Als der eine der Wölfe sah, daß etwas Weißes, Lammartiges auf ihn zuflog, suchte er es mit den Zähnen zu packen, da er aber auf ein großes Gewicht gefaßt gewesen war und es sich statt dessen nur um einen leeren Balg handelte, verlor er das Gleichgewicht, so daß auch er sich schließlich Pfoten und Hals beim Fall auf den Boden brach.«

»Einer bleibt noch übrig...«

»Einer war noch übrig; weil ich aber plötzlich dünner gekleidet war – ich hatte ja die Jacke fortgeworfen –, bekam ich einen jener Niesanfälle, die den Himmel erbeben ließen. Durch diesen plötzlichen und unerwarteten Ausbruch wurde der Wolf so verwirrt, daß auch er vom Baum fiel und sich wie die anderen den Hals brach.«

So pflegte mein Bruder von seiner Kampfnacht zu berichten. Jedenfalls steht fest, daß ihm die Erkältung, die er sich in seinem schon kränkelnden Zustand geholt hatte, fast zum Verhängnis wurde. Ein paar Tage lang schwebte er zwischen

Leben und Tod und wurde zum Zeichen der Dankbarkeit auf Kosten der Gemeinde Ombrosa gepflegt. Er lag in einer Hängematte und war von Doktoren umringt, die ständig auf Leitern hinauf- und hinunterstiegen. Die besten Ärzte der Gegend wurden hinzugezogen: Einer verabreichte ihm Klistiere, ein zweiter ließ ihn zur Ader, ein dritter behandelte ihn mit Senfpflastern, ein vierter mit warmen Umschlägen. Niemand sprach mehr vom Baron di Rondò als von einem Verrückten, sondern alle nannten ihn einen der größten Geister und Phänomene des Jahrhunderts.

Dabei blieb es, solange er krank war. Nach seiner Genesung bemerkten die einen wieder, er sei jetzt so weise wie früher, und die anderen, er sei genauso verrückt wie eh und je. Auf jeden Fall benahm er sich nicht mehr so absonderlich. Er druckte weiter ein Wochenblatt, das er nicht mehr *Generalanzeiger der Zweifüßler,* sondern *Das vernünftige Wirbeltier* nannte.

25

Ich weiß nicht, wann bereits eine Freimaurerloge in Ombrosa gegründet wurde: Viel später, nach dem ersten Napoleonischen Feldzug, wurde ich gleichzeitig mit einem großen Teil des wohlhabenden Bürgertums und mit dem niederen Adel unserer Gegend in die Freimaurerei eingeweiht, und ich kann daher über die ersten Beziehungen zwischen meinem Bruder und der Loge nichts berichten. In diesem Zusammenhang möchte ich eine Episode erwähnen, die sich etwa in der Zeit abspielte, von der ich jetzt erzähle, und die durch verschiedene Zeugnisse verbürgt ist.

Eines Tages trafen in Ombrosa zwei Spanier ein, die sich auf der Durchreise befanden. Sie begaben sich ins Haus eines gewissen Bartolomeo Cavagna, eines Konditors, der als Freimaurer bekannt war. Offenbar hatten sie sich als Brüder der Madrider Loge ausgewiesen, so daß er sie am Abend zu einer Sitzung der Ombrosaner Freimaurer mitnahm, die sich damals bei Kerzen- und Fackelschein auf einer Waldlichtung zu versammeln pflegten. Über alle diese Vorgänge gibt es nur Gerüchte und Mutmaßungen; es steht lediglich fest, daß Cosimo di Rondò am nächsten Morgen, sobald die beiden Spanier ihr Wirtshaus verlassen hatten, ihnen folgte und sie unbemerkt von den Baumwipfeln aus überwachte.

Die beiden Reisenden betraten den Hof einer außerhalb der Stadt gelegenen Schenke. Cosimo postierte sich auf einer Glyzinie. An einem Tisch saß ein Gast, der die beiden erwartete; man sah sein Gesicht nicht, das durch einen breitkrempigen schwarzen Hut überschattet wurde. Die drei Köpfe, oder vielmehr die drei Hüte, besprachen sich über dem weißen Viereck der Tischdecke; und nachdem sie eine Weile geplaudert hatten, begannen die Hände des Unbekannten etwas auf einen schmalen Zettel zu schreiben, was ihm die beiden anderen diktierten; der Reihenfolge nach zu schließen, in der er die Worte untereinander setzte, handelte es sich um ein Namenverzeichnis.

»Guten Tag, meine Herren!« sagte Cosimo. Die drei Hüte fuhren in die Höhe und gaben drei Gesichter frei, deren Augen den Mann auf der Glyzinie anstarrten. Einer der drei – der mit der breiten Krempe – bückte sich aber sofort wieder, und zwar so sehr, daß er den Tisch mit der Nasenspitze berührte. Mein Bruder konnte gerade noch eine Physiognomie erkennen, die ihm bekannt vorkam.

»Buenas dias a usted!« sagten die beiden. »Aber ist es hier üblich, daß man sich Fremden vorstellt, indem man wie eine Taube vom Himmel fällt? Hoffentlich kommen Sie gleich herunter, um uns das zu erklären!«

»Wer in der Höhe lebt, ist überall gut zu sehen«, sagte der Baron, »während es Leute gibt, die auf dem Boden kriechen, um ihr Gesicht zu verstecken.«

»Sie müssen wissen, Señor, daß niemand von uns verpflichtet ist, Ihnen sein Gesicht zu zeigen, genausowenig wie er Ihnen seinen Hintern zu zeigen braucht.«

»Ich weiß, daß es für manche Leute Ehrensache ist, ihr Gesicht verborgen zu halten.«

»Für wen, mit Verlaub?«

»Für Spione zum Beispiel!«

Die beiden Kumpane zuckten zusammen. Der Gebückte rührte sich nicht, aber zum erstenmal hörte man seine Stimme. »Oder, um ein anderes Beispiel zu nennen, die Mitglieder der Geheimbünde...«, skandierte er langsam.

Dieser Einwurf ließ verschiedene Deutungen zu. Cosimo dachte es im stillen, um es sodann laut auszusprechen: »Ihre Antwort, mein Herr, läßt sich auf verschiedene Weise auslegen. Sie sagen ›Mitglieder von Geheimbünden‹ und insinuieren damit, daß ich dazugehöre – oder insinuieren, wir beide oder keiner von uns oder dritte gehören dazu, oder ist es vielleicht in jedem Fall eine Antwort, die begreiflich machen könnte, was ich hinterher sage?«

»Como, como, como?« sagte der Mann mit dem breitkrempigen Hut verwirrt; in dieser Verwirrung vergaß er, daß er den Kopf geneigt halten mußte, und erhob sich, um Cosimo in die Augen zu blicken. Cosimo erkannte ihn wieder: Es war Don Sulpicio, der Jesuit, sein Feind aus den Zeiten in Olivabassa!

»Aha! Ich hatte mich nicht getäuscht! Herunter mit der Maske, hochwürdiger Vater!« rief der Baron aus.

»Sie sind es! Das hatte ich mir doch gedacht!« sagte der Spanier, zog den Hut und verneigte sich, wobei er sein Habit sehen ließ: »Don Sulpicio de Guadalete, Superior de la Compañia de Jesùs.«

»Cosimo di Rondò, Freimaurer und Logenbruder.«

Auch die beiden anderen Spanier stellten sich mit einer kurzen Verbeugung vor.

»Don Calisto!«

»Don Fulgenico!«

»Sind die Herren ebenfalls Jesuiten?«

»Nos tambien!«

»Aber ist nicht Ihr Orden kürzlich auf Befehl des Papstes aufgelöst worden?«

»Nicht um den Freigeistern und Ketzern Ihres Schlages eine Atempause zu geben«, sagte Don Sulpicio und entblößte seinen Degen.

Sie waren spanische Jesuiten, die nach der Auflösung des Ordens im Lande umherzogen und überall zur Bekämpfung der neuen Ideen und des Deismus eine Miliz zu gründen suchten. Auch Cosimo hatte seinen Degen gezogen. Ringsum waren Leute zusammengeströmt.

»Haben Sie die Güte herunterzukommen, wenn Sie sich caballerosamente schlagen wollen«, sagte der Spanier.

In einiger Entfernung lag ein Nußbaumwäldchen. Es war die Zeit, da die Nüsse geschlagen wurden; daher hatten die Bauern Tücher zwischen den Bäumen ausgespannt, um die abgeschüttelten Nüsse aufzufangen.

Cosimo eilte auf einen Nußbaum zu, sprang auf das Tuch

und hielt sich aufrecht, indem er die Füße, die auf dieser Art Hängematte abzurutschen drohten, fest in die Leinwand stemmte.

»Steigen Sie zwei Spannen hoch, Don Sulpicio, denn ich bin schon weiter als üblich hinabgestiegen!«, und damit zückte auch er den Degen.

Der Spanier sprang ebenfalls auf das gespannte Tuch. Man konnte sich nur mit Mühe aufrecht halten, da das Laken die Neigung hatte, sich sackförmig um ihre Körper zusammenzuschließen, aber die beiden Kämpen waren so erbittert, daß es ihnen gelang, die Degen zu kreuzen.

»Ad majorem Dei gloriam!«

»Zum Ruhme des großen Baumeisters des Universums!«

Dann begannen sie zu fechten.

»Sagen Sie mir, was aus der Señorita Ursula geworden ist, bevor ich Ihnen diesen Degen zwischen die Rippen stoße!« sagte Cosimo.

»Sie ist im Kloster gestorben.«

Cosimo wurde durch diese Nachricht verwirrt (die jedoch meiner Meinung nach absichtlich erfunden war), und der frühere Jesuit nutzte seine Bestürzung zu einem heimtückischen Stoß. Mit einem weit ausholenden Hieb erreichte er einen der an die Äste des Nußbaums geknüpften Zipfel, der das Tuch auf Cosimos Seite festhielt, und trennte es mittendurch. Cosimo wäre unweigerlich gestürzt, hätte er sich nicht flugs auf Don Sulpicios Seite geworfen und sich am Tuch festgeklammert. Bei diesem Sprung durchbrach sein Degen die Abwehr des Spaniers und bohrte sich ihm in den Leib.

Don Sulpicio ließ sich fallen, rollte auf der Seite des Tuches hinunter, wo er den Zipfel abgetrennt hatte, und stürzte zu Boden. Cosimo schwang sich auf den Nußbaum. Die anderen beiden früheren Jesuiten hoben den Leib ihres verwundeten oder getöteten Gefährten auf (über dessen Schicksal war nie Genaues zu erfahren), suchten das Weite und ließen sich nie mehr blicken.

Die Zuschauer drängten sich rings um das blutige Laken. Von jenem Tage an stand mein Bruder allgemein im Ruf eines Freimaurers.

Infolge des Logengeheimnisses konnte ich weitere Einzelheiten nicht in Erfahrung bringen. Als ich, wie bereits erwähnt, selbst Freimaurer wurde, sprach man mir von Cosimo als von einem früheren Bruder, dessen Beziehungen zur Loge nicht völlig geklärt seien; einer meinte, diese Beziehungen »ruhten«, ein zweiter nannte ihn einen zu einer anderen Loge übergegangenen Häretiker, ein dritter bezeichnete ihn geradezu als Abtrünnigen; stets aber gedachte man seiner früheren Betätigung mit großer Hochachtung. Ich halte es nicht einmal für ausgeschlossen, daß er jener legendäre Meister »Mauerspecht« gewesen ist, dem man die Gründung des »Orients von Ombrosa« zuschreibt, zumal die Schilderung der ersten Riten, die dort anscheinend abgehalten wurden, seinen Einfluß erkennen läßt. Es sei nur erwähnt, daß den Neophyten die Augen verbunden wurden, worauf sie einen Baum erklimmen mußten; von dort ließ man sie an Seilen schwebend wieder hinunter.

Verbürgt ist jedenfalls, daß bei uns die ersten Zusammenkünfte der Freimaurer nachts mitten im Walde stattfanden. Cosimos Anwesenheit wäre daher mehr als gerechtfertigt gewesen, gleichviel, ob nun er selbst dort die Loge gründete, nachdem er von seinen ausländischen Korrespondenten die Schriften mit den freimauerischen Satzungen empfangen hatte, oder ob ein Dritter, vermutlich nach vorheriger Ausbildung in Frankreich oder in England, die Riten in Ombrosa einführte. Es ist auch möglich, daß die Freimaurerei schon geraume Zeit bestanden hatte, ohne daß Cosimo davon wußte, und daß er eines Nachts auf einem Gang durch den Wald in einer Lichtung eine Versammlung mit seltsamen Gewändern und Geräten entdeckte, die dort im Scheine von Kandelabern beriet; daß er oben auf seinem Baume innehielt, um zunächst zuzuhören und dann einzugreifen, indem er mit einer seiner verblüffenden Bemerkungen, wie beispielsweise: »Baust du eine Mauer, so denke an das, was draußen bleibt!« – ein Satz, den ich öfter von ihm hörte –, oder mit einer anderen seiner Sentenzen Verwirrung stiftete, und daß ihn daraufhin die Freimaurer, beeindruckt von seiner großen Gelehrsamkeit, in die Loge aufnahmen und mit besonderen Aufgaben betrauten, während er seinerseits zahlreiche neue Riten und Symbole beisteuerte.

Die Loge unter freiem Himmel (ich wähle diese Bezeichnung, um sie von der Loge zu unterscheiden, die später in geschlossenen Räumen tagte) hatte jedenfalls in jener Zeit, als mein Bruder mit ihr zu tun hatte, eine weit reichhaltigere Symbolik, zu der Eulen, Fernrohre, Tannenzapfen, Wasserpumpen, cartesianische Teufelchen, Spinngewebe, pythagoreische Tafeln gehörten. Auch Schädel spielten eine gewisse Rolle, aber nicht nur menschliche, sondern auch Kuh-, Wolfs- und Adlerschädel. Solche Gegenstände und noch andere, darunter die Maurerkellen, Winkelmaße und Kompasse des üblichen Freimaurerritus, sah man damals in sonderbaren Anordnungen an Zweigen hängen, was meist auf den Wahnsinn des Barons zurückgeführt wurde. Nur wenige Betrachter gaben zu verstehen, daß diesen Bilderrätseln jetzt eine ernsthaftere Bedeutung zukomme, doch konnte man im übrigen zwischen den früheren und späteren Zeichen nie einen genauen Unterschied feststellen, auch erschien es nicht ausgeschlossen, daß es sich von Anfang an um esoterische Sinnbilder irgendeines Geheimbundes gehandelt hatte.

Denn Cosimo unterhielt schon lange vor seiner Freimaurerzeit Beziehungen zu mehreren Gilden und Zünften, darunter der Schuhmacherzunft von Sankt Crispin sowie den Gilden der »Tugendsamen Böttcher«, der »Gerechten Waffenschmiede« und der »Ehrbaren Hutmacher«. Da er sich alle Dinge, die er brauchte, selbst herstellte, beherrschte er die verschiedensten Künste und durfte sich seiner Mitgliedschaft in vielen

Vereinigungen rühmen; diese waren ihrerseits stolz darauf, einen Adligen, der solche bizarren Einfälle hatte und erwiesenermaßen uneigennützig war, in ihrer Mitte zu haben.

Wie sich nun diese Leidenschaft, die Cosimo stets für Zusammenschlüsse und Vereine zeigte, mit seiner ständigen Flucht vor dem bürgerlichen Zusammenleben vertrug, habe ich nie recht verstanden; es bleibt das keine geringe Eigentümlichkeit seines Charakters. Es sah fast so aus, als hätte er, je mehr er entschlossen war, sich auf seine Bäume zurückzuziehen, um so stärker das Bedürfnis verspürt, neue Beziehungen zur Menschheit herzustellen. Aber mochte er sich auch mit Leib und Seele für die Bildung einer neuen Vereinigung einsetzen, indem er bis ins einzelne ihre Satzung, ihre Ziele, die Auswahl der fähigsten Personen für jedes Amt festlegte, so wußten seine Genossen doch nie, wieweit sie auf ihn zählen, wo sie ihn finden konnten und wann statt dessen seine Vogelnatur plötzlich wieder von ihm Besitz ergreifen würde, so daß er sich nicht mehr einfangen ließ. Will man diese einander widersprechenden Haltungen wirklich auf einen Nenner bringen, so muß man bedenken, daß er auch ein Feind jeder Form menschlichen Zusammenlebens war, wie sie für seine Zeit Gültigkeit besaß, und sich hartnäckig bestrebt zeigte, neue Formen dieser Art zu erproben. Keine davon hielt er jedoch für gerecht und für hinreichend von den bestehenden unterschieden; daraus erklärt es sich, daß ihn in gewissen Abständen eine unbedingte Menschenscheu immer wieder überkam.

Was ihm vorschwebte, war die Idee einer universalen Gesellschaftsordnung. Und da es ihm jedesmal, wenn er Menschen zusammenbrachte (sei es für genau bestimmte Aufgaben wie den Feuerschutz oder die Abwehr der Wölfe, sei es in Berufsgenossenschaften wie den »Vollkommenen Scherenschleifern« oder den »Erleuchteten Lohgerbern«) – da es ihm jedesmal gelang, sie nachts im Walde rings um einen Baum zu versammeln, von wo er ihnen Reden hielt, hatten diese Unternehmungen immer etwas von einer Verschwörung, von Sektierertum und Ketzerei an sich, und in solch einer Atmosphäre konnte man leicht vom Besonderen zum Allgemeinen übergehen und bei der Erörterung bloßer Handwerksregeln mühelos auf die geplante Errichtung einer Weltrepublik der Gleichen, Freien und Gerechten zu sprechen kommen.

In der Freimaurerei wiederholte also Cosimo lediglich, was er bereits in anderen geheimen oder halbgeheimen Vereinigungen, deren Mitglied er gewesen war, durchgeführt hatte. Und als ein gewisser Lord Liverpool, den die Londoner Großloge zum Besuche der Mitbrüder auf dem Kontinent entsandt hatte, in Ombrosa eintraf, während mein Bruder Meister war, nahm er solchen Anstoß an seiner mangelnden Rechtgläubigkeit, daß er nach London schrieb, in Ombrosa handle es sich offenbar um eine neue Freimaurerei des schottischen Ritus, die von den Stuarts bezahlt werde, damit sie gegen den Thron des Hauses Hannover und für die jakobitische Restauration arbeite.

Hernach kam es zu dem Vorgang, von dem ich bereits berichtet habe: daß sich zwei spanische Reisende bei Bartolomeo Cavagna als Freimaurer ausgaben. Als Gäste einer Versammlung der Loge fanden sie alles völlig normal, ja erklärten, alles sei genauso wie im Madrider Orient. Eben hierdurch schöpfte Cosimo Verdacht, der genau wußte, wie viele Bestandteile des Rituals seine eigene Erfindung waren: So begann er denn, den Spionen nachzuspüren, bis er sie entlarvte und über seinen alten Feind Don Sulpicio den Sieg davontrug.

Ich bin im übrigen der Auffassung, daß diese Veränderungen des Ritus einem persönlichen Bedürfnis meines Bruders entsprachen, denn von jedem anderen Gewerbe hätte er mit gutem Grunde die Wahrzeichen übernehmen können, nicht aber vom Maurerhandwerk; war es ihm doch niemals in den Sinn gekommen, Behausungen aus Mauerwerk zu bauen oder zu bewohnen.

26

Ombrosa war auch ein Rebenland. Ich habe das bisher nicht erwähnt, da ich mich, wenn ich Cosimo begleitete, stets an die Baumwelt halten mußte. Es gab jedoch weite Rebenhänge, und im August schwollen die rötlichen Beeren unter den Weinblättern zu Trauben, die einen dickflüssigen und schon weinfarbenen Saft enthielten. Manche Weinberge bestanden aus Laubengängen; ich komme darauf auch deshalb zu sprechen, weil Cosimo im Alter so klein und leicht geworden war und das schwerelose Gehen so gut beherrschte, daß die Querstangen der Laubengänge ihn trugen. Er konnte sich daher auf den Weinbergen entweder auf diese Weise oder derart fortbewegen, daß er sich mit den umliegenden Obstbäumen behalf; indem er sich an den sie stützenden Pfählen festhielt, konnte er viele Arbeiten verrichten: etwa im Winter die Reben beschneiden, wenn sie sich nur als kahle Schnörkel um den Eisendraht winden, oder das allzu dichte sommerliche Laub lichten oder Insekten suchen und dann im September an der Weinlese teilnehmen.

Zur Weinlese kam tagsüber die ganze Ombrosaner Bevölkerung in die Weinberge, und zwischen dem Grün der Rebenreihen sah man dann nur bunte Röcke und mit Troddeln besetzte Mützen. Die Maultiertreiber luden volle Körbe auf die Saumsättel und leerten sie in die Kufen; weitere Körbe holten sich die verschiedenen Steuereinnehmer, die unter Bedeckung von Sbirren erschienen, um die Abgaben an die örtlichen Adelsfamilien, die Republik Genua, den Klerus und sonstige Zehnten zu überwachen. Alljährlich kam es dabei zu Streitigkeiten.

Die Fragen, die sich aus der Verteilung der Ernte nach rechts und nach links ergaben, bildeten auch den Anlaß zu den ernsthaften Protesten in den sogenannten Beschwerdeheften nach Ausbruch der Französischen Revolution. Solche Hefte wurden damals auch in Ombrosa geführt, und zwar lediglich, um Beweise beizubringen, auch wenn sie völlig nutzlos waren. Es war das einer von Cosimos Einfällen gewesen, der in jener Zeit nicht mehr zu den Versammlungen der Loge zu gehen brauchte, um sich dort mit Hohlköpfen herumzustreiten. Er stand auf den Bäumen des Marktplatzes, und rings um ihn sammelten sich Landvolk und Seeleute, um sich die neuesten Nachrichten erklären zu lassen; empfing er doch die Zeitungen durch die Post und hatte überdies Freunde, die ihm schrieben, darunter den Astronomen Bailly, der darauf zum Maire von Paris ernannt wurde, und andere Jakobiner. Jeden Augenblick gab es etwas Neues: Necker und das Ballhaus und die Bastille und Lafayette auf seinem Schimmel und Ludwig XVI., der sich als Lakai verkleidet hatte. Cosimo berichtete das alles und erläuterte es, indem er von einem Ast auf den anderen hüpfte. Auf dem einen Ast imitierte er Mirabeau auf der Tribüne, auf einem anderen Marat vor den Jakobinern und auf einem dritten wiederum Ludwig XVI. in Versailles, der sich die rote Mütze aufsetzte, um die aus Paris zu Fuß herbeigeeilten Hausfrauen in Schach zu halten.

Um klarzumachen, worum es sich bei den »Beschwerdeheften« handelte, sagte Cosimo: »Versuchen wir einmal, eins zusammenzustellen!« Er nahm ein Schulheft und befestigte es mit einer Schnur am Baum; jeder trat dann heran und verzeichnete die Dinge, die nicht in Ordnung waren. Dabei kamen die verschiedensten Beanstandungen zusammen: Die Fischer führten Klage über den Fischpreis, die Winzer über die Zehnten, die Hirten über die Gemarkungen der Weiden, die Holzfäller über die Staatswälder, und dann stellten sich alle ein, deren Verwandte im Gefängnis saßen oder die wegen irgendeines Vergehens bestraft worden waren, schließlich diejenigen, die mit Edelleuten irgendwelche Weiberhändel hatten – es wollte kein Ende nehmen. Cosimo überlegte sich, daß selbst ein »Beschwerdeheft« nicht so trübsinnig sein dürfe; er kam daher auf den Gedanken, alle zu bitten, das niederzuschreiben, was ihnen die größte Freude machen würde. Und wiederum brachte ein jeder seine Anliegen vor, diesmal in positiver Hinsicht: Da schrieb einer wegen des Kuchens, ein anderer wegen der Gemüsesuppe; einer sehnte sich nach einer Blonden, ein anderer nach zwei Brünetten, einer hätte am liebsten den ganzen Tag geschlafen, ein anderer wollte das ganze Jahr Pilze sammeln; einer wünschte sich einen Wagen mit vier Pferden, ein anderer hätte sich mit einer Ziege begnügt, einer hätte gern seine verstorbene Mutter wiedergesehen, wieder ein anderer wollte mit den Göttern im Olymp zusammentreffen – kurzum, alles, was es an Gutem in der Welt gibt, wurde in diesem Hefte niedergeschrieben oder durch eine Zeichnung dargestellt, denn viele konnten nicht schreiben, oder sogar mit Farben hingemalt. Auch Cosimo trug sich ein; er schrieb einen Namen: Viola. Den Namen, den er seit Jahren überall hinschrieb.

So kam ein schönes Heft zustande, und Cosimo nannte es »Das Heft der Beschwerden und der Zufriedenheit«. Als es jedoch vollgeschrieben war, fand sich keine Versammlung, der man es hätte schicken können; daher blieb es dort, mit einer Schnur befestigt, am Baume hängen, und wenn es regnete, begann es zu faulen, und vieles wurde ausgelöscht. Dieser Anblick schnitt den Ombrosanern ins Herz wegen des gegenwärtigen Elends und erweckte in ihnen aufsässige Gefühle.

So waren also auch bei uns alle Ursachen der Französischen Revolution vorhanden. Nur daß wir uns nicht in Frankreich befanden und daß es keine Revolution gab. Wir lebten in einem Lande, in dem immer nur die Ursachen zutage treten und nicht die Wirkungen.

Jedoch durchlebten auch wir in Ombrosa bewegte Zeiten. Zwei Schritt von uns entfernt zog die republikanische Armee in den Krieg gegen die Österreicher und die Sardinier. Massena stand bei Collardente, Laharpe auf dem Nervia, Muret an der Küste, zusammen mit Napoleon, der damals erst General der Artillerie war, so daß jener Geschützdonner, den man in

Ombrosa hören konnte, je nachdem wie der Wind stand, auf ihn zurückging.

Im September rüstete man zur Weinlese. Und es sah so aus, als rüstete man zu etwas Geheimnisvollem und Furchtbarem.

Von Tür zu Tür raunte man sich zu: »Die Trauben sind reif!«

»Sie sind reif! Jaja!«

»Nicht nur reif! Jetzt geht die Lese an!«

»Und die Kelter!«

»Wir sind alle dabei! Wo gehst du hin?«

»Zum Grafen Pigna.«

»Ich zum Weinberg der Mühle.«

»Hast du gesehen, wie viele Sbirren da sind? Als wären's Amseln, die einfallen, um die Trauben wegzupicken.«

»Aber dieses Jahr picken sie nichts weg!«

»Mag es noch so viele Amseln geben; wir sind hier alle Jäger!«

»Es gibt aber manche, die sich nicht blicken lassen. Einige machen sich aus dem Staube.«

»Wie kommt es nur, daß die Weinlese dieses Jahr so vielen Leuten nicht gefällt?«

»Bei uns sollte sie verschoben werden. Aber jetzt ist die Traube reif!«

»Ja, sie ist reif.«

Am nächsten Tage begann indessen die Weinlese unter völligem Schweigen. Die Weinberge waren voller Menschen, welche die Reihen zwischen den Reben ausfüllten, doch kam kein Gesang zustande. Vereinzelte Rufe waren zu hören; man schrie: »Seid ihr auch da? Die Trauben sind reif!« Gruppen rückten vor, es lag etwas Dumpfes in der Luft; vielleicht rührte das auch vom Himmel her, der nicht völlig bedeckt, aber etwas drückend war, und wenn einer ein Lied anstimmte, so blieb er sogleich mittendrin stecken, da die anderen nicht mittaten.

Die Maultiertreiber trugen die mit Trauben gefüllten Körbe zu den Kufen. Früher pflegte man den Adelsfamilien, dem Bischof, der Regierung ihre Anteile zuzumessen; diesmal geschah es nicht, anscheinend hatte man es vergessen. Die Steuereinnehmer, die erschienen waren, um die Zehnten einzutreiben, wurden unruhig; sie wußten nicht, wo sie zupakken sollten. Die Zeit verstrich, aber es geschah nichts, und doch spürte man immer stärker, daß etwas zu geschehen hatte; auch die Sbirren sahen ein, daß sie sich rühren mußten, aber sie wußten immer weniger, was zu tun war.

Cosimo hatte begonnen, mit seinen Katzenschritten auf den Laubengängen umherzuwandern. Er hielt eine Schere in der Hand und schnitt hie und da eine Traube ab, ohne eine bestimmte Ordnung einzuhalten; dann reichte er sie den Lesern und Leserinnen unter ihm, wobei er einem jeden etwas zuflüsterte.

Der Anführer der Sbirren hielt es nicht länger aus. Er sagte: »Na also, was wird denn nun mit dem Zehnten?« Kaum war das Wort heraus, als er es auch schon bereute. Aus den Weinbergen erscholl ein dumpfer Ton, ein Mittelding zwischen Donnerrollen und Zischen: Es war ein Winzer, der auf einer trompetenförmigen Muschel blies und den Alarm in die Täler weitertrug. Von jeder Anhöhe antworteten die gleichen Töne; die Winzer hoben die Muscheln hoch wie Posaunen, ebenso Cosimo auf seiner Weinlaube.

In den Rebenzeilen erscholl Gesang; zunächst gebrochen und mißtönend, so daß man nicht wußte, was es bedeuten sollte. Dann fanden sich die Stimmen zusammen, hielten den gleichen Ton, nahmen die Melodie auf und sangen wie von Flügeln davongetragen; die Männer und Frauen standen zwischen den Reben, die sie halb verdeckten, und die Pfähle, die Weinstöcke, die Trauben – alles schien davonzulaufen; die Weinlese, das Füllen der Kufen, das Keltern schien sich ganz von allein zu vollziehen; die Luft, die Wolken, die Sonne wurden zu Traubenmost; und allmählich begann man auch, den Gesang zu verstehen, zunächst die Noten der Musik und dann einige der Worte; sie lauteten: »Ça ira! Ça ira! Ça ira!« Die jungen Männer traten die Trauben mit bloßen roten Füßen. – »Ça ira!« –, die Mädchen trieben die spitzen Scheren wie Dolche in das dichte Grün und verwundeten die gekrümmten Weinstöcke. – »Ça ira!« –, dichte Fliegenwolken sammelten sich über den Traubenhaufen, die für die Kelter bereitstanden. – »Ça ira!«. Und in diesem Augenblick verloren die Sbirren ihre Selbstbeherrschung. »Aufhören! Still! Genug mit dem Lärm! Wer singt, auf den wird geschossen!« – und damit begannen sie mit ihren Büchsen in die Luft zu feuern. Ein Flintengeknalle antwortete ihnen, das von kampfbereit auf den Hügeln versammelten Regimentern herzurühren schien. Alle Jagdbüchsen Ombrosas gingen los, und von einem hohen Feigenbaum herab blies Cosimo auf einer Posaunenmuschel zum Angriff. Auf allen Weinbergen kam Bewegung in die Menschen. Man konnte nicht mehr unterscheiden, was Weinlese war und was Handgemenge: Trauben, Frauen, Rebenschößlinge, Rebenmesser, Weinblätter, Pfähle, Körbe, Flinten, Pferde, Eisendrähte, Fausthiebe, Maultiertritte, Schienbeine, Busen; und alles sang: »Ça ira!«

»Da habt ihr eure Zehnten!« Das Ende vom Lied war, daß die Steuereinnehmer und die Sbirren kopfüber in die mit Trauben gefüllten Kufen gestürzt wurden, während die Beine draußen blieben und um sich stießen. Ohne etwas eingetrieben zu haben, mußten sie schließlich abziehen, von Kopf bis Fuß durchtränkt und beschmiert mit Traubensaft, verdorbenen Beeren, Trester, Olivenschalen, Traubenkämmen, die sich in den Gewehren, den Patronentaschen, den Schnurrbärten festgesetzt hatten.

Die Weinlese nahm ihren Fortgang wie ein Fest, denn alle waren überzeugt, daß sie die feudalen Vorrechte abgeschafft hatten. Derweil hatten wir, die Nobili und Krautjunker, uns in unseren Palazzi verschanzt; wir waren bewaffnet und bereit, unsere Haut teuer zu verkaufen. Ich selbst begnügte mich in

Wahrheit damit, meine Nase nicht vor die Tür zu stecken, vor allem, um mir von meinen Standesgenossen nicht nachsagen zu lassen, ich steckte mit meinem Bruder, diesem Erzteufel, der im Rufe stand, der ärgste Agitator, Jakobiner und Sansculotte der ganzen Gegend zu sein, unter einer Decke! Doch an diesem Tage wurde nach der Vertreibung von Steuereinnehmern und Militär niemandem ein Haar gekrümmt.

Alle waren völlig mit Festvorbereitungen beschäftigt. Sie dachten dabei auch an einen Freiheitsbaum nach französischem Muster; freilich wußten sie nicht genau, wie das Original aussah, und außerdem gab es bei uns so viele Bäume, daß es sich nicht gelohnt hätte, noch einen künstlichen aufzurichten. So schmückten sie denn einen echten Baum, eine Ulme, mit Blumen, Weintrauben, Girlanden und Inschriften: »Vive la Grande Nation!« Hoch oben auf dem Wipfel hockte mein Bruder und hatte eine Kokarde in den Farben der Trikolore auf seiner Mütze aus Katzenfell; er hielt einen Vortrag über Rousseau und Voltaire, von dem man kein einziges Wort verstand, weil das ganze Volk unten im Kreise herumtanzte und sang: »Ça ira!«

Die Ausgelassenheit währte nicht lange. Es trafen beträchtliche Truppenverbände ein: Genuesen, um die Zehnten einzutreiben und die Neutralität unseres Gebiets zu sichern, sowie Österreicher und Sardinier, da sich das Gerücht verbreitet hatte, die Jakobiner Ombrosas wollten den Anschluß an die »Große und Universale Nation«, das heißt an die Französische Republik, proklamieren. Die Anführer suchten Widerstand zu leisten, bauten einige Barrikaden, schlossen die Stadttore... Aber das reichte bei weitem nicht aus. Die Truppen drangen von allen Seiten in die Stadt ein, stellten auf allen Landstraßen Sperrposten auf, und jeder, der als Agitator galt, wurde ins Gefängnis geworfen, abgesehen von Cosimo, der sich nicht so leicht fangen ließ, und einigen wenigen, die sich ihm anschlossen.

Der Prozeß gegen die Revolutionäre wurde mit Vorrang

betrieben, doch gelang es den Angeklagten, nachzuweisen, daß sie keine Schuld traf und daß gerade die wirklichen Rädelsführer sich aus dem Staube gemacht hatten. So wurden denn alle wieder freigelassen, zumal wegen der Truppen, die in Ombrosa verblieben, keine weiteren Aufstände zu befürchten waren. Auch österreichisch-sardinische Besatzungstruppen bezogen in der Stadt Quartier, um ein mögliches Einsickern des Feindes zu verhindern; sie standen unter dem Befehl unseres Schwagers, des Grafen d'Estomac, des Gatten Battistas, der im Gefolge des Grafen de Provence aus Frankreich emigriert war.

So hatte ich denn wieder meine Schwester Battista auf dem Halse, und das Vergnügen, das ich darüber empfand, läßt sich leicht vorstellen. Mitsamt ihrem Gatten, dem Offizier, den Pferden und Ordonnanzen ließ sie sich in meinem Haus nieder. Dort verbrachte sie ihre Abende damit, uns von den letzten Hinrichtungen in Paris zu berichten; ja, sie hatte das winzige Modell einer Guillotine mit einer richtigen Klinge mitgebracht, und um das Ende aller ihrer Freunde und angeheirateten Verwandten vorzuführen, enthauptete sie Eidechsen, Regenwürmer und sogar Mäuse. Das war unsere Abendunterhaltung. Ich beneidete Cosimo, der seine Tage und Nächte im Busch verbrachte und sich in irgendwelchen Wäldern versteckt hielt.

27

Von seinen Unternehmungen während des Krieges in den Wäldern erzählte Cosimo so viele und so unglaubliche Dinge, daß ich mich nicht imstande sehe, der einen Fassung vor der anderen den Vorrang zu geben. Lieber lasse ich ihn selbst zu Wort kommen, indem ich getreulich einige seiner Erzählungen wiedergebe. –

Im Walde bewegten sich Aufklärungspatrouillen der feindlichen Heere. Oben im Geäst spitzte ich bei jedem Schritt, den ich im Gesträuch hörte, das Ohr, um festzustellen, ob es sich um Österreicher und Sardinier oder um Franzosen handelte.

Ein hochblonder kleiner Leutnant kommandierte eine österreichische Patrouille in tadellosen Uniformen; er ließ die Soldaten, die mit Zopf und Quaste, Dreispitz und Gamaschen, gekreuzten weißen Binden, Gewehr und Bajonett ausgerüstet waren, in Zweierreihe marschieren und war bestrebt, auf den abschüssigen Waldwegen die Richtung nicht zu verlieren. Da dieses Offizierchen nicht wußte, wie der Wald aussah, jedoch davon überzeugt war, daß er die empfangenen Befehle haargenau ausführen konnte, folgte er genau den Angaben seiner Karte; dabei stieß er ständig mit der Nase gegen Baumstämme und war schuld daran, daß die Truppe mit ihren Nagelstiefeln auf den glatten Steinen ausrutschte oder sich in den Dornbüschen die Augen ausstieß, doch blieb er sich stets der Überlegenheit der kaiserlichen Waffen bewußt.

Es waren vorzügliche Soldaten. Ich erwartete sie auf einer Pinie. In der Hand hielt ich einen pfundschweren Tannenzapfen, den ich dem Unteroffizier am Schluß des Zuges auf den Kopf fallen ließ. Der Bursche breitete die Arme aus, ging in die Knie und fiel in das Farnkraut zwischen dem Unterholz. Keiner bemerkte es; die Truppe marschierte weiter.

Ich holte sie nochmals ein. Diesmal warf ich einem Korporal einen zusammengerollten Igel auf den Nacken. Der Korporal neigte den Kopf zurück und fiel in Ohnmacht. Jetzt beobachtete der Leutnant den Vorgang, sandte zwei Soldaten aus, die eine Tragbahre holen sollten, und setzte den Marsch fort.

Als hätte sie es eigens darauf abgesehen, stürzte sich die Patrouille in das dichteste Wacholdergestrüpp des ganzen Waldes. Und dort erwartete sie ein neuer Hinterhalt. Ich hatte gewisse haarige blaue Raupen, bei deren Berührung die Haut schlimmer anschwillt als durch Brennesseln, in einem Pappkarton gesammelt und ließ sie zu Hunderten auf sie herniederregnen. Die Abteilung zog vorbei, verschwand im Gebüsch und tauchte wieder auf, während sich alle kratzten und die Gesichter ganz mit roten Bläschen bedeckt waren; so marschierte sie weiter.

Es war eine vorzügliche Truppe unter einem vorzüglichen Offizier. Alles im Walde war ihm so fremd, daß er nicht unterscheiden konnte, was darin ungewöhnlich war; so rückte er weiter vor, mit einer dezimierten Truppe, die jedoch stolz und unbezähmbar blieb. Ich kam daher auf den Gedanken, eine Familie von Wildkatzen einzusetzen: Ich hielt die Tiere am Schwanze und schleuderte sie fort, was sie in maßlose Wut versetzte. Es entstand großer Lärm, der vor allem von den Katzen herrührte, dann trat Stille und Gefechtspause ein. Die Österreicher versorgten ihre Verwundeten. Mit weißleuchtenden Binden setzte darauf die Patrouille ihren Vormarsch fort. Hier hilft nur eins: Man muß sie gefangennehmen! sagte ich mir und beeilte mich, sie zu überholen, da ich hoffte, eine französische Patrouille zu finden, die ich vom Herannahen des Feindes verständigen könnte. Seit geraumer Zeit schienen jedoch die Franzosen auf diesem Frontabschnitt kein Lebenszeichen mehr von sich zu geben.

Als ich an gewissen moosbewachsenen Stellen vorüberkam, sah ich, wie sich etwas bewegte. Ich blieb stehen und horchte. Ich vernahm Laute, die wie das Geplätscher eines Baches klangen und dann in ein beständiges Gemurmel übergingen; schließlich ließen sich Worte unterscheiden wie etwa: »Mais alors... crénom-de... foutez-mois-donc... tu m'emmer... quoi...« Ich blickte scharf in das Halbdunkel und stellte fest, daß diese schwammige Vegetation vor allem aus zottigen Pelzmützen sowie aus dichten Schnauz- und Backenbärten bestand. Es war eine Abteilung französischer Husaren. Feuchtigkeit hatte während des Winterfeldzuges ihren ganzen Haarwuchs durchtränkt, so daß er jetzt im Frühjahr von Schimmel und Moos überwuchert war.

Dieser Vorposten stand unter dem Befehl des Dichters Agrippa Papillon aus Rouen, eines Freiwilligen der repulikanischen Armee. Da Leutnant Papillon von der allgemeinen Güte der Natur überzeugt war, wollte er nicht, daß sich seine Soldaten die Fichtennadeln, Kastanienschalen, Zweige, Blätter und Schnecken abstreiften, die sich, während sie den Wald durchquerten, an ihnen festsetzten. Und auf diese Weise war die Patrouille schon derart mit ihrer Umwelt verschmolzen, daß es wirklich meines geübten Auges bedurfte, um sie wahrzunehmen.

Inmitten seiner biwakierenden Soldaten hockte der dichtende Offizier mit seinen langen Ringelhaaren, die sein hageres Gesicht unter dem Zweispitz umrahmten, und besang die Wälder: »O Wald! O Nacht! Hier bin ich in eurer Gewalt! Ein zartes Zweiglein aus Venushaar, das den Knöchel dieser stolzen Soldaten umschlingt, könnte also Frankreichs Bestimmung verändern? O Valmy! Wie fern bist du!«

Ich trat auf ihn zu. »Pardon, citoyen!«

»Was? Wer ist dort?«

»Ein Patriot aus diesen Wäldern, Bürger Offizier!«

»Wahrhaftig! Wer? Wo ist er?«

»Gerade vor Eurer Nase, Bürger Offizier!«

»Ich sehe! Wer ist dort? Ein Vogelmensch, ein Sohn der Harpyien! Seid Ihr vielleicht ein Geschöpf der Mythologie?«

»Ich bin der Bürger Rondò, menschlicher Wesen Kind, sowohl von Vater- wie von Mutterseite, das könnt Ihr mir glauben, Bürger Offizier! Ja, ich hatte sogar einen wackeren

Soldaten zur Mutter, aus den Zeiten des spanischen Erbfolgekriegs.«

»Ich verstehe. O Zeitläufte, o Ruhm! Ich glaube Euch, citoyen, und bin begierig, die Neuigkeiten zu hören, die Ihr mir offenbar vermelden wollt.«

»Eine österreichische Patrouille dringt in Eure Linien ein!«

»Was sagt Ihr? Das bedeutet Kampf! Es ist Zeit! O Bach, lieblicher Bach, nun wird bald Blut deine Wasser färben! Vorwärts! Zu den Waffen!«

Auf Befehl des Leutnants und Poeten sammelten die Husaren ihre Waffen und Kleidungsstücke, bewegten sich dabei aber so lässig und zerstreut, rekelten sich, spuckten und fluchten, daß ich an ihrer militärischen Tüchtigkeit zu zweifeln begann.

»Bürger Offizier, habt Ihr einen Plan?«

»Einen Plan? Wir marschieren gegen den Feind.«

»Gewiß, aber wie?«

»Wie? In Reih und Glied.«

»Nun, wenn ich Euch einen Rat geben darf, so würde ich die Soldaten in aufgelöster Ordnung vorrücken lassen und zurückhalten, damit die feindliche Patrouille von allein in die Falle geht.«

Leutnant Papillon war ein entgegenkommender Mann und erhob gegen meinen Plan keine Einwände. Die im Wald verstreuten Husaren unterschieden sich kaum von Grasbüscheln, und der österreichische Leutnant war sicherlich der Allerungeeignetste, um diesen Unterschied wahrzunehmen. Die kaiserliche Patrouille folgte auf ihrem Marsche der in der Karte eingezeichneten Route, und von Zeit zu Zeit erscholl ein barsches »Rechtsum!« oder »Linksum!«. Auf diese Weise kamen sie ganz nah an den französischen Husaren vorbei, ohne sie zu bemerken. Die Husaren verhielten sich stumm, beschränkten sich auf natürliche Geräusche wie Blätterrauschen oder Flügelgeschwirr und begannen ein Umgehungsmanöver.

Von den Baumwipfeln aus signalisierte ich ihnen durch den Pfiff der Wachtel oder den Schrei des Käuzchens die Bewegungen der feindlichen Truppen und die Abkürzungswege, die sie einschlagen sollten. Die nichtsahnenden Österreicher saßen in der Falle.

»Halt! Im Namen von Freiheit, Gleichheit und Brüderlichkeit erkläre ich euch alle zu Gefangenen!« hörten sie auf einmal von einem Baume rufen; dann tauchten die Umrisse einer menschlichen Gestalt zwischen den Zweigen auf, die eine alte Flinte mit langem Lauf schwenkte.

»Urràh! Vive la Nation!« – und alle Büschel ringsum entpuppten sich als französische Husaren unter Führung des Leutnants Papillon.

Dumpfe Flüche erschollen auf der Seite der Österreicher, aber bevor sie sich hätten wehren können, waren sie schon entwaffnet. Bleich, doch erhobenen Hauptes überreichte der Leutnant dem Franzosen seinen Degen.

Ich leistete der republikanischen Armee wertvolle Hilfe, zog es aber vor, auf eigene Faust zu handeln wie an jenem Tage, als ich eine österreichische Kolonne dadurch in die Flucht jagte, daß ich ein Wespennest auf sie schleuderte.

Meine Taten hatten sich im österreichischen und sardinischen Lager herumgesprochen, und zwar mit solchen Übertreibungen, daß es hieß, der Wald wimmle von auf den Baumwipfeln versteckten bewaffneten Jakobinern. Auf ihren Märschen spitzten die königlichen und kaiserlichen Truppen die Ohren: Beim leisesten Fall einer aus ihrer Schale geplatzten Kastanie oder beim feinsten Quieken eines Eichhörnchens sahen sie sich bereits von Jakobinern eingekreist und wechselten die Marschrichtung. Dergestalt, indem ich Lärm und kaum wahrnehmbare Geräusche machte, brachte ich die österreichischen und piemontesischen Verbände vom Wege ab und konnte sie dorthin führen, wohin ich wollte.

Eines Tages dirigierte ich eine Abteilung in ein dichtes

Dornengestrüpp, wo sie nicht ein noch aus wußte. In dem Dickicht hatte sich ein Rudel Wildschweine versteckt; aus den Bergen aufgescheucht, in denen die Kanonen donnerten, kamen die Wildschweine in Scharen ins Tal hinunter, um sich ins Unterholz zu flüchten. Die verstörten Österreicher marschierten, ohne eine Handbreit weit sehen zu können, und auf einmal stießen sie auf eine Herde borstiger Wildschweine, die markerschütternde Grunzlaute ausstießen. Mit vorgestrecktem Rüssel drängten sich die Untiere zwischen die Knie der Soldaten, schleuderten sie in die Luft, zertrampelten die Gestrauchelten mit ihren spitzen Hufen und bohrten ihnen ihre Hauer in den Leib. Das gesamte Bataillon wurde aufgerieben. Ich hockte zusammen mit meinen Kameraden auf den Bäumen; von dort verfolgten wir sie mit Gewehrschüssen. Von denen, die wieder ins Lager zurückkehrten, berichteten die einen, ein Erdbeben habe plötzlich unter ihren Füßen das dornige Erdreich erschüttert; andere erzählten von einem Kampf gegen eine Jakobinerbande, die auf einmal, wie aus dem Boden gewachsen, ihnen gegenübergestanden habe; denn diese Jakobiner waren ja nichts anderes als Teufel, halb Mensch, halb Tier, die entweder auf den Bäumen oder mitten im Dickicht lebten.

Ich sagte schon, daß ich meine Streiche am liebsten allein oder gemeinsam mit den wenigen Kameraden ausführte, die sich nach der Weinlese mit mir in die Wälder geflüchtet hatten. Mit der französischen Armee wollte ich möglichst wenig zu schaffen haben, denn man weiß ja schon, wie es mit den Armeen geht; jedesmal, wenn sie sich in Bewegung setzen, hecken sie irgendein Unheil aus. Ich hatte jedoch die Patrouille des Leutnants Papillon in mein Herz geschlossen und war um ihr Los recht besorgt. Die völlige Ruhe an der Front drohte nämlich der von dem Poeten befehligten Truppe zum Verhängnis zu werden. Moose und Flechten, manchmal auch Heidekraut und Farngräser, wuchsen auf den Uniformen der Soldaten; auf den Pelzmänteln bauten die Zaunkönige ihr Nest oder sprießten und blühten Maiglöckchen; die Stiefel verbanden sich mit dem Waldboden zu einem festen Sockel: Die ganze Abteilung begann Wurzeln zu schlagen. Die Nachgiebigkeit des Leutnants Agrippa Papillon gegenüber der Natur bewirkte, daß diese Schar der Tapferen in einem animalischen und vegetativen Durcheinander versank.

Es galt, sie aufzuwecken. Aber wie? Ich hatte eine Idee und suchte Leutnant Papillon auf, um ihn dafür zu gewinnen. Der Poet stand da und dichtete den Mond an.

»O Mond! Rund wie ein Feuerschlund, wie eine Kanonenkugel, die nach Erschöpfung des Pulverantriebs auf ihrer langsamen Bahn weiterzieht und schweigend durch die Himmel rollt! Wann wirst du abbrennen, Mond; wann wirst du eine hohe Wolke aus Staub und Funken aufsteigen lassen, welche die feindlichen Heere und die Throne unter sich begräbt und mir eine Bresche des Ruhmes öffnet – eine Bresche in der festen Mauer der Geringschätzung, die mir meine Mitbürger bezeigen? O Rouen! O Mond! O Schicksal! O Nationalkonvent! O Frösche! O ihr Mädchen! O du mein Leben!« Und ich: »Citoyen …!«

Verdrossen über die ständigen Unterbrechungen, sagte Papillon trocken: »Na und?«

»Ich wollte darauf hinweisen, Bürger Offizier, daß es eine Methode gibt, Eure Leute aus einer nachgerade gefährlichen Lethargie zu erwecken.«

»Gäbe es der Himmel, citoyen! Ich für mein Teil strebe nach der Tat, wie Ihr seht! Und was wäre diese Methode?«

»Flöhe, Bürger Offizier.«

»Ich muß Euch leider enttäuschen, citoyen. Die republikanische Armee hat keine Flöhe! Infolge der Blockade und der Teuerung sind sie alle verhungert.«

»Ich kann Euch welche liefern, Bürger Offizier.«

»Ich weiß nicht, ob Ihr im Ernst redet oder Euch einen Scherz erlaubt. Auf jeden Fall werde ich den höheren Befehlsstellen darüber Bericht erstatten, und dann werden wir sehen.

Citoyen, ich danke Euch für alles, was Ihr für die republikanische Sache leistet. O Ruhm! O Rouen! O Flöhe! O Mond!« Damit entfernte er sich, indem er vor sich hin faselte.

Ich sah ein, daß ich selbst die Initiative ergreifen mußte. Ich versah mich mit einer großen Menge Flöhe, und sobald ich von den Bäumen einen französischen Husaren erspäht hatte, schoß ich ihm mit meinem Blasrohr einen Floh auf den Leib; dabei suchte ich durch genaues Zielen zu erreichen, daß er ihm unter den Kragen schlüpfte. Sodann begann ich die ganze Abteilung mit einer Handvoll nach der anderen zu bestreuen. Es waren das gefährliche Unternehmungen; hätte man mich nämlich auf frischer Tat ertappt, so hätte mir mein Ruf als Patriot nichts genützt: Als ein Geheimagent Pitts wäre ich gefangengenommen, nach Frankreich transportiert und guillotiniert worden.

Statt dessen hatte mein Eingreifen eine segensreiche Wirkung: Der durch die Flöhe verursachte Juckreiz ließ bei den Husaren das lebhafte menschlich-staatsbürgerliche Bedürfnis entstehen, sich zu kratzen, alles zu durchstöbern, sich zu entlausen; sie lüfteten die bemoosten Kleidungsstücke, die mit Pilzen und Spinnweben bedeckten Bündel und Tornister; sie wuschen sich, rasierten sich, kämmten sich, kurzum, sie wurden sich wieder ihrer individuellen Menschlichkeit bewußt und entschieden sich für die Kultur, für die Überwindung der rohen Naturgewalt. Überdies beseelte sie nun ein Tätigkeitsdrang, ein Eifer, eine Kampfeslust, die längst in Vergessenheit geraten waren. Als der Augenblick der Offensive herankam, waren sie von diesem Schwung erfüllt: So triumphierten die republikanischen Heere über den feindlichen Widerstand und erfochten die Siege von Dego und Millesimo...

28

Unsere Schwester und der Emigrant d'Estomac konnten gerade noch so rechtzeitig aus Ombrosa entkommen, daß sie nicht vom republikanischen Heere gefangen wurden. Das Volk Ombrosas schien zu den Tagen der Weinlese zurückgekehrt zu sein. Der Freiheitsbaum wurde aufgerichtet, und diesmal entsprach er mehr dem französischen Vorbild, das heißt, er war einem Maibaum etwas ähnlicher. Ich brauche kaum zu erwähnen, daß Cosimo hinaufkletterte, mit der phrygischen Mütze auf dem Kopf; er wurde es indessen bald leid und ging seiner Wege.

Rings um die Palazzi des Adels kam es zu einigen Krawallen, Rufe ertönten: »Aristò, aristò, alla laterna, sairà!« Mich ließen sie in Ruhe, zumal ich der Bruder meines Bruders war und wir stets zum niederen Adel gehört hatten; später betrachteten sie mich sogar ebenfalls als Patrioten (was mir Ungelegenheiten bereitete, als der Wind abermals umschlug).

Sie bildeten eine *municipalitè*, bestellten eine *maire*, alles nach französischem Muster; mein Bruder wurde in den vorläufigen Stadtrat berufen, obwohl viele damit nicht einverstanden waren, da sie ihn für verrückt hielten. Die Anhänger des Ancien Régime lachten und sagten, das Ganze sei ein Narrenkäfig.

Die Sitzungen des Stadtrates fanden im früheren Palais des Genueser Gouverneurs statt. Cosimo hockte auf einem Johannisbrotbaum in Fensterhöhe und folgte den Erörterungen. Zuweilen griff er ein, indem er laut seine Stimme erhob, auch beteiligte er sich an den Abstimmungen. Die Revolutionäre sind bekanntlich formalistischer als die Konservativen: Sie erhoben Einwendungen, meinten, solch eine Regelung sei unmöglich, die Versammlung büße dadurch an Ansehen ein und dergleichen; als daher die Ligurische Republik an die Stelle der oligarchischen Republik Genua trat, wurde mein Bruder nicht mehr in die neue Verwaltung gewählt.

Und dabei hatte Cosimo damals den *Entwurf einer Verfassung für ein republikanisches Staatswesen mit Erklärung der Menschenrechte, der Rechte der Frauen, der Kinder, der Haustiere und der wilden Tiere, einschließlich der Vögel, Fische und Insekten, sowie der Bäume, Gemüse und Gräser* ausgearbeitet und veröffentlicht. Es war eine sehr schöne Arbeit, die allen Regierungen als Richtschnur hätte dienen können; statt dessen schenkte ihr niemand Beachtung, und so blieb alles auf dem Papier.

Die meiste Zeit aber verbrachte Cosimo weiterhin im Walde, wo die Pioniere der französischen Armee eine Straße für den Transport der Artillerie bauten. Mit ihren langen Bärten, die unter den Pelzmützen hervorquollen und sich in den Lederschürzen verloren, unterschieden sich die Pioniere von allen anderen Truppeneinheiten. Vielleicht lag das auch daran, daß sie nicht wie die anderen Truppen Katastrophen und Verderb nach sich zogen, sondern statt dessen die Befriedigung über die beständigen Dinge und den Ehrgeiz, so gute Arbeit wie möglich zu leisten, mitbrachten. Überdies hatten sie so viel zu erzählen: Sie hatten fremde Nationen kennengelernt, Belagerungen und Schlachten erlebt; manche von ihnen hatten auch den großen Ereignissen, die sich in Paris abgespielt hatten – der Erstürmung der Bastille und den Hinrichtungen –, beigewohnt, und so verbrachte Cosimo ganze Abende damit, ihnen zuzuhören. Sie legten dann ihre Hacken und Pfähle nieder, hockten sich um ein Feuer, rauchten kurze Pfeifen und frischten Erinnerungen auf.

Tagsüber half Cosimo den Feldmessern, den Verlauf der Straße abzustecken. Keiner war dazu besser befähigt als er; kannte er doch alle Stellen, auf denen sich ein Fahrweg ohne große Höhenunterschiede und unter möglichster Schonung des Baumbestandes anlegen ließ. Und stets dachte er dabei, mehr als an die französische Artillerie, an die Bevölkerung dieser straßenlosen Gebiete. Jedenfalls hatte, so besehen, dieses ganze Treiben der hühnerstibitzenden Soldateska sein Gutes: Es wurde eine Straße auf ihre Kosten gebaut.

Das war kein Fehler; denn die Besatzungstruppen, vor allem seit sie sich aus einer republikanischen Armee in eine kaiserliche verwandelt hatten, gingen nachgerade allen auf die Nerven.

Und alle machten sich bei den Patrioten Luft: »Seht doch, wie sich eure Freunde aufführen!« Und die Patrioten breiteten die Arme aus, hoben die Augen gen Himmel und antworteten: »Es sind eben Soldaten! Hoffen wir, daß es bald vorbei ist!«

In den Ställen requirierten die napoleonischen Truppen Schweine, Kühe und sogar Ziegen. Mit den Steuern und Zehnten war es ärger als zuvor. Überdies wurde der Wehrdienst eingeführt. Soldat spielen wollte bei uns niemandem in den Kopf; die jungen Männer, die ihre Einberufung erhielten, flüchteten in die Wälder.

Cosimo tat, was in seinen Kräften stand, um diese Mißstände zu lindern. Er bewachte das Vieh, wenn die Kleinbauern es aus Angst vor einer Razzia in den Wald getrieben hatten, oder stand Posten bei geheimen Transporten, die Korn zur Mühle oder Öl zur Ölpresse beförderten, um zu verhindern, daß die Franzosen sich einen Teil davon holten; er zeigte auch den jungen Wehrpflichtigen die Höhlen im Walde, in denen sie sich verstecken konnten. Kurzum, er suchte das Volk vor Gewalttaten zu schützen; hingegen griff er die Besatzungstruppen niemals an, obwohl damals bewaffnete Banden umherzuziehen begannen, die den Franzosen das Leben sauer machten. Eigensinnig, wie Cosimo nun einmal war, wollte er sich immer selbst treu bleiben, und da er zuvor ein Freund der Franzosen gewesen war, hielt er daran fest, daß er loyal bleiben müsse, auch wenn sich so vieles gewandelt hatte und alles ganz anders aussah, als man es seinerzeit erwartet hatte. Im übrigen darf man nicht vergessen, daß er zu altern begann und sich nunmehr weder für die einen noch für die anderen besonders ins Zeug legen mochte.

Napoleon begab sich nach Mailand, um sich dort krönen zu lassen; sodann unternahm er einige Reisen durch Italien. In jeder Stadt wurde er mit großem Gepränge empfangen, auch zeigte man ihm die Sehenswürdigkeiten und Monumente. In Ombrosa wurde unter anderem ein Besuch bei dem »Patrioten auf den Bäumen« aufs Programm gesetzt, denn wie es oft geschieht, fand Cosimo bei uns keine Beachtung, während er draußen, vor allem im Ausland, viel genannt wurde.

Die Begegnung stand unter keinem guten Stern. Alles war von dem städtischen Festausschuß vorbereitet worden, damit wir gut abschnitten. Man hatte einen schönen Baum ausgewählt, es sollte eine Eiche sein, aber der am günstigsten gelegene war ein Nußbaum, und infolgedessen wurde der Nußbaum mit einigen Eichenblättern verkleidet und sodann mit der französischen und der lombardischen Trikolore sowie mit Kokarden und Schmuck behängt. Mein Bruder mußte sich auf ihm hinhocken: im Festgewand, aber mit seiner charakteristischen Mütze aus Katzenfell und mit einem Eichhörnchen auf der Schulter.

Alles war für zehn Uhr vorbereitet, und eine große Menschenmenge stand im Kreise herum, aber natürlich ließ sich Napoleon bis halb zwölf nicht blicken, zum großen Verdruß meines Bruders, der mit zunehmendem Alter an der Blase zu leiden begann und sich von Zeit zu Zeit hinter dem Stamm verstecken mußte, um sich zu erleichtern.

Der Kaiser erschien mit seinem Gefolge, dem die Zweispitze auf den Köpfen schwankten.

Es war Mittag, Napoleon schaute zwischen den Zweigen zu Cosimo hinauf, und die Sonne stach ihm in die Augen.

Er begann Cosimo mit vier improvisierten Sätzen anzureden: »Je sais très bien que vous, citoyen ...« – und dabei hielt er sich die Hand vor die Augen – »... parmi les forêts ...« – und dabei hüpfte er etwas nach links, damit ihm die Sonne nicht gerade in die Augen schien – »parmi les frondaisons de notre luxuriante ...« – und dabei sprang er etwas nach rechts, weil

Cosimo ihn durch eine zustimmende Verneigung abermals der Sonne ausgesetzt hatte.

Als Cosimo Bonapartes Unruhe bemerkte, fragte er ihn höflich: »Kann ich etwas für Euch tun, mon Empereur?«

»Ja, ja«, sagte Napoleon, »bleibt bitte etwas dort stehen, um mich vor der Sonne zu schützen, ja, so ist's richtig, halt...!« Dann verstummte er, als hinge er einem Gedanken nach, und wandte sich an den Vizekönig Eugène: »Tout cela me rappelle quelque chose... Quelque chose que j'ai déjà vu...«

Cosimo kam ihm zu Hilfe: »Nein, *Ihr* wart das nicht, Majestät, das war Alexander der Große.«

»Ach ja, natürlich«, sagte Napoleon. »Die Begegnung zwischen Alexander und Diogenes.«

»Vous n'oubliez jamais votre Plutarque, mon Empereur«, bemerkte Beauharnais.

»Nur daß damals«, fügte Cosimo hinzu, »Alexander es war, der Diogenes fragte, was er für ihn tun könne, worauf Diogenes ihn bat, sich zu entfernen...«

Napoleon schnalzte mit den Fingern, als hätte er nunmehr endlich den Satz gefunden, den er suchte. Mit einem Blick auf die Würdenträger seines Gefolges vergewisserte er sich, daß sie ihm zuhörten, dann sagte er in ausgezeichnetem Italienisch: »Wäre ich nicht Kaiser Napoleon, so wäre ich am liebsten der Bürger Cosimo Rondò!«

Dann wandte er sich um und entfernte sich. Mit großem Sporengeklirr schloß das Gefolge sich ihm an.

Damit war alles zu Ende. Man hätte erwarten können, daß das Kreuz der Ehrenlegion binnen einer Woche bei Cosimo eintreffen würde. Nichts dergleichen geschah. Meinen Bruder ließ das freilich völlig kalt, aber seiner Familie hätte es Freude gemacht.

29

Die Jugend schwindet schnell dahin auf der Erde und erst recht auf den Bäumen, wo alles dazu bestimmt ist, abzufallen: Blätter und Früchte. All diese Jahre mit all ihren Nächten, all ihren im Frost, im Winde, im Wasser, unter zerbrechlichem Schutz, mit nichts ringsumher als der Luft verbrachten Nächten, ständig ohne Haus, ohne Feuer, ohne ein warmes Gericht... Cosimo war nachgerade ein verschrumpeltes altes Männlein mit krummen Beinen, langen Affenarmen, buckelig, in einem Pelzmantel eingemummelt, der in eine Kapuze überging, so daß er aussah wie ein zottiger Mönch. Das Gesicht war sonnverbrannt, rissig wie eine Kastanie, mit hellen runden Augen inmitten der Runzeln.

An der Beresina wurde Napoleons Heer in die Flucht geschlagen, in Genua vollzog sich die Landung der Engländer; so verbrachten wir unsere Tage in Erwartung der Nachrichten über die Umwälzungen. Cosimo ließ sich in Ombrosa nicht sehen: Er hockte auf einer Pinie im Walde, am Saum der Artilleriestraße, auf der die Geschütze nach Marengo gezogen waren; von dort schaute er nach Osten auf das verlassene Pflaster, auf dem sich jetzt nur Hirten mit ihren Ziegen oder mit Holz beladene Maulesel begegneten. Worauf wartete er noch? Napoleon hatte er gesehen; welch ein Ende die Revolution genommen hatte, wußte er; es konnte jetzt alles nur noch schlimmer werden. Und doch blieb er dort und starrte vor sich hin, als sollte im nächsten Augenblick die kaiserliche Armee an der Wegbiegung erscheinen, noch bedeckt mit russischen Eiszapfen, und Bonaparte zu Pferde, fiebernd und blaß, das schlechtrasierte Kinn auf die Brust gebeugt... Er würde unter der Pinie halten (während hinter ihm die Schritte verwirrt stockten, Gewehre und Tornister auf den Boden fielen, erschöpfte Soldaten am Straßenrand ihre Schuhe auszogen, gekrümmte Füße verbunden wurden) und sagen: »Citoyen

Rondò, gib mir die Verfassung zurück, die du ersonnen hast; spende mir wieder deinen Rat, auf den weder Direktorium noch Konsulat noch Empire hören wollten: Laß uns jetzt von neuem beginnen, die Freiheitsbäume wieder aufrichten, das universale Vaterland retten!« Sicherlich hing Cosimo solchen Träumen, solchen Hoffnungen nach.

Statt dessen kamen eines Tages auf der Artilleriestraße drei Gestalten aus Osten einhergehumpelt. Der eine lahmte und stützte sich auf eine Krücke, der zweite hatte einen Turban aus Binden um den Kopf geschlungen; der dritte war der gesündeste, denn er trug nur ein schwarzes Band über dem einen Auge. Die verschossenen Lumpen, die sie auf dem Leibe hatten, die zerfetzten Uniformschnüre, die ihnen von der Brust herunterhingen, die Pelzmützen ohne Deckel, auf denen einer von ihnen noch einen Federbusch hatte, die längs des ganzen Beins aufgerissenen Schaftstiefel – das alles schien zu den Uniformen der napoleonischen Garde gehört zu haben. Sie besaßen jedoch keine Waffen; genauer gesagt, einer schwenkte eine leere Säbelscheide, und ein anderer trug, wie einen Stock geschultert, einen Flintenlauf mit einem Bündel dran.

So kamen sie daher und sangen: »De mon pays... De mon pays... De mon pays...«, wie drei Betrunkene.

»Heda, Fremde!« rief mein Bruder ihnen zu. »Wer seid ihr?«

»Sieh doch den seltsamen Vogel! Was treibst du da oben? Frißt du Pinienkerne?« Und ein anderer: »Willst du uns Pinienkerne zu essen geben? Mit unserem Bärenhunger sollen wir Pinienkerne fressen?«

»Und der Durst! Der Durst, den wir durchs Schneefressen bekamen.«

»Wir sind vom dritten Husarenregiment.«

»Und zwar vollzählig!«

»Alle, die noch übrig sind!«

»Drei von hundert: Das ist nicht wenig!«

»Mir kann's gleich sein: Ich bin davongekommen, und das genügt mir.«

»Wirklich? Noch ist nicht aller Tage Abend, du bist noch nicht heil zu Hause!«

»Der Teufel soll dich holen!«

»Wir sind die Sieger von Austerlitz!«

»Und die Beschissenen von Wilna! Prost!«

»Sag einmal, sprechender Vogel, erklär uns, wo es hier eine Kneipe gibt!«

»Wir haben die Fässer von halb Europa geleert, aber der Durst ist uns geblieben!«

»Weil wir von Kugeln durchsiebt sind; da rinnt der Wein durch!«

»Du hast gerade an dieser Stelle ein Loch!«

»Eine Kneipe, die uns Kredit gibt!«

»Zahlen kommen wir ein andermal!«

»Napoleon zahlt für uns!«

»Prrr...«

»Der Zar zahlt! Er kommt hinter uns her, legt ihm die Rechnung vor!«

Cosimo sagte: »Wein gibt es hier keinen, aber dort hinten ist ein Bach, da könnt ihr euren Durst löschen!«

»Ersaufe nur in deinem Bach, du Nachteule!«

»Wär mir die Büchse nicht an der Weichsel verlorengegangen, ich hätte dich schon abgeknallt und am Spieß gebraten wie eine Wachtel!«

»Wartet: Ich geh zum Bach, um mir die Füße zu baden, sie brennen...«

»Meinetwegen, wasch dir nur auch den Hintern...«

Sie begaben sich jedoch alle drei zum Bach, um die Füße ins Wasser zu hängen, sich Gesicht und Kleider zu waschen. Die Seife hatte ihnen Cosimo mitgegeben, denn er gehörte zu den Leuten, die mit zunehmendem Alter immer sauberer werden, da sie dann einen Ekel vor sich empfinden, den man in der Jugend nicht kennt; so hatte er immer Seife bei sich. Das frische

Wasser ernüchterte die drei Rückkehrer ein wenig. Und mit dem Rausch war auch ihre Fröhlichkeit verflogen; sie wurden sich wieder ihres traurigen Zustandes bewußt, seufzten und stöhnten. In solcher Kümmernis wurde das Wasser zum Labsal; sie genossen es und sangen: »De mon pays... De mon pays...«

Cosimo war auf seinen Beobachtungsposten am Straßenrand zurückgekehrt. Er hörte Pferdegalopp. Da kam auch schon ein Reiterfähnlein heran, das eine Staubwolke aufwirbelte. Die Reiter trugen Uniformen, die er nie gesehen hatte; unter ihren schweren Pelzmützen zeigten sich blonde, bärtige und etwas plattgedrückte Gesichter mit halbgeschlossenen grünen Augen. Cosimo grüßte sie, indem er seinen Hut zog. »Welch guter Wind führt euch her, Reitersleute?«

Sie hielten an. »Sdrawstwui! Sag uns, batjuschka, wie weit ist es noch?«

»Sdrawstwuitje, Soldaten!« sagte Cosimo, der ein paar Worte in allen Sprachen gelernt hatte und daher auch etwas Russisch konnte. »Kuda wam? Bis wohin denn?«

»Bis da, wohin diese Straße führt...«

»Nun, diese Straße führt zu so vielen Orten... Wo wollt ihr denn hin?«

»W Parish.«

»Nach Paris führen aber bessere Wege...«

»Njet, njet, Parish. Wo Franziju, sa Napoleonom. Kuda wedjot eta doroga?«

»Nach so vielen Orten: Olivabassa, Sassocorto, Trappa...«

»Kak? Aliviabassa? Njet, njet.«

»Nun, mit der Zeit kommt man auch nach Marseille...«

»W Marsel... da, da, Marsel... Franzija...«

»Und was gedenkt ihr in Frankreich zu tun?«

»Napoleon kam und führte Krieg gegen unseren Zaren, und jetzt läuft unser Zar hinter Napoleon her.«

»Und wo kommt ihr her?«

»Is Charkowa. Is Kiewa. Is Rostowa.«

»Da habt ihr ja schon viel Schönes gesehen! Und gefällt es euch besser bei uns oder in Rußland?«

»Es gibt schöne Orte, häßliche Orte. Uns gefällt Rußland.«

Man hörte galoppieren, eine Staubwolke stieg auf, dann hielt ein Pferd an; ein Offizier saß darauf, der den Kosaken zurief: »Won! Marsch! Kto wam poswolil ostanowitssja?«

»Do swidanija, batjuschka«, sagten diese zu Cosimo. »Nam pora...«, und damit sprengten sie davon. Der Offizier hielt weiter unter der Pinie. Er war schlank, ja hager, und sah vornehm und traurig aus; barhäuptig blickte er zum Himmel, über den Wolken jagten.

»Bonjour, Monsieur«, sagte er zu Cosimo, »vous connaissez notre langue?«

»Da, gospodin ofizer«, antwortete mein Bruder, »mais pas mieux que vous le français, quand-même.«

»Êtes-vous un habitant de ce pays? Étiez-vous ici pendant qu'il y avait Napoléon?«

»Oui, monsieur l'officier.«

»Comment ça allait-il?«

»Vous savez, monsieur, les armées font toujours des dégâts, quelles que soient les idées qu'elles apportent.«

»Oui, nous aussi nous faisons beaucoup de dégâts... mais nous n'apportons pas d'idées.«

Er machte einen schwermütigen und sorgenvollen Eindruck, und doch war er ein Sieger. Cosimo begann Sympathie für ihn zu empfinden und wollte ihn trösten:

»Vous avez vaincu!«

»Oui. Nous avons bien combattu. Très bien. Mais peut-être...«

Man hörte auf einmal Geschrei, ein dumpfes Aufschlagen, Waffengeklirr.

»Kto tam?« sagte der Offizier. Die Kosaken kehrten zurück und schleiften halbnackte Leiber hinter sich her; in der Hand hielten sie etwas: in der Linken (die Rechte umklammerte den gezückten breiten Krummsäbel, der – wahrhaftig – von Blut triefte); dieses Etwas waren die bärtigen Köpfe der drei trinklustigen Husaren.

»Franzusy! Napoleon! Alle umgebracht.«

Der junge Offizier erteilte mit knappen Worten den Befehl, sie fortzuschaffen. Er wandte sich ab. Nochmals sprach er Cosimo an: »Vous voyez... La guerre... Il y a plusieurs années que je fais le mieux que je puis une chose affreuse: la guerre... et tout cela pour des idéals que je ne saurais presque expliquer à moi-même...«

»Auch ich«, sagte Cosimo, »lebe seit vielen Jahren für Ideale, die ich mir selbst kaum erklären könnte: mais je fais une chose tout-à-fait bonne: je vis sur les arbres.«

Der schwermütige Offizier wurde auf einmal nervös. »Alors«, sagte er, »je dois m'en aller.« Er grüßte militärisch. »Adieu, Monsieur... Quel est votre nom?«

»Le Baron Cosme de Rondeau«, rief Cosimo hinter dem Offizier her, der sich schon in Trab gesetzt hatte. »Proschtchaije, gospodin... Et le vôtre?«

»Je suis le Prince Andrej...«, und der Galopp des Pferdes nahm den Familiennamen mit sich fort.

30

Ich weiß jetzt nicht, was uns dieses neunzehnte Jahrhundert noch bringen wird, das so schlecht angefangen hat und einen immer ärgeren Verlauf nimmt. Auf Europa lastet der Schatten der Restauration; alle Neuerer – gleichviel ob Jakobiner oder Bonapartisten – sind unterlegen; der Absolutismus und die Jesuiten beherrschen wieder das Feld; die Ideale der Jugend, die Leuchten, die Hoffnungen unseres achtzehnten Jahrhunderts, alles ist Asche.

Ich vertraue meine Gedanken diesem Heft an und könnte sie nicht anders ausdrücken: Ich bin immer ein gesetzter Mensch gewesen, ohne große Aufschwünge oder Passionen, ein Familienvater, Angehöriger eines adligen Geschlechts, von Ideen erleuchtet, den Gesetzen gehorsam. Die Exzesse der Politik haben mich niemals allzu stark erschüttert, und das wird hoffentlich auch künftig so bleiben. Innerlich aber – welch eine Traurigkeit!

Früher war es anders, da hatte ich meinen Bruder; ich sagte mir: Es gibt ja ihn, der nachdenkt! und war darauf bedacht, zu leben. Für mich war das ein Zeichen dafür, daß sich die Dinge gewandelt hatten, nicht die Ankunft der Österreicher und der Russen, auch nicht unsere Einverleibung in Piemont oder die neuen Steuern oder irgend etwas anderes; sondern nur dies, daß ich ihn nicht mehr dort oben balancieren sah, wenn ich das Fenster öffnete. Jetzt, da er nicht mehr da ist, habe ich das Gefühl, daß ich über so viele Dinge nachdenken sollte: Philosophie, Politik, Geschichte; ich verfolge die Gazetten, lese Bücher, zerbreche mir den Kopf, aber die Dinge, die er sagen wollte, stehen nicht darin; er hatte etwas anderes im Sinn, etwas, was alles umspannen sollte, und er konnte es nicht mit Worten sagen, sondern nur dadurch, daß er so lebte, wie er gelebt hat. Nur weil er so unerbittlich er selbst war, wie er es bis zum Tode gewesen ist, konnte er allen Menschen etwas geben.

Ich muß noch an seine letzte Krankheit zurückdenken. Wir wurden sie gewahr, als er sein Lager auf dem großen Nußbaum dort inmitten des Marktplatzes aufschlug. Früher hatte er sich aus Scheu vor den Menschen immer im Verborgenen schlafen gelegt. Jetzt spürte er das Bedürfnis, stets im Blickfeld der anderen zu bleiben. Mir schnitt es ins Herz: Ich hatte immer gedacht, daß er nicht gern allein sterben würde, und das war vielleicht schon ein Zeichen. Wir schickten ihm einen Arzt auf einer Leiter hinauf; als er wieder herunterstieg, verzog er sein Gesicht und breitete die Arme aus.

Auch ich stieg die Leiter hinauf. »Cosimo«, redete ich ihn an, »du bist jetzt schon über fünfundsechzig, wie kannst du nur weiter dort oben bleiben? Was du sagen wolltest, hast du ja gesagt, wir haben es verstanden; du hast große Seelenstärke bewiesen, du hast es vollbracht, jetzt kannst du hinabsteigen. Auch für den, der sein ganzes Leben auf dem Meere verbracht hat, kommt ein Alter, wo er an Land geht.«

Ach was! Er machte eine verneinende Handbewegung. Er sagte kaum noch ein Wort. Von Zeit zu Zeit erhob er sich, bis zum Kopf in eine Decke gehüllt, und setzte sich auf einen Ast, um etwas die Sonne zu genießen. Weiter entfernte er sich nicht mehr. Eine alte Frau aus dem Volke, die ein frommes Leben führte (vielleicht war sie früher seine Geliebte gewesen), sorgte bei ihm für Sauberkeit und brachte ihm warme Speisen. Wir hatten veranlaßt, daß eine Gartenleiter an dem Stamm angelehnt blieb, denn man mußte ständig hinaufsteigen, um ihm behilflich zu sein, und zugleich hoffte man, daß er sich jeden Augenblick entschließen würde, herunterzukommen. (Das heißt, die anderen gaben sich dieser Hoffnung hin; ich wußte genau, wie seine Natur war.) Ringsum auf dem Marktplatz stand stets ein Kreis von Leuten, die ihm Gesellschaft leisteten, miteinander plauderten und ihm zuweilen auch ein Scherzwort hinaufriefen, obwohl jeder wußte, daß er nicht mehr gewillt war, den Mund aufzutun.

Sein Zustand verschlechterte sich. Wir hievten ein Bett auf

den Baum hinauf; es gelang uns, es so zu befestigen, daß es im Gleichgewicht blieb, er legte sich gern hinein. Wir empfanden Gewissensbisse, weil wir nicht früher daran gedacht hatten: In Wahrheit hatte er Annehmlichkeiten keineswegs verschmäht; sofern es auf den Bäumen geschehen konnte, war er stets bestrebt gewesen, möglichst gut zu leben. Nun suchten wir ihn schnellstens mit weiterem Komfort zu versehen: mit Strohmatten, um ihn vor Luftzug zu schützen, mit einem Baldachin, einem Kohlenbecken. Es ging ihm etwas besser, und so brachten wir ihm einen Lehnstuhl, den wir zwischen zwei Ästen befestigten; in seine Decken gehüllt, verbrachte er dort den ganzen Tag.

Eines Morgens sahen wir ihn indessen weder im Bett noch im Lehnstuhl und blickten besorgt hinauf: Er war bis in den Wipfel emporgeklettert und saß rittlings auf einem sehr hohen Ast, nur mit einem Hemde bekleidet.

»Was machst du da oben?«

Er antwortete nicht. Er war halb erstarrt. Nur durch ein Wunder schien er sich dort auf dem Wipfel zu halten. Wir schafften ein großes Tuch herbei, wie man es zum Olivensammeln verwendet, und ließen es ausgebreitet von etwa zwanzig Männern halten, da wir annahmen, er würde herunterstürzen.

Inzwischen ging der Arzt zu ihm hinauf; es war ein schwieriger Aufstieg, man mußte zwei Leitern aneinanderbinden. Er kam wieder herunter und sagte: »Schickt ihm einen Priester!«

Wir waren bereits übereingekommen, daß einer seiner Freunde, ein gewisser Don Pericle, ein während der Franzosenzeit der Republik ergebener Priester und Mitglied der Loge, als der Beitritt dem Klerus noch nicht untersagt war, den Versuch wagen sollte; erst kürzlich hatte ihn das bischöfliche Ordinariat nach mancherlei Ungelegenheiten in sein Amt wiedereingesetzt. Er stieg im Ornat und mit dem Ziborium hinauf, hinter ihm der Meßdiener. Er blieb eine Weile oben;

offenbar sprachen sie miteinander, dann stieg er wieder herunter.

»Hat er denn die Sakramente empfangen, Don Pericle?«

»Nein, nein, aber er sagt, daß es ihm gut geht, daß für ihn alles gut geht.« Mehr war nicht aus ihm herauszubekommen. Die Männer, die das Tuch hielten, wurden müde. Cosimo blieb dort droben und rührte sich nicht. Ein Wind kam auf, eine kräftige Südwestbrise, die Baumspitze schwankte hin und her, wir standen bereit.

Da tauchte am Himmel eine Montgolfiere auf. Einige englische Luftschiffer machten mit ihr Flugversuche über der Küste. Es war ein schöner, mit Fransen, Ornamenten und Schleiern geschmückter Luftballon, an dem eine aus Weiden geflochtene Gondel hing; zwei Offiziere mit goldenen Tressen und Zweispitz saßen darin und betrachteten die Landschaft unter ihnen mit dem Fernrohr. Sie richteten es auf den Marktplatz, beobachteten den Mann auf dem Baume, das ausgespannte Tuch, die Menschenmenge: sonderbare Aspekte der Welt. Auch Cosimo hatte den Kopf gehoben und blickte aufmerksam auf den Ballon.

In diesem Augenblick wurde die Montgolfiere von einer Bö erfaßt, der Wind riß sie fort, während sie wie ein Kreisel herumgewirbelt wurde, und trieb sie dem Meer zu. Die Luftschiffer bewahrten ruhiges Blut und bemühten sich offenbar, den Druck des Ballons zu vermindern; gleichzeitig ließen sie den Anker herunter, in dem Bestreben, irgendeinen Halt zu finden. Der silbrige Anker, der an einem langen Seil hing, flog über den Himmel und folgte schräg dem Kurs des Ballons; jetzt überquerte er den Marktplatz und befand sich etwa in Höhe des Nußbaumwipfels, so daß wir befürchteten, Cosimo könnte von ihm getroffen werden. Freilich konnten wir nicht ahnen, was unsere Augen eine Sekunde später sehen sollten.

Der sterbende Cosimo machte in dem Augenblick, als das Ankerseil nah an ihm vorüberkam, einen jener Sprünge, die ihm in seiner Jugend keine Schwierigkeiten bereitet hatten, und klammerte sich an den Strick, während er mit den Füßen auf dem Anker stand und sein Leib sich zusammenkauerte; so sahen wir ihn fliegen, vom Winde fortgerissen und kaum den Flug des Ballons behindernd, bis er in Richtung des Meeres verschwand...

Nachdem die Montgolfiere die Bucht überquert hatte, glückte ihr die Landung am anderen Ufer. Am Seil hing nur noch der Anker. Die Ballonfahrer, die allzusehr damit beschäftigt gewesen waren, Kurs zu halten, hatten nichts bemerkt. Man nimmt an, daß der Sterbende abgestürzt ist, während sich der Ballon mitten über der Bucht befand.

So verschwand Cosimo und bereitete uns nicht einmal die Genugtuung, als Toter auf den Erdboden zurückzukehren.

In der Familiengruft bewahrt ein Grabstein mit folgender Inschrift sein Andenken: »Cosimo Piovasco di Rondò – Er lebte auf den Bäumen – Er liebte stets die Erde – Er entschwand gen Himmel«.

Von Zeit zu Zeit halte ich inne im Schreiben und trete ans Fenster. Der Himmel ist leer, und uns alten Ombrosanern, die wir gewohnt waren, unter jenen grünen Kuppeln zu leben, schmerzen die Augen bei seinem Anblick. Fast scheint es, als hätten die Bäume nicht standhalten können, nachdem mein Bruder sie verlassen hatte, oder als wären die Menschen von der Raserei der Äxte befallen worden. Überdies hat sich die Vegetation gewandelt: Es gibt keine Buchen, keine Ulmen, keine Eichen mehr – Afrika, Australien, Amerika, Indien strecken bis zu uns ihre Äste und Wurzeln aus. Die alten Bäume sind auf die Höhen zurückgewichen: Auf den Hügeln finden sich Oliven, und in den Bergwäldern gibt es Pinien und Kastanien; unten an der Küste herrschen Australien und Asien mit der Röte des Eukalyptus, dem Elefantenwuchs der Feigenbäume, riesigen und einsamen Gartengewächsen, und überall sonst stehen Palmen mit ihren zerzausten Wipfeln, diese unwirtlichen Bäume der Wüste.

Ombrosa ist nicht mehr. Wenn ich zum entvölkerten Himmel emporblicke, frage ich mich, ob es überhaupt existiert hat. Diese Enklave aus Zweigen und Blättern, Astgabeln, Samenlappen und Flaum, die so winzig war und unbegrenzt, dieser Himmel, der nur aus regellosen Lichtspritzern und Fetzen bestand – vielleicht gab es das alles nur, damit mein Bruder mit seinem leichten Schwanzmeisengang darüber hinweghuschen konnte; ein Stickmuster war es, über dem Nichts gewoben, dem Tintenfaden gleichend, den ich über Seiten und Seiten laufen ließ, beladen mit Korrekturen, Strichen, nervösen Klecksen, Flecken, Lücken – diesem Faden, der sich zuweilen zu dicken, lichten Beeren ausweitet, zuweilen sich, wie zu punktförmigen Samen, zu winzigen Zeichen verdichtet, bald in sich selbst zurückschlingt, bald sich gabelt, bald Satzklümpchen mit Blätter- oder Wolkengirlanden verbindet und sodann stockt und sich abermals zu verschlingen beginnt und läuft und läuft und sich in einer letzten närrischen Traube von Worten, Ideen, Träumen abspult und verwickelt und damit zu Ende ist.

10. Dezember 1956–26. Februar 1957

Italo Calvino im dtv

Das Schloß, darin sich Schicksale kreuzen

Der Schloßherr zieht ein Kartenspiel hervor, Tarockkarten. Und plötzlich scheinen die Figuren den Anwesenden zu gleichen. dtv 10284

Die unsichtbaren Städte

»Calvino entwirft im stilistisch knappen und eleganten Filigran seiner 55 Städteportraits eine Vision unserer Welt . . .« (Basler Zeitung) dtv 10413

Wenn ein Reisender in einer Winternacht

Ein brillantes Verwirrspiel um einen Lesenden und eine (Mit-)Leserin, die von einer Geschichte in neun andere geraten.
dtv 10516/dtv großdruck 25031

Der Baron auf den Bäumen

Als Zwölfjähriger steigt der Baron auf eine Steineiche und wird bis zu seinem Tode nie mehr einen Fuß auf die Erde setzen. dtv 10578

Der geteilte Visconte

Medardo di Terralba kehrt aus den Türkenkriegen im wahrsten Sinne in zwei Teile gespalten zurück. Zu allem Überfluß verlieben sich auch beide Hälften des Visconte, die gute wie die schlechte, in dieselbe Frau. dtv 10664

Der Ritter, den es nicht gab

Innen hohl, besteht Ritter Agilulf nur aus Rüstung, Kampfgeist und Pflichtgefühl: das Musterbild eines ordentlichen Soldaten. dtv 10742

Foto: Isolde Ohlbaum

Herr Palomar

Herrn Palomars Leidenschaft ist das Betrachten; immer treiben ihn seine Phantasie und diskrete Neugier in wahrhaft abenteuerliche Denkspiralen und Selbstgespräche. dtv 10877

Abenteuer eines Reisenden

Auf seine unnachahmliche Art seziert Calvino scheinbar alltägliche menschliche Begegnungen so genau, daß sie zu phantastischen Abenteuern werden.
dtv 10961

Zuletzt kommt der Rabe
Erzählungen

Fesselnde Skizzen von der brutalen Realität des Partisanenalltags während des Zweiten Weltkriegs und prägnante Ausschnitte aus dem Leben der kleinen Leute in der ersten Nachkriegszeit.
dtv 11143